Knaur

Von Jo Beverley sind außerdem erschienen:

Maskenspiel der Leidenschaft
... doch die Liebe war stärker
Prinz der Schatten

Über die Autorin:

Jo Beverley lebt in Ottawa (Kanada). Sie gehört zu den wichtigsten amerikanischen *Romance writers* und hat zahlreiche Preise gewonnen. Einige ihrer Romane standen auf der Bestsellerliste der *New York Times.*

JO BEVERLEY

Lord des Feuers

Roman

Aus dem Amerikanischen von
Alexandra Messerer,
Ingrid Krauß und Sabine Whaley

Knaur

Die amerikanische Originalausgabe erschien 1994
unter dem Titel *Forbidden* bei Kensington Publishers Corp., New York

Deutsche Erstausgabe April 2000

Redaktion Heidrun Schoppelrey
Umschlaggestaltung Agentur Zero, München
Umschlagabbildung © Elaine Duillo/Agentur Thomas Schlück GmbH
Satz MPM, Wasserburg
Druck und Bindung brodard & taupin, La Flèche
Printed in France
ISBN 3-426-69046-2

2 4 5 3 1

Erstes Kapitel

Im kühlen und staubigen Eßzimmer von Grove House in Sussex saßen drei Personen gemeinsam am Frühstückstisch. Die ungehobelten Allbright-Brüder spülten schmatzend Rindfleisch mit Bier hinunter. Ihre Schwester, Serena Riverton, zog ihren schweren Wollschal fester um sich und vertiefte sich in einen Gedichtband, während sie an einem Stück Toast knabberte und an ihrem Tee nippte.

Will Allbright starrte beim Kauen und Schlürfen ausdruckslos ins Leere, während sein älterer Bruder Tom beim Durchsehen der Post vor sich hin murmelte.

»Mahnungen, Mahnungen, nichts als Mahnungen.« Er warf drei der Briefe achtlos ins Feuer. »Ah, das ist schon eher nach meinem Geschmack!« Er riß einen Brief auf und las ihn begierig. »Endlich! Hey, Serry, Samuel Seale möchte dich heiraten.«

Seine Schwester, eine außergewöhnlich schöne Frau, sah von ihrer Lektüre auf. »Was hast du gesagt?« Dann wich alle Farbe aus ihren Wangen, sie erhob sich und wich vom Tisch zurück. »O nein, Tom. Auf gar keinen Fall. Ich werde auf keinen Fall noch einmal heiraten!«

»Nein?« fragte ihr Bruder und stopfte sich den Mund erneut mit Essen voll. »Und was wirst du dann tun, Schwesterherz? Als Straßenhure arbeiten?«

Serena Riverton schüttelte verzweifelt den Kopf, sprachlos

vor Entsetzen. »Ich kann von dem Geld leben, das Matthew mir hinterlassen hat.«
Ihr jüngerer Bruder Will, der von schlichtem Gemüt war, drehte sich um und sah sie an. »Davon ist nichts mehr übrig, Serry.« Er schien überrascht, daß sie nichts davon wußte, und machte einen fast reumütigen Eindruck. Doch Serena kannte ihre Brüder. In ihrem ganzen selbstsüchtigen Leben hatten die beiden großen, korpulenten Männer mit den derben Gesichtszügen nicht auch nur eine einzige Verfehlung bereut, es sei denn, sie hatten deswegen Unannehmlichkeiten bekommen.
Während Serena noch völlig sprachlos dastand, schaufelte Will sich ein letztes riesiges Stück Brot in den Mund und erhob sich vom Tisch, um sich vor dem Kamin zu wärmen. Nachdem er erfolgreich das spärliche Feuer zum Auflodern gebracht hatte, holte er eine Guinee aus der Tasche und begann, sie in die Luft zu werfen.
Serena folgte der glitzernden Münze benommen mit den Augen und versuchte zu begreifen, was sie soeben gehört hatte. »Nichts mehr übrig?« wiederholte sie. »Wie kann von all dem Geld nichts mehr übrig sein? Mein Mann ist erst seit drei Monaten tot. Wie ist es möglich, daß von dem Geld nichts mehr übrig ist?«
Aber schon als sie die Worte aussprach, kannte sie die Antwort. Das Geld war für das ausgegeben worden, wofür alles Geld in diesem heruntergekommenen Haus ausgegeben wurde: für das Wirtshaus, fürs Würfelspiel, das Pferderennen und das Freudenhaus!
Sie wandte die Augen von Wills Münze ab, um Tom einen zornigen Blick zuzuwerfen. »Das ist gemeiner Diebstahl!«
Ihr Bruder lud sich ein weiteres großes Stück Rindfleisch auf die Gabel. »Versuchst du, mir ein schlechtes Gewissen zu machen, Serry? Wird dir nicht viel nützen. Steine lassen sich nicht erweichen.«

Steine, dachte Serena verzweifelt. Genau das waren sie. Herzlos wie Steine, und genauso dumm.
»Von dem Geld hättest du sowieso nicht lange leben können«, sagte Will. »Was sind schon dreitausend Guineen? Etwas Kleingeld, mehr nicht.«
Tom stimmte grunzend zu. »Wer hätte schon vermutet, daß Riverton sein Vermögen so durchbringt? Wir dachten, du wärst eine reiche Witwe, Serry, sonst wären wir doch gar nicht so erpicht darauf gewesen, dich wieder nach Hause zu holen. Von dreitausend Guineen kannst du nicht mal deine Kleider bezahlen.« Seine schmalen Augen wanderten über ihr Gewand aus erlesenem, handgewebtem Tuch.
Serena wußte nur zu gut, wie sehr der Schnitt ihres Kleides ihre Figur betonte, doch sie hätte nicht erwartet, daß einer ihrer Brüder sie auf diese Weise ansehen würde.
Sie schlug ihren schweren Wollschal fester um sich, um seine Blicke abzuwehren. »Dafür würde es allemal reichen«, antwortete sie mit zusammengebissenen Zähnen. »Auch wenn es für euch unvorstellbar ist, bin ich sicher, daß man durchaus ein anständiges Leben von dem bloßen *Zins* von dreitausend Pfund bestreiten kann.«
»Das wäre aber ein verdammt langweiliges Leben«, sagte Will in liebenswürdigem Unverständnis. »Das wäre sicher nichts für dich, Serry.«
Serena schlich sich von hinten an und griff schnell nach der sich in der Luft drehenden Münze. »Doch, das *wäre* es, Will.« Sie wandte sich an Tom. »Ich verlange mein Geld zurück. Wenn ihr es mir nicht zurückzahlt, bringe ich euch vor Gericht.«
Ihr Bruder brach in schallendes Gelächter aus und spuckte dabei Essensreste über den ganzen Tisch. »Um jemanden vor Gericht zu bringen, brauchst du Geld, Serry, und selbst wenn du gewinnst, dauert es Jahre, bis die Angelegenheit

erledigt ist. In der Zwischenzeit wirst du mit Wills Guinee nicht weit kommen.«
»Es ist besser als gar nichts.« Serena umfaßte die Münze fester, aber Will griff grob nach ihrem Handgelenk.
»Das ist meine Glücksmünze!« Sie hielt ihm stand, doch er drehte ihr brutal den Arm um, bis sie aufschrie und ihm die Münze überließ.
Serena wich zurück, Tränen in den Augen, und hielt sich ihr schmerzendes Handgelenk. All die brutalen Übergriffe ihres Bruders kamen ihr schlagartig wieder in den Sinn. Sie war erst fünfzehn Jahre alt gewesen, als sie ihr Elternhaus verlassen hatte, aber sie erinnerte sich nur zu gut an alles. Wie hatte sie nur annehmen können, irgend etwas hätte sich geändert, nur weil sie nun eine erwachsene Frau war?
Tom bemerkte ihre Angst, und seine Augen funkelten. »Vielleicht wird Seale für deine Rechte kämpfen, Serry.«
Sie hielt seinem Blick stand. »Du kannst mich auf keinen Fall zu einer weiteren Heirat zwingen, Tom, und schon gar nicht zu einer Heirat mit Samuel Seale.«
»Gefällt dir wohl nicht, hm?« Tom schien ernsthaft überrascht. »Sieht für sein Alter doch gar nicht mal schlecht aus und ist reich wie Krösus. All die Minen, weißt du. Dachte, ein älterer Mann wäre dir lieber. Mit dem ersten warst du doch immer ganz zufrieden.«
»Zufrieden?« Serena wiederholte das Wort kaum hörbar, und ihr schwindelte angesichts eines solch gewaltigen Mißverständnisses.
»Na schön«, sagte Tom. »Dann werden wir auf andere Angebote warten.«
»Das würdet ihr tun?« Serena war erstaunt, gewonnen zu haben. Dann begriff sie seine Worte. »Angebote? Was für *Angebote?*«
Tom griff nach dem Brief, der geöffnet auf dem Tisch neben

seinem Teller lag. »Seale hat zehntausend geboten. Gutes Geschäft, wirklich nicht übel. Vater hat bei der ersten Runde dreißigtausend bekommen, aber soviel wird diesmal keiner mehr bieten. Schließlich bist du keine Jungfrau mehr.«

»*Dreißigtausend Pfund?*« Serena hörte, wie ihre Stimme einen hysterischen Klang annahm. »Vater hat mich für dreißigtausend Pfund an Matthew Riverton *verkauft?*«

»Guineen«, verbesserte Will sie gewissenhaft und spielte mit der Münze in seiner Hand. »Hat uns damals aus einer finanziellen Misere gerettet, wußtest du denn nichts davon? Allerdings warst du ja auch erst fünfzehn. Ein dummes kleines Ding.«

Serena griff sich fassungslos an die Stirn und konnte nur mühsam einen Schrei unterdrücken. Dummes kleines Ding. Ihr war schon vor Jahren klargeworden, daß sie in der Tat nichts als ein naives Kind gewesen war, das freudig eine Ehe eingegangen war, ohne zu wissen, was für ein Alptraum sie erwarten würde. Wie stolz war sie gewesen, die erste ihrer Freundinnen zu sein, die heiratete!

Aber *verkauft* worden zu sein …

Dreißigtausend Pfund, nein, *Guineen.* Kein Wunder, daß Matthew außer sich vor Wut war, wenn sie sich weigerte, ihm zu Willen zu sein. Wenn sie sich geweigert hatte …

»Sieh den Tatsachen ins Auge, Serry«, sagte Tom. »Nimm Seale. Wir stecken wieder bis zum Hals in Schulden, und du bist jetzt nicht mehr ein solcher Hauptgewinn. Zwar noch immer eine Schönheit, das ist unbestritten, aber deine Jungmädchenzeit ist vorbei. Und die meisten Männer wollen eine Frau mit Mitgift, die Kinder gebären kann. Du hast nichts von beidem zu bieten.«

»Ich hatte dreitausend Pfund«, sagte sie bitter, doch es war die andere Bemerkung ihres Bruders, die sie zutiefst verletzt hatte.

Unfruchtbar. Sie war unfruchtbar. Als wäre es gestern gewesen, konnte sie noch die Diagnose des Arztes hören – wie ein Richter, der leichtfertig ein Todesurteil fällt. Und sie erinnerte sich an Matthews Wut. »Unfruchtbar! Welchen verdammten Nutzen hat eine unfruchtbare Frau? Besonders eine, die im Bett zu nichts taugt!«
Von diesem Moment an hatte sich sein Verhalten ihr gegenüber geändert. In den ersten Jahren ihrer Ehe hatte er sie nur lieblos und unsensibel behandelt. Nach der ärztlichen Diagnose aber hatte er mehr und mehr Leistung eingefordert, die über ihre ehelichen Pflichten bei weitem hinausging.
Wäre es ihr vergönnt, Kinder zu gebären – diese Freude wäre womöglich ein Grund für eine erneute Heirat, aber da dies nicht der Fall war, würde sie niemals wieder eine verbindliche Beziehung eingehen.
Doch blieb ihr, mittellos wie sie nun war, überhaupt etwas anderes übrig?
Gab es einen Ausweg?
Zumindest konnte sie diesen Raum verlassen, um ihren Brüdern nicht die Genugtuung zu bereiten, sie in Tränen aufgelöst zu sehen.
Serena wandte sich blindlings zur Tür und brachte die Worte hervor: »Die Antwort ist immer noch nein, Tom, du kannst die Sklavenauktion also absagen.«
Trotz seiner Größe war Tom schnell auf den Beinen. Er kam Serena zuvor und schloß die Tür mit seiner schmierigen Hand. »Deine Meinung ist hier nicht gefragt, Serry. Du sollst nur gehorchen.« Seine Augen, die hinter den fettgepolsterten Lidern fast verschwanden, fixierten sie bedrohlich.
Vor Verzweiflung hätte Serena am liebsten nach ihm geschlagen, doch sie war klein, und ihre Brüder waren groß und brutal. »Das kannst du nicht machen!« protestierte sie. »Ich bin nicht mehr fünfzehn, Tom. Ich bin eine Frau von

dreiundzwanzig Jahren und in der Lage, meine eigenen Entscheidungen zu fällen.«

»Red keinen Unsinn.«

»Du bist es, der Unsinn redet! Es ist nicht mehr möglich, eine Frau gegen ihren Willen vor den Altar zu schleppen, und auf andere Weise bekommt ihr mich nicht dorthin.«

»Führ dich nicht so auf«, wiederholte Tom schroff. »Wenn du mir Scherereien machst, schicke ich dich in ein Freudenhaus. Einen halben Riesen bekomme ich dort auch noch für dich.«

Serena wurde unsicher, da sie wußte, er meinte, was er sagte.

Er öffnete die Tür mit hämischer Höflichkeit. »Ich sage dir Bescheid, wenn die Angebote abgegeben wurden.«

Serena ging wie betäubt hinaus, und die schwere Eichentür schlug hinter ihr zu. Das schallende Gelächter ihrer Brüder war im ganzen Haus zu hören.

Sie floh auf ihr Zimmer. Dummes, törichtes Ding. Sie hatte die Worte noch deutlich im Ohr. Sie hatte gedacht, acht Jahre Ehe – Jahre der Sklaverei, Jahre des Schreckens – hätten sie zumindest etwas gelehrt, sie klüger gemacht. Doch hier war sie nun – noch immer ein dummes Ding.

Sie war so erleichtert gewesen, so überglücklich, als Tom ihr die Nachricht vom Tod ihres Mannes überbracht hatte, daß sie keine Sekunde nachgedacht hatte. Sie hatte einfach ihr Hab und Gut gepackt und war unverzüglich mit Tom in ihr Elternhaus zurückgekehrt. Nicht einen Moment lang waren ihr die rechtlichen Umstände in den Sinn gekommen. Nicht einmal die Tatsache, daß Matthew beinahe sein gesamtes Vermögen durchgebracht hatte, hatte sie beunruhigt.

Welche Bedeutung hatte schon Geld?

Sie war *frei.*

Matthew würde niemals wieder nach Stokeley Manor zu-

rückkehren und verlangen, daß sie die Hure für ihn spielte. Er würde sie nie wieder dafür bestrafen, daß sie sich einer unzumutbaren Demütigung widersetzte.
Sie war frei.
Unruhig lief sie in ihrem kühlen Zimmer hin und her und rang vor Verzweiflung die Hände. Was konnte sie nur tun, um ihre eben gewonnene Freiheit nicht wieder aufgeben zu müssen?
Samuel Seale. Sie schloß die Augen voller Entsetzen. Ein Mann wie ihr verstorbener Ehemann. Ein großer, derber Kerl über fünfzig und äußerst verdorben. Und sie vermutete, daß Seale die Syphilis hatte. Wenigstens das hatte Matthew ihr erspart.
Sie hielt inne und umklammerte einen Bettpfosten.
Aber was?
Fliehen.
Ja, sie mußte gehen. Irgendwohin gehen.
Aber wohin?
Fieberhaft zermarterte sie sich den Kopf – doch ein Zufluchtsort wollte ihr nicht einfallen.
Sie hatte nur wenige Verwandte, und darunter war kein Vertrauter, der sie vor ihren Brüdern beschützen würde. Während ihrer Ehe hatte ihr Mann sie praktisch als Gefangene in Stokeley in Lincolnshire gehalten und ihr den Kontakt mit Freunden oder dem ortsansässigen Adel untersagt. Und um die Wahrheit zu sagen – nur wenige dieser reichen Leute wären gewillt gewesen, jemanden von Stokeley Manor in ihren Kreis aufzunehmen. Nein, von dort war keine Hilfe zu erwarten.
Miss Mallory.
Serena hatte Miss Mallorys Schule in Cheltenham besucht. Von dort hatte man sie eines Tages abgeholt und geradewegs zu ihrer Hochzeit gebracht. Die kleine Schule war der

letzte Ort gewesen, an dem sie sich behütet gefühlt hatte. Miss Emma Mallory war ihr als strenge, wenngleich freundliche, Schulleiterin und als energische Verfechterin der Frauenrechte im Gedächtnis geblieben. Sicherlich würde Miss Mallory ihr helfen.

Vorausgesetzt, Serena konnte sie ausfindig machen.

Es war ein langer Weg von Sussex nach Gloucestershire.

Geld. Sie brauchte Geld.

Als sie ihr Zimmer durchsuchte, fand sie zwei Pfundnoten, eine Guinee und etwas Kleingeld. Nicht genug. Wo konnte sie bloß mehr Geld auftreiben?

Ihre nachlässigen Brüder ließen trotz Schulden überall Münzen herumliegen. Sie würde sie finden.

Kleidung.

Sie war bereits beim Packen einer Reisetasche, als ihr bewußt wurde, daß sie das Haus unmöglich mit Gepäck verlassen konnte, ohne Argwohn zu erregen. Sie hängte die Kleidungsstücke zurück in den Schrank. Es war schrecklich, mit nichts als den Kleidern, die sie am Leib trug, fliehen zu müssen, aber alles in allem war sie froh, ihre Garderobe los zu sein.

Jedes Kleidungsstück, das sie besaß, war von Matthew, je nach Lust und Laune, in London ausgewählt und nach Stokeley gesandt worden. Alle Modelle waren von hervorragender Qualität, doch absichtlich so geschnitten, daß möglichst viel von ihren weiblichen Reizen zur Schau gestellt wurde.

Serena blickte in den Spiegel und ließ ihren Schal fallen. Wie konnte dieser teure Stoff nur so *ordinär* aussehen? Das Mieder betonte ihren vollen Busen, das Kleid lag eng am Körper an, und der weiche Stoff schmiegte sich an ihre Hüften. Am schlimmsten jedoch war das Parfüm.

Bevor man Serena die Kleider ausgehändigt hatte, waren

sie mit diesem Parfüm getränkt worden. Ihre Zofe, besser gesagt ihre Gefängniswärterin, war angewiesen worden, die Prozedur regelmäßig zu wiederholen. Serena war die Zusammensetzung des Parfüms nicht bekannt, aber sein Geruch erinnerte keineswegs an Blumen. Sie wußte, es war ein Parfüm, das Huren benutzten, und daß Matthew der Gedanke amüsiert hatte, daß seine prüde Gattin danach stank.

Seit Matthews Tod hatte Serena den Gestank aus ihren Unterkleidern und den Baumwollstoffen waschen können, bei den schweren Kleidern würde ihr das jedoch nicht gelingen, ohne sie zu ruinieren. Und ohne das Geld, das ihre Brüder durchgebracht hatten, konnte sie sich nichts Neues kaufen …

Bitter rief sie sich ins Gedächtnis, daß von ihrem Geld nichts mehr übrig war.

Schließlich legte sie etwas Unterwäsche zusammen und stopfte sie in ihren Beutel. Sicher würde es keinen Argwohn erregen, wenn sie ihren Beutel bei sich trug.

Ihr Schmuck! Matthew hatte ihr viele Schmuckstücke geschenkt, die er dann zu einem Teil seiner entwürdigenden Spielchen gemacht hatte. Die Erinnerung an diese Schmuckstücke ließ Serena erschaudern, doch der Schmuck gehörte ihr, und sie konnte ihn verkaufen.

Enttäuscht ballte sie die Hände zu Fäusten, als ihr einfiel, daß sie nicht wußte, wo sich die Schmuckstücke befanden. Bisher hatte sie nichts von ihnen wissen wollen, aber nun würden sie ihr Überleben sichern.

Ob sie in Toms Zimmer waren?

Plötzlich hatte sie das Gefühl, sich beeilen zu müssen. Sie hatte Angst, daß ihre Brüder kommen würden, um sie vor den Traualtar zu schleppen, oder daß sie bemerken würden, daß sie fliehen wollte. Sie griff nach ihrem prachtvollen,

zobelgefütterten Seidenumhang und war dankbar, daß er sie so gut wärmte.
Eine andere Erinnerung kam ihr in den Sinn: Matthew hatte von ihr verlangt, daß sie ihn nackt – nur mit dem Zobelumhang bekleidet – auf einen Spaziergang in den Garten begleitete. Wie hatte er sich amüsiert, wenn sie mit hochrotem Kopf zu den Bediensteten sprach, während das seidige Fell ihre nackte Haut kitzelte.
Noch eines seiner harmloseren Vergnügen ...
Sie versuchte, diese quälenden Gedanken zu verscheuchen. Ihre dicksten Handschuhe. Ihre robustesten Stiefel. Einige wenige Münzen in der Tasche. Da Matthew Hüten nichts hatte abgewinnen können, besaß sie nur einen einzigen, und der war sehr hoch und hatte eine breite Krempe. Sie wollte ihr Gesicht in der Kapuze ihres Umhangs verbergen, doch der Hut war zu groß, als daß die Kapuze ihn bedecken könnte.
Sie ließ ihn zurück.
Ihr Blick fiel auf ihre Ringe – einen großen Smaragd und den goldenen Ehering. Ein bitteres Lächeln ging über ihr Gesicht. Sie waren schon so sehr zu einem Teil von ihr geworden, daß sie sie vergessen hatte. Sie würde die beiden Schmuckstücke verkaufen; sicher könnte sie von dem Erlös einige Zeit leben.
Sie sah sich noch einmal in dem Raum um, um sich zu vergewissern, daß sie alles mitgenommen hatte, was von Nutzen für sie sein konnte. Als sie als Witwe mit Tom hierher zurückgekehrt war, war ihr diese düstere Kammer, ihr Mädchenzimmer, als Ort der Zuflucht erschienen – eine Rückkehr zur Unschuld ihrer allzu kurzen Kindheit. Sie erkannte nun, daß sie sich etwas vorgemacht hatte. Es war an der Zeit, der Wahrheit ins Gesicht zu sehen.
Mit klopfendem Herzen warf sie einen verstohlenen Blick

auf den kalten, düsteren Korridor. Weit und breit war keine Menschenseele zu sehen. Sie lief den Flur hinunter zu Toms Zimmer und trat ein, ließ die Tür aber offenstehen. Ihr Bruder hatte einen lauten Schritt; sie würde ihn kommen hören.

Sie durchkämmte jeden Winkel des Zimmers und fand noch ein paar Guineen. Als sie im Staub hinter Toms Waschgestell auf eine goldene Taschenuhr stieß, zögerte sie nicht, sie einzustecken. Von ihren Schmuckstücken war jedoch weit und breit keine Spur zu entdecken. Verzweifelt suchten ihre Augen den ganzen Raum ab, doch sie konnte kein Versteck ausmachen und wagte nicht, sich noch länger dort aufzuhalten.

Als nächstes nahm sie sich Wills Zimmer vor und ließ noch ein paar Münzen mitgehen. Mittlerweile hatte sie beinahe zehn Guineen beisammen.

Nur mühsam gelang es ihr, einen verzweifelten Aufschrei zu unterdrücken. Zehn Guineen waren eine beträchtliche Summe, aber keineswegs genug, um sie vor dem Hungertod zu bewahren.

Lieber sterben als entehrt werden.

War eine Heirat wirklich ein schlimmeres Schicksal als der Tod? Schließlich konnte ihre riskante Flucht ihren Tod bedeuten.

Serena wurde bewußt, daß sie bereits zu lange gedankenverloren herumgestanden hatte, auf der verzweifelten Suche nach einem Ausweg. Es gab keinen. Sie zwang sich weiterzugehen, die Treppen hinabzusteigen und ihr Elternhaus für immer zu verlassen.

Auf dem Weg zum Seitenausgang blieb sie vor der Bibliothek stehen. Manchmal verbrachten die Brüder hier ihre Abende – natürlich nicht in Bücher, sondern ins Glücksspiel vertieft. Sie lächelte bitter, als sie eine Guinee und eine Krone auf dem Boden entdeckte.

Ihr Fund zeigte, daß das faule Personal heute nicht geputzt hatte, aber das sollte nicht mehr länger ihre Sorge sein. Als sie sich in Richtung Tür wandte, hörte sie schwere Fußtritte näher kommen. Schuldbewußte Panik nahm ihr den Atem. Sie lief eilends in die Bibliothek zurück und griff willkürlich nach dem nächsten Buch.

Tom betrat den Raum. »Steckst du deine Nase schon wieder in die Bücher?« fragte er höhnisch. »Ich verstehe nicht, warum Matthew dir das erlaubt hat. Du wirst noch alt und buckelig werden, wenn du den ganzen Tag über Büchern brütest.«

Mit klopfendem Herzen schloß Serena das Buch. *Er wird es erraten. Er weiß, was ich vorhabe.* »Matthew war es egal, was ich während seiner Abwesenheit tat, und ich hätte nichts dagegen, anders auszusehen.«

»Sei nicht so verdammt dumm, Serry. Wenn du keine so atemberaubende Schönheit wärst, würde ich dich zum Putzen schicken. Da würde dir eine Heirat bald als die bessere Alternative erscheinen. Ich glaube, der alte Riverton hat dich ganz schön verzogen.«

Er kam auf sie zu und nahm ihr mit einem Ruck das Buch aus der Hand. »Was ist es denn diesmal? Byron? Keats?« Dann ließ er das Buch offen auf den Tisch fallen und brach in schallendes Gelächter aus. »Oh, Serry, du bist mir eine! Wohl auf den Geschmack gekommen, was? Verstehe nur nicht, warum du dich dann so gegen eine Heirat sträubst?«

Serena stellte mit Entsetzen fest, daß das Buch, das sie wahllos aus dem Regal genommen hatte, einer der stupiden erotischen Wälzer ihrer Brüder war. Tom hielt ihr triumphierend eine der Illustrationen unter die Nase. »Gefällt dir wohl, was?« fragte er und betrachtete das anstößige Bild eingehend.

Serena konnte dies nicht verneinen, ohne Verdacht zu er-

regen, sich aber auch nicht überwinden, ihm beizupflichten.
Ihr Bruder sah in ihr tief errötetes Gesicht und schüttelte den Kopf. »Und du kannst noch immer erröten. Du bist mir vielleicht eine merkwürdige Person, Serry. Aber ich kann verstehen, warum die Männer so verrückt nach dir sind. Fräulein Etepetete mit dem Körper und den Augen einer Hure. Und den Gedanken einer Hure, wie ich sehe. Das ist die Rolle, die dir das Leben zugedacht hat, weißt du. Hure. Mit deiner Figur, der Art, wie du dich bewegst, dem Blick in deinen Augen, als wärst du gerade aus einem leidenschaftlich zerwühlten Bett aufgestanden ...«
Wieder wanderten seine Blicke lüstern über ihren Körper. »Vielleicht sollten wir die Angebote erweitern«, sagte er nachdenklich. »Es gibt nicht viele Männer, die dich zur Ehefrau möchten, aber als Mätresse, nun, das ist eine andere Sache. Als Mätresse könntest du es weit bringen – sogar einem Lord, einem Herzog zu Diensten sein. Unfruchtbarkeit ist für eine Mätresse nur noch ein zusätzlicher Pluspunkt.«
Serena ließ seine Worte über sich ergehen. Sie würde fliehen. Nichts von alledem würde ihr zustoßen.
Ihr Bruder gab ihr das Buch zurück und tätschelte ihre Hand mit höhnischer Zuneigung. »Na los, Schwesterherz, studier dein Gewerbe.«
Das Buch umklammernd eilte Serena aus der Bibliothek, das schmutzige Gelächter ihres Bruders noch in den Ohren. Als sie sich außerhalb des Hauses befand, zwang sie sich, betont langsam und scheinbar ohne Ziel durch den kühlen spätherbstlichen Garten zu gehen.
Innerlich war sie jedoch keineswegs ruhig. Ihre Flucht war nun dringlicher als je zuvor. Wie sollte sie nur am besten vorgehen?

Sie hatte Zeit. Weder sie noch ihre Brüder aßen regelmäßig zu Mittag, und die Dienstboten würden nicht nach Arbeit suchen. Es war durchaus möglich, daß man sie bis zum Abend nicht vermissen würde. Bis dahin war sie bereits über alle Berge.
Sie zweifelte jedoch nicht daran, daß ihre Brüder nach ihr suchen würden. Schließlich konnten sie mit ihr, wenn sie sie an ein Freudenhaus verkauften, mindestens fünfhundert Pfund verdienen. Eigentlich war sie mindestens zehntausend Pfund wert, denn um diesem Schicksal zu entgehen, würde sie sogar Seale heiraten.
Dreißigtausend Guineen. Ihr Vater hatte sie für dreißigtausend Guineen *verkauft* …
Der Gedanke an diesen schmerzlichen Verrat brachte sie beinahe um den Verstand, aber sie zwang sich, an die Gegenwart zu denken.
Flucht.
Sie lief durch den Obstgarten und beschleunigte dann ihren Schritt. Als sie bemerkte, daß sie das ekelhafte Buch noch immer in den Händen hielt, schleuderte sie es in einen Brennesselbusch und kletterte über einen Zaun aufs offene Feld hinaus. Bis zum nächsten Halteplatz der Postkutsche waren es drei Meilen. Sie konnte nur hoffen, daß sie eine vorbeifahrende Postkutsche mitnehmen würde. Sie glaubte sich zu erinnern, daß die Kutschen alle paar Stunden verkehrten, aber vermutlich benötigte man eine Fahrkarte.
Serena war sich ihrer entsetzlichen Unwissenheit in weltlichen Angelegenheiten nur allzu bewußt. Man hatte sie mit fünfzehn aus der Schule genommen und in Stokeley Manor eingekerkert. Von diesem Tag an war es ihr, bis auf die letzten drei Monate, als sie versucht hatte, im Haus ihrer Brüder Ordnung zu schaffen, nie erlaubt worden, ihr Leben selbst in die Hand zu nehmen.

War sie überhaupt fähig, alleine zu überleben?
Es würde ihr keine andere Wahl bleiben.
Nachdem sie ein zweites Mal über einen Zaun geklettert war, gelangte sie auf die Landstraße. Serena vergewisserte sich, daß sie ihre Kapuze weit ins Gesicht gezogen hatte, falls jemand vorbeikam, der sie vielleicht erkennen könnte, und lief entschlossen weiter.

Zweites Kapitel

»Was halten Sie von einem Ritt nach Canholme, Middlethorpe?«

Francis, Lord Middlethorpe, sah von seinen gegrillten Nierchen auf und antwortete Lord Uffham, dem Sohn seines Gastgebers. »Warum nicht? Es wird wohl ein schöner Tag.« Dann wandte er sich an die junge Dame am Tisch. »Würden Sie uns begleiten, Lady Anne?«

Lady Anne war eine blasse, zierliche Person und obwohl nicht schüchtern, sehr still. Sie schenkte ihm ein flüchtiges Lächeln. »Sehr gerne, Mylord.«

Lord Middlethorpe beabsichtigte, sie zu seiner Frau zu machen.

Die Angelegenheit war jedoch noch nicht spruchreif. Francis hatte noch nicht offiziell bei Annes Vater um ihre Hand angehalten. Die bevorstehende Heirat der beiden war jedoch ein offenes Geheimnis. Bevor Francis Lea Park verließ, würde er um Annes Hand anhalten und die Einwilligung des Herzogs erhalten.

Die beiden waren ein perfektes Paar. Anne gehörte zu einer der angesehensten Familien des Landes, und ihre Mitgift war dementsprechend großzügig. Beide Familien waren gut miteinander bekannt und von der Verbindung sehr angetan. Anne war liebenswürdig, intelligent, ohne ein Bücherwurm zu sein, und auf eine unaufdringliche Art und Weise

hübsch. Die Tatsache, daß sie hinkte, störte ihren zukünftigen Gatten nicht im geringsten.
Angesichts dieser allzu perfekten Verbindung verspürte Francis jedoch ein gewisses Unbehagen, tat dies aber als töricht ab. Nur weil seine Freunde sich in Abenteuer und Leidenschaften verstrickten, bedeutete das noch lange nicht, daß er dasselbe tun mußte. Francis hatte immer gewußt, daß dies nicht sein Weg im Leben war.
Er war bereits im Alter von zwölf Jahren zu Besitz und Titel gekommen. Seit dieser Zeit hatte er für seine Mutter und seine drei Schwestern ganz allein die Verantwortung getragen. Seine Mutter verwaltete Thorpe Priory mit großer Kompetenz, doch ihr zukünftiges Wohlergehen lag in seinen Händen. Seine Schwestern waren mittlerweile gottlob verheiratet, und er war somit seiner Verantwortung enthoben.
Francis hatte immer gewußt, daß es seine Pflicht war, auf seine Gesundheit achtzugeben, weise mit seinem Vermögen umzugehen, seinen Besitz zu vergrößern und standesgemäß zu heiraten, um Erben hervorzubringen. Vermutlich hatte er eine Heirat länger hinausgezögert, als es klug gewesen war. Sollte er sterben, ohne einen Erben gezeugt zu haben, würde das Anwesen an einen entfernten Cousin fallen, der eine eigene große Familie besaß. In diesem Fall würde seine Mutter jede Verbindung zu dem geliebten Anwesen verlieren, auf dem sie so viele glückliche Jahre mit seinem Vater verbracht hatte.
Es wäre jedoch schön gewesen, dachte er wehmütig, ein oder zwei Abenteuer im Leben erfahren zu haben. Sein Freund Nicholas Delaney hatte die Welt bereist und sich zweimal in großer Gefahr befunden, bevor er seßhaft geworden war ...
Er wurde sich bewußt, daß man ihn angesprochen hatte, und wandte sich lächelnd Anne zu.

»Hätten Sie etwas dagegen, Mylord, wenn wir einen kleinen Umweg machten? Ich habe der Schule in Kings Lea ein paar Bücher versprochen und würde sie gerne persönlich dort abgeben.«

»Natürlich nicht. Gelehrige Wälzer? Bibeln?« Er zog sie auf, doch sie antwortete ihm ernsthaft.

»Damit ist man dort bereits bestens versorgt. Wie konnten Sie etwas anderes annehmen? Nein, es sind Geschichten in Reimform für die Jüngeren, einige Geographiebücher und derlei. Bücher, die man die nächsten Jahre in unserem Schulzimmer nicht benötigen wird, besonders da Uffham seiner Pflicht nicht nachkommt.« Der ernstgemeinte Vorwurf war an ihren ältesten Bruder gerichtet.

»Du meine Güte, Annie, ich bin noch nicht mal fünfundzwanzig! Gib einem jungen Mann doch die Chance, sich etwas auszutoben, bevor du ihn lebenslänglich in Ketten legst.«

»Die Ehe ist kein Gefängnis«, erwiderte Lady Anne mit sanfter Entschlossenheit und einem verstohlenen, verräterischen Blick in Francis' Richtung.

Glücklicher Uffham. Auch seine Zukunft war vorherbestimmt – er würde heiraten und seinen Pflichten als Herzog nachkommen –, doch wenigstens bestand für ihn kein Grund zur Eile. Er hatte sogar noch zwei gesunde jüngere Brüder, um sein Gewissen zu beruhigen.

Dienstboten brachten frischen Kaffee und räumten benutztes Geschirr und erkaltetes Essen ab, während die Familie am Tisch sitzenblieb und Pläne für den Tag schmiedete. Der Sekretär des Herzogs kam mit der persönlichen Post herein und verteilte sie. Francis war überrascht, selbst einen Brief zu erhalten, denn er hatte seiner Mutter für die Zeit seiner Abwesenheit die Vollmacht erteilt, sich um alle den Besitz betreffenden Angelegenheiten zu kümmern und die persönliche Korrespondenz zu öffnen.

Dieser Brief war jedoch nicht von Thorpe Priory an ihn weitergeschickt worden, sondern direkt an seine momentane Adresse gerichtet. Es war ihm etwas unbehaglich zumute, als er das Siegel aufbrach und den Brief entfaltete.

Mylord,

ich vermute, man hat Sie von den Geschehnissen nicht in Kenntnis gesetzt, und Täuschung nutzt niemandem. Im Interesse aller bitte ich Sie, sich bei Ihrer Mutter nach mir zu erkundigen. Sollte sie Ihnen keine Antwort geben, werde ich es tun. Ich befinde mich während der nächste Woche im Crown and Anchor in Weymouth.

Charles Ferncliff

Francis war so überrascht, daß ihm die Worte »Was zum Teufel?« entglitten. Eilig entschuldigte er sich.
»Haben Sie schlechte Nachrichten erhalten, Mylord?« erkundigte sich Anne.
»Das kann ich kaum sagen.« Francis konnte diese seltsame Botschaft hier unmöglich enthüllen. Das einzige, was er tatsächlich tun konnte, war, den Brief seiner Mutter zu zeigen, um zu sehen, ob sie eine Erklärung dafür hatte. »Ich fürchte, ich muß mich in Priory um eine Familienangelegenheit kümmern. Wenn Sie einem solch ungefälligen Gast vergeben, hoffe ich, noch vor heute abend zurückzukehren.«
»Natürlich«, antwortete der Herzog. »Keine Frage, mein Junge. Familienangelegenheiten sind vorrangig. Hoffentlich gibt es keine ernsthaften Schwierigkeiten.«
»Ich denke nicht, Herzog«, antwortete Francis und erhob sich. Wer um Himmels willen war Charles Ferncliff, und welche mögliche Verbindung bestand zu seiner Mutter?

Er bat um seinen offenen Zweispänner und ließ sich Mantel, Handschuhe und Hut bringen, nahm aber sonst nichts mit. Zweifelsohne würde er in Kürze zurückkehren. In stillschweigendem Einverständnis begleitete Anne ihn zur Tür.

»Ich bedauere dies zutiefst, Lady Anne.« Er bediente sich einer Notlüge. »Es handelt sich um eine Angelegenheit, die meine Mutter nicht alleine regeln kann.«

»Dann muß es sich zweifelsohne um eine schwerwiegende Sache handeln«, bemerkte Anne lächelnd. »Lady Middlethorpe verfügt über eine so außerordentliche Kompetenz.«

»In der Tat.« Es war ausgezeichnet, daß Anne und seine Mutter einander soviel Sympathie und Respekt entgegenbrachten. Sie ähnelten sich sogar in ihrem Wesen und Geschmack. Beide waren der Inbegriff guten Benehmens, von angenehmer Zurückhaltung, untadeligem Äußeren und verhielten sich stets vorbildlich. Francis vermutete, wenn Anne erst einmal Herrin ihres eigenen Anwesens war, würde sie es an Kompetenz durchaus mit Lady Middlethorpe aufnehmen können.

Am liebsten hätte er sofort mit Lady Anne gesprochen, um die Angelegenheit zu regeln, rief sich aber zur Vernunft. Es schickte sich kaum, auf dem Flur, in Anwesenheit des Kammerdieners und zweier Bediensteter, in aller Eile um ihre Hand anzuhalten. Doch er spürte, daß es Zeit zum Handeln war. Noch an diesem Abend würde er mit dem Herzog sprechen. Er würde seine Zustimmung ersuchen, die Vorbereitungen treffen und dann mit Anne den Bund fürs Leben schließen.

Er nahm ihre Hand und küßte diese innig. »Ich werde so bald als möglich zurückkehren. Sie wissen das.«

Sie verstand wohl, was er damit zu sagen beabsichtigte, und senkte verlegen den Kopf. Eine sanfte Röte flog über ihr

Gesicht. Dann hörte sie die Pferde draußen auf dem Kies vor der Tür. Die Dienstboten halfen Francis in den Mantel, und er verließ das Anwesen.

Zwei Stunden später tauchten vor Francis die großen schmiedeeisernen Tore seines Zuhauses, Thorpe Priory, auf. Der Pförtner öffnete sie in Windeseile, und die Familie des Mannes lief herbei, um sich in Ehrerbietung zu verbeugen und zu knicksen.

Francis erhob die Hand zum Gruß, verlangsamte sein Tempo jedoch nicht. Statt dessen konzentrierte er sich darauf, sein Gespann auf die lange, gerade Zufahrt zum Anwesen zu lenken. Im Laufe der vergangenen Stunden hatte sich auch seine Anspannung verstärkt. Etwas ausgesprochen Seltsames war hier im Gange.

Er brachte das schnaubende Gespann vor dem Eingangstor zum Stehen, warf seinem Reitknecht die Zügel zu und schritt ins Haus. Dienstboten erwarteten ihn bereits, um ihm aus seiner Reitkleidung zu helfen.

»Wo befindet sich meine Mutter?«

»In ihren Gemächern, Mylord.«

Er stieg eilig die Stufen hinauf, klopfte an und trat ein.

Lady Middlethorpe, eine ansehnliche Frau, die ihrem Sohn das schwarze Haar und die feingliedrige Gestalt vererbt hatte, saß vor dem Kamin und schien völlig überrascht. »Francis! Was um alles in der Welt tust du hier?«

Ihr Sohn war erstaunt, seine Mutter, sonst stets eine Dame von großer Selbstbeherrschung, so aufgeregt zu sehen. Ihre Finger spielten nervös mit ihrer Stola, eine Angewohnheit, die sie sonst verabscheute. Er durchquerte den Raum und reichte ihr den Brief. »Diese Nachricht habe ich heute erhalten.«

Lady Middlethorpe warf einen Blick darauf, und alle Farbe

wich aus ihrem Gesicht. Sie schien die Zeilen sehr viel länger zu lesen, als es die knappen Worte erforderlich machten, ließ sich dann auf einer Chaiselongue nieder und bedachte Francis mit ihrem liebenswürdigsten, verbindlichsten Lächeln.
»Bist du gerade erst angekommen? Du mußt halb verdurstet sein, mein lieber Junge. Soll ich Tee bringen lassen?«
Francis traute seinen Ohren kaum. »Nein danke. Komm bitte zur Sache, Mutter. Was hat es mit dem Brief auf sich?«
»Ich würde es begrüßen, wenn du dich in meiner Gegenwart um einen gemäßigteren Ton bemühen würdest, Francis!«
»Ich werde mich einer sehr viel direkteren Ausdrucksweise bedienen müssen, wenn du mir nicht mitteilst, was hier vor sich geht!«
Er schlug seiner Mutter gegenüber normalerweise nicht einen solch nachdrücklichen Tonfall an, doch anstatt ihn zu rügen, warf sie ihm einen ausgesprochen nervösen Blick zu und konzentrierte sich dann wieder auf das Feuer im Kamin. Ihre Finger begannen erneut mit den verknoteten Fransen ihrer Stola zu spielen. »Ich verstehe nicht, warum du Lea Park so überstürzt verlassen hast. Deine Abreise muß bei den Arrans einen merkwürdigen Eindruck hinterlassen haben.«
»Mutter«, fragte Francis, dessen Geduld nun auf eine harte Probe gestellt wurde, »wer ist dieser Charles Ferncliff, und was hat es mit dem Brief auf sich?«
Sie seufzte. »Er ist ein junger Mann, der die Söhne der Familie Shipley unterrichtet hat.«
Als Erklärung war dies vollkommen ungenügend. »Aber was hat es mit dem Brief auf sich? Was sollst du mir mitteilen?«
Er erwartete keine Antwort, doch seine Mutter blickte ihn an und erwiderte: »Wahrscheinlich, daß er mich erpreßt.«

»*Erpreßt!* Aus welchem Grund, um Himmels willen?«
Hochrot antwortete Lady Middlethorpe: »Er droht, mein ... mein unangemessenes Verhalten an die Öffentlichkeit zu bringen.«
»Unan...« Francis mußte ein Lachen unterdrücken. »Bei wem zum Teufel sollst du ein unangemessenes Verhalten an den Tag gelegt haben?«
»Francis! Diese Ausdrucksweise! Und obwohl *du* ganz offensichtlich anderer Meinung bist, bin ich mit meinen siebenundvierzig Jahren noch nicht altersschwach.«
Er starrte sie an und wurde sich bewußt, daß seine Mutter auf ihre Art noch immer eine sehr schöne Frau war. Sie war schlank und zierlich, ihre großen blauen Augen leuchteten, ihre Haare waren immer noch dunkel. »Natürlich nicht, Mutter. Du weißt, ich habe dich gedrängt, eine erneute Heirat zu erwägen. Aber niemand würde jemals auf den Gedanken kommen, *dich* unziemlichen Verhaltens zu bezichtigen.«
»Ich danke dir«, antwortete sie steif. »Was eine erneute Heirat betrifft, so hätte ich dies als Respektlosigkeit dem Andenken deines Vaters gegenüber empfunden.«
Francis konnte nicht glauben, daß dies im Sinne seines sanftmütigen, liebevollen Vaters gewesen wäre, doch nun war kaum der geeignete Zeitpunkt, darüber zu diskutieren.
»Wie du wünschst«, antwortete er. »Und was diesen Lehrer betrifft – der Mann muß verrückt sein. Warum hat er sich nur ausgerechnet dich für eine solche Dummheit ausgesucht?«
Lady Middlethorpe zuckte hilflos mit den Schultern, doch die Schamesröte stand noch immer in ihrem Gesicht. »Ich befürchte, mein Lieber, der Grund dafür ist, daß ich mit den Shipleys über ihn gesprochen habe. Er ist zwar ein sehr kluger Mann, schien den Jungen aber Flausen in den Kopf

zu setzen und sie zur Aufmüpfigkeit anzustiften. Meiner Meinung nach übt er nicht gerade den besten Einfluß auf junge Menschen aus, und so unterrichtete ich die Shipleys davon. Meine Stellungnahme trug zweifellos zu ihrer Entscheidung bei, Ferncliff nach Greshams Eintritt ins Internat nicht mehr länger als Lehrer für die jungen Knaben zu behalten.«

Typisch, dachte Francis. Seine Mutter mischte sich mal wieder in anderer Leute Angelegenheiten, in der festen Überzeugung zu wissen, was für jeden das beste war. Es klang ganz danach, als hätten die Jungen mit dem Lehrer eine ganze Menge Spaß gehabt, ganz anders als er damals mit dem langweiligen und ehrwürdigen Mr. Morstock, der ihn auf sein Internat, Harrow, vorbereitet hatte.

Doch in diesem Fall, rief er sich ins Gedächtnis, hatte sich das Urteil seiner Mutter bewahrheitet. Der Mann war ganz eindeutig ein Erpresser und ziemlich wahrscheinlich verrückt.

»Und er belästigt dich. Ich wünschte nur, du hättest mir früher davon erzählt, aber ich werde mich nun um die Angelegenheit kümmern. Was fordert er?«

Sie lachte leise auf. »Oh, Francis, es ist eine solch häßliche Angelegenheit. Ich kann einfach nicht glauben, daß dieser Mann es ernst meint.«

»Ernst oder nicht, ich werde ein solch verachtungswürdiges Verhalten nicht dulden. Was verlangt er?«

Das aufgesetzte Lächeln wich aus ihrem Gesicht. »Ich bestehe darauf, daß du die Angelegenheit ignorierst, Francis.«

»Es tut mir leid, Mutter, aber das kann ich unmöglich tun. Was ist Ferncliffs Preis dafür, diese Lügen nicht zu verbreiten?«

Sie starrte ihn ärgerlich an. Francis erwiderte ihren Blick mit einem Ausdruck seinerseits, der besagte, daß er diesmal darauf bestand, die Sache auf seine Weise zu regeln.

Schließlich senkte seine Mutter den Blick. »Zehntausend Pfund«, flüsterte sie.
»*Zehntausend Pfund!* Der Mann ist reif fürs Irrenhaus.«
»Du wirst nicht zahlen, nicht wahr?« fragte sie ängstlich.
»Sicherlich nicht. Zumal es kein leichtes Unterfangen ist, über eine solche Summe in bar zu verfügen, und ich nicht die Absicht hege, einem debilen Erpresser nach der Pfeife zu tanzen. Schließlich sind das alles leere Drohungen. Mit einem Haufen Lügen wird er keinen großen Schaden anrichten können.«
»Um so mehr Grund, ihn zu ignorieren.«
»Keineswegs. Er soll lernen, daß er dich nicht auf diese Weise belästigen kann.«
Ihre Augen weiteten sich vor Schrecken. »Was hast du vor?«
»Ich werde seine kurzfristige Einladung annehmen und mich nach Weymouth begeben, um diesem Lehrer eine Lektion zu erteilen.«
Seine Mutter erhob sich eilig. »Nein, Francis! Das verbiete ich!«
Francis begann zu befürchten, daß die Angelegenheit seiner Mutter langsam den Verstand raubte. »Ich versichere dir, Mutter, das ist die wirkungsvollste Methode, der Sache ein Ende zu bereiten. Ich möchte, daß du die ganze unschöne Angelegenheit aus deinem Gedächtnis streichst.«
Sie hielt ihn am Ärmel zurück. »Aber du könntest verletzt werden, mein lieber Junge.«
Er sah sie ungläubig an. »Von einem *Lehrer?*«
»Er ist ... ein ziemlich kräftiger junger Mann. Größer als du. Athletisch. Ein strenger Brief von dir wäre ebenso wirkungsvoll. Und sehr viel sicherer.«
Diese Bemerkung rief in Francis einen nur allzu vertrauten Unwillen hervor. Er war ein zierlicher, empfindsamer Junge gewesen, und seine Mutter hatte noch immer die Angewohnheit, sich übermäßige Sorgen um ihn zu machen. Er

hatte geglaubt, ihre Einstellung hätte sich vielleicht mittlerweile geändert. Trotz seiner zierlichen Statur war er durchaus in der Lage, auf sich selbst und andere aufzupassen.
Er berührte zärtlich die Hand seiner Mutter. »Seine Statur spielt keine Rolle, Mutter. Ich beabsichtige nicht, mich zu duellieren, es sei denn, er besteht darauf, aber ich möchte den Mann persönlich zur Rede stellen.«
»Allmächtiger.« Sie ließ von seinem Ärmel ab und rang verzweifelt die Hände, als rechnete sie ernsthaft damit, daß ihr Sohn in seinen sicheren Tod ging.
»Mutter«, mahnte er sie eindringlich, »bitte hör auf, dich in dieser Weise zu beunruhigen. Du wirst dich noch ganz krank machen. Ich muß gestehen, ich hätte gute Lust, diesen Ferncliff grün und blau dafür zu schlagen, daß er dir solche Sorgen bereitet, aber dazu wird es nicht kommen.«
Sie wandte sich beinahe ruckartig um. »Aber was ist mit Lady Anne?«
»Was soll mit ihr sein?«
»Sie wird zutiefst verletzt sein, daß du sie verlassen hast. Du mußt auf dem schnellsten Wege nach Lea Park zurückkehren.«
Francis betrachtete seine Mutter mit ernsthafter Besorgnis. »Unsinn, liebe Mutter. Anne wird sich auch in ein paar Tagen noch dort befinden, und diese Angelegenheit muß unverzüglich geregelt werden. Ich werde sofort nach Weymouth aufbrechen. Du sollst dir wegen dieser Sache kein Kopfzerbrechen mehr zu machen brauchen, denn dieser Ferncliff wird dich nie mehr belästigen.« Er küßte sie auf die erröteten Wangen und verließ den Raum, bevor sie eine weitere Protestbekundung äußern konnte.

Als ihr Sohn gegangen war, stützte Lady Middlethorpe verzweifelt den Kopf in die Hand. Was um alles in der Welt

sollte sie nun bloß tun? Warum hatte sie nicht daran gedacht, daß Charles Francis' Aufenthaltsort ausfindig machen und ihm dorthin schreiben konnte?
Charles' und Francis' Aufeinandertreffen würde zweifellos in einer Katastrophe enden.
Lady Middlethorpe entnahm einem Fach ihres Sekretärs einen Brief, den sie an diesem Tag erhalten hatte, der letzte einer Reihe von Briefen, die Charles ihr geschrieben hatte.

... Ich werde Deinem Sohn alles erzählen, und ihm die Briefe zeigen, die Du mir gesandt hast. Ich bin überzeugt, wenn er erfährt, wie es um unsere Gefühle bestellt ist, wird er gegen unsere Verbindung nichts einzuwenden haben. Es wäre mir jedoch lieber, Du würdest ihm Deine Gefühle gestehen, meine Liebe. Ich weiß, daß Du über die gegenwärtige Situation so unglücklich bist wie ich. Die Erinnerung an diesen einen Nachmittag voller Leidenschaft will mich nicht loslassen. Ich leide Höllenqualen.

Es ging ihr nicht anders. Auch ihr wollten die Erinnerungen an jenen Nachmittag nicht aus dem Kopf, und im Gegensatz zu Charles mußte sie in diesem Haus leben, auf der Chaiselongue sitzen, wo sie beide ...
Sie verbarg ihr Gesicht in den Händen, Schuldgefühle und Verlangen übermannten sie. Wie hatte sie sich nur so gehenlassen können? Wie hatte sie nur auf solch schamlose Art und Weise ihre Stellung und das Andenken ihres verstorbenen Gatten verraten können, indem sie sich von einem mittellosen jungen Mann in dem Haus, das ihr Mann und sie erbaut hatten, lieben hatte lassen?
Wie konnte sie nur das starke Verlangen verspüren, den schamlosen Akt zu wiederholen?
Das schlechte Gewissen hatte sie so geplagt, daß sie auf

Charles' Entlassung gedrungen hatte, in der Hoffnung, ihn so aus ihrem Leben verbannen zu können. Doch er hatte weiter um sie geworben.

Schließlich hatte sie vorgegeben, Francis hätte Einwände gegen diese Verbindung. Durchaus kein abwegiger Gedanke. Sie hatte keine Vorstellung davon, wie ihr Sohn auf ihre Beziehung mit einem Mann wie Charles reagieren würde.

Charles hatte sich auch davon nicht abschrecken lassen. Er war sich sicher gewesen, Francis von der Angemessenheit der Verbindung überzeugen zu können. Und wahrscheinlich hatte er damit sogar recht gehabt.

Panikerfüllt durch Francis' plötzliche Ankunft hatte sie nun all ihren Lügen noch eine weitere hinzugefügt. Charles hatte sie nie erpreßt, nie Geld von ihr gefordert. Das einzige, was er je von ihr gefordert hatte, war, ihrem Sohn und sich selbst gegenüber ehrlich zu sein.

Sie hatte versagt.

Und nun machte sich ihr Sohn auf, um ihren Liebhaber zur Rede zu stellen, und das konnte in einer Katastrophe enden. Das geringere Übel wäre noch, daß Charles Francis die Wahrheit erzählte und ihr Sohn sie danach verachten würde. Im schlimmsten Fall aber würde es zu einem Duell kommen, und einer der Männer würde sterben.

Francis war immer ein friedfertiger Mann gewesen, doch seit er unter dem Einfluß von Nicholas Delaney und seinen grobschlächtigen Freunden stand, war sich Lady Middlethorpe nicht mehr sicher, zu was er in der Lage war. Die Bemerkungen über eine Schlägerei hatten sie in große Unruhe versetzt, aber es war der Gedanke an Pistolen, der ihr wirklich Angst einjagte. Männer forderten sich wegen den trivialsten Dingen zum Duell heraus.

Lady Middlethorpe ließ sich auf den Stuhl vor ihrem edlen Sekretär nieder und verfaßte eilends zwei Nachrichten. Nur

kurze Zeit nachdem sich ihr Sohn auf den Weg gemacht hatte, ritten zwei Reitknechte von Priory los, um die Briefe zu überbringen.
Der eine wurde nach Redoaks in Devon gesandt, dem Heim von Francis' engstem Freund. Sosehr sie dem Einfluß mißtraute, den Nicholas Delaney auf ihren Sohn hatte, so hielt sie ihn doch für genau den Mann, der verhindern konnte, daß sich Charles und Francis duellierten.
Die andere Nachricht war für Charles Ferncliff im Crown and Anchor in Weymouth bestimmt. Wäre Charles bei Francis' Ankunft doch abwesend, damit ein Treffen gar nicht erst möglich würde!
Lady Middlethorpe hoffte inständig, daß dies das Ende der Angelegenheit sein würde und sie nie wieder von Charles hören müßte. Doch bei dem Gedanken traten ihr die Tränen in die Augen.

Drittes Kapitel

An diesem Abend befanden sich Serena und Francis bei Dämmerung in derselben Gegend von Dorset, obgleich sie sich dieser Tatsache nicht bewußt waren.
Serena war der Verzweiflung nahe. Anfangs hatte sie noch Glück gehabt. Das Warten auf die Postkutsche war ihr erspart geblieben – ein Tuchhändler hatte sie ein Stück mitgenommen. Der Mann war ein Fremder auf der Durchreise gewesen. Nachdem er sie im Dog and Fiddle in Nairbury abgesetzt hatte, zog er seines Weges. Ihre Brüder würden glauben, sie hätte sich in Luft aufgelöst. Serena waren die anzüglichen Blicke und Bemerkungen des Händlers nicht entgangen, aber der Mann hatte ihr abweisendes Verhalten akzeptiert und war alleine weitergefahren.
Das Dog and Fiddle war eine Haltestelle der Postkutsche, und Serena konnte dort problemlos eine Fahrkarte erstehen. Sie beschloß, nach Winchester weiterzureisen, weil diese Kutsche als nächste abfahren würde. In der großen Stadt konnte sie sicherlich alle Verfolger abschütteln. Auf der dreistündigen Fahrt hatte sie jedoch zuviel Zeit zum Nachdenken.
Langsam wurde ihr der Irrsinn ihrer Flucht bewußt, doch es fiel ihr kein anderer Ausweg ein. Besser allein unterwegs mit ein paar Guineen in der Tasche als an ein Freudenhaus verkauft zu werden.

Sie wußte, ihr älterer Bruder wäre dazu fähig. Will hingegen würde vielleicht protestieren, aber er war zu schwach, um gegen Tom anzukommen; schließlich war sie für ihre Brüder nur dann von Nutzen, wenn sie sie verkaufen konnten.

Serena begann zu bezweifeln, daß es wirklich eine gute Idee war, Miss Mallory aufzusuchen. Sie hatte die Dame als entschlossene und freundliche Person im Gedächtnis behalten, doch das war vor acht Jahren. Sie wußte nicht einmal, ob sie noch lebte. Und falls ja, was sollte Miss Mallory tun, wenn Serena Riverton vor ihrer Tür stand und um Zuflucht bat? Ihr eine Stellung als Lehrerin anbieten?

Bei dieser Vorstellung mußte Serena beinahe laut auflachen. Obwohl sie während ihrer Ehe die Liebe zu Büchern entdeckt hatte – denn die meiste Zeit hatte sie gottlob allein auf dem Land verbracht –, war sie keine Intellektuelle, und die Auswahl an Büchern in Stokeley Manor war bescheiden.

Und sie war Rivertons Witwe.

Sir Matthew Riverton war ein reicher Bürger gewesen, dem man zum Dank für seine Großzügigkeit dem Prinzregenten gegenüber den Titel eines Barons verliehen hatte. Matthew Riverton hatte Prinz George einige erlesene Gemälde überlassen, auf die dieser sein Auge geworfen hatte. Doch trotz alledem war Matthew nicht in die oberen Kreise aufgenommen worden. In seinen eigenen vier Wänden hatte er oft über die Ungerechtigkeit des Lebens geschimpft: Der Prinz hatte ihn nicht zu seinem Vertrauten gemacht, und seine Frau konnte ihm keinen Erben gebären.

Auch ohne Zugang zu den illustren Kreisen zu haben, war Matthew Riverton bekannt. Unter Männern war er berüchtigt für seine ausschweifenden Feste. Serena konnte sich lebhaft vorstellen, wie die Väter von Miss Mallorys Schülerinnen reagieren würden, wenn sie erfuhren, daß ihre Töchter von Rivertons Witwe unterrichtet wurden.

Unterricht worin, würden sie vermutlich fragen.
Und das mit gutem Grund. Während ihrer Ehe war es Serena nicht gestattet gewesen, eigenes Geld zu besitzen, und folglich war sie völlig unerfahren in der Organisation eines Haushalts. Sie hatte niemals besonderes Interesse an Musik oder Geschick in Handarbeit gezeigt. Da sie die Schule im Alter von fünfzehn Jahren verlassen mußte, wies ihre Schulbildung Lücken auf.
Die einzige Ausbildung, die sie je erhalten hatte, war die von Matthew gewesen – und das waren sicherlich keine Fähigkeiten, die sich wohlerzogene junge Mädchen aneignen sollten...
Serena bemerkte plötzlich, daß der Hauptmann, der ihr gegenüber saß, bereits mehrmals mit seinem Stiefel ihre Schuhspitze berührt hatte.
Sie wandte sich hastig ab, Schamesröte stieg ihr ins Gesicht. Der Mann war dadurch nicht zu beirren und ließ seinen Stiefel in Richtung Fußknöchel hochwandern.
Serena wandte sich um und warf ihm einen warnenden Blick zu.
Der Hauptmann zog in gespielter Unschuld die Augenbrauen hoch und entfernte seinen Fuß; seinen anzüglichen Blick wandte er jedoch nicht von ihr ab.
Um sich vor dieser Aufdringlichkeit zu schützen, zog Serena ihre Kapuze tiefer ins Gesicht. Oh, wie sie es verabscheute, diese Art von Aufmerksamkeit auf sich zu ziehen.
Serena wußte, daß sie ohne männlichen Schutz für den Rest ihres Lebens Belästigungen dieser Art ausgesetzt sein würde oder zumindest bis zu dem Zeitpunkt, wenn das Alter ihr diese verfluchte Ausstrahlung nahm. Sie glaubte nicht mehr daran, einen sicheren Zufluchtsort zu finden.
Selbst wenn sie ohne Referenzen eine Stelle als Gouvernante oder Gesellschafterin finden würde, aufgrund ihres Aussehens würde man ihr jede Tür vor der Nase zuschlagen.

Serena sah in die düstere Winterlandschaft hinaus und wußte, Tom hatte recht gehabt. Ihre Bestimmung war es, Hure zu sein. Gott schien ihr Äußeres für diese Rolle entworfen zu haben, und ihr Ehemann hatte ihr die nötige Ausbildung zukommen lassen. Eine Ausbildung auf dem Gebiet der ehelichen Pflichten, wie er es auf seine abscheuliche Art genannt hatte …
Sie warf einen Blick auf den Hauptmann, der ihr erneut lächelnd zublinzelte. Die Einladung war unmißverständlich.
Dann seid alle verflucht, dachte sie bitter. Wenn ihr wirklich nur die Wahl zwischen Heirat und Prostitution blieb, dann *würde* sie eine Hure werden, aber nicht in einem Freudenhaus. Nein, sie würde eine erstklassige Mätresse werden. Und wenn sie schon eine Mätresse würde, dann verflucht noch mal die beste in ganz England.
Der Stiefel des Hauptmannes berührte erneut ihren Schuh. Serena warf ihm einen derart vernichtenden Blick zu, daß er betreten die Augen zu Boden schlug, und diesmal war er es, der errötete. Und das war ganz richtig so. Er würde sie nämlich nicht bezahlen können.
Sie würde nämlich verdammt noch mal auch die teuerste Mätresse in England werden!
Wenn Seale zehntausend Pfund bot, was konnte sie dann selbst für sich verlangen? Wie Tom schon gesagt hatte, war Unfruchtbarkeit bei diesem Gewerbe kein Nachteil.
Wie sollte sie nun vorgehen? Wie begann man ein Leben in Sünde? Dann fiel ihr Harriet Wilson ein.
Die berühmte Mätresse war Gast auf einem der Feste gewesen, die Matthew während der Jagdsaison auf Stokeley Manor gegeben hatte, genauer gesagt, auf einer der Orgien. Serena schauderte bei dem Gedanken daran, doch sie erinnerte sich noch, wie freundlich Harriet zu der Siebzehn-

jährigen gewesen war, die mit Frauen dieses Gewerbes nichts zu tun haben wollte.
Freundlich und mitleidig.
Serena verstand nun, warum Harriet die Kindbraut bemitleidet hatte, die sie gewesen war, unübersehbar eine Sklavin ihres Mannes, die sogar in Anwesenheit von Fremden zu unanständigem Verhalten gezwungen wurde. Harriet hatte solche Demütigungen nicht erlaubt.
Die berühmte Mätresse hatte ihr sogar einen Rat gegeben. »Ich würde ihn verlassen, meine Liebe«, sagte sie eines Tages unter vier Augen zu Serena.
»Ich kann nicht. Er ist mein Mann.«
Harriet hatte nicht protestiert, sondern nur geantwortet: »Wenn du dich doch dazu entschließt, Liebes, komm zu mir, und ich helfe dir. Ich bin sicher, ich könnte einen Beschützer finden, der Riverton in Schach hielte. Du bist etwas ganz Besonderes.«
»Ich *verabscheue* es.«
Harriet lächelte. Sie hatte keineswegs Serenas Schönheit, doch auch sie besaß etwas, das Männer anzog wie ein Magnet. »Wenn du Glück hast, Liebes, wirst du es eines Tages als die Macht ansehen können, die es ist. Es ist wie eine geladene Waffe, die direkt ins Herz der Männer zielt. Du mußt nur zu treffen lernen.«
So, dachte Serena, sie hatte eine Waffe gegen Männer ... wenn sie nur wüßte, wie man sie verwendete. Es war ganz offensichtlich an der Zeit zu lernen, wie man ins Ziel traf, und Harriet wäre eine ausgezeichnete Lehrerin. Sie würde nicht nach Cheltenham weiterfahren, sondern eine Fahrkarte nach London kaufen.
Als sie in der Kathedralenstadt ankam, las sie jedoch auf dem Fahrplan, daß die Kutsche nach London an diesem Tag bereits abgefahren war. Serena sah sich ängstlich in der

Menschenmenge um und wußte, sie konnte nicht in Winchester bleiben. Es war so naheliegend, hier nach ihr zu suchen, daß es nur eine Frage der Zeit sein konnte, bis einer ihrer Brüder auftauchte.
Sie mußte in eine kleinere Stadt weiterfahren.
Serena kaufte eine Fahrkarte für die nächste Postkutsche nach Basingstoke.
Es war bereits später Nachmittag, und langsam wurde es dunkel. Ihre Brüder hatten sich sicherlich bereits auf die Suche nach ihr gemacht. Als die Fahrgäste aufgefordert wurden, in die Kutsche zu steigen, erstarrte sie vor Schreck. Will ritt gerade in den Hof und sah sich suchend um. Sie duckte sich hinter einer Kutsche, ihr Herz raste vor Panik. Abermals wurden die Fahrgäste für die Kutsche nach Basingstoke aufgerufen. Serena wäre am liebsten in die Kutsche gesprungen und auf und davon gefahren, doch die Gefahr war zu groß, daß Will sie entdeckte. Außerdem würde sich der Fahrkartenverkäufer an sie erinnern – jeder erinnerte sich an sie – und Will mitteilen, in welcher Kutsche sie sich befand. Dann säße sie in der Falle.
Sie konnte nur mühsam das Gefühl aufkommender Panik unterdrücken. Was sollte sie nun tun? Sie spürte, daß sie kurz davor war aufzugeben. Ihre Lage war aussichtslos. Sie konnte nicht mehr.
Doch sie durfte nicht aufgeben. Lieber wollte sie sterben, als eine erneute Heirat einzugehen.
Als erstes mußte sie Will entkommen. Sie benutzte die Kutsche als Versteck, um zum Ausgang des Hofes und dann auf die offene Straße hinaus zu laufen. Zum Glück war es der faule, dumme Will, der sie beinahe gefunden hätte, und nicht Tom. Sie hatte noch eine Chance.
Nachdem sie den Hof verlassen hatte, lief sie schnellen Schrittes in Richtung Stadtgrenze, ständig in der Angst,

jeden Moment einen Verfolger zu bemerken. Weit und breit war jedoch nichts zu hören, und so beruhigte sie sich etwas. Vielleicht würde sie es bis zum nächsten Dorf schaffen.
Dann wurde sie sich bewußt, daß sie auf der großen Hauptstraße zu deutlich zu sehen war. Sie konnte sich mühelos vorstellen, wie Will sie entdeckte und wie einen verängstigten Fuchs jagte. Als sie an eine Seitenstraße kam, die nach Hursley führte, bog Serena ab und beschleunigte ihren Schritt, bis sie beinahe rannte. An einer Weggabelung lief sie völlig willkürlich in eine Richtung. Sie war bereits völlig außer Atem und verlangsamte ihr Tempo, um zur Ruhe zu kommen.
Was sie tat, war Wahnsinn! Sie hatte keine Ahnung, wohin diese Straße führte, und bezweifelte, daß sie es mit den wenigen Münzen in der Tasche bis nach London schaffen würde. Doch in Winchester wartete Will auf sie, und lieber wollte sie sterben, als ihren Brüdern in die Hände zu fallen. Sie würden dafür sorgen, daß sie niemals wieder entkam.
Sie zwang sich weiterzulaufen. Sicherlich würde bald das nächste Dorf kommen, und dort würde es eine Möglichkeit geben, weiter nach London zu gelangen, selbst wenn sie auf einem Karren fahren oder laufen mußte.

Eine Stunde später schleppte sie sich mit letzter Kraft voran, und wieder und wieder quälte sie die Frage: Ist die Ehe wirklich ein schlimmeres Schicksal als der Tod? Denn es war durchaus wahrscheinlich, daß es der Tod war, für den sie sich entschieden hatte.
Ein langsamer Tod durch Verhungern. Ein schneller Tod durch die Hände von Wegelagerern. Ein qualvoller Tod durch Vergewaltigung. Tod durch Erfrieren …
Die Dunkelheit brach herein und brachte einen eisigen Wind mit. Das Dorf Hursley lag irgendwo vor ihr, aber es konnte noch eine Weile dauern, bis sie es erreichte.

Serena hatte immer gewußt, daß sich hinter ihrem exotischen Äußeren eine gehörige Portion gesunder Menschenverstand verbarg, der sie die Tortur ihrer Ehe hatte überstehen lassen; eine weniger charakterstarke Frau wäre vielleicht daran zugrunde gegangen. Dieser gesunde Menschenverstand sagte ihr nun, daß eine zweite Ehe, selbst wenn sie so schlimm wie ihre erste werden sollte, vermutlich einem Tod durch Erfrieren, ganz sicher aber dem Tod durch Vergewaltigung, vorzuziehen war.
Serena bemerkte, daß sie vor lauter Grübeln stehengeblieben war, und zwang sich, ihre kalten und müden Beine erneut in Bewegung zu setzen. Sicherlich würde sie erfrieren, wenn sie sich nicht bewegte, und noch war sie nicht bereit, sich diesem Schicksal zu ergeben.
Sie spürte den schmalen Geldbeutel in ihrer Tasche. Vier Guineen und etwas Kleingeld waren noch übrig. Besser als gar nichts, aber nicht genug, um damit ein neues Leben beginnen zu können.
Sie schluckte die aufsteigenden Tränen hinunter und unterdrückte ihre Panik. Wenn sie erst eine Möglichkeit gefunden hatte, nach London zu kommen, würde alles gut werden.
Sie wußte, viele Frauen wären entsetzt darüber, daß sie überhaupt in Betracht zog, Mätresse zu werden, aber für Serena war dies der einzige Ausweg in einer verzweifelten Notlage.
Als hochbezahlte Mätresse zu arbeiten, war in ihren Augen einer erneuten Heirat zweifelsohne vorzuziehen. Einer Mätresse stand es schließlich frei, ihren Beschützer zu verlassen. Sie würde über eigenes Geld verfügen können. Sie mußte sich keinem Mann gegenüber verpflichten, und niemand konnte gesetzliche Ansprüche geltend machen.
Ein kühler Wind kroch unter ihren warmen Umhang. Die Hecken waren hoch, und obwohl es November war, ver-

deckten sie die Sicht auf die umliegende Landschaft. Sie beschleunigte ihren Schritt, und wie so oft kreisten ihre Gedanken um ihre Situation. Die Möglichkeit, zurückzukehren und Seale zu heiraten, stand ihr noch immer offen. Womöglich verstarb er noch schneller als ihr erster Mann, und beim nächsten Mal würde sie dafür sorgen, daß niemand ihr Erbe stahl ...

Die Tatsache, daß sie an diese Möglichkeit dachte, zeigte, daß sie vor der Alternative zurückschreckte. Konnte sie wirklich eine Hure sein?

Was war sie für Matthew denn anderes gewesen, Ehering hin oder her?

Als Mätresse wäre sie wenigstens selbst für ihr Schicksal verantwortlich. Ein Geräusch unterbrach ihre verworrenen Gedankengänge. Pferde und Wagenräder. Voller Angst wirbelte Serena herum. Ein Wagen!

Nein, ein offener Zweispänner.

Ein Mann.

Niemand, den sie kannte, bemerkte sie mit großer Erleichterung. Trotzdem raste ihr Herz, als sie sich vor Augen führte, daß sie hier alleine von einem Mann vorgefunden wurde, aber nirgends war ein Versteck in Sicht. Sie wandte sich um und beschleunigte ihr Tempo, obwohl sie wußte, daß sie keine Chance hatte, zu entkommen. Das Gefährt kam näher. Die großen, schnaubenden Füchse galoppierten an ihr vorbei, verlangsamten dann jedoch ihr Tempo, bis der Zweispänner sich auf einer Höhe mit ihr befand.

»Kann ich Sie irgendwohin mitnehmen, Madam?«

Eine wohlerzogene Stimme, doch der Mann konnte Schlimmes im Schilde führen, wenn er eine Frau auf offener Straße ansprach. Serena hoffte inständig, er möge einfach weiterfahren.

Der Zweispänner behielt das Tempo bei. »Madam?«

Oh, warum ließ er sie nicht einfach in Ruhe? Serena wandte sich nur leicht um, die Kapuze ihres Umhanges tief ins Gesicht gezogen. »Ich benötige Ihre Hilfe nicht, vielen Dank.« Sie lief entschlossen weiter.
Der Mann fuhr nicht an ihr vorbei. »Madam, soweit ich weiß, ist das nächste Dorf mindestens zwei Meilen entfernt, es ist kalt, die Nacht bricht herein, und ich vermute, ein Sturm ist im Anzug. Ich kann Sie hier nicht alleine zurücklassen.«
Serena wußte, daß er keinesfalls weiterfahren würde, hielt inne und blickte den Mann prüfend an. Dies war ganz und gar kein debiler Tuchhändler, sondern ein Geck, dachte sie verächtlich – mit seinem Biberpelz und den glänzenden Stiefeln wie aus dem Ei gepellt. In seinem schmalen, schönen Gesicht konnte sie einen Anflug von Belustigung entdecken, der ganz offensichtlich ihr galt.
»Ich möchte Sie nicht beunruhigen, Madam, aber das Wetter scheint sich zu verschlechtern. Ich halte es keineswegs für angebracht oder sicher, daß Sie hier alleine unterwegs sind. Und denken Sie doch nur an das Dilemma, in dem ich mich befinde«, fügte er mit einem verschmitzten Lächeln hinzu. »Ich wurde dazu erzogen, mich stets wie ein Gentleman zu verhalten, und bin überdies noch gestraft mit einem weichen Herzen. Ich kann Sie also unmöglich hier alleine zurücklassen. Wenn Sie darauf bestehen, weiterzulaufen, werde ich die ganze Strecke über im gleichen Tempo neben Ihnen herfahren müssen.«
Serena konnte seinem gewinnenden Humor und seiner Freundlichkeit nicht widerstehen – Charaktereigenschaften, die ihr bisher kaum begegnet waren. Eine messerscharfe Windböe gab den Ausschlag. Sie brauchte dringend einen Ort der Zuflucht.
Vorsichtig erklomm sie das Gefährt und hob ihren Fuß auf

die Stufe. Er streckte ihr eine Hand entgegen und half ihr auf den Sitz neben sich.
Die bloße Berührung seiner Hand, feingliedrig und doch kräftig, ließ sie trotz der Handschuhe, die beide trugen, erbeben.
Sie war nicht an schmale und starke junge Männer gewöhnt. Ihr Vater, ihre Brüder und ihr Gatte waren alle sehr stark, aber grob, mit derben Händen.
Früher, als sie noch jung und unschuldig gewesen war, hatte sie bisweilen einen Blick auf solche Männer geworfen und kichernd mit ihren Freundinnen gerätselt, wer wohl welchen bekommen würde. Seit ihrer Heirat waren diese Männer nicht mehr Teil ihres Lebens gewesen. Der Unbekannte machte ihr angst.
Er verhielt sich jedoch keineswegs beunruhigend, sondern trieb das Gespann zu einem schnelleren Tempo an. »Wohin wollten Sie, Madam? Ich setze Sie vor der Haustür ab.«
»Nach Hursley«, erwiderte sie, blickte starr geradeaus und klammerte sich krampfhaft fest.
Vom Kutschbock aus konnte Serena nun die Bedenken des Mannes verstehen. Kahle Felder erstreckten sich auf der einen Seite, und auf der anderen lagen düstere Hügel. Es waren keine Häuser in der Nähe. Große, bedrohliche Wolken zogen sich von Osten zusammen, und in der Ferne bewegte sich das schwarze Geäst eines Baumes bedrohlich im Wind hin und her.
»Mein Weg führt mich durch Hursley«, antwortete er, »ich kann Sie also problemlos bis dorthin mitnehmen. Mein Name ist übrigens Middlethorpe. Lord Middlethorpe.«
Serena riskierte einen wachsamen Blick. Sie hatte bisher nur wenige Lords kennengelernt und keinen davon gemocht. Matthew war nur ein Baron und seine Freunde von niedrigerem Adel gewesen. Vermögend, sicherlich, aber nicht von

hohem Rang. Die wenigen Mitglieder des Hochadels, die sich in Matthews Kreis bewegt hatten, gehörten zum Abschaum der Gesellschaft. Matthew war stets bitter enttäuscht gewesen, daß er Leute von Ansehen nicht für seine feudalen Gelage hatte gewinnen können.

Die Lords, die Serena zuvor kennengelernt hatte, waren ausgemachte Lüstlinge gewesen, und so war sie überzeugt, daß ehrwürdige Adlige nicht aus bloßer Mildtätigkeit Reisende auflasen. Sie blickte von der Kutsche auf die Straße hinunter und fragte sich, ob sie es wohl überleben würde, wenn sie sich vom Wagen fallen ließ ...

»Darf ich Ihren Namen auch erfahren, Madam?« fragte er.

»Serena Allbright.« Dann bemerkte sie, daß sie ihm ihren Mädchennamen genannt hatte.

Warum?

Zweifelsohne weil sie jegliche Spuren ihrer Heirat beseitigen wollte. Und weil sie bei der Vorstellung schauderte, daß dieser elegante Lord den Namen Riverton womöglich kannte und wußte, daß sie Matthew Rivertons gut ausgebildete Gattin war. Woher sollte sie wissen, wie weit sich die Prahlereien ihres betrunkenen Mannes verbreitet hatten?

Wenigstens drang Lord Middlethorpe nicht weiter in sie und konzentrierte sich statt dessen darauf, das Gespann routiniert den kurvenreichen, gefurchten Weg entlang zu lenken. Serena ertappte sich dabei, wie sie ihre Augen nicht von seinen geschickten Händen abwenden konnte. Schließlich wanderte ihr verstohlener Blick zu seinem Gesicht.

Sein Gesicht war keineswegs das eines Lüstlings, vielmehr hatte er ein schönes, klassisches Profil. Da sie selbst eine kurze Nase und merkwürdig schräg gestellte Augen hatte, hegte sie große Bewunderung für klare Gesichtszüge.

Meine Güte, was für ein Dummkopf sie doch war!

Serena mußte beinahe laut auflachen. Sie hatte ernsthafte

Bedenken gehabt, was ihr Retter wohl für Absichten hegte, obwohl sie kurze Zeit davor noch geplant hatte, ein Leben in Sünde zu führen! Hier war sicherlich ein Kandidat für die Rolle eines Beschützers! Wenn er versuchte, sie zu verführen wie der Tuchhändler und der widerliche Hauptmann, mußte sie sich ihm nur hingeben und ihren Preis nennen. Doch nun, wo sich diese Möglichkeit bot, verspürte sie einen inneren Widerstand.

Dieser Mann mochte gutaussehend sein, aber er war trotzdem ein Mann.

Er würde erwarten, was Matthew erwartet hatte, tun, was Matthew getan hatte ...

Aber, schaltete sich ihr Realitätssinn ein, welche Wahl hast du?

Und wenn es wirklich unerträglich werden sollte, steht es dir diesmal frei zu gehen.

Trotzdem ...

Lord Middlethorpe mußte ihr Schaudern bemerkt haben.

»Ist Ihnen kalt, Madam?« fragte er. »Es kann nicht mehr lange dauern. Aber der Wind wird heftiger.«

Er trieb seine Pferde zu mehr Eile an. Plötzlich verfing sich jedoch ein Stock in einem Rad und ließ das Gefährt beinahe in einen Graben kippen. Lord Middlethorpe warf sich auf die andere Seite, um das Gleichgewicht wiederherzustellen, und zog mit aller Kraft an den Zügeln. »Entschuldigen Sie bitte«, keuchte er, als er die Kontrolle wiedererlangt hatte. »Ist bei Ihnen alles in Ordnung?«

»Ja, danke.« Serena setzte sich auf, überwältigt von den Gefühlen, die die kurze Berührung seines Körpers in ihr ausgelöst hatte.

»Heiliger Strohsack«, murmelte Lord Middlethorpe. »Ich hatte befürchtet, daß ein gewaltiges Unwetter aufziehen würde, aber nicht ein derartiger Sturm. Zu unserer Rechten

kann ich einen Hof erkennen, Madam. Wissen Sie, ob man dort Schutz suchen kann?« Er mußte nun schreien, um den Wind zu übertönen.
Ein beunruhigendes Knarren wies darauf hin, daß ein morscher Ast von einem in der Nähe stehenden Baum abgebrochen war. Er verfehlte die Pferde knapp, und Lord Middlethorpe konnte die Tiere nur mit Müh und Not wieder beruhigen.
»Was meinen Sie?« rief er. »Ich glaube kaum, daß wir es bis nach Hursley schaffen werden.«
»Ich weiß nicht«, rief sie zurück. »Ich kenne mich in dieser Gegend auch nicht aus.«
Er warf ihr einen erstaunten Blick zu, lenkte das Gefährt dann aber auf den holprigen Pfad, der zum Hof führte. Ein einladendes Licht flackerte durch die heftig hin und her wogenden Bäume.
Serena hatte keine Zeit, sich Gedanken darüber zu machen, was er wohl über sie dachte. Der Sturm hatte sich nun beinahe zum Orkan gesteigert. Sie sah, wie ein Heuhaufen vom Wind in der Luft zerfetzt wurde, und ein besonders heftiger Windstoß brachte das Gefährt erneut ins Wanken.
»Wir steigen am besten aus und laufen!« schrie Lord Middlethorpe und kämpfte sich vom Kutschbock hinab, um die völlig verängstigten Pferde zu beruhigen.
Serena sah, daß er ihr nicht behilflich sein konnte, und versuchte, so gut sie konnte, vom Wagen hinunterzuklettern. Ihr schwerer Umhang flatterte wie ein Laken im Wind. Sie schaffte es, nach den Zügeln eines der Pferde zu greifen und so sich und dem Tier Halt zu geben. Mit aller Kraft kämpften sich Serena und Lord Middlethorpe weiter gegen den Wind in Richtung des Gehöfts vor.
Als sie den Hof erreicht hatten, ließ die Intensität des Windes nach, weil er von den Schuppen und Scheunen etwas abge-

halten wurde. Doch nun stellten umherfliegende Trümmer eine große Gefahr dar. Serena ließ das Pferd los und zog ihre Kapuze tiefer ins Gesicht, um sich gegen den umherwirbelnden Staub zu schützen. Sie klammerte sich an einen steinernen Pferdetrog und fragte sich verzweifelt, wie sie es jemals bis zum Haus schaffen sollten.

Ein Brett verfehlte ihren Kopf nur knapp und zerbarst an einer Steinwand.

Francis erkannte, daß Serena dringend seine Hilfe benötigte. Mein Gott, sie war wirklich ein zartes Geschöpf. Es war ihm mittlerweile gelungen, die völlig außer sich geratenen Pferde in einer offenen Scheune anzubinden, so daß er Serena festhalten konnte. Während sie sich weiter zur Tür des Bauernhofes vorkämpften, schützte er sie mit seinem Körper.

Er klopfte, doch bei diesem Krach konnte ihn unmöglich jemand gehört haben, also öffnete er die Tür und zog Serena mit sich in den Raum. Endlich befanden sie sich in Sicherheit.

Beide brauchten einen Moment, um wieder zu Atem zu kommen. Mit einem tiefen Seufzer der Erleichterung schob Serena Allbright ihre schwere Kapuze zurück und schüttelte den Kopf.

Fast stockte Francis der Atem. Obgleich Serena völlig zerzaust und bleich war, hatte er nie zuvor in seinem Leben eine solche Frau gesehen.

Nein, dachte er, das war lächerlich. Ihm waren bereits die verschiedensten Schönheiten zu Gesicht gekommen.

Aber keine wie diese.

Benommen nahm er feuerrotes Haar wahr, das sich aus einem Knoten gelöst hatte und nun das blasse, makellose Gesicht umschmeichelte ...

Nein, nicht makellos. Die Lippen waren zu voll, die kurze

Nase hatte einen entschiedenen Schwung nach oben und die Augen ...
Serenas Augen waren groß und dunkel und saßen mandelförmig unter sinnlichen, schweren Augenlidern. Hätte er es nicht besser gewußt, wäre er überzeugt gewesen, diese Frau hätte sich eben befriedigt aus einem zerwühlten Bett erhoben.
Diese Wirkung wurde noch von ihrem außergewöhnlichen Parfüm unterstrichen. Es war nicht aufdringlich, aber doch so intensiv, daß man nicht umhin konnte, es zu bemerken. Es erinnerte nicht im entferntesten an die blumigen Düfte, die seine Mutter und Schwestern benutzten, sondern war ein schwerer, sinnlicher Duft, der von purer Erotik sprach.
Eine Hure. Serena Allbright mußte eine Hure sein.
Eine zur Verfügung stehende Hure, erkundigte sich sein erwartungsvoller Körper.
Francis rang nach Atem. Es konnte nichts als Ärger bedeuten, wenn eine solche Frau alleine auf dem Land umherwanderte.
Serena sah ihn fragend an. »Man hat uns wegen des Sturms wahrscheinlich nicht gehört, Mylord. Meinen Sie nicht, wir sollten den Leuten hier sagen, daß sie unerwartete Gäste haben?«
»Ich frage mich, *was* ich Ihnen sagen soll, Miss Allbright.«
»Daß man uns bitte Zuflucht vor dem Sturm gewährt? In christlicher Nächstenliebe kann man uns das kaum verweigern.«
»Ich habe mich eher gefragt, was ich über Sie sagen soll. Ich bin in einer geschäftlichen Angelegenheit unterwegs. Genauer gesagt, auf dem Weg nach Weymouth. Was ist mit Ihnen?«
Sie zeigte sich überrascht, und er vermutete, daß sie einen Moment lang ihre Schwierigkeiten, um was auch immer es

sich dabei handeln mochte, vergessen hatte. »Ich hatte einen Unfall mit der Kutsche?« schlug sie zaghaft vor.
»Dann müßten wir auf jeden Fall Hilfe für Ihren Kutscher und die anderen Bediensteten organisieren.«
Ihr Blick wurde ratlos. »Unter diesen Umständen fürchte ich, ich habe keine gute Entschuldigung anzubieten, Mylord.«
»Miss Allbright, ich muß mich um meine Pferde kümmern, wir können uns also nicht länger hier aufhalten und Gefälligkeiten austauschen. Was soll ich über Sie sagen?«
Sie hob trotzig ihr Kinn. »Die Wahrheit, wenn Sie möchten.«
Er zuckte mit den Schultern. »Wie Sie wünschen.« Die Geschichte würde jedoch einen äußerst komischen Eindruck erwecken.
Francis ging in Richtung Tür am Ende des Flurs, doch sie wurde geöffnet, bevor er sie erreicht hatte. Aus dem Zimmer drang Licht und der verführerische Geruch von Essen. »Wer ist da draußen?« fragte eine barsche Stimme, und Francis blickte in die Öffnung einer Schrotflinte, die direkt auf ihn gerichtet war.
»Keine Übeltäter, Sir«, erwiderte er rasch. »Wir suchen nur Zuflucht vor dem Sturm. Sie haben mein Klopfen nicht gehört.«
Vielleicht war es sein vornehmer Akzent, der den Mann milder stimmte, denn er kam nun vollständig zum Vorschein. Er war groß, hager und trug einen langen, schwarzen Bart. Hinter ihm konnte Francis eine Küche voller Menschen erkennen.
»Niemand soll sagen«, donnerte der Mann, »daß Jeremy Post guten Christen in einer Stunde der Not seine Hilfe verwehrt. Wer sind Sie?« Trotz seiner Worte war sein Tonfall unwirsch, der Ausdruck in seinen Augen hart und mißtrauisch.

Angesichts dieser biblischen Erscheinung traf Francis kurzerhand eine Entscheidung. »Mein Name ist Haile, und dies ist meine Gattin. Wir werden für die Übernachtung bezahlen.«
Einen Moment später zweifelte er, ob seine Entscheidung weise gewesen war, denn er vernahm unterdrückten Protest von seiner Begleitung; doch er wußte, er hatte recht. Es war nur zu wahrscheinlich, daß dieser Patriarch Serena Allbright schnurstracks wieder vor die Tür setzen würde, wenn sie sich nicht seriös legitimieren konnte.
Eine unauffällige Fremde wäre vielleicht noch toleriert worden, aber diese erotische Sirene? Niemals.
Und wenn er schon vorgab, eine Gattin zu haben, war es zweifellos klüger, nicht seinen vollständigen Titel zu nennen.
Aus seinen tiefliegenden Augen musterte der Mann sie eingehend; auf Serena verharrte er jedoch mit offenkundigem Mißfallen. Schließlich ließ er seine Waffe sinken und trat einen Schritt zur Seite. »Treten Sie ein.«
Die Küche war voller Menschen, ein Geruch nach Essen und verschwitzten Körpern durchzog den Raum. Aber Francis war mittlerweile alles andere als wählerisch. Vielmehr dachte er, alles, was Serenas verwirrendes Parfüm überdeckte, konnte nur von Vorteil sein. Während er seine Begleiterin zum Feuer führte, nahm er vage ungefähr zehn Personen im Raum war.
»Shem, Ham«, knurrte Mr. Post. »Geht und kümmert euch um Mr. Hailes Pferde.«
Zwei muskulöse junge Männer, die auf einer Eichenbank in der Nähe des Feuers saßen, erhoben sich mürrisch und stapften nach draußen.
Francis wandte sich Serena zu, um ihr aus dem zobelgefütterten Mantel zu helfen, und bemerkte mit Erstaunen des-

sen erstklassige Qualität. Er mußte ein Vermögen gekostet haben. Darunter jedoch trug Serena ein Kleid, das Mr. Post sicherlich den Schweiß auf die Stirn trieb, so großzügig war das Dekolleté geschnitten. Francis konnte kaum den Blick von ihr wenden.

Serena Allbright schien sich ihrer Wirkung nicht bewußt zu sein und fuhr unbeirrt fort, sich die Lederhandschuhe abzustreifen.

Wieder wurde Francis' Aufmerksamkeit erregt. Serena trug einen edlen Ehering und eine großen Smaragd.

Sie war *verheiratet?* Ein Mann besaß dieses wundervolle Geschöpf und ließ es allein durch die Gegend streifen?

»Sarah«, bellte Mr. Post zu den Frauen hinüber, die in der Nähe des Tisches saßen. »Gib Mrs. Haile deinen Umhang. Ihr wird kühl sein.«

Ein dünnes Mädchen kam hastig herbeigeeilt, um Serena sein schwarzes Umhängetuch zu reichen. Francis hätte schwören können, daß Serenas Lippen nervös zuckten, als sie sich den Umhang um die Schultern legte. Dennoch lächelte sie ihren Gastgeber liebenswürdig an. »Ich danke Ihnen, Mr. Post. Wie aufmerksam von Ihnen.«

Jeremy Post starrte sie finster an, während er an seiner langen Tonpfeife zog. Francis wußte, er wünschte, diese Hure von Babylon hätte niemals auch nur einen Fuß in sein Haus gesetzt. Er konnte es ihm nicht einmal übelnehmen.

Sie nahmen Platz, und Francis wandte sich an ihren Gastgeber: »Ich danke Ihnen für Ihre Gastfreundschaft, Mr. Post. Es ist sehr stürmisch da draußen.« Der Wind heulte, die Fensterläden klapperten, und das gelegentliche Krachen wies darauf hin, daß wieder etwas zu Bruch gegangen war.

»Gottes Hände über den Sündern im Land«, murmelte der Mann. »Woher, sagten Sie, kommen Sie?«

»Ich besitze ein Anwesen in der Nähe von Andover.« Dies

entsprach vollkommen der Wahrheit. Thorpe Priory befand sich in dieser Gegend.

»Nettes Anwesen ohne Zweifel«, bemerkte ihr Gastgeber höhnisch.

Francis hätte diesem unfreundlichen Menschen am liebsten sofort den Rücken gekehrt, war sich aber im klaren darüber, daß ihnen keine andere Wahl blieb, als die Nacht in dem ungastlichen Haus zu verbringen.

Er sah sich um.

In dem Zimmer war durchaus ein gewisser Wohlstand erkennbar – die schlichten Möbel und Töpfe waren von guter Qualität, und von den Deckenbalken hingen Schinken und andere Nahrungsmittel. Der Raum ließ jedoch jede Behaglichkeit vermissen. Die Kleidung der Bewohner war düster, und die Bibelzitate an den Wänden stellten die einzige Dekoration dar – wenn man sie denn als Dekoration bezeichnen wollte.

Vier Frauen waren mit der Zubereitung des Abendessens beschäftigt, vermutlich Mrs. Post und ihre drei Töchter. Ein junger Mann drehte einen Spieß über dem Feuer, und eine alte Frau döste in einem Schaukelstuhl vor sich hin. Dann gab es noch die zwei jungen Männer, die sich draußen um die Pferde kümmerten. Shem und Ham.

Trotz seines Unbehagens mußte Francis bei der Vorstellung schmunzeln, daß Jeremy Post Noah war und der Hof eine düstere Arche inmitten eines Sturmes. Doch er rief sich zur Ordnung. Sicherlich sah man Lachen hier nicht als »gottesfürchtig« an.

»Laß dich nicht auf Fremde ein; ich jedenfalls halte mich daran.« Posts barsche Stimme riß Francis aus seinen Gedanken.

»Schade«, sagte er und streckte seine Stiefel in Richtung Feuer aus.

Post runzelte mißbilligend die Stirn. »Laß dich ebenfalls

nicht auf Edelmänner ein. Lieber wenig Besitz und gottesfürchtig als Reichtum und Scherereien damit. Wenn Sie eine meiner Töchter anfassen, kann ich mich nicht für die Konsequenzen verbürgen.«

Francis schauderte bei der Vorstellung, eines der Mädchen zu berühren. »Ich befinde mich in Begleitung meiner Gattin, Mr. Post.«

»Ah«, knurrte der Mann mit einem verächtlichen Blick auf Serena.

Das Schlagen einer Tür deutete darauf hin, daß Shem und Ham zurückgekehrt waren, und einen Moment später betraten sie den Raum. Die zwei jungen Männer starrten Serena sprachlos an.

»Hört mit der Gafferei auf«, herrschte Mr. Post sie an. Beide erröteten und wandten eilig den Blick ab.

»Mr. Post«, bemerkte Francis in verbindlichem Ton, »wenn Ihre Söhne meine Gattin beleidigen, kann ich mich für die Konsequenzen nicht verbürgen.«

Vor Wut ballte der Mann die Hände zu Fäusten. »Wenn es nicht gottlos wäre, Mr. Haile, würde ich Sie mitsamt Ihrer Gattin wieder vor die Tür setzen.«

Francis beachtete diese Bemerkung nicht. Gottesfürchtiger Haushalt hin oder her, er machte sich Sorgen wegen des Schlafarrangements. Bei dem Gedanken, Serena Allbright schutzlos den beiden jungen Männern auszuliefern, war ihm äußerst unbehaglich zumute. Die Brüder erinnerten stark an Ochsen, die ihre erste Färse witterten.

Er mußte sich ernsthaft fragen, ob er, trotz seiner scheinbaren Souveränität, soviel besser war als die beiden Brüder. Er war sich Serenas Gegenwart äußerst bewußt. Selbst die Küchengerüche konnten ihr Parfüm nicht überdecken, und sie saß so nahe neben ihm, daß er mit jeder Faser seines Körpers ihre Nähe spürte.

Er warf ihr verstohlen einen Blick zu. Ihre Haut war von der Farbe und Beschaffenheit einer Perle – makellos weiß und von innen heraus strahlend. Ihre Augen ruhten auf der schlichten Wand gegenüber, und so konnte er die außergewöhnliche Länge und Dichte ihrer Wimpern bewundern. Ihre Nase hatte einen entschlossenen Schwung nach oben, was er jedoch keineswegs als Makel werten konnte. Im Gegenteil, es ließ sie nur noch verletzlicher und zarter aussehen.
Sie machte einen völlig gelassenen Eindruck.
War das ein Zeichen von Müdigkeit oder von Disziplin? Er hielt es kaum für möglich, daß ein leichtes Mädchen eine solche Selbstbeherrschung besaß. War sie Ehefrau oder Hure? Als was wollte er sie sehen?
Francis rief sich ins Gedächtnis, daß er kurz davor war, um die Hand einer sittsamen jungen Frau anzuhalten, und zwang sich, seinen Blick abzuwenden.
Jeder schien Schweigen für die beste Lösung zu halten. Die Stille wurde nur von den Geräuschen der arbeitenden Frauen und dem pfeifenden Schnarchen der Alten unterbrochen.
Dann wurde das Abendessen aufgetragen – einfach, aber schmackhaft: dicke Gerstensuppe, Schinkenscheiben mit Kohl und frisches Brot mit Stachelbeermarmelade. Nach einem ausgedehnten Dankgebet, reich gespickt mit Anspielungen auf die Tugenden des einfachen, gottesfürchtigen Lebens – im Gegensatz zu dem des verschwenderischen Müßiggangs – begannen alle zu essen. Francis speiste mit großem Appetit und bemerkte, daß Serena es ihm gleichtat. Er hatte ja keine Ahnung, wie lange ihre letzte Mahlzeit zurücklag.
Er wußte überhaupt nichts über sie.
Sie steckte zweifelsohne in Schwierigkeiten, denn warum

wanderte sie sonst mitten im November ohne Begleitung umher? Das allerdings ließ Zweifel daran aufkommen, daß sie eine verheiratete Frau war. Bestenfalls war sie eine Witwe, die nach dem Tod ihres Mannes zur Mätresse geworden und nun unbarmherzig von ihrem Beschützer verlassen worden war.

Was um Himmels willen sollte er bloß mit ihr tun?

Da sich seine Reise nach Weymouth als heikles Unterfangen erweisen konnte, hatte er sich ohne Begleitung seines Reitknechts aufgemacht. Unter keinen Umständen konnte er eine mysteriöse Abenteuerin mitnehmen. Genausowenig konnte er sie aber hier zurücklassen. Wenn sich die Gelegenheit zu einem Gespräch unter vier Augen ergab, kam man vielleicht auf eine einfache Lösung.

Wie aber sollte er sie in diesem Haus voller Menschen auch nur einen einzigen Augenblick allein sprechen?

Als das Essen beendet war, stellte sich jedoch heraus, daß dies ganz und gar kein Problem darstellte. Man würde sich ein Zimmer teilen.

Viertes Kapitel

Der Tagesablauf der Familie Post war typisch für das Leben auf dem Land. Man ging zu Bett, nachdem das Geschirr gespült und die letzte Arbeit auf dem Hof erledigt war.
Bevor Jeremy Post ein letztes Mal hinausging, um nach dem Vieh zu sehen, las er zum Abschluß des Essens eine längere Bibelstelle vor, die – nicht ganz zufällig – die gezielte Anweisung beinhaltete: »Hüte dich vor Schmeicheleien aus dem Munde einer fremden Frau. Begehre nicht ihre Schönheit, noch sollst du sie betrachten.«
Diese Worte richteten sich eindeutig an Shem und Ham, doch Francis dachte, er sollte sich die Worte vielleicht auch selbst zu Herzen nehmen. Amüsiert stellte er fest, daß auch Mr. Post sich nicht ganz der Faszination von Serenas Augen entziehen konnte.
Sobald der Hausherr die große Bibel geschlossen hatte, geleitete man Serena und Francis – eher wie gefährliche Gefangene, die man hinter Schloß und Riegel brachte – zum besten Schlafzimmer des Hauses, dem Zimmer von Mr. und Mrs. Post.
Als Francis zu widersprechen versuchte, gab man ihm zu verstehen, daß alle anderen Zimmer belegt seien und Mrs. Post im Zimmer ihrer Töchter und Mr. Post im Zimmer seiner Söhne schlafe, um den Gästen ihr Schlafgemach zu

überlassen. Francis wußte, jede Widerrede würde auf taube Ohren stoßen.
In Anbetracht der lüsternen Blicke, die die Söhne des Hauses Serena noch immer zuwarfen, hatte Francis große Bedenken, ob er Serena guten Gewissens, selbst in Gegenwart der Töchter des Hauses, allein lassen konnte.
Als sich die Tür des kleinen Zimmers schloß, schüttelte er jedoch den Kopf. »Es tut mir leid. Diese Situation ist wirklich absurd.«
Serena kauerte sich auf die Kante des großen Bettes. »Sind die Posts nicht sonderbar? Bitte, Mylord, machen Sie sich wegen mir keine Gedanken. Ich bin lieber hier mit Ihnen allein als da draußen bei der Familie. Schließlich bin ich keine empfindliche Jungfrau.«
Diese Worte waren in einem sachlichen Ton gesprochen worden, doch angesichts Serenas atemberaubender Schönheit meinte Francis darin erotische Versprechungen vernommen zu haben, die ihn schwindeln ließen.
Er fragte sich, wie Serena wohl reagieren würde, wenn er antwortete: »Ich dagegen bin gänzlich unerfahren.« Es stimmte auch. Sich mit leichten Mädchen zu amüsieren war ihm immer zuwider gewesen, und er war zu gut, um sich unschuldiger Frauen zu bedienen. In dieser Hinsicht war er eine absolute Ausnahme unter seinen Freunden, obwohl sie alle annahmen, daß Francis einfach nur sehr diskret war.
Dieser Umstand war jedoch ein weiterer, triftiger Grund für eine Heirat. Der Gedanke an Lady Anne rief Francis schnell wieder zur Vernunft. »Ich schlafe auf dem Fußboden«, bemerkte er.
Sie blickte sich prüfend um: »Und wo?«
Er mußte zugeben, daß dies ein gewagter Vorschlag war. Der Raum war klein, und die Posts hatten jeden zur Verfügung stehenden Platz mit Kommoden, Stühlen und anderen

Möbelstücken vollgestellt. Auf der einen Seite des Bettes befand sich noch ein Stück bloßen Fußbodens, das aber nicht gerade einladend aussah.
»Mein lieber Lord Middlethorpe«, warf Serena freundlich ein, »dies ist, wie Sie sicher bereits bemerkt haben, ein recht großes Bett. Ich denke, wir können beide darin schlafen, ohne den anderen wahrzunehmen. Falls«, fügte sie mit einem bedeutsamen Blick hinzu, der ihm den Atem nahm, »es das ist, was Sie wünschen.«
Verflucht! Die Frau versuchte, ihn zu verführen! Und tief in seinem Herzen – und in weniger ehrwürdigen Teilen seines Körpers – spürte er, daß er verführt werden wollte. Er war keinen Deut besser als die Söhne der Familie Post.
Er wußte nicht, was er Serena antworten sollte, und befürchtete zu erröten.
In Anbetracht seines Schweigens stieg freilich Serena die Schamesröte ins Gesicht. »Wenn irgend jemand Unbehagen angesichts dieser Situation verspüren sollte, Mylord, so sicherlich ich, nicht Sie.«
Ihre erhitzten Wangen gaben ihr etwas Unwiderstehliches ...
Francis holte tief Atem und rang nach Fassung.
Er ließ sich auf einem harten Stuhl neben dem Bett nieder. »Ich versichere Ihnen, Sie werden nichts zu befürchten haben, Madam. Nun erzählen Sie mir, warum Sie sich bei einem solchen Unwetter auf der Straße befanden.«
Das schalkhafte Lächeln wich aus ihrem Gesicht, und sie senkte den Blick. »Das wage ich nicht.«
Nicht wagen – eine interessante Wortwahl. Francis konnte abermals kaum den Blick von dieser rätselhaften Schönheit wenden. Einzelne Strähnen ihres tiefroten Haares hatten sich aus dem Knoten im Nacken gelöst und kräuselten sich nun in einem berückenden Wirrwarr rotglühender Bronze

im Kerzenschein. Die Rundungen ihres Körpers waren von purer Sinnlichkeit. Selbst unter dem häßlichen Schal zeichneten sich ihre Brüste verheißungsvoll ab, als sehnten sie sich nach seiner Berührung. Ihr Parfüm lag schwer in der Luft.
Sein Körper verzehrte sich nach dieser unergründlichen Schönheit, doch er rief sich zur Vernunft. »Was ist mit Ihrem Mann?« fragte er.
»Er ist tot.«
»Und Ihre Familie?«
»Ich habe niemanden, der mir helfen würde.«
»Sie werden doch ein Haus und Dienstboten haben?«
»Nein.«
Serena schien seinen Fragen ganz offensichtlich auszuweichen. Francis verlor langsam die Geduld. Er hatte einen harten Tag hinter sich. Nun schien es, hatte er auch noch eine verlogene Abenteuerin am Hals und ein stetig zunehmendes Verlangen nach ihr, das er unter keinen Umständen befriedigen würde.
»Wohin wollten Sie denn, Madam, allein und zu Fuß?«
Sie blickte ihn vorwurfsvoll an. »Mein Name ist Serena, und ich möchte Sie bitten, mich so zu nennen.«
»Das würde sich kaum schicken.«
»Warum nicht? Schließlich sind wir kurz davor, uns ein Bett zu teilen.«
»Madam«, erklärte er unverblümt, »ich finde, Sie sind dreist und ziemlich unaufrichtig.«
Wieder stieg ihr die Schamesröte ins Gesicht. »Dreist? Es war nicht meine Idee, uns als Ehepaar auszugeben, Mylord!«
»Man hätte Sie sonst auf der Stelle wieder vor die Tür gesetzt, was Sie vielleicht auch verdient hätten!«
»So etwas hätte ich niemals verdient.«
»Eine wirkliche Lady würde in einer Situation wie dieser niemals eine solche Gelassenheit aufbringen.«

Serenas prachtvolle Augen blitzten. »Wäre es Ihnen lieber, ich würde die Fassung verlieren, Sir? Ich kann Ihrem Wunsch nachkommen. Ich hätte Grund genug dazu.«
»Welchen Grund?« fragte Francis eilig nach.
Wieder schlug sie die Augen nieder »Das kann ich Ihnen nicht sagen.«
»Dann zum Teufel mit Ihnen.« Er erhob sich. »Gehen Sie zu Bett.« Nach kurzem Überlegen entschied er, daß es nicht nötig war, aus Rücksicht dieser Frau gegenüber seine Bequemlichkeit zu opfern. Er zog seine Stiefel aus und legte seine Kleidung bis auf Hemd und Reithose ab.
Aus den Augenwinkeln beobachtete er, wie sich Serena vollständig angezogen ins Bett legte, und fragte sich, ob er ihr doch unrecht getan hatte. In diesem Moment blickte sie sehr unbehaglich drein, wie das bei jeder anständigen Frau in einer solchen Situation der Fall sein sollte. Er blies die Kerze aus, glitt unter die Decke, und legte sich an den äußersten Rand des Betts.
Er hatte geglaubt, in der Dunkelheit – ohne Serenas berückendem Anblick ausgesetzt zu sein – wäre es leichter, die Kontrolle über sich zu behalten, doch statt dessen war eine neue Intimität entstanden. Noch nie zuvor war er mit einer Frau zusammen in einem Bett gelegen. Er meinte, ihren Atem zu hören und die entfernte Wärme ihres Körpers zu spüren. Als sie sich vorsichtig bewegte, trug das Bett diese Bewegung zusammen mit dem Duft ihres verwirrenden Parfüms zu ihm weiter.
Er kam nicht zur Ruhe. »Sind Sie wirklich Witwe?«
»Ja.«
»In diesem Fall ist Ihr Parfüm keineswegs angebracht. Es würde eher zu einer Hure passen.«
»Möchten Sie damit sagen, daß Sie es nicht mögen?« Ein Vorwurf schwang in ihrer Stimme.

»Das tut nichts zur Sache.« Verflucht, er klang wie ein erboster Pfaffe. »Schlafen Sie nun, Mrs. Allbright. Ich muß morgen sehr früh weiterfahren.«

»Wohin?«

»Ich bin in wichtigen geschäftlichen Dingen unterwegs.« Dann erst bemerkte er die Panik in ihrer Frage. »Machen Sie sich keine Sorgen, Madam. Ich werde Sie weiter bis nach Hursley mitnehmen.«

Und was, fragte er sich, wartete wohl in Hursley? Ein Liebhaber?

Plötzlich begann sie in die Stille hinein zu sprechen. »Es tut mir leid«, sagte sie sanft. »Sie sind so freundlich zu mir, und ich mache die ganze Situation so schwierig. Das Parfüm hat mein Mann ausgesucht. Ich verwende es nicht mehr, aber es hängt noch immer in einigen Kleidern. Ich fand es immer widerwärtig.«

Dies gab Anlaß zu einer Reihe weiterer Fragen, doch Francis beschloß, sie nicht zu stellen. Allerdings konnte er es sich nicht verkneifen zu sagen: »An Ihrer Stelle würde ich die Kleider gut lüften, Madam.«

Er nahm an, ja er hoffte, daß das Gespräch für diese Nacht beendet wäre. Wenn er nun auch noch vergessen könnte, daß sie neben ihm lag, würde er vielleicht etwas Schlaf finden.

Es war unmöglich. Sein Körper schmerzte, und ruhelos wälzte er sich hin und her.

»Es tut mir leid, wenn das Parfüm bewirkt, daß Sie Lust auf mich bekommen«, bemerkte sie sanft in der Dunkelheit. »Wenn Sie möchten, können Sie mit mir schlafen.«

»*Wie bitte?*« Francis traute seinen Ohren kaum.

»Ich mache Ihnen Schwierigkeiten«, sagte sie mit zitternder Stimme. »Es ist also nur gerecht, daß ich Ihnen die Situation erleichtere.«

Heftiges Verlangen ergriff Francis, doch er kämpfte dagegen an. Er wußte nun, mit wem er es zu tun hatte. Sie war ganz eindeutig ein Freudenmädchen, und er müßte verrückt sein, würde er auf ihr Angebot eingehen. Der Himmel wußte, mit welchem Preis er das womöglich bezahlen würde. »Dazu besteht kein Anlaß«, erwiderte er kühl. »Schließlich würden Sie keine Schwangerschaft riskieren wollen, nicht wahr?«

»Ich kann keine Kinder bekommen«, antwortete sie kaum hörbar. »Ich bin unfruchtbar.«

»Das tut mir leid«, hörte Francis sich sagen.

Wieder trat ein bedrückendes Schweigen ein, und dann bemerkte Francis, wie sie ihm den Rücken zudrehte. »Ich wünsche Ihnen eine gute Nacht.«

»Gute Nacht.« Francis war überraschenderweise gekränkt, daß sie die Frage ihrer Liebesnacht in den Raum gestellt und so schnell wieder verworfen hatte. Schließlich drehte auch er sich auf die Seite und sagte sich, wie glücklich er noch einmal davongekommen war.

Sein Körper würde sich nach einer Weile seiner Meinung anschließen.

Serena kauerte sich in der Dunkelheit zusammen.

Er wollte sie nicht. Lieber Gott, was sollte nur aus ihr werden, wenn die richtige Sorte Mann sie zurückwies? Alles, was sie besaß, waren vier Guineen.

Vielleicht hatte ihr Retter ihr ganz und gar keinen Dienst erwiesen. Womöglich wäre es besser gewesen, sie wäre im Sturm umgekommen.

Was sollte sie nur tun?

Von panischer Angst gequält, fiel sie schließlich erschöpft in einen tiefen Schlaf ...

Ein Geräusch riß sie jäh aus dem Schlaf. Sofort wurde ihr bewußt, wo sie sich befand, daß es bereits morgen war und

einem Mitglied der Familie Post lediglich etwas heruntergefallen war.
Der Sturm war offenbar vorbei. Es gab also keinen Grund, warum sie nicht hätten abfahren können, keinen Grund, warum Francis sie nicht in Hursley absetzen sollte, um anschließend seine Reise fortzusetzen.
Was würde dann aus ihr werden? Der anfängliche Mut der Verzweiflung hatte sie verlassen, und sie hatte nun Angst vor der ganzen Welt. In ein paar Stunden würde sie wieder alleine sein, sie, die nie zuvor alleine gewesen war.
Auf keinen Fall würde sie zu ihren Brüdern zurückkehren, um sich erneut demütigen zu lassen. Ohne Hilfe würde sie es allerdings kaum bis nach London schaffen. Der Mann, der das Bett mit ihr teilte, war der einzige Mann auf der Welt, von dem sie jemals Freundlichkeit erfahren hatte.
Vielleicht war er verheiratet.
Aber auch verheiratete Männer hielten sich Mätressen.
Wie ging man dabei vor?
Wenn sie sich ihm ganz offensichtlich anbot, würde er ihr Angebot annehmen? Es wäre einen Versuch wert.
Vielleicht sollte sie ihm eine Kostprobe ihres Könnens geben.
Serena schluckte. Ihre Überlegungen entsetzten sie, doch danach würde er sie sicherlich nicht mehr ohne weiteres allein zurücklassen …
Sie wußte, was zu tun war. Zumindest wußte sie, was Matthew von ihr erwartet hätte. Ob sich alle Männer in dieser Hinsicht glichen?
Voll ängstlicher Unentschlossenheit lag Serena da. Außer ihrem verstorbenen Mann hatte sie noch nie einen Mann geküßt, und nun zog sie in Erwägung, einen zu verführen.
Aber welche andere Wahl hatte sie? Sie war ganz allein auf der Welt und hatte außer sich selbst nichts zu bieten.
Sie näherte sich ihm und legte ihre Hand auf seinen Brust-

korb. Ihr Atem stockte. Lord Middlethorpe war so muskulös. Matthew war dick und unförmig gewesen. Sanft ließ sie ihre Hand über Francis' straffen Bauch wandern.
Es war das erste Mal, daß sie es genoß, einen Mann zu berühren.
Francis bewegte sich leicht unter ihrer Berührung.
Sie erstarrte und hoffte beinahe, er würde aufwachen und bemerken, was sie tat. Vermutlich würde er dann den aktiven Part übernehmen – oder die Sache beenden.
Er schlief weiter.
Serena seufzte und ließ ihre Hand weiter nach unten gleiten. Früher oder später würde er aufwachen ...

Francis träumte ... Träume verbotener Leidenschaft, die sogar die seiner Jugendzeit übertrafen. Ein betörendes Parfüm vernebelte ihm die Sinne, und eine geheimnisvolle Verführerin schmiegte sich eng an seinen Körper. Eine Hand liebkoste ihn an den intimsten Stellen und entfachte ein süßes Feuer, das seinen ganzen Körper erglühen ließ.
Er bewegte sich, doch seine Peinigerin ließ nicht von ihm ab. Ihre Berührungen bereiteten ihm köstlichstes Erschaudern, sie bedeckte ihn mit ihrem seidigen Haar, umgab ihn mit ihrem sinnlichen Parfüm, bedeckte seine heiße Haut mit Küssen ...
Er machte Anstalten, sie zurückzuhalten, doch er kam nicht an gegen das Gewirr aus Wolle, Seide und Spitzen.
Die geschmeidige Hand wurde nun ersetzt durch geübte Lippen und eine heiße, feuchte Zunge, die unglaubliche Dinge tat. Er murmelte »Herr im Himmel« und seine eigene heisere Stimme sagte ihm, daß er wach war, doch in der tiefen Dunkelheit, eingehüllt in ihr betörendes Parfüm, schien ihm alles unwirklich.
Wo zum Teufel war er, und wer war bei ihm?

Sein Herz betäubte ihn mit seinem heftigen Schlagen. All seine Sinne waren auf diese glühenden Lippen gerichtet. Sein Körper wurde überwältigt von einer wilden Ekstase, deren Intensität er nie für möglich gehalten hätte.
Aber ...
Doch bevor er zu sich kommen konnte, wand sich seine Verführerin abermals. Sie führte eine langsame, gleitende Bewegung aus, die so lustvoll war, daß er ein Stöhnen ausstieß und dieses Geschöpf auf ihm umfaßte, damit es nicht entkommen konnte. Sie wand sich unter seinen Händen und während dieser engen Umklammerung biß sie ihm leidenschaftlich und schmerzhaft in den Nacken.
Er war nicht mehr imstande, seine wilde Lust zu zügeln.
Geschmeidige Beine schlangen sich um die seinen, Zähne und Nägel bohrten sich lustvoll in seine glühende Haut. Bewegliche Hüften und raffinierte, geheimnisvolle Muskeln bescherten ihm endlich die wollüstige Erlösung.
Erschöpft, doch voll süßer Befriedigung, lag er mit seinem Kopf auf eine samtene, duftende Brust gebettet ...
Finger spielten sanft in seinem Haar.
Langsam kam er wieder zu Bewußtsein.
Er war gerade verführt worden. Besser gesagt, er war mehr oder weniger *vergewaltigt* worden.
Widerstrebend befreite er sich aus ihrer Umarmung und versuchte, Herr seiner Sinne zu werden:
»*Warum zum Teufel? ...*«
Eine seidige Hand griff nach seinem Arm. »Vielleicht weil ich Sie begehrt habe, Mylord ...«
Er schüttelte sie ab. »Und wenn ich Sie begehrt und mir mitten in der Nacht geholt hätte, was ich wollte, hätte Ihnen das gefallen?«
»Es hat Ihnen nicht gefallen?«
Der verletzte Unterton in ihrer Frage entging ihm nicht,

doch war er außer sich vor Wut. »Nein, es hat mir nicht gefallen.« *Er wollte sie noch einmal besitzen. Sofort.* »Ich wiederhole nochmals meine Frage: Warum haben Sie das getan?«

»Es tut mir leid«, flüsterte sie, und er konnte sie weinen hören. »Ich hatte nicht gedacht, daß es einem Mann nicht ... es tut mir leid.«

»Was hatten Sie nur im Sinn? Sich für etwas Freundlichkeit auf die Art und Weise einer Hure zu revanchieren? Oder steckt noch mehr dahinter?«

Sie schlug die Hände vor das Gesicht. »Nein. Bitte nicht ... ich wollte nur ... wollte Ihnen nur eine Freude machen.«

Er versuchte, in der Dunkelheit ihre Konturen auszumachen, verwirrt und ärgerlich, daß er sich nun einem Bedürfnis bewußt geworden war, das er bisher in seinem Leben streng unter Kontrolle gehabt hatte. Ihm schwindelte, und er barg das Gesicht in den Händen.

»Ich wollte Sie einfach davon abhalten, mich alleine zu lassen«, ihre Stimme zitterte. »Ich hatte gehofft, Sie würden mich zu Ihrer Mätresse machen.«

Francis stockte der Atem. Es war also doch nicht Verlangen, sondern das Verhalten einer Hure gewesen. Sie hatte gewollt, daß er in ihrer Schuld stand.

»Ich hatte nie vor, Sie allein zurückzulassen, Madam«, sagte er kühl. »Trotz Ihres Verhaltens werde ich mein Wort halten und Sie nach Hursley bringen.«

»Es gibt für mich keinen Grund, nach Hursley zu gehen.« Es war die Stimme eines kleinen Mädchens, das mit den Tränen kämpfte.

Francis wußte, er begab sich auf unsicheren Boden, war aber nicht imstande, die unausgesprochene Bitte zurückzuweisen. Er konnte sie nicht zurücklassen. Alles in ihm sträubte sich dagegen.

Sie wollte seine Mätresse sein. Warum eigentlich nicht? Sie war eine professionelle Hure, die zweifelsohne jedem Mann mit einer Guinee in der Tasche zur Verfügung stand. Trotz aller offensichtlichen Beweise fiel es ihm schwer, dies zu glauben.

Er nahm die Angelegenheit in die Hand. »Dann werde ich Sie in einem Gasthof unterbringen, Madam, und Sie werden bis zu meiner Rückkehr dort auf mich warten.«

Sie blickte ihn aus ängstlichen Augen an. »*Werden* Sie zurückkehren?«

»Sie werden mir vertrauen müssen, Madam.«

In einem Versuch, die gespannte Atmosphäre aufzulockern, zog er die Vorhänge zurück und ließ das helle Morgenlicht herein. Er wandte sich um.

Sie lag völlig still da, aber ihr Kleid war zerknittert und ihr Mieder verrutscht, so daß eine verführerische Brust beinahe enthüllt war. Ihr Haar fiel ihr lose ins Gesicht, ohne jedoch die atemberaubende Schönheit ihrer Gesichtszüge zu verdecken.

Herr im Himmel, er wollte sie nehmen, sie erkunden, und diesmal bei vollem Bewußtsein.

Sie blickte ihn mit ihren großen dunklen Augen an. »Und zu Ihrer Mätresse wollen Sie mich nicht machen?« flüsterte sie.

Er zwang sich zu den Worten. »Ich bedauere, Ihr Angebot abschlagen zu müssen.« Zumindest das Bedauern war ehrlich.

Ihre Lippen zitterten wie die eines verschreckten Kindes. Was zum Teufel sollte er nur mit ihr tun? Er wandte sich ab und begann sich anzuziehen.

Sie setzte sich abrupt auf. »Sie gehen?« Angst schwang in ihrer Frage.

»*Wir* gehen«, antwortete er. »Es sei denn, Sie möchten hier-

bleiben. *Ich* werde *Sie* zu nichts zwingen.« Es war ein offener Vorwurf.
»Es tut mir furchtbar leid ...«
»Lassen Sie uns nicht mehr davon sprechen«, erwiderte er schroff.
Als Francis die Tür öffnete, dachte er, daß sich zwei Menschen, die gerade erst ein solch leidenschaftliches Erlebnis miteinander geteilt hatten, eigentlich mehr zu sagen haben sollten.
Mühsam rief er sich Lady Anne in Erinnerung, die geduldig auf seine Rückkehr und seinen Antrag wartete.
Höflich geleitete er seine unwillkommene Sirene hinaus auf den Korridor und die Stufen hinunter.

Nach einem schweigsamen, aber schmackhaften Frühstück stiegen Francis und Serena auf das Gespann und machten sich auf den Weg nach Hursley. Weiterhin herrschte Schweigen zwischen ihnen, denn Francis fiel nichts ein, was er hätte sagen können, und Serena Allbright hatte sich einmal mehr in eine unbewegliche Statue verwandelt.
Eine erotisch parfümierte Statue.
Jeder Mann wäre verrückt, einer Frau wie Serena den Rükken zu kehren. Er dachte an Lady Anne. Dies war nicht der Zeitpunkt, auch nur mit dem Gedanken zu spielen, sich eine Mätresse zu nehmen.
»Warum wollten Sie nach Hursley?« fragte er sie schließlich.
Sie hatte ihre Kapuze tief ins Gesicht gezogen. »Weil die Straße dorthin führte.«
Er würde *kein* Mitleid mit ihr empfinden. In welchen Schwierigkeiten sie auch steckte – sie war selbst verantwortlich dafür. »Kann jemand Sie aufnehmen?«
»Nein.«
Womit hatte er das nur verdient? »Nun gut. Dann werde ich

Sie irgendwo unterbringen und werde zurückkommen, um zu sehen, was wir tun können. Aber ich betone nochmals ausdrücklich, daß ich keine Mätresse möchte.«

Sie fuhren in vollkommenem Schweigen weiter.

Hursley war ein kleines Dorf, das an Unterbringungsmöglichkeiten kaum etwas bot, und so fuhr Francis weiter nach Romsey und mietete Räume im Red Lion. Angesichts ihrer teuren Kleidung, dem prächtigen Zweispänner und der großzügigen Bezahlung war der Wirt nur allzu bereit, das spärliche Gepäck seiner Gäste geflissentlich zu übersehen. Er schien ihnen die Geschichte abzukaufen, daß sie unvorbereitet vom Sturm überrascht worden waren und Mrs. Haile nun eine Ruhepause benötigte.

Bei seiner Abreise war sich Francis des verzweifelten Blickes in Serenas Augen bewußt. Sie glaubte nicht, daß er wiederkehrte.

Vermutlich würde sie sich mit dem erstbesten Beschützer einlassen, der des Weges kam.

Der Gedanke, sie bei seiner Rückkehr nicht mehr vorzufinden, hätte Francis beinahe kehrtmachen lassen, gleich welche wichtigen geschäftlichen Angelegenheiten auf ihn warteten. Verschwommene Erinnerungen an die leidenschaftlichen Momente dieses Morgens wollten ihm nicht aus dem Kopf. Wie bereute er, seine erste erotische Erfahrung nicht bei vollem Bewußtsein erlebt zu haben.

Er mochte unerfahren in der Liebe sein, da jedoch in seinem Freundeskreis Erotik durchaus ein Thema war, wußte er, daß die Nacht mit Serena etwas ganz Besonderes gewesen war.

Um so besser, daß nun so viele Meilen zwischen ihm und dieser Frau lagen.

Fünftes Kapitel

Francis zwang sich, seine Gedanken auf die ihm bevorstehende Aufgabe zu konzentrieren – nämlich darauf, Charles Ferncliff zum Teufel zu jagen.

Nahm der Mann wirklich an, er könnte mit einer solch empörenden Lügengeschichte zehntausend Pfund von seiner Mutter erpressen?

Merkwürdig war es auch, daß Ferncliff an Francis geschrieben hatte. Vielleicht hatte der Mann die Hoffnung aufgegeben, das Geld von Lady Middlethorpe zu bekommen, und angenommen, ihr Sohn wäre ein leichteres Opfer. Ein gewaltiger Irrtum.

Ferncliff schien ganz offensichtlich geisteskrank zu sein, ansonsten hätte er sich wohl kaum einen solchen Irrsinn ausdenken können.

Francis war schlichtweg nicht imstande, sich vorzustellen, daß seine Mutter in eine schlüpfrige Geschichte verwickelt sein sollte. Sie war eine für ihr Alter sicherlich gutaussehende Dame, doch keineswegs der Typ Frau, der sich mit dem Pferdeburschen für ein Schäferstündchen im Stall verkroch. Sollte sie sich mit dem Vikar auf der Kanzel versteckt, sich mit dem Verwalter leidenschaftlich auf den Bilanzen geliebt haben?

Er schüttelte den Kopf und konzentrierte sich statt dessen darauf, einen Schlachtplan zu entwerfen. Jedesmal, wenn

Serena Allbright sich in seine Gedanken stahl, versuchte er entschlossen, ihr Bild zu verdrängen.
Er wollte nicht an seine Sirene denken.
Bei seiner Ankunft in dem kleinen Hafenstädtchen Weymouth war es bereits später Nachmittag. Als er sich nach Charles Ferncliff erkundigte, teilte man ihm mit, der Mann sei gerade außer Haus.
Könnte ein Erpresser nicht zumindest die Höflichkeit besitzen, auf sein Opfer zu warten?
Er mietete sich in dem Gasthof ein, denn zweifelsohne würde er über Nacht in Weymouth bleiben müssen. Francis hatte eigentlich damit gerechnet, noch am selben Tag zu Serena zurückzukehren. Ruhelos schritt er im Zimmer auf und ab. Seine Gedanken kreisten um ein Problem, das nicht Ferncliff war.
Sollte er Serena Allbright zu seiner Mätresse machen? Ein Wort von ihm und sie würde ihm gehören. Er könnte morgen zum Red Lion zurückkehren und Stunden voller Leidenschaft mit ihr genießen. Er würde ihr in London ein Haus mieten und ihr jeden Wunsch von den Augen ablesen.
Die Rogues wären begeistert von Serena.
Die »Rogues« waren eine Gruppe von Freunden, die sich während der Schulzeit zum gegenseitigen Schutz zusammengeschlossen hatte. Heutzutage verband sie noch immer eine tiefe Freundschaft. Erst kürzlich war man übereingekommen, Mätressen und Ehefrauen gleichermaßen als Teil der Gruppe zu akzeptieren.
Doch was war mit Lady Anne? Sie gehörte zu der Sorte wohlerzogener Frauen, die kein großes Aufhebens machen würde, wenn sich ihr Mann eine Mätresse zulegte, aber er hatte kein gutes Gefühl dabei, ihr eine solche Situation zuzumuten.
Eigentlich war ihm bei dem Gedanken an eine Mätresse

überhaupt nicht wohl, besonders nicht, wenn es sich dabei um eine Frau wie Serena handelte. Serena war atemberaubend schön und bewandert in der Kunst der Liebe, doch sie konnte sich noch immer als boshaftes Luder herausstellen. Was für eine Frau würde schließlich mitten in der Nacht über einen Fremden herfallen?

Seine vorrangige Pflicht war es, zu heiraten und einen Erben in die Welt zu setzen. Er mußte heiraten, damit es ihm gelang, diese verführerische Hure endlich aus seinen Gedanken zu verbannen.

Doch es gab noch einen weiteren Grund für eine Heirat, den er sich bis zu diesem Moment noch nicht recht eingestanden hatte.

Eleanor Delaney.

Als sein Freund Nicholas Delaney vor einem Jahr verschwunden war und man befürchtet hatte, er könnte tot sein, hatte Francis Gefühle für Nicholas' Frau Eleanor entwickelt. Er hatte jedoch versucht, sie zu verbergen, da alle weiterhin verzweifelt auf Nicholas' Rückkehr hofften und Eleanor hochschwanger war.

Als Nicholas schließlich wohlbehalten nach Hause zurückkehrte und offensichtlich wurde, wie glücklich seine Ehe war, hätte diese Torheit eigentlich ein Ende finden müssen – dem war aber nicht so. Seit einem Jahr ging Francis dem Freund aus dem Weg. Er hatte gehofft, daß seine bevorstehende Heirat endlich einen Schlußstrich unter die Sache setzen würde.

Nun bezweifelte er, daß seine Heirat mit Lady Anne Peckworth auf irgendeine Weise Einfluß auf seine beunruhigenden Gefühle für Eleanor Delaney haben würde. Jetzt hatte sich noch dazu Serena Allbright in seinen Gedanken festgesetzt, und seine Gefühle für Eleanor waren verblaßt wie der Mond im Licht der strahlenden Sommersonne.

»Himmel noch mal«, murmelte er. Serena war sicherlich keine geeignete Heiratskandidatin – und zwar nicht nur, weil sie keinen Sohn in die Welt setzen konnte.

»Gebührt dem Problem wirklich eine solche Sprache?« erkundigte sich eine amüsierte Stimme. Francis fuhr überrascht herum.

»Nicholas! Was um alles in der Welt...?«

Nicholas Delaney, ein gutaussehender, salopp gekleideter Mann, trat herein und schloß die Tür. »Habe eine verschlüsselte Nachricht von deiner Mutter erhalten. Allein die Tatsache, daß sie an mich schreibt, war Grund genug, daß ich mich auf der Stelle auf den Weg gemacht habe, um hier nach dem Rechten zu sehen. Was ist los?«

»Eine Nachricht von meiner Mutter?« wiederholte Francis, dem bewußt wurde, welch merkwürdige Entwicklung die Ereignisse nahmen. Was in Gottes Namen hatte seine Mutter dazu veranlaßt, wo sie doch stets Einwände gegen seine Freundschaft mit Nicholas gehabt hatte?

Francis begann sich langsam zu fragen, ob nicht diese ganze verrückte Angelegenheit ein Komplott war, um Nicholas und ihn gegeneinander auszuspielen. Nein, das war sicherlich ein abwegiger Gedanke. Aber das Verhalten seiner Mutter war schlichtweg absurd.

»Von deiner Mutter«, bestätigte Nicholas und legte seinen Mantel ab. »Ich hoffe, du hast nichts dagegen, wenn ich heute nacht hierbleibe.«

»Natürlich freue ich mich, dich zu sehen«, antwortete Francis abwesend, »aber ich bin wirklich erbost, daß man dir umsonst eine solche Reise zugemutet hat. Ich bin hier wegen einer ganz alltäglichen Geschäftsangelegenheit. Was hat meine Mutter geschrieben?«

Nicholas reichte ihm einen Bogen Papier.

Mein lieber Mr. Delaney,
Francis befindet sich auf dem Weg nach Weymouth, um dort im Crown and Anchor einen Herrn zu treffen. Ich befürchte ernste Konsequenzen und denke, Ihre Anwesenheit könnte von großem Nutzen sein.

Cordelia Middlethorpe

»Was sind denn das nun wieder für Hirngespinste?« fragte Francis. »Denkt sie wirklich, ich werde nicht allein mit einem halb verrückten Lehrer fertig?«
Nicholas lachte. »Wenn ich an so ein paar halb verrückte Lehrer aus unserer Schulzeit zurückdenke, mag sie gar nicht so unrecht haben. Hast du ein Abendessen bestellt? Ja? Dann werde ich die doppelte Portion bringen lassen, ich bin nämlich kurz vor dem Verhungern.« Er öffnete die Tür und rief nach dem Wirt. Kurze Zeit später wurde ihnen das Essen und ein heißer, gewürzter Punsch serviert.
Nicholas ließ sich mit einem Glas in der Hand auf einem Stuhl in der Nähe des Kamins nieder.
»Nun erzähl mir mal, was es mit dem ganzen Durcheinander auf sich hat.«
»Es gibt kein Durcheinander«, erwiderte Francis kühl.
»Ich verstehe.« Nicholas schien sich mit der Antwort zufriedenzugeben, doch Francis entging sein durchdringender Blick nicht.
»Bist du über die jüngsten Entwicklungen in unserem Freundeskreis auf dem laufenden?« fuhr Nicholas in unverfänglichem Plauderton fort. »Leander ist wieder in England, und ich hoffe, er schafft es endlich mal, bei uns vorbeizukommen. Miles kümmert sich in Irland um eine geschäftliche Angelegenheit, Schmuggelei vermutlich. Simon kommt möglicherweise schon bald aus Kanada zurück. Vielleicht können wir uns also bald zu einem großen Wiedersehen der

Rogues zusammenfinden, zumindest der noch Lebenden ...«

Francis ließ sich auf dem Stuhl gegenüber nieder und nahm einen tiefen Schluck aus seinem Glas. »Kein Grund für oberflächliches Geplauder, Nick. Ich wollte dich nicht vor den Kopf stoßen, aber du brauchst dir keine Gedanken wegen meiner Angelegenheiten zu machen. Meine Mutter scheint allerdings der Meinung zu sein, daß ich ohne deine Hilfe völlig verloren bin.«

»Ich bin verblüfft. Ich dachte, in ihren Augen übe ich einen schlechten Einfluß auf dich aus.«

»Der Meinung ist sie in der Tat. Deshalb ist das Ganze ja so verwunderlich«, erwiderte Francis gedankenverloren.

Eine Weile plauderten die beiden angeregt über Freunde und Familien, doch als man ihnen das Abendessen brachte, benachrichtigte sie der Gastwirt, daß Mr. Ferncliff nicht zum Gasthof zurückgekehrt war.

»Dieser Ferncliff ist also der Grund, warum du hier bist?« erkundigte sich Nicholas.

»Ja.« Es widerstrebte Francis, Nicholas nicht einzuweihen, doch er konnte sich noch immer keinen Reim auf die Sache machen.

»Und deine geschäftlichen Angelegenheiten?« fragte Nicholas und konzentrierte sich auf die ausgezeichnete Ochsenschwanzsuppe. »Du siehst, ich lasse mich nicht so leicht abwimmeln.«

»Es ist nicht meine Angelegenheit«, erklärte Francis mit Nachdruck.

»Ah, das ist natürlich eine andere Sache. Eigentlich wollte ich mich nicht mehr in fremde Angelegenheiten mischen.« Er blickte Francis über den Tisch hinweg an. »Bei meiner Ankunft hatte ich nur irgendwie den Eindruck, daß es sich um etwas Persönliches handelt.«

Angesichts der scharfen Beobachtungsgabe seines Freundes zuckte Francis zusammen. »Das ist eine andere Sache.«
»Über die du auch nicht sprechen möchtest? Eigentlich müßte ich jetzt beleidigt sein.«
»Ich will dich nicht mit meinen Problemen belasten.«
»Geteiltes Leid ist halbes Leid.«
Francis erwiderte den Blick seines Freundes und wurde sich bewußt, daß er sich in einem Zwiespalt befand. Seine Einsilbigkeit hatte nichts mit der Tatsache zu tun, daß er sich Nicholas nicht verbunden genug gefühlt hätte, um sein Problem mit ihm zu teilen, sondern eher damit, daß er nicht wußte, wie er es in Worte fassen sollte.
In den letzten Jahren hatte Nicholas viel Zeit außerhalb Englands verbracht und wußte nichts von Francis' Unerfahrenheit in Liebesdingen. Francis verspürte auch kein Verlangen, ihn darüber in Kenntnis zu setzen. Er war sich jedoch nicht ganz schlüssig, was ein Mann wie Nicholas, der den Ruf eines erfahrenen Liebhabers hatte, über sein Abenteuer denken würde.
Womöglich war es in manchen Kreisen durchaus üblich, nachts von einer völlig Fremden verführt zu werden?
Er legte seinen Löffel beiseite. »Gestern habe ich im Sturm eine Frau auf der Straße aufgelesen und die Nacht mit ihr auf einem Bauernhof verbracht. Ich habe sie in einem Gasthof mit dem Versprechen zurückgelassen, bald zurückzukehren, um ihr zu helfen, bin mir jedoch nicht sicher, was ich nun tun soll.«
»Du spielst also mit dem Gedanken, nicht zurückzukehren?« erkundigte sich Nicholas mit einem unterschwelligen, aber deutlich spürbaren Ton der Mißbilligung.
»Natürlich nicht. Aber was soll ich mit ihr machen?«
Ein Lächeln spielte um Nicholas' Lippen »Was für Möglichkeiten stehen denn zur Wahl?«

»Vermutlich alles, von Mätresse bis zur Ehefrau.«
»Wirklich? Kommt sie für alles in Frage?«
»Wie zum Teufel soll ich das wissen? Ich bin mir nicht mal sicher, ob sie mir ihren richtigen Namen genannt hat.«
Nicholas zog fragend die Augenbrauen hoch. »Ein echtes Rogue-Abenteuer also. Erzählst du mir davon?«
Francis tat ihm also den Gefallen und ließ auch die merkwürdige, traumähnliche Verführung nicht aus. Nicholas pfiff anerkennend. »So mancher Mann würde dich glühend darum beneiden.«
»Du zum Beispiel?«
»Vermutlich nicht«, erwiderte Nicholas, und ein Lächeln ging über sein Gesicht. »Ich werde jedoch nach meiner Rückkehr Eleanor gegenüber ein paar Andeutungen fallenlassen.«
»Welche Frau würde sich einem Fremden ohne Aufforderung schon so an den Hals werfen?« fragte Francis.
»Eine erfahrene Hure, würde ich sagen, die dich gerne zu ihrem Beschützer machen würde.«
»Eben.«
»Ich persönlich habe gegen erfahrene Huren am rechten Ort nichts einzuwenden. Du etwa?«
Francis gab keine Antwort. Er konnte sich kaum beherrschen, Nicholas mitzuteilen, daß er von Huren, erfahrenen oder unerfahrenen, keine Ahnung hatte.
»Du bist nicht verheiratet«, warf Nicholas ein. »Gehe ich falsch in der Annahme, daß du diese Frau einfach unwiderstehlich findest? Was spricht dagegen, dich mit ihr einzulassen?«
»Du vergißt, ich stehe kurz vor meiner Heirat.«
»Ah ja. Schon alles unter Dach und Fach gebracht?«
Francis bemerkte, daß er nervös mit seiner Gabel spielte, und legte sie aus der Hand. »Nein, noch nicht. Aber ich beabsichtige, bei der nächsten Gelegenheit mit dem Herzog zu sprechen.«

»Bisher haben sich also kaum Gelegenheiten ergeben, nicht wahr?«
Francis warf seinem Freund einen strafenden Blick zu, und Nicholas lachte etwas verlegen. »Entschuldige. Schlechte Angewohnheit von mir. Ich hatte eigentlich den festen Vorsatz, nicht mehr in anderer Leute Angelegenheiten herumzuschnüffeln.«
»Weiser Entschluß.« Doch Francis mußte sich dennoch eingestehen, daß er seine Verlobung in den vergangenen Monaten jederzeit in die Wege leiten hätte können.
Warum hatte er so lange gewartet?
Nicholas unterbrach ihn in seinen Überlegungen. »Wie also gedenkst du dich deiner ungewollten Verführerin auf ehrenvolle Weise zu entledigen? Erzähl mir, was du von ihr weißt.«
»Gar nichts.« Als er jedoch Nicholas' prüfendem Blick begegnete, erklärte Francis: »Sie fürchtet sich, ich weiß allerdings nicht, wovor. Sie ist erschreckend schön. Ich hätte es nie für möglich gehalten, daß die Schönheit einer Frau ein Hindernis sein könnte, aber die Macht ihrer Schönheit ist nahezu abschreckend, sozusagen eine Naturgewalt wie der Sturm letzte Nacht. Sie könnte einen Mann völlig willenlos machen...« Er hielt inne, als ihm bewußt wurde, welches Geständnis er im Begriff war abzulegen.
»Das klingt nicht gerade danach, als ob du sie loswerden wolltest.«
Francis stützte den Kopf gedankenvoll in die Hände. »Vielleicht will ich das auch gar nicht.«
»Gibt es eigentlich, mal abgesehen von der beängstigenden Schönheit deiner Unbekannten und der Tatsache, daß du eine Heirat in Erwägung ziehst, noch ein Problem?«
»Meinst du nicht, daß ich damit schon genug zu tun habe?« fragte Francis und blickte auf.

»Vermutlich, aber es kommt auch auf die Gewichtung an. Was spricht vor allem gegen Serena?«
Francis dachte einen Moment lang nach. »Ihre beängstigende Schönheit«, antwortete er schließlich. »Sie ist eine Sirene, eine Lorelei, die die Männer gegen ihren Willen in den Tod locken könnte.«
»Ich beneide dich geradezu«, bemerkte Nicholas und griff nach der Schüssel mit den Kartoffeln.
»Mit Eleanor als Gattin wage ich das zu bezweifeln.«
Nicholas, der gerade im Begriff war, sich eine Kartoffel auf den Teller zu legen, hielt mitten in der Bewegung inne. »Ah, ist der Moment gekommen, wo wir darüber sprechen können? Es wäre schön, wenn du dir von dieser Sirene den Kopf verdrehen ließest und damit zwischen uns wieder alles wie früher wäre.«
Francis versuchte nicht, vom Thema abzulenken. »Ich habe niemals aufgehört, dein Freund zu sein.«
»Aber keineswegs ein sehr präsenter Freund.«
»Es tut mir leid. Ich befürchtete, ich könnte tiefere Gefühle für Eleanor entwickeln, und das wollte ich unter allen Umständen vermeiden.«
»Und diese Angst hast du nun nicht mehr?«
Francis wich der Frage aus. »Mir gehen im Moment so einige Dinge im Kopf herum ... Ich möchte nur, daß du weißt, daß ich niemals ...«
»Daran habe ich nie gezweifelt. Und um ehrlich zu sein – Eleanors Gefühle für dich sind rein freundschaftlicher Natur.«
Francis nahm gedankenverloren Essen auf die Gabel. »Ich weiß das. Ich wollte nur um jeden Preis vermeiden, sie oder dich in eine peinliche Situation zu bringen.«
»Dazu besteht gar kein Anlaß. Und ich versichere dir, sollten wir dich bei schwermütigen Seufzern oder sehnsüchtigen

Blicken ertappen, bekommst du von einem von uns einen Kübel kalten Wassers über den Kopf geschüttet.«
Beide lachten und waren erleichtert, endlich über die Sache gesprochen zu haben.
»Wir dürfen uns also auf deinen baldigen Besuch freuen?« fragte Nicholas.
»Ja, ich werde euch besuchen, sobald ...«
Die Unterhaltung wurde durch das Eintreten des Gastwirtes unterbrochen, der Francis mitteilte, Mr. Ferncliff sei vor kurzem eingetroffen und habe sein Abendessen bestellt.
Francis erhob sich augenblicklich, holte eine Pistole mit goldenem Griff hervor und prüfte, ob sie geladen war.
Nicholas nahm die Waffe interessiert zur Kenntnis. »Brauchst du Hilfe?«
»Nicht nötig, danke«, erwiderte Francis und verließ den Raum, um den Schurken in die Schranken zu weisen.
Der Gastwirt hatte Francis die Zimmernummer genannt, doch als er anklopfte, antwortete niemand. Er drehte den Türknauf um und trat ein, doch der Salon war leer. Stirnrunzelnd öffnete er die Tür zum benachbarten Schlafzimmer. Auch dieser Raum war leer. Eine gewisse Unordnung ließ darauf schließen, daß sein Bewohner das Zimmer überstürzt geräumt hatte.
Francis lief die Treppe hinunter, um den Gastwirt zur Rede zu stellen.
»Haben Sie mir die falsche Zimmernummer genannt?«
»Nein, Mylord«, erwiderte der Mann angespannt. »Gerade eben habe ich erfahren, daß Mr. Ferncliff seine Sachen gepackt und die Rechnung bezahlt hat. Anschließend ist er völlig überstürzt abgereist. Es tut mir sehr leid, Sir, aber ich war zu der Zeit anderweitig beschäftigt. Eine Nachricht, die heute für ihn eingetroffen war, scheint ihn zu seiner Abreise veranlaßt zu haben. Keiner meiner Leute hat ihm gesagt, daß Sie hier sind, Mylord.«

Der Mann tat, als täte ihm das Mißverständnis leid, doch er klang unglaublich erleichtert. Als Francis bemerkte, wie sein Blick immer wieder auf die Pistole fiel, wußte er, warum. »Wohin ist er gegangen?« fragte er scharf. »Hat er ein Schiff genommen?«
»Nein, Sir. Heute legen keine Schiffe mehr ab. Er war mit seinem Pferd unterwegs.«
Francis stieß einen Fluch aus und eilte in sein Zimmer zurück. »Der Mistkerl hat sich aus dem Staub gemacht«, rief er und griff nach seinem Mantel. »Ich muß ihn erwischen.«
»Bin ich mit von der Partie?« fragte Nicholas mit strahlenden Augen.
»Los geht's!« erwiderte Francis und eilte in Richtung Stall davon.
Nachdem er für Nicholas und sich neue Pferde besorgt hatte, ritten die beiden in rasantem Tempo in dieselbe Richtung wie Charles Ferncliff los. Doch die Nacht brach bald unaufhaltsam herein. Die beiden Reiter mußten sich eingestehen, daß es Irrsinn wäre, weiterzureiten, und die Chancen schlecht standen, den Mann noch zu finden.
Francis ließ eine Flut von Schimpfwörtern los.
»Was hat der Mann denn verbrochen?« fragte Nicholas, der unbekümmert auf seinem Pferd saß.
Auf dem Ritt zurück nach Weymouth erzählte Francis ihm die Geschichte.
»Merkwürdige Sache«, bemerkte Nicholas. »Der Mann scheint zwar reif für die Irrenanstalt, aber nicht sehr gefährlich zu sein.«
»Solche Unruhestifter können eine ganze Menge Ärger anrichten. Ich hatte gehofft, ihm Angst einjagen zu können, damit er sein übles Spiel aufgibt.«
»Vielleicht hast du ja Erfolg gehabt.«
»Vielleicht. Aber so einige Dinge kann ich mir einfach nicht

erklären. Von wem kam die Warnung, und warum hat er sich aus dem Staub gemacht, wenn er mich hierher gebeten hat?«
»Vielleicht hatte deine Pistole etwas damit zu tun«, gab Nicholas ironisch zu bedenken.
»Er hat Reißaus genommen, bevor er sie zu Gesicht bekam.«
»Vermutlich hat ihm jemand in dem Brief mitgeteilt, daß er sein Täubchen unterschätzt hat.«
»Aber wer sollte das gewesen sein? Niemand wußte, daß ich auf dem Weg hierher war. Der Gastwirt sagte, der Brief sei von einem Reitknecht überbracht worden ...«
»Womöglich hat Freund Ferncliff einen Komplizen bei dir zu Hause.«
»Verdammt.«
»Vielleicht hat damit die ganze Sache nun ein Ende gefunden. Und du kannst dich nun der sehr viel interessanteren Frage widmen, was du mit deiner Sirene anstellen sollst.«
»Zweifelsohne wäre es am klügsten, ihr das Geld für die Fahrt nach London zu geben, damit sie dort ihrem Gewerbe nachgehen kann.«
»Stellt sich nur die Frage, ob es immer am klügsten ist, klug zu handeln.«
»Ich hätte nie erwartet, daß du mir einmal zu unbesonnenem Handeln raten würdest.«
»Wie recht du hast. Und da du eine Hochzeit in Erwägung ziehst, wäre es vermutlich nicht ratsam, dich mit dieser Frau einzulassen.«
»Ganz und gar nicht ratsam.«
»Aber an deiner Stelle hätte ich kein gutes Gefühl dabei, sie einfach nach London zu schicken und dort ihrem Schicksal zu überlassen. Besonders nicht jetzt, wo der Winter vor der Tür steht.«
»Ich bin sicher, sie käme problemlos allein zurecht.«

»Wirklich?«
Nach einer Weile antwortete Francis: »Nein, verflucht. In gewisser Weise erinnert sie mich an ein verängstigtes Kind.«
»Ah.« In der Dunkelheit ritten sie nun langsam und vorsichtig. »Was hältst du davon, deine Sirene zu Tante Arabella zu bringen, vorausgesetzt, sie ist einverstanden?«
»Zu Tante Arabella? Warum um Himmels willen?«
»Ich vermute, sie könnte Hilfe gebrauchen.«
»Tante Arabella?« wiederholte Francis erstaunt.
Seine Tante war eine alleinstehende, charakterstarke Frau, die sich sehr für die Rechte der Frauen einsetzte, besonders für ihre eigenen. In der schrecklichen Zeit nach Nicholas' Verschwinden hatte er Arabella gebeten, sich Nicholas' Frau Eleanor anzunehmen. Mittlerweile war zwischen Nicholas und Arabella eine innige Freundschaft entstanden.
»Nein«, verbesserte ihn Nicholas. »Ich denke, deine Sirene benötigt Hilfe. Darüber hinaus bin ich überzeugt, daß Arabella Hurstman eine Aufgabe für sie finden wird.«
Francis leuchtete Nicholas' Idee rasch ein. Es war wahrlich keine Jahreszeit, in der eine Frau alleine umherwandern sollte. Er hätte in der Tat große Bedenken, sie einfach in eine Kutsche nach London zu setzen.
Er wußte jedoch auch, daß es ihm aus einem anderen Grund widerstrebte, sie nach London zu schicken. Sie würde dort schnell einen Beschützer finden, und er zog noch immer in Erwägung, sie zu seiner Mätresse zu machen.
Tante Arabella würde sie bereitwillig in ihre Obhut nehmen. Nach ein oder zwei Wochen Bedenkzeit würde Francis wissen, wie er am besten verfahren sollte.
»Es schickt sich wohl kaum, eine mögliche *Mätresse* bei einer Verwandten unterzubringen«, gab Francis zu bedenken.
»Deine hochgeschätzte Tante wird zumindest dafür sorgen, daß du sie gut bezahlst«, erwiderte Nicholas amüsiert.

Als Francis am nächsten Tag zum Red Lion zurückkehrte, war er sich über seine Gefühle noch immer nicht im klaren. Allerdings konnte er es kaum erwarten, Serena wiederzusehen.

Nicholas und er hatten den ganzen Abend über in Erinnerungen geschwelgt, ohne das Thema Serena nochmals anzuschneiden. Am Morgen hatten sie sich voneinander verabschiedet, allerdings nicht, bevor Francis Nicholas hoch und heilig versprochen hatte, die Delaneys baldmöglichst in Redoaks zu besuchen. Francis war seit einem Jahr nicht mehr so glücklich gewesen. Es war ihm nicht bewußt gewesen, wie sehr er den Kontakt zu Nicholas gemieden und wie sehr er seinen Freund vermißt hatte.

Diese Wende in seiner Freundschaft mit Nicholas hatte er wohl Serena zu verdanken. Er wußte, daß sich durch sein Interesse an ihr auch seine Gefühle für Eleanor zu verändern begannen. Womit er sich allerdings auch eingestehen mußte, daß sein Werben um Anne Peckworth in dieser Hinsicht nichts ausgerichtet hatte.

Er trieb sein Gespann an, in der Sorge, Serena könnte womöglich auf so geheimnisvolle Weise wieder verschwinden, wie sie in sein Leben getreten war. Als er in den Hof einfuhr, stand sie jedoch da und streichelte gerade eine dicke Katze. Als sie den Zweispänner vernahm, drehte sie sich mit vor Angst geweiteten Augen nervös um. Er wußte nicht, vor wem sie sich fürchtete, aber wenigstens war er es nicht. Sobald sie ihn erkannte, wich alle Angst aus ihren Augen, und eine sanfte Röte flog über ihr Gesicht, die ihre Schönheit nur noch unterstrich. Ihr Anblick rührte sein Herz, unter anderem ...

Sie lief ihm lächelnd entgegen. »Willkommen, Mylord. Ich hoffe, Sie konnten Ihre Angelegenheiten zu Ihrer Zufriedenheit regeln.«

Er sprang vom Zweispänner. »Nicht ganz.« Er versuchte, einen möglichst neutralen Ton anzuschlagen. »Aber es bleibt mir etwas Zeit, nach Ihnen zu sehen, bevor ich mich weiter darum kümmere. Sind Sie zur Abfahrt bereit?«

Angesichts seines strengen Tones wich das Lächeln aus ihrem Gesicht, doch sie nickte zustimmend.

Als sie auf den Zweispänner zugingen, nahm ihn wiederum der betörende Duft ihres Parfüms gefangen.

Er runzelte mißbilligend die Stirn. Wenn sie es wirklich nicht erst vor kurzem erneut aufgetragen hatte, mußte sie früher die Angewohnheit gehabt haben, sich förmlich damit zu überschütten.

Aber das konnte man ihr abgewöhnen.

Sogleich wurde ihm bewußt, in welche Richtung seine Gedanken gingen, und er ermahnte sich, seine Selbstbeherrschung nicht zu verlieren.

Francis beglich die Hotelrechnung, und die beiden machten sich auf den Weg.

Seine Begleiterin schwieg eine ganze Weile, fragte dann aber: »Und wohin fahren wir?«

Er spürte, daß sie ihm tiefes Vertrauen entgegenbrachte, und war gerührt. »Zu einer Tante von mir, die ein Landhaus in der Nähe von Marlborough, in einem Dorf namens Summer St. Martin, besitzt.«

»Zu einer Tante!« rief sie aus. »Aber, Mylord, sicher ...«

»Sie wird Sie bei sich aufnehmen, bis wir über Ihre weitere Zukunft entschieden haben.«

Er brachte es nicht über sich, ihre möglichen Pläne in Worte zu fassen. »Es sei denn, Sie haben einen anderen Vorschlag.«

»Leider nicht. Ich habe keine andere Lösung anzubieten und bin im Moment völlig mittellos.«

»Was ist mit Ihrem toten Gatten?« erkundigte er sich skeptisch.

Sie senkte den Kopf. »Er hinterließ mir nur sehr wenig, und ich kann darüber nicht verfügen.«
»Warum nicht?«
»Das kann ich Ihnen nicht sagen.«
Sein Gesicht nahm einen verbissenen Ausdruck an. »Wenn Sie mir genügend Vertrauen entgegenbringen, um mit mir zu kommen, Mrs. Allbright, warum können Sie mir dann nicht auch die Wahrheit anvertrauen?« fragte er verärgert.
Sie wandte sich zu ihm und blickte ihm direkt in die Augen. »Ich wünschte, ich könnte es.« Sie schien völlig aufrichtig zu sein.
»Verraten Sie mir zumindest, ob Sie mir Ihren wahren Namen genannt haben.«
Sie errötete. »Ich habe Ihnen meinen Mädchennamen genannt, Mylord.«
»Warum?«
»Ich möchte meine Ehe am liebsten aus meinem Gedächtnis streichen.«
»Warum legen Sie dann nicht Ihre Ringe ab?« fragte er höhnisch.
Sie errötete tief und legte die Ringe zu seiner Überraschung sofort ab. »Ich kann mir nicht erklären, warum ich das nicht schon früher getan habe. Ich trage sie einfach schon so lange ...« Sie sah sie an. »Vermutlich könnte ich sie verkaufen.«
»Das könnten Sie«, bestätigte er, und wider Willen erwachte erneut sein Interesse.
»Wenn Sie möchten, erledige ich das für Sie. Das ist keine Aufgabe für eine Frau.«
»Ich danke Ihnen«, antwortete sie, legte die Ringe aber in ihre Tasche.
»Nun«, forderte er sie mit Nachdruck auf, »warum erzählen Sie mir jetzt nicht Ihre wahre Geschichte?«

»Nein«, erwiderte sie mit ebensolchem Nachdruck.
»Es muß doch *irgend etwas* geben, das Sie mir erzählen können, Madam. Wo befindet sich der Besitz Ihrer Familie?«
»In der Nähe von Lewes.«
Er warf ihr einen verärgerten Blick zu und bemerkte dabei, was für ein energisches Kinn sie hatte. »Muß ich Ihnen wirklich jedes Wort aus der Nase ziehen? Ich muß wissen, wohin Sie mitten im Sturm, ohne einen Pfennig in der Tasche, unterwegs waren, Mrs. Allbright.«
Sie erwiderte seinen Blick. »Sie *müssen* das wissen? Was gibt Ihnen das Recht, Mylord, mich nach meiner Lebensgeschichte zu fragen?«
»Ich denke, in der letzten Nacht haben Sie mir selbst einen Grund gegeben, mich dafür zu interessieren.«
Angesichts dieser Bemerkung errötete sie tief, wandte den Blick jedoch nicht ab. Aus ihren Augen sprach Verärgerung, die sich mit erotischer Verheißung mischte und Francis schwindeln ließ. Es schien, als wollte sie ihn auf besonders ausgefallene Art und Weise peinigen ...
»Nun gut«, sagte sie schließlich. »Was ich kann, werde ich Ihnen erzählen. Man hat mich in jungen Jahren zu einer Heirat gezwungen. Nach dem Tod meines Mannes glaubte ich frei zu sein, doch meine Brüder beabsichtigen, mich erneut zu einer ähnlichen Heirat zu zwingen. Also bin ich geflohen. Zweifellos ein törichtes Unterfangen, doch mir blieb keine andere Wahl.«
Es war eine so sonderbare Geschichte, daß Francis sich fragte, ob Serena wohl zu viele Romane gelesen hatte. »Wäre eine erneute Heirat wirklich so ein Unglück gewesen?«
»Ja«, antwortete sie bestimmt.
»Und dennoch haben Sie mir angeboten, meine Mätresse zu werden.«
»Das wäre eine völlig andere Situation.«

Er blickte sie sprachlos an. »Eine Situation, die Sie vorziehen würden?«
Sie hatte den Blick abgewandt. »Ja.«
»Warum?«
»Ich müßte keinen Eid vor Gott ablegen.«
Das war die absurdeste Sache, die er je gehört hatte. Die ganze Geschichte klang einfach unglaubwürdig. Welche anständige Witwe, so unglücklich ihre Ehe auch gewesen und wie verzweifelt sie auch sein mochte, hätte ihn wohl auf so gekonnte Weise verführt?
»Hat Ihr verstorbener Mann Ihnen nichts hinterlassen?« erkundigte er sich.
Sie antwortete ohne Umschweife. »Meinen Schmuck und etwas Geld, aber ich konnte auf meiner Flucht nichts mitnehmen. Ich kann mir nicht vorstellen, daß meine Brüder mein Erbe freiwillig hergeben würden. Mittlerweile haben sie das Geld sicherlich beim Glücksspiel verloren, und mit dem Schmuck wird über kurz oder lang dasselbe passieren«, erklärte sie aufrichtig.
Francis konnte sich dunkel an zwei Männer namens Allbright erinnern, obgleich die beiden sich nicht in seinen Kreisen bewegten. Grobe, ungehobelte Männer, die bei keinem sportlichen Ereignis fehlten. Dennoch, traf es zu, was Serena sagte, so war sie von recht vornehmer Herkunft.
Er stellte ihr weitere Fragen über ihre Kindheit und Familie, versuchte das Ganze aber wie eine zwanglose Unterhaltung aussehen zu lassen. Eigentlich aber wartete er darauf, sie bei einem Fehler zu ertappen, der verraten würde, daß sie nicht von solch edler Herkunft war, wie sie behauptete.
Nichts dergleichen geschah jedoch; im Gegenteil – eine Tatsache schien Serenas Geschichte sogar zu bekräftigen.
»Sie haben also Miss Mallorys Schule in Cheltenham besucht?« fragte er. »Dann müssen Sie Beth Armitage kennen.«

Jetzt würde sich zeigen, was an Serenas Geschichte dran war, dachte Francis. Beth war sowohl Schülerin als auch Lehrerin an dieser Schule gewesen und nun die Frau von Lucien de Vaux, Marquis von Arden, eines Mitglieds der Rogues.

»Ja«, antwortete sie, und zum ersten Mal an diesem Tag erhellte sich ihr Gesicht. »Ich erinnere mich gut an sie. Sie war ein Jahr älter als ich, aber wir waren Freundinnen. Wie ich gehört habe, hat sie den Erben eines Herzogtums geheiratet. Ich war darüber recht erstaunt, denn sie war damals ein Blaustrumpf mit ziemlich radikalen Ansichten.«

»Das ist sie noch immer«, bemerkte er entspannt. Serena kannte Beth ganz offensichtlich. »Sie und ihr Mann streiten sich regelmäßig über diese Dinge.«

Wie würde Beth sich wohl dazu äußern, wenn eine frühere Mitschülerin die Mätresse eines Rogues würde? Sein gesunder Menschenverstand sagte ihm, daß sie dies mißbilligen würde, doch bei Beth Arden, in deren Augen das Recht einer Frau auf Selbstbestimmung wichtiger war als jegliche sozialen Konventionen, konnte man nie wissen.

Immerhin hatte sie trotz Widerstand von allen Seiten eine enge Freundschaft mit der ehemaligen Mätresse ihres Mannes geschlossen.

Serena war erleichtert, als Lord Middlethorpe seine Inquisition einstellte, denn was war es anderes gewesen als ein strenges Verhör?

Sie fragte sich, ob nun wohl ihre Chance, seine Mätresse zu werden, größer geworden sei. Trotz ihrer Beklommenheit war sie voller Hoffnung. Sie wollte nicht zu seiner Tante geschickt werden. Aus Erfahrung wußte sie, daß Frauen, besonders prüde alte Jungfern, sie auf Anhieb ablehnten.

Sie wollte jedoch auch nicht wieder alleine gelassen werden. Bei dem Gedanken daran, wie sich Lord Middlethorpes

Körper angefühlt hatte, ahnte sie, daß es wohl keineswegs so unangenehm sein würde, seine Mätresse zu sein.
Der verräterische Gedanke, daß sie es auch nicht unangenehm finden würde, Lord Middlethorpes *Ehefrau* zu sein, schoß ihr durch den Kopf. Wenn sie sich das Grauen einer Ehe vor Augen geführt hatte, hatte sie dabei immer an einen Mann wie Matthew gedacht. Lord Middlethorpe war das genaue Gegenteil.
Er war gutaussehend und zivilisiert, freundlich, zurückhaltend und nachsichtig ...
Sie wußte jedoch nur zu gut, wie freundlich ein Mann sein konnte, solange es in seinen Plan paßte, und wie schnell er zu einer anderen Person werden konnte, wenn sich die Frau erst einmal in seiner Gewalt befand.
Nein, nein, bloß keine Ehe. Nicht einmal mit Francis.
Sie rief sich ins Gedächtnis, daß sie unfruchtbar war. Diese Tatsache schützte sie vor einer Heirat mit den meisten Männern, denn fast alle wollten Kinder. Die einzigen Männer, die eine Ehe mit ihr in Betracht ziehen würden, waren Matthews verdorbene Freunde, die in einer Frau nur ein Spielzeug sahen.
Wie konnte sie Lord Middlethorpe nur davon überzeugen, sie zu seiner Mätresse zu machen und sie nicht zu seiner furchterregenden Tante zu bringen?
Die Straßen waren vom Unwetter des vorhergehenden Tages noch immer matschig und kaum passierbar. Bald war offensichtlich, daß sie Marlborough bis zum Einbruch der Nacht nicht mehr erreichen würden.
»Wir werden unterwegs anhalten müssen«, teilte Lord Middlethorpe Serena mit.
»Ja.« Serena fragte sich, welchen Verlauf diese Nacht wohl nehmen würde. Sie konnte unmöglich ihr dreistes Verhalten der letzten Nacht wiederholen, aber vielleicht ergaben

sich andere Möglichkeiten, Francis in Versuchung zu führen. Instinktiv spürte sie, daß er sich zu ihr hingezogen fühlte.
Sie verließen die Hauptstraße und fanden in einem Dorf namens Fittleton einen schlichten Gasthof, der zwei Schlafzimmer und einen Salon zu vermieten hatte.
Zwei Schlafzimmer. Serena verstand den Hinweis. Wieder hatte Francis angegeben, sie wären Mann und Frau, und doch hatte er zwei separate Schlafzimmer verlangt ...
Als Francis allein in seinem Zimmer stand, war er von Stolz erfüllt: Er hatte um zwei getrennte Schlafzimmer gebeten und damit einer großen Versuchung widerstanden. Doch die Vorstellung, Serena leidenschaftlich zu lieben – und diesmal bei vollem Bewußtsein –, weckte ein brennendes Verlangen in ihm.
Sie aßen gemeinsam im Salon zu Abend, und die vorsichtige Unterhaltung wurde immer wieder von peinlichen Gesprächspausen unterbrochen. Keiner der beiden wagte es, die Sprache auf persönliche Themen zu bringen.
Als sie die Mahlzeit beendet hatten, machte Serena Anstalten, sich in ihr Schlafzimmer zurückzuziehen. Francis erhob sich ebenfalls höflich; er war erleichtert, daß Serena sich entfernte, bevor ihre verwirrende Gegenwart seinen Entschluß ins Wanken geraten ließ.
An der Tür blieb sie einen Moment lang stehen. »Ich ... ich möchte nur betonen, Mylord, daß sie nicht zu befürchten haben, daß sich mein Verhalten von gestern nacht wiederholt ...« Eine tiefe Röte stieg ihr ins Gesicht, und Francis rang nach Atem.
»Das bezweifle ich nicht«, brachte er mit gepreßter Stimme hervor. »Schlafen Sie gut.«
Sie verschwand rasch in ihr Zimmer.
Francis ließ sich auf seinen Stuhl fallen und goß sich ein

weiteres Glas Wein ein. Mit jeder Faser seines Körpers verlangte es ihn danach, Serena zu folgen. Während des Essens hatte er den Blick nicht von der zarten Wölbung ihres milchweißen Busens lassen können, der durch das tief ausgeschnittene Dekolleté halb enthüllt wurde. Heilige Jungfrau Maria, war er von Sinnen? War er wirklich im Begriff, dieser geheimnisvollen Dirne in die Falle zu gehen?

Ja, o ja! verlangte sein Körper.

Mit einem Stöhnen barg er das Gesicht in den Händen.

Er hörte, wie sich die Tür öffnete, und sah eilig auf. Serena hatte ihr Haar geöffnet, so daß es im Kerzenschein ihr Gesicht umschmeichelte. Ihr aufreizendes Kleid schien jede atemberaubende Rundung ihres Körpers hervorzuheben.

»Was ist los?« fragte er heiser.

»Ich ... ich dachte, ich lasse die Tür lieber offen.« Sie errötete noch tiefer und zog sich rasch zurück.

Francis starrte auf die offene Tür. Serena war nicht mehr zu sehen, und das einzige, was er erkennen konnte, war eine Kommode und ein Waschstand mit makellos weißen Handtüchern. Die offene Tür sprach jedoch Bände.

Sie verhieß paradiesische Wonnen, bezeugte jedoch auch, daß die letzte gemeinsam verbrachte Nacht kein Irrtum gewesen war. Serena war also, zumindest im Grunde ihres Herzens, eine Hure, und sein Verlangen nach ihr war so brennend, daß er ihm keinesfalls nachgeben konnte.

Eindringlich rief er sich seine bevorstehende Heirat mit einer tugendhaften jungen Dame ins Gedächtnis. Was für eine infame Beleidigung wäre es, sich gleichzeitig mit einer atemberaubenden Mätresse einzulassen?

Er sollte besser Abstand davon nehmen, Serena zu Tante Arabella zu bringen, denn er wußte sehr wohl, daß dieser

Plan auf seine Schwäche für seine Begleiterin zurückzuführen war. Zweifellos war es am klügsten, Serena einen Beutel voller Guineen zu geben und sie in eine Kutsche nach London zu setzen. Doch er wußte, daß er dies nicht tun würde.

Sechstes Kapitel

Um die Mittagszeit erreichten sie Summer St. Martin. Serena stieg vom Zweispänner und schritt mit einem Enthusiasmus in Richtung Patchems Cottage, dem Landhaus von Tante Arabella, wie eine zum Tode Verurteilte auf dem Weg zu seiner Hinrichtung. Warum hatte sie sich nur darauf eingelassen?

Weil sie, feige wie sie nun mal war, keine andere Möglichkeit gesehen hatte.

Lord Middlethorpe klopfte an die schwarzlackierte Tür, und eine ältere Bedienstete öffnete. Über ihr unscheinbares Gesicht ging sofort ein Lächeln. »Mylord! Tretet doch bitte ein!«

Kurze Zeit später erschien eine ältere Dame in der kleinen Eingangshalle. Sie war dürr, energisch und hatte strahlende Augen. »Francis, was für eine schöne Überraschung!« Dann fiel ihr Blick auf Serena, und sie zog fragend die Augenbrauen hoch. »Wieder in Schwierigkeiten, nicht wahr?« Kopfschüttelnd geleitete sie die beiden in den Salon und ließ Tee bringen.

Serena war überrascht. Arabella Hurstman war nicht die verbitterte alte Jungfer, die sie erwartet hatte, sondern eine lebhafte, vitale Dame. Sie ängstigte sie dennoch.

»Nehmen Sie Platz«, wandte sich Arabella in schroffem Ton an Serena und deutete auf einen Stuhl in der Nähe des Feuers. »Fühlen Sie sich ganz wie zu Hause.« Dann richtete

sie ihren durchdringenden Blick abermals auf Lord Middlethorpe. »Nicht wieder die Gattin einer deiner Freunde, hoffe ich?«
Serena blickte ihren Wohltäter erstaunt an und hätte schwören können, daß er errötete. »Natürlich nicht.«
Es war deutlich zu spüren, daß Miss Hurstman viel von ihrem Neffen hielt – und umgekehrt.
»Tante Arabella«, begann Lord Middlethorpe, »ich möchte dir gerne Serena Allbright vorstellen. Aufgrund familiärer Schwierigkeiten benötigt sie einen Ort zum Ausruhen. Ich hoffe, du hast nichts dagegen, sie für ein paar Wochen bei dir aufzunehmen.«
Arabella Hurstman nahm Serena nun zum ersten Mal genauer in Augenschein. »Herr im Himmel, das ist doch nicht möglich ...«
Serena spürte, wie diese Worte ihr die Schamesröte ins Gesicht trieben. »Es tut mir leid ...« Sie war im Begriff, sich zu erheben, doch die Frau drückte sie förmlich wieder auf ihren Stuhl nieder. »Seien Sie nicht beleidigt, mein Kind, ich war nur sprachlos angesichts Ihrer Schönheit. Damit haben Sie es sicher nicht immer ganz einfach.«
Diese verständnisvollen Worte ließen Serena in den Armen der Dame in bittere Tränen ausbrechen. Als ihre Tränen endlich versiegten und sie sich in einem völlig erschöpften Zustand befand, packte man sie weich und warm wie ein Kind in ein Bett. Erst später wurde ihr bewußt, daß Lord Middlethorpe gegangen war, ohne daß sie sich bei ihm hatte bedanken können.
Trotz der Wehmut angesichts seiner Abreise war sie überglücklich, daß ihr wie durch ein Wunder ein Zufluchtsort gewährt worden war, an dem sie wieder zu Kräften kommen, nachdenken und ihr seelisches Gleichgewicht wiederherstellen konnte. Sie war Francis aus ganzem Herzen dank-

bar dafür, daß er sie hierhergebracht hatte, wollte ihn aber nicht mehr als Beschützer. Sie wollte mit Männern überhaupt nichts mehr zu tun haben.
Während der ersten Tage dachte Serena nicht einmal an Lord Middlethorpe. Sie ließ sich einfach von Arabella – Miss Hurstman hatte darauf bestanden, daß Serena sie so nannte – und dem Hausmädchen Kitty umsorgen und sich nach und nach mit den täglich anfallenden Arbeiten im Landhaus vertraut machen. Die beiden stellten bemerkenswert wenige Fragen.
Eines Tages jedoch ließ Arabella beim Tee ernst ihren Blick auf Serena ruhen. »Meinst du nicht, mein Liebes, es ist an der Zeit, mir deine Geschichte zu erzählen, damit wir überlegen können, wie es mit dir weitergehen soll?«
Serena starrte auf ihre Teetasse. »Ich möchte lieber nicht darüber sprechen.«
»Überwinde dich, danach wirst du dich besser fühlen.«
Serena warf ihr einen ziemlich verärgerten Blick zu. »Vermutlich erzählen das auch die Chirurgen ihrem Patienten, bevor sie ihm ein Bein abhacken. Und in genau diesem Tonfall.«
»Zweifelsohne.« Arabella zeigte keinerlei Reue. »Und sie haben recht. Nun? Oder muß ich auch eine Axt holen?«
Serena seufzte. »Mein richtiger Name ist Serena Riverton. Mein Mann war Matthew Riverton. Sie werden ihn nicht kennen, aber …«
»Ich habe von ihm gehört. Randy Riverton, ein widerlicher Kerl. Wie konnte man dich nur mit ihm verheiraten? Er war alt genug, um dein Vater zu sein.«
»Ich … ich hatte keine Wahl.«
»Jede Frau hat eine Wahl, Liebes, sie muß nur den Mut besitzen, von diesem Recht Gebrauch zu machen.«
»Nicht mit fünfzehn«, erwiderte Serena.

»Fünfzehn«, wiederholte Arabella, und Serena hätte schwören können, daß alle Farbe aus ihrem Gesicht wich.
»Ja.«
»Oh, du armes Kind.«
Serena spürte, daß sie im Begriff war, bittere Tränen für das Kind zu vergießen, das sie gewesen war.
Arabella räusperte sich und goß Tee nach. »Ich verstehe. Und Riverton ist vor kurzem verstorben, nicht wahr? Was ist also dein Problem, Liebes? Bist du nun nicht eine reiche Witwe?«
»Nein.« Serena griff nach ihrem Taschentuch und schneuzte sich. »Matthew hat den Großteil seines Vermögens verschleudert, um sich bei der feinen Gesellschaft einen Namen zu machen, und bevor ich wußte, wie mir geschah, hatten sich auch schon meine Brüder des Geldes bemächtigt.« Verzweiflung lag in Serenas Blick. »Ich weiß, das war zweifellos naiv von mir, aber die Freude über meine wiedergewonnene Freiheit hat mich die Realität vergessen lassen ... ich hätte es nie für möglich gehalten, daß meine Brüder ...«
»Dir das Geld wegnehmen würden? Wenn du wüßtest, wozu Männer in der Lage sind, mein Mädchen.« Sie spitzte nachdenklich die Lippen. »Dein Geld könnte man in einem Prozeß sicherlich erstreiten ...«
»Vermutlich«, antwortete Serena, »aber es war sowieso nicht mehr viel davon übrig, ungefähr dreitausend Pfund – und ich weiß, wie kostspielig Gerichtsprozesse sind. Außerdem«, fügte sie zögernd hinzu, »habe ich Angst vor meinen Brüdern. Ich weiß, sie haben nicht das Recht, mich zu einer erneuten Heirat zu zwingen, aber ich befürchte trotzdem, daß sie es versuchen würden. Mir wäre es lieber, sie wüßten nicht, wo ich bin.«
»Nun gut«, erwiderte Arabella, »dann wirst du vorerst hierbleiben. Ich freue mich über deine Gesellschaft. Natürlich ist

das hier ein langweiliges Leben für eine schöne junge Frau …«
»Für mich ist es ein Paradies«, antwortete Serena ernsthaft und sah bereits ein Leben in Sicherheit und Frieden vor sich liegen.
»Im Moment vielleicht«, erwiderte Arabella skeptisch. »Wir müssen natürlich auch abwarten, was Francis dazu sagt.«
»Ich habe keinen Anspruch auf seine Großzügigkeit«, antwortete Serena ohne Umschweife.
Arabella runzelte die Stirn. »Er hat kein Recht, mir vorzuschreiben, wie ich leben soll«, verbesserte sie. »Sag es.«
Serena traute ihren Ohren nicht, aber Arabella meinte es ernst. »Er hat kein Recht, mir vorzuschreiben, wie ich leben soll«, sagte sie leise. »Aber …«
»Sag es noch einmal.«
Serena öffnete den Mund. »Wenn er dazu kein Recht hat«, sagte sie, »haben Sie es auch nicht.«
Arabella grinste. »Braves Mädchen. Du hast ja doch ein Rückgrat, ich wußte es! Dir fehlt nur die Übung. Als erstes müssen wir dir ein paar neue Kleider anfertigen lassen.«
»Ich besitze nur vier Guineen.«
»Ich habe dafür gesorgt, daß Francis dir etwas Geld dagelassen hat.«
»Ich kann sein Geld nicht annehmen«, widersprach Serena.
»Francis gab mir dieses Geld aus persönlichen Beweggründen, mein Kind. Du schuldest ihm nichts dafür.«
Einen Moment lang fragte sich Serena entsetzt, ob Lord Middlethorpe seiner Tante wohl von ihrem schamlosen Verhalten erzählt hatte und dies nun die Bezahlung dafür war.
War er dazu wirklich imstande?
Sein Verhalten zeigte jedoch, daß auch sein Gewissen zumindest nicht ganz ungetrübt sein konnte, und Serena war

angesichts dieser Tatsache erleichtert. Sie wußte, ihr Verhalten war sehr unanständig gewesen, sie war sich jedoch auch bewußt, daß ein Mann – ein guter Mann – sich nach allem, was passiert war, ebenfalls schuldig fühlen würde. Wenn sich Francis mit diesem Geld von seinem schlechten Gewissen befreit hatte, war sie froh darüber.

Von dem Geld kaufte Serena Stoff und ließ sich bei der Schneiderin im Dorf zwei schlichte Kleider anfertigen. Mrs. Pritchard nähte ihr auch die dringend benötigte Unterwäsche und ein Nachthemd.

Die Schneiderin hatte verschiedene Verzierungen vorgeschlagen, doch Serena bestand auf einer nahezu schuluniformartigen Schlichtheit. Als sie zum ersten Mal in das Kleid schlüpfte, war sie überglücklich. Der einfache Stil gefiel ihr außerordentlich, noch glücklicher machte sie jedoch die Tatsache, daß an dem Kleid keinerlei böse Erinnerungen hingen – und keine Spur ihres alten Parfüms.

Sie gewöhnte sich an, ihr Haar in einem strengen Knoten zu tragen, aus dem sich keine Locken lösen durften. Obwohl sie wußte, daß sie auch in diesem Aufzug noch immer eine Augenweide war, fühlte sie sich wesentlich wohler als früher. Voller Enthusiasmus stürzte sie sich in die Weihnachtsvorbereitungen im Dorf – etwas, womit sie sich seit ihrer Kindheit nicht mehr hatte beschäftigen dürfen. Die Dorfbewohner akzeptierten sie rasch als Mrs. Hurstmans junge Freundin.

Bald begann sie sogar Zukunftspläne zu schmieden. Sie wußte, daß sie nicht für immer bei Arabella bleiben konnte. Doch da man sie nun im Dorf akzeptierte, war es ihr vielleicht möglich, eine Stellung zu finden. Nicht als Gouvernante, denn in einem Haushalt, in dem auch Männer lebten, waren Probleme vorprogrammiert, aber womöglich als Gesellschafterin einer älteren Dame. Arabella und auch der

Pfarrer am Ort würden ihr eine Empfehlung schreiben. Vielleicht wußte Arabella sogar von einer Dame, die Serena einstellen würde.

Serena war glücklich – zum ersten Mal, seit sie erwachsen war.

Bis Arabella eines Morgens, mit leicht errötetem Gesicht, zu ihr sagte: »Ich habe völlig vergessen, daß du Monatsbinden benötigst, Liebes, denn diese Zeiten sind glücklicherweise bei mir schon lange vorbei. Im Schrank findest du eine ganze Menge davon. Bitte bediene dich.«

Beschämt bedankte sich Serena. Arabella faßte ihre Unsicherheit eindeutig als Verlegenheit auf, doch dem war nicht so. Serena war nur bewußt geworden, daß ihre Menstruation bereits eine Woche überfällig war. Wie ihr einmal zu Ohren gekommen war, konnten sich durch außergewöhnliche Belastungen Unregelmäßigkeiten ergeben, doch trotz aller Schrecken, die sie bisher in ihrem Leben erlitten hatte, war ihre Menstruation immer sehr pünktlich gewesen.

Sie war doch nicht schwanger?

Sie war unfruchtbar.

Matthews Arzt hatte bei ihr eine Verformung der Gebärmutter festgestellt, und in acht Jahren Ehe war sie kein einziges Mal schwanger geworden. Ganz offensichtlich war diese Verzögerung auf all die Veränderungen in ihrem Leben zurückzuführen.

Wenn sie nun schwanger wäre – sie wüßte keinen Ausweg.

Währenddessen saß Francis bei einem langweiligen Diner. Seitdem er Serena vor einigen Wochen bei seiner Tante zurückgelassen hatte, war er auf der Suche nach Charles Ferncliff, denn er bezweifelte, daß der Mann von seinen üblen Absichten Abstand nehmen würde. Der Schurke war jedoch wie vom Erdboden verschluckt.

Francis hatte herausgefunden, daß Ferncliff ein Sohn von Lord Barrow of Derbyshire war, doch seine diskreten Nachforschungen hatten ergeben, daß seine Familie davon ausging, er sei noch bei den Shipleys angestellt.
Francis hatte kürzlich einen Brief von seiner Mutter erhalten, in dem sie ihm mitteilte, Ferncliff habe sie nicht mehr belästigt. Darüber hinaus legte sie ihm ans Herz, sich um Lady Anne zu kümmern, da sich die Herzogin bereits taktvoll nach seinem Verbleib erkundigt hatte.
Francis mußte seiner Mutter recht geben. Charles Ferncliff war in die Flucht geschlagen, und Anne würde sich fragen, wo er blieb. Wie verwerflich, daß er ihre Eltern nicht einmal schriftlich über die Gründe seiner Abwesenheit unterrichtet hatte. Er würde noch morgen nach Lea Park aufbrechen.
Doch was war mit Serena? Da er nichts Gegenteiliges gehört hatte, ging er davon aus, daß sie sich noch in Summer St. Martin befand. Eine Frau wie sie würde jedoch mit Sicherheit nicht für immer an einem solchen Ort bleiben. Er sollte einen größeren Betrag Geld schicken und Arabella gegenüber betonen, daß Serena über ihre Zukunft frei entscheiden konnte. Sicherlich würde sie nach London weiterfahren, wenn das Wetter wieder besser würde, und dort umgehend einen Beschützer finden ...
Der Gedanke an die andere Lösung dieses Problems wollte ihm einfach nicht aus dem Kopf. Es wäre ein Kinderspiel, alles zu arrangieren. Er würde ein kleines Haus in London mieten und diskrete Bedienstete einstellen. Anschließend würde er nach Summer St. Martin fahren und bräuchte nur zu sagen: »Ich möchte Sie zu meiner Mätresse machen«, und sie würde ihn begleiten. Und schon könnten sie für immer glücklich sein.
Er schüttelte den Kopf. Solch eine Entscheidung wäre in jedem Falle falsch.

Er hoffte, der Grund für die Faszination, die Serena auf ihn ausübte, war schlicht und einfach, daß sie die erste Frau in seinem Leben gewesen war. Um sich von dieser Obsession zu befreien, hatte Francis sogar einen Bordellbesuch in Erwägung gezogen. Er hatte jedoch von diesem Vorhaben wieder Abstand genommen. Vielbeschäftigte Huren riefen noch immer Widerwillen in ihm hervor, wie geschickt sie auch sein mochten, und er bezweifelte, daß ein solch oberflächlicher Akt Einfluß auf seine Gefühle für Serena hätte. Was jedoch war oberflächlicher als eine Frau, die er zufällig getroffen und die ihn in der Nacht verführt hatte?

Doch entgegen aller Vernunft hatte diese Begegnung Spuren in seiner Seele hinterlassen.

Francis hatte sich kurzzeitig überlegt, seine Nachforschungen über Ferncliff einzustellen und sich statt dessen auf Serena Allbright zu konzentrieren. Es wäre ein leichtes gewesen, ihre ganze Geschichte herauszufinden. Er wußte jedoch, daß es sein Leben eher komplizieren und nicht vereinfachen würde, wenn er mehr über sie in Erfahrung brächte.

Am liebsten hätte er sie ganz aus seinem Leben gestrichen, doch wenn er dies tat, würde sie ihm eines Tages am Arm eines anderen Mannes begegnen, und diesen Gedanken konnte er kaum ertragen. Jede Nacht suchten ihn qualvolle Träume heim, und eine verzehrende Sehnsucht wollte ihn nicht zur Ruhe kommen lassen.

»Das war ein schwerer Seufzer«, bemerkte jemand an seiner Seite. »Bekommt Ihnen der Fisch etwa nicht?«

Francis sah auf und erblickte Sir Stephen Ball. Er bedeutete ihm, sich zu ihm zu setzen. »Nur ein Problem, Steve.«

Sir Stephen nahm mit der für ihn typischen sorglosen Eleganz Platz.

Er war blaß, blond und gutaussehend. Trotz seiner fünfundzwanzig Jahre hatte sich sein Zynismus bereits in den Gesichtszügen festgesetzt.

»Ein Problem, bei dem dir ein Rogue vielleicht helfen kann?« fragte Stephen, während er den Wirt herbeiwinkte, um sich ein Glas bringen zu lassen.

»Ich fürchte, nein.« Francis verbannte den Gedanken an Serena aus seinem Kopf und konzentrierte sich auf Ferncliff. »Gibt es besonders raffinierte Möglichkeiten, einen Mann zu finden, der nicht gefunden werden will, Steve?«

»In der Regel nicht. Wenn er nicht zu Hause oder an seinen Lieblingsorten auftaucht, wäre es reiner Zufall, wenn du ihn entdeckst.«

»Genau das befürchte ich.« Francis füllte das Glas seines Freundes.

»Was hat der Knabe verbrochen?«

»Damit gedroht, bösartige Lügen über meine Mutter zu verbreiten. Er hat es nicht noch einmal versucht, aber ich hätte gern ein Wort unter vier Augen mit ihm gewechselt, um ganz sicherzugehen. Ich muß morgen jedoch aufs Land fahren und habe bisher keine Spur von ihm entdeckt.«

»Gibt es einen Grund dafür, daß du ihn in London vermutest?«

»Nein«, räumte Francis ein, »aber diese Stadt ist wie ein Magnet. Früher oder später landet jeder Ganove hier.«

»Wie wahr. Ich bin über Weihnachten in London. Nenn mir seinen Namen, und ich werde ein bißchen die Ohren spitzen.«

Francis spürte einen unerklärlichen Widerwillen, den Namen preiszugeben, antwortete jedoch, »Ferncliff. Charles Ferncliff.«

»Charles Ferncliff!« rief Stephen aus. »Das darf doch nicht wahr sein.«

»Du kennst ihn?«

»Er wurde mir einmal vorgestellt. Sehr sympathischer Knabe. Verdient sich seinen Lebensunterhalt als Lehrer, während er an einem Buch über die angelsächsische Kultur schreibt. Hat mehr Interesse an Hügelgräbern und alten Gedichten als an modernen Angelegenheiten.«

Merkwürdig, es paßte alles. »Dann scheint die Studiererei ihn wohl um den Verstand gebracht zu haben. Hegt einen Groll gegen meine Mutter, weil sie seine ungezwungenen Unterrichtsmethoden kritisiert hatte. Also drohte er damit, böse Gerüchte über sie in die Welt zu setzen, wenn sie nicht auf seine Forderung einginge.«

»Du meine Güte. Armer Mann.«

»Ich mache mir eher Sorgen um meine Mutter«, betonte Francis.

»Nun, natürlich, aber der Mann muß krank sein. Was du über sein zwangloses Verhalten seinen Schülern gegenüber gesagt hast, kann ich mir gut vorstellen. Obwohl Charles eher ein Intellektueller ist, ist er für einen Scherz immer zu haben und ein ausgezeichneter Sportler. Aber der Rest . . .«

»Wie alt ist der Mann?« fragte Francis. »Ich hatte geglaubt, er sei jünger als wir.«

»Guter Gott, nein. Mindestens Mitte Dreißig. Wie gesagt, er arbeitet nur als Lehrer, um seine Studien zu finanzieren, und sucht sich immer Stellungen an historisch interessanten Plätzen.«

»Was du sagst, paßt, aber es ist wirklich eigentümlich. Sein Verhalten muß mit einer plötzlichen Geisteskrankheit zu tun haben.«

»Himmel, hoffentlich steht es nicht zu schlimm um ihn«, antwortete Stephen, »aber da ich Ferncliff kenne, werde ich dir sofort Bescheid geben, wenn er mir über den Weg läuft.«

»Ich wäre dir wirklich dankbar. Er hat von mir nichts zu befürchten, aber ich kann nicht zulassen, daß er meine Mutter belästigt.«

»Natürlich nicht.«
Die jungen Männer plauderten angeregt weiter, besonders über ihren gemeinsamen Freund Leander Knollis, der sich ganz überraschend mit einer jungen Dame verheiratet hatte, die niemand kannte, und nun, Stephen zufolge, sehr glücklich war.
»Er war Anfang des Monats mit seiner Braut in London«, erzählte Stephen und erhob sich. »Es scheint mir an der Zeit für ein großes Treffen der Rogues zu sein.«
»Ich glaube, Nicholas hat etwas Ähnliches im Sinn.«
»Gut. Ein schönes Weihnachtsfest. Bitte grüße deine Mutter von mir.« Und mit diesen Worten verabschiedete sich Stephen und ließ Francis zurück, der nun erst recht über das Thema Hochzeit ins Grübeln gekommen war.
Drei Rogues hatten bereits geheiratet. Auch er sollte nun endlich Nägel mit Köpfen machen. Er fragte sich, wie bald Anne wohl zu einer Heirat bereit wäre. Wahrscheinlich dachte sie an Mai oder Juni, aber ihm wäre ein früherer Termin lieber. Sehr viel früher am besten.
Nächste Woche vielleicht? Sein erwachter Körper forderte sein Recht.
Vielleicht konnte er Anne und ihre Eltern von einer Hochzeit im Winter überzeugen. Januar womöglich. War er erst verheiratet, würde ihm Serena Allbright auch endlich aus dem Kopf gehen.
Zu schön, um wahr zu sein.
Als er seine Mahlzeit beendet hatte, zwang er sich, seine Aufmerksamkeit ganz dem Fall Charles Ferncliff zuzuwenden. Der Mann schien völlig anders zu sein, als er ihn sich vorgestellt hatte.
Langsam beschlich ihn das Gefühl, daß an der Sache etwas faul war.
Mit einer mysteriösen Sirene in Wiltshire, einer Heiratskan-

didatin in Hampshire, einer unberechenbaren Mutter und einem eigentümlichen Ganoven, der unauffindbar war, fühlte sich Francis so langsam selbst reif für die Irrenanstalt.

Am nächsten Tag fuhr er vor dem großen Portal von Lea Park vor, mit der Absicht, endlich wieder Kontrolle über sein Leben zu erlangen, indem er um Lady Anne Peckworths Hand anhielt. Er mußte sich jedoch eingestehen, daß der Gedanke daran ihm Unbehagen bereitete. Am liebsten wäre er weitergefahren, ohne haltzumachen. Da er der Familie Arran seinen Besuch nicht angekündigt hatte, würde er auch niemanden vor den Kopf stoßen, wenn er seine Pläne änderte ...

Er rief sich ins Gedächtnis, daß es nun wirklich an der Zeit war, endlich eine Familie zu gründen. Als er von dem Zweispänner sprang, faßte er jedoch spontan den Entschluß, nicht über Nacht zu bleiben. Er würde mit dem Herzog sprechen, um Annes Hand anhalten, dann unter dem Vorwand nach Priory weiterfahren, das bevorstehende Weihnachtsfest bei seiner Mutter verbringen zu müssen.

Vorwand?

Das Wort hatte keinerlei Bedeutung, versicherte er sich selbst. Er mußte lediglich für die Weihnachtsvorbereitungen zu Hause sein. Seine Mutter legte großen Wert darauf. Wenn sich eine baldige Hochzeit nicht arrangieren ließ, würde er nach Weihnachten einen langen Besuch bei den Arrans machen. Oder Anne nach Priory einladen.

Als er sich der großen Eingangstür näherte, wurde er sich bewußt, daß sein Herz sehr viel schneller schlug als sonst und daß nicht Liebe der Grund dafür war.

Man führte ihn in den Salon, wo ihn die Herzogin, eine kluge Frau, begrüßte. »Middlethorpe, wie aufmerksam von Ihnen, uns einen Besuch abzustatten, aber ich fürchte, Anne wird sie nicht empfangen können.«

»Ist sie denn krank, Herzogin?« erkundigte er sich ohne Umschweife.
»Wußten Sie das denn nicht? Wir haben vor zwei Tagen eine Nachricht nach Priory geschickt. Sie hat sich in der Dorfschule mit Windpocken angesteckt.« Sie sah ihn augenzwinkernd an. »Sie hätte sicher etwas dagegen, wenn Sie sie so sehen würden – mit all den Pusteln.«
Francis nickte verständnisvoll. Windpocken.
Im Moment schien einfach nichts nach Plan zu gehen. Plötzlich wollte er auf keinen Fall unverrichteter Dinge wieder gehen. »Ist es möglich, den Herzog zu sprechen?«
Die Herzogin warf ihm einen verschmitzten Blick zu. »Leider nicht. Er ist in Schottland, aber wir erwarten ihn in Kürze zurück. Warum besuchen Sie uns nicht nach Weihnachten? Sie werden uns zweifelsohne allesamt hier antreffen, und wir würden uns über einen langen Besuch von Ihnen sehr freuen.«
Francis ergab sich seinem Schicksal. »Ja natürlich, Herzogin.« Mit der Bitte, sie möge Anne seine besten Genesungswünsche ausrichten, verabschiedete er sich und machte sich auf den Weg nach Priory.
Was ihn dort wohl erwarten würde? Ob seine Mutter sich endlich dazu durchgerungen hatte, ein Möbelstück zu verrücken?
Sehr unwahrscheinlich. Sein Elternhaus war wie ein Mausoleum für seinen Vater – nichts wurde dort je geändert. Selbst eine so harmlose Angelegenheit wie der Kauf neuer Bettvorhänge bereitete seiner Mutter Kummer. Er fand es bewundernswert, mit welcher Hingabe sie die Erinnerung seines Vaters in Ehren hielt, doch das Leben ging nun mal weiter.
Er würde Thorpe Priory natürlich unverändert vorfinden, und zweifelsohne würde seine Mutter bereits die üblichen Weihnachtsvorbereitungen getroffen haben.

Warum fand er die Vorstellung so bedrückend?
Sicherlich, weil die Art und Weise, wie seine Mutter Weihnachten feierte – wie zu Lebzeiten seines Vaters –, einfach nicht seinem Geschmack entsprach.
Wie jedes Jahr würden Stechpalmen-, Tannen- und Rosmarinzweige, mit roten Schleifen zusammengebunden, an genau denselben Stellen angebracht werden wie in all den Jahren zuvor.
Das Weihnachtsfest im Hause Middlethorpe wurde genauso gefeiert, wie es schon seit dreißig Jahren oder noch länger üblich war. Francis wußte, daß dies eine wichtige Tradition für seine Familie war, er sich aber seit Jahren durch dieses starre Ritual eingeschränkt gefühlt hatte.
Am ersten Weihnachtsfeiertag würden der kinderlose Vikar und seine Frau zum Dinner nach Thorpe Priory eingeladen werden. Am zweiten Weihnachtsfeiertag würden seine Mutter und er dem Personal die Weihnachtsgeschenke übergeben, die wie immer in vernünftiger Kleidung bestanden.
Als seine Schwestern noch zu Hause wohnten, war das Weihnachtsfest lustiger gewesen. Im letzten Jahr hatte Tante Arabella sie zum Fest besucht und die Stimmung etwas gehoben, nicht zuletzt weil sie mit ihrem gewöhnungsbedürftigen Humor des öfteren ihre jüngere, konventionellere Schwester provoziert hatte. Aber in diesem Jahr würde Arabella natürlich nicht kommen. Sie würde Weihnachten mit Serena verbringen.
Francis und seine Mutter würden das Fest also alleine verleben, und obwohl er sie innig liebte, würde es unsäglich langweilig werden.
Während er die vertraute Landstraße nach Thorpe entlangfuhr, fragte er sich, wie Serena und Arabella Weihnachten wohl verbringen würden. Wie er seine Tante kannte, würde es bei ihr um einiges unterhaltsamer werden.

Doch warum sollte nicht auch er eine alte Tradition brechen und einige Gäste zum Weihnachtsfest einladen? Zum Beispiel einige der Rogues.
Bei diesem Gedanken brach er in herzliches Lachen aus und erntete von seinem Reitknecht einen befremdeten Blick. Die Reaktion seiner Mutter angesichts dieser Traditionsverletzung konnte er sich nur allzu lebhaft vorstellen.
Als er in die schnurgerade Auffahrt zu Thorpe Priory einbog, die zu beiden Seiten von Pappeln gesäumt war, fühlte Francis sich einsam und niedergeschlagen – Gefühle, die er kaum kannte. Der Anblick seines hochherrschaftlichen Zuhauses, das strahlend weiß in der schwachen Dezembersonne vor ihm lag, ließ seine Stimmung keineswegs steigen.
Er mochte die behagliche Gemütlichkeit von Nicholas' Heim Redoaks oder den Landsitz von Lucien. Selbst Lea Park, das über dreihundert Jahre alt war, entsprach eher seinem Geschmack als das Anwesen, das er geerbt hatte.
Weder das wohlerzogene Personal, das ihn vor der Tür erwartete, noch die perfekte Weihnachtsdekoration in der kühlen Marmorhalle vermittelten ihm das Gefühl, willkommen zu sein.
Es war absurd.
Während man ihm aus seinen Kleidern half, beschloß Francis, daß er nach Weihnachten etwas Zeit der Jagd widmen würde. Obwohl er kein leidenschaftlicher Anhänger dieses Sports war, würde er sich in Melton in fröhlicher Gesellschaft befinden und auch einige der Rogues dort treffen.
Diese Aussicht hellte Francis' Stimmung etwas auf, so daß er in der Lage war, das freudestrahlende Lächeln seiner Dienstboten angemessen zu erwidern.
Erst später wurde ihm bewußt, daß er bei keinem seiner unmittelbaren Pläne Lady Anne mit einbezogen hatte. Er

sagte sich, daß sie sicher einige Wochen benötigen würde, um sich vollständig von ihrer Erkrankung zu erholen.
Zunächst verwickelte er den Butler in ein Gespräch über das Hauspersonal, denn der Brief, der Ferncliff in Weymouth gewarnt hatte, ging ihm noch immer im Kopf herum. Griffin versicherte ihm, daß im Laufe des Jahres kein neues Personal eingestellt worden war und alle Bediensteten zuverlässig und vertrauenswürdig waren.
»Und was ist mit einem Gentleman namens Ferncliff, der hier in der Gegend gewohnt hat, Griffin? War jemand vom Personal mit ihm befreundet?«
»Der Gentleman, der die Söhne von Lord Shipley unterrichtete, Mylord? Ich wüßte nicht, daß jemand von den Bediensteten mit ihm auf eine Art und Weise bekannt gewesen wäre, die seinem Stand nicht geziemt hätte.«
Die Sache wurde immer eigentümlicher. Und in Griffins Stimme schwang eindeutig ein Ton von Respekt. Der Butler hatte zweifellos eine hohe Meinung von Charles Ferncliff. Vielleicht benutzte irgendein Verrückter Ferncliffs Namen, doch die einzige Möglichkeit, dies herauszufinden, war, den echten Ferncliff aufzutreiben.
Francis traf seine Mutter erst, als sie sich zum gemeinsamen Abendessen einfanden. Sie kam im letzten Moment ins Zimmer geeilt und murmelte irgend etwas über einen Vorfall in der Küche. Als die Suppe aufgetragen war, bat Francis die Dienstboten, einen Moment den Raum zu verlassen, damit er ungestört mit seiner Mutter sprechen konnte. »Ich hoffe, es hat keine weiteren Vorfälle gegeben, Mutter.«
»Keineswegs«, erwiderte sie fröhlich. »Du mußt die Sache hervorragend geklärt haben, mein Lieber.«
»Ich habe überhaupt nichts geklärt. Der Mann ist mir in Weymouth durch die Lappen gegangen, und seither habe ich keine Spur von ihm finden können.«

»Oh, nun gut. Er hat ganz eindeutig eingesehen, daß er eine Dummheit begangen hat.«

Etwas an dem Verhalten seiner Mutter war zweifellos merkwürdig. »In meinen Augen war es allerdings etwas mehr als nur eine Dummheit«, bemerkte Francis und maß seine Mutter mit argwöhnischem Blick. »Stephen Ball ist der Meinung, der Mann muß verrückt geworden sein.«

»Verrückt?« fragte Lady Middlethorpe mit starrem Blick.

»Stephen kennt den Mann. Seiner Meinung nach ein intelligenter und sympathischer Kerl. Du hast ihn als jungen Mann beschrieben, doch offensichtlich ist er gut zehn Jahre älter als ich.«

»Für mich ist ein Mann um die Dreißig jung ...« Lady Middlethorpe schob ihre Suppe, die sie kaum berührt hatte, zur Seite.

»Ganz offensichtlich hat er beschlossen, mich in Ruhe zu lassen, und nur das ist wichtig. Soll ich den nächsten Gang servieren lassen, mein Lieber?«

»Nun gut.« Doch Francis sah an der Tafel hinunter, an der zehn Personen Platz gehabt hätten, und dachte, wie lächerlich es doch war, hier eine Unterredung zu führen. Warum war ihm der Gedanke früher noch nie gekommen? Weil er früher noch nie das drängende Bedürfnis verspürt hatte, den Gesichtsausdruck seiner Mutter etwas genauer in Augenschein zu nehmen.

Als der Butler und die Bediensteten zurückkehrten, erhob sich Francis und näherte sich dem anderen Ende der Tafel, an dem seine Mutter saß. »Griffin, bitte legen Sie mir hier ein Gedeck auf.«

Als der Butler in die Küche eilte, sah ihn seine Mutter überrascht an. »Francis, was um Himmels willen tust du?«

»Ich bin es leid, immer die ganze Tafel hinunter brüllen zu müssen, Mutter.«

»Wir haben nicht gebrüllt. Es ist durchaus möglich, eine Unterhaltung an einer Tafel zu führen, ohne die Stimme erheben zu müssen. Dein Vater und ich ...«

»Ihr müßt ein ausgesprochen gutes Gehör gehabt haben«, unterbrach Francis sie und nahm Platz. »Ich fürchte, ich muß etwas näher bei meinem Gesprächspartner sitzen.«

Lady Middlethorpe öffnete und schloß den Mund wieder. »Das sieht höchst ungewöhnlich aus«, sagte sie schließlich.

»Ich bin mir sicher, die Bediensteten sind zutiefst beunruhigt.« Francis sah sich um und ertappte einen der Kammerdiener, der ein Lächeln nicht unterdrücken konnte. Er zwinkerte dem Mann zu.

»Wie du wünschst«, erwiderte seine Mutter kühl. »Du bist hier der Herr im Hause.«

Francis ließ sich etwas Fleisch auflegen. »Ich hoffe, es ist nicht zu schwer für dich, einige kleinere Veränderungen zu akzeptieren, Mutter. Ich habe nicht vor, alles völlig umzukrempeln.«

»Natürlich. Ich werde mich nicht widersetzen«, erwiderte sie kühl.

Nun, da er so nahe bei seiner Mutter saß, erkannte er, daß seine Vermutungen berechtigt waren. Lady Middlethorpe sah äußerst angegriffen aus. Auch der behutsame Einsatz von Kosmetik konnte ihre Blässe und ihre Augenringe nicht kaschieren. Nun war nicht der Zeitpunkt, weiter in sie zu dringen, doch er befürchtete, daß dieser verfluchte Ferncliff – oder wer auch immer da vorgab, Ferncliff zu sein – sie nicht in Ruhe gelassen hatte. Sie log zweifelsohne und versuchte noch immer, ihren zarten Sohn vor dem großen bösen Mann zu schützen.

Francis setzte die Unterhaltung im Plauderton fort, um die Mahlzeit zu überbrücken, und erst nach einer Weile wurde ihm bewußt, daß er von den Rogues sprach. Normalerweise hätte seine Mutter dieses Thema mit einer bissigen Bemerkung beendet, denn es hatte sie seit jeher verärgert, daß er eine so enge Bindung zu dieser Gruppe entwickelt hatte, besonders zu Nicholas Delaney. Wie Nicholas bemerkt hatte, war es äußerst ungewöhnlich, daß seine Mutter an ihn geschrieben hatte, selbst wenn sie befürchtete, daß man ihren Sohn umbringen würde.

Nun jedoch spielte ein Lächeln um ihre Lippen, und sie konnte sich sogar zu einigen freundlichen Bemerkungen durchringen, während ihr Sohn von seinen Freunden sprach. Francis wagte ein Experiment.

»Vor ein paar Wochen habe ich Nicholas getroffen«, sagte er. »Es geht ihm prächtig, nun, da er sich niedergelassen hat. Ich werde im Frühling einige Zeit auf seinem Anwesen verbringen.«

»Das wird sicher sehr schön«, antwortete sie ohne einen Hauch von Sarkasmus.

»Er möchte ein großes Wiedersehen der Rogues feiern. Ich dachte, dieses Treffen könnte hier stattfinden.«

»Wenn du möchtest.«

Francis begann sich zu fragen, ob seine Mutter diejenige war, die den Verstand verloren hatte.

Sobald die Mahlzeit beendet war und die beiden allein im Salon saßen, sagte er: »Es hat also keine weiteren Nachrichten von Ferncliff gegeben?«

»Keineswegs.« Seine Mutter schenkte ihm Tee ein, doch der Schnabel der Kanne stieß gegen die erlesene Porzellantasse – eine für sie höchst ungewöhnliche Nachlässigkeit.

»Wenn er wirklich verrückt ist, könnte er gefährlich sein«, bemerkte Francis und nahm seine Tasse in die Hand.

»Um so mehr Grund, ihn zu ignorieren, Lieber.«

»Das ist töricht, Mutter. Wenn er verrückt ist, muß man ihn in die Schranken weisen, bevor er weiteren Schaden anrichtet.«

Sie sah ihn erschrocken an. »O nein!«
»Warum zum Teufel nicht?«
»Was für eine Sprache, Francis!«
Er war kurz davor, sie mit ein paar derben Schimpfwörtern richtig zu schockieren, doch er beherrschte sich.
»Warum also nicht?« wiederholte er.
Sie senkte den Blick und setzte ihre Tasse wieder auf dem Unterteller ab. Ihre Hand zitterte.
»Die Sache bringt dich völlig aus der Fassung, Mutter«, sagte Francis mit Nachdruck. »Ich glaube dir nicht einen Moment, daß er dich nicht mehr belästigt.«
Er setzte seine Tasse ab und erhob sich. »Ich denke, du lügst, weil du befürchtest, ich könnte verletzt werden. Nun, ich bin verletzt worden. Verletzt durch deinen Mangel an Vertrauen. Ich bin ein erwachsener Mann. Ich bin ein erstklassiger Schütze und kann mich sehr gut mit meinen Fäusten verteidigen. Ich brauche nicht mehr beschützt werden.«
Sie starrte ihn überrascht an. »Francis ... ich habe nicht ...«
Er sah, wie sie um ihre Fassung kämpfte. »Es hat keine weiteren Briefe gegeben.« Doch der sorgenvolle Blick in ihren Augen verriet sie.
»Guter Gott, Mutter!« brach es aus ihm hervor. »Muß ich deine Post durchsuchen lassen?«
»Nein, Francis, bitte! Es ist wirklich nicht nötig, daß du ein solches Aufhebens um die Sache machst.«
»Natürlich ist es das. Du siehst sehr mitgenommen aus. Dieser Mann verletzt dich, und wer weiß, wie weit er noch gehen wird?«
Plötzlich schlug sie die Hände vor das Gesicht. »Francis, bitte. Du verletzt mich mehr, als er es tut.«
»Himmel noch mal!«
Sie sah auf, ihr Gesicht wirkte noch angespannter. »Ich bitte dich, all dies zu vergessen. Es bereitet mir außerordentlichen

Kummer. Du möchtest vielleicht nicht, daß ich mir Sorgen um dich mache, aber ich bin deine Mutter und kann nichts dagegen tun. Bitte laß die Sache ruhen und bemühe dich um Lady Anne.«

»Ich kann mich nicht auf das eine konzentrieren, wenn das andere noch nicht geklärt ist.«

Sie starrte ihn mit großem Erstaunen an. »Was hat das eine mit dem anderen zu tun?«

Francis wurde bewußt, daß es in der Tat keinerlei Verbindung zwischen den beiden Angelegenheiten gab. Außer Serena, die er nicht getroffen hätte, wenn er nicht auf dem Weg nach Weymouth gewesen wäre. Wäre all dies nicht passiert, wäre er wahrscheinlich schon mit Anne verlobt und sein Leben würde in geordneten Bahnen verlaufen.

Aber was in Gottes Namen wäre mit Serena geschehen, wenn er sich ihrer nicht angenommen hätte? Der Gedanke ließ ihm einen Schauer über den Rücken laufen.

»Nun, Francis?« fragte Lady Middlethorpe nach. »Was für eine mögliche Verbindung gibt es? Lady Anne fühlt sich gewiß vernachlässigt.«

»Ich vernachlässige sie nicht. Ich habe gestern in Lea Park haltgemacht, in der Absicht, mit ihr zu sprechen, aber sie hat die Windpocken. Ihre Familie sandte einen Brief hierher, um uns dies mitzuteilen.«

»O natürlich. Wie konnte ich das nur vergessen? Wie geht es ihr?«

Du hast es vergessen, dachte Francis, weil deine Gedanken nur noch darum kreisen, wie du mich vor Ferncliff retten kannst. »Sie wird bald wieder gesund sein, aber sie braucht noch etwas Zeit zur Erholung. Ich dachte, ich werde etwas auf die Jagd gehen.«

»Francis, nein!«

»Du meine Güte, Mutter, Anne wird nirgendwo hingehen.

Ich habe den letzten Monat damit verbracht, im ganzen Land nach deinem verrückten Lehrer zu suchen ...«
»Er ist nicht *mein* Lehrer.«
Francis ignorierte diese Bemerkung. »... und ich hätte Lust, mich ein oder zwei Wochen etwas mit meinen Freunden zu amüsieren. Ist das so schrecklich?«
Lady Middlethorpe schien auf einmal sehr müde zu sein. »Nun gut. Es tut mir leid, daß diese Angelegenheit dich so aus der Fassung bringt, Francis, aber ich habe dir von Anfang an gesagt, du sollst die Sache ruhen lassen. Wenn du zur Jagd gehen mußt, dann wirst du das wohl tun müssen.« Sie erhob sich. »Bitte tue mir den Gefallen und schicke eine Nachricht nach Lea Park, um deine Abwesenheit zu erklären.«
Mit diesen Worten verließ sie mit vorwurfsvoller Miene den Raum.
Francis starrte ins Feuer und wurde sich der Tatsache bewußt, daß er *wirklich* die Fassung verloren hatte, was bei ihm sehr selten geschah. Er sollte dem guten Instinkt seiner Mutter vertrauen und die Angelegenheit aus seinem Gedächtnis streichen. Er sollte Serena mehr Geld schicken und die Tatsache betonen, daß er kein persönliches Interesse an einer Verbindung hatte; er sollte einen Brief nach Lea Park schreiben, um seine Absichten eindeutig klarzustellen.
Wenn er dann vom Jagen kommen würde, würde ihm keine andere Wahl bleiben, als mit dem Herzog zu sprechen und seine Heirat vorzubereiten.
Dieser Plan war in der Tat perfekt.
Aber er unternahm nichts von alledem.

Als Weihnachten vorbei war, verabschiedete Lady Middlethorpe Francis mit einem Lächeln, hinter dem sich ernste Besorgnis verbarg. Ihr Leben schien immer weiter in einem

Morast von Lüge und Täuschung zu versinken. Sie fühlte sich elend angesichts ihres unverantwortlichen Handelns, und nun hatte es den Anschein, als hätte sie auch noch Francis' Leben in Unordnung gebracht.

Wenn sie Francis im November nicht gebeten hätte, nach Hause zu kommen, hätte er sicherlich um Annes Hand angehalten. Er hatte etwas in dieser Richtung gesagt. Sie spürte, daß er einer Heirat mittlerweile unwillig gegenüberstand. Und nun war er auch noch zum Jagen unterwegs, einem Sport, bei dem Männer nicht allzu selten ihr Leben ließen. Sie hätte ihm den Jagdausflug untersagt, wenn sie in der Lage dazu gewesen wäre, aber diese Zeiten waren längst vorbei. Die jüngsten Ereignisse schienen vielmehr einen beunruhigenden Wandel in ihrem Sohn bewirkt zu haben. Sie hatte eindeutig keinen Einfluß mehr auf ihn.

Und was sollte sie mit Charles tun? Lady Middlethorpe kehrte in ihr Boudoir zurück und ließ mit Abscheu und Sehnsucht den Blick über die seidenbezogene Chaiselongue wandern. Sie öffnete eine Schublade und entnahm ein Bündel Briefe. Es stimmte – sie hatte noch weitere Briefe erhalten. Sie las den letzten, der einige Tage vor ihrem Sohn angekommen war.

Dein junger Unruhestifter scheint mich im ganzen Land zu verfolgen, Cordelia! Ich mußte Zuflucht an einem völlig abgelegenen Ort suchen. Er hat sogar meine Familie aufgesucht, um Neuigkeiten über mich zu erfahren. Du solltest besser ein ernstes Wort mit ihm sprechen, oder ich werde ihm nicht mehr länger aus dem Weg gehen. Wenn er mich erschießt, müßt Ihr beide die Verantwortung dafür übernehmen.

Eine weitere Lüge. Sie hatte so verzweifelt versucht, ein Treffen zwischen Francis und Charles zu vermeiden, daß sie

Charles erzählt hatte, ihr Sohn beabsichtige, ihn zu erschießen.
Die Situation spitzte sich immer mehr zu. Sie hätte den Mut aufbringen müssen, Francis die Wahrheit zu sagen, doch wie hätte sie das tun können? *Mein lieber Junge, ich habe dich von Anfang an angelogen und einen unschuldigen Mann verleumdet. Es ist nicht nur falsch, daß Charles Ferncliff ein Erpresser ist, er ist auch der Mann, dem ich erlaubt habe …*
Sie starrte die anstößige Chaiselongue finster an, als wäre das Möbelstück schuld an ihrem sündigen Verhalten. Dann ging sie auf das Sofa zu und strich mit einer Hand über den seidenen Bezug. Sie erinnerte sich nur zu genau, wie der Stoff sich an ihrer Haut angefühlt hatte.
Sie und George hatten sich nie an einem anderen Ort als im Bett geliebt. Oh, ihr Liebesleben war sehr schön gewesen, doch es hatte nichts von diesem schrecklichen Entzücken gehabt, das das Verbotene mit sich brachte …
Sie riß ihre Hand los. »Hör auf, mich zu quälen!« brach es verzweifelt aus ihr hervor. *»Hör endlich auf damit!«*
Sie griff nach der Büste ihres Gatten, die auf ihrem Schreibtisch stand, und drückte die Figur an ihr Herz. Anschließend blickte sie in das sanfte Gesicht des Mannes, den sie so sehr geliebt hatte. Geliebter George. Wie hatte sie ihn nur hintergehen können? Er war ein so guter Mann gewesen, und Francis glich ihm so sehr.
Lady Anne war eine beneidenswerte junge Frau.

Siebtes Kapitel

Auf seinem Weg nach Melton Mowbray zum Auftakt der Jagdsaison führte Francis' Weg an Summer St. Martin vorbei. Ihm wären eine ganz Reihe von Gründen eingefallen, warum er hätte haltmachen können, nicht zuletzt, um seiner Lieblingstante einen Besuch abzustatten, doch er fuhr weiter. Ein Wiedersehen mit Serena hätte ihn zu leicht wieder aus dem Gleichgewicht gebracht.

Arabella hatte zwei amüsante Briefe geschrieben, aus welchen eindeutig hervorging, daß die beiden Frauen überraschend gut miteinander auskamen und Serena wohlauf war. Die einzig sachliche Information, die diese Briefe enthielten, war jedoch, daß Serena von ihren Brüdern um die dreitausend Pfund gebracht worden war, die ihr verstorbener Mann ihr hinterlassen hatte. Francis verstand den Hinweis, daß er sich um die Angelegenheit kümmern sollte. Fragte sich nur, wie, um Himmels willen.

Er war erleichtert, wenn auch etwas überrascht, daß die Frauen offensichtlich so gut miteinander auskamen. Legte Serena Allbright wirklich mit Enthusiasmus Obst und Gemüse ein, flickte Bettücher, las Romane und unternahm lange Spaziergänge?

Er war überzeugt, daß die Männer der Umgebung vom Landhaus seiner Tante neuerdings geradezu magnetisch angezogen wurden. Bei dieser Vorstellung war er kurz da-

vor, den Umweg nach Summer St. Martin zu machen, zwang sich jedoch weiterzufahren.
Er würde Anne Peckworth heiraten. Serena Allbright mit ihrer Schönheit und ihrem Mut, ihrer Verletzlichkeit und ihrer Erfahrung in Liebesdingen war nicht mehr länger sein Anliegen.

Francis lag mit seinen Vermutungen gar nicht so falsch. Serenas Auftauchen in Summer St. Martin hatte zweifellos Aufsehen erregt ... ein Aufsehen, das Arabella Hurstman mit Interesse verfolgte.
Sie war von ihrem Gast ebenso fasziniert wie Francis und genauso unschlüssig, wie es mit Serena weitergehen sollte. Die Vorstellung, daß man ein fünfzehnjähriges Mädchen zu einer Heirat gezwungen hatte, entsetzte sie, doch eine Heirat mit einem Mann wie Matthew Riverton ... So etwas sollte gesetzlich verboten werden, und Arabella zog bereits verschiedene Möglichkeiten in Betracht, um dies voranzutreiben.
Arabella war sich sicher, daß die schöne junge Frau und ihr Lieblingsneffe Gefühle füreinander hegten. Sie wünschte sich nichts sehnlicher, als daß diese Gefühle zu einer ernsthaften Verbindung führten, jedoch nur, wenn Serena fähig war, eine liebevolle und anständige Ehefrau zu sein.
Mit jedem Tag konnte sie sich dieser Sache sicherer sein. Serena verhielt sich wie eine vollkommene Lady.
Ein Punkt, der für sie sprach, war, daß sie ganz und gar nicht versuchte, männliche Aufmerksamkeit oder Bewunderung zu erregen. Im Gegenteil – mit ihren schlichten, hochgeschlossenen Kleidern und der strengen Frisur tat sie alles, um möglichst unauffällig im Hintergrund zu bleiben. Es funktionierte natürlich nicht.
Patchem's Cottage war plötzlich ein großer Anziehungs-

punkt für die jungen Männer der Gegend geworden. Besser gesagt, wo immer sich Serena gerade aufhielt – ob in der Kirche, bei einem Besuch bei den Armen oder im winzigen Geschäft im Dorf –, umschwirrten die Männer sie wie Motten das Licht.

Wie also, dachte Arabella, konnte Serenas Zukunft aussehen?

Aus Cordelias Briefen war zu entnehmen, daß Francis Interesse an einer der Töchter von Herzog Arran zeigte, doch warum hatte er sich dann einer so temperamentvollen Frau wie Serena angenommen? Eine Ehe mit Matthew Rivertons Witwe ließ sich in keiner Weise mit einer Verbindung zu einer Tochter der Familie Arran vergleichen. Ihre Schwester, dachte Arabella amüsiert, würde sicherlich vor Kummer graue Haare bekommen, wenn sie von Serena wüßte.

Doch was spielte das für eine Rolle? Arabellas Hauptanliegen war Francis' Glück, doch sie wollte auch Serena glücklich sehen.

Eines Abends im späten Januar, als Serena und Arabella beim Nähen beieinandersaßen, sagte Arabella: »Ich denke, Francis wird uns im Laufe der nächsten Tage besuchen.«

Serena sah auf, Bestürzung stand ihr ins Gesicht geschrieben. »Meinen Sie wirklich? Ich hatte gedacht, er hätte mich mittlerweile vergessen.«

»Kaum anzunehmen«, erwiderte Arabella trocken. »Ich bezweifle, daß ein Mann, der einmal einen Blick auf dich geworfen hat, dich wieder vergessen kann, meine Liebe.«

Serena errötete. »Ich möchte keine Aufmerksamkeit erregen, Arabella.«

»Ich weiß, daß du das nicht möchtest, aber du tust es nun mal. Und Francis wird zurückkehren. Wie sehen deine Pläne aus?«

Das Mädchen blickte erschrocken drein. »Natürlich, Sie wollen mich nicht für immer hierbehalten ...«

»Das würde ich am liebsten«, antwortete Arabella barsch. »Deine Gesellschaft ist eine solche Freude für mich, aber ein so junges Ding wie du sollte nicht so viel Zeit mit einer alten Frau verbringen. Du möchtest dich hier verstecken, aber das ist keine Lösung.«
»Sie haben sich hier ein ganzes Leben lang versteckt«, erwiderte Serena trotzig. »Warum sollte ich das nicht tun dürfen?«
»Versteckt?« schnaubte Arabella wütend. »Unsinn! Für den Entschluß, nicht zu heiraten und hier alleine zu leben, habe ich sehr viel Mut aufbringen müssen. Meine Mitmenschen konnten nur sehr schwer akzeptieren, daß ich meine eigenen Entscheidungen treffe und die Verantwortung für mein Handeln selbst übernehme. Ich vermute, du möchtest dasselbe tun.«
Serena seufzte. »Ich habe darüber nachgedacht. Die einzig respektable Stellung, die mir offensteht, ist die einer Gesellschafterin. Wenn Sie mir also helfen würden, solch eine Stellung zu finden, werde ich beginnen, mein Leben selbst in die Hand zu nehmen.«
Kein Wort von Heirat oder Francis, bemerkte Arabella. »Eine gute Idee, obwohl ich dich vermissen werde, meine Liebe. Ich bin sicher, mir wird ein Arbeitgeber einfallen, der deine Liebenswürdigkeit zu schätzen weiß.«
Arabella kümmerte sich um die Angelegenheit. Sie wollte nur ungern Serenas Weggang beschleunigen, doch sie bezweifelte, daß das ziellose Leben ihrem Gast bekam. Serena sah etwas abgespannt aus. Arabella schrieb einige Briefe, als jedoch keine passenden Zusagen eintrafen, sandte sie nicht sofort die nächsten ab. Anstelle dessen faßte sie im Februar einen anderen Entschluß.
»Vielleicht sollten wir zusehen, daß du noch an einen etwas geselligeren Ort kommst, bevor du dich einem Leben der

Eintönigkeit verschreibst. Bath vielleicht, oder Tunbridge Wells.«
»Nein!« rief Serena aus. »Meine Brüder!«
»Du kannst dich nicht dein ganzes Leben lang verstecken, meine Liebe! Ich versichere dir, mit mir an deiner Seite werden sie dir nichts antun können. Du hast etwas Erholung verdient und solltest einmal andere junge Leute treffen, andere junge Männer.«
»Sie brauchen gar nicht erst zu versuchen, mich zu verkuppeln, Arabella«, bemerkte Serena mit versteinerter Miene. »Niemand wird mich heiraten wollen.«
»Jeder Mann, der einen Blick auf dich wirft, möchte dich heiraten.«
Serena warf ihr einen zynischen, wissenden Blick zu. »Nein, das möchten sie nicht.«
Arabella spürte, wie ihr die Schamesröte ins Gesicht stieg. »Dann bezahlen sie dafür eben mit Heirat.«
Sie sah, wie Serena erschauderte. »Mein Ehemann hat dreißigtausend Guineen dafür bezahlt.«
»Oh, mein Liebes ...« Arabella fand keine Worte.
»Hat dir deine erste Ehe die Lust aufs Heiraten genommen, Liebes? Nicht, daß ich je viel von der Institution gehalten hätte«, fuhr sie mit ihrem beißenden Humor fort. »Eine Art Sklaverei, wenn du mich fragst, obwohl die meisten Frauen geradezu versessen auf diese Fesseln zu sein scheinen. Natürlich ist auch die Frage des Kinderkriegens zu bedenken. Es scheint ja schließlich keine Möglichkeit zu geben, Mann und Frau davon abzuhalten, Kinder zu zeugen, und wir wollen ja nicht, daß Unschuldige die Opfer sind ...« Zu ihrer Bestürzung sah sie, wie sich Serenas schöne Augen mit Tränen füllten, die sie einen Moment später mit einer zitternden Hand zu verbergen versuchte.
»O Himmel, was habe ich nun wieder gesagt? Bitte, Liebes,

fang nicht an zu weinen ... ich werde dich nicht weiter quälen ...«
Serena schob ihre Hand beiseite. »Arabella, ich ... ich glaube, ich ... erwarte ein Kind!«
Arabella konnte nicht fassen, was sie da gehört hatte. Von den vielen Katastrophen, an die sie gedacht hatte, war ihr dies – erstaunlicherweise – nie in den Sinn gekommen.
»Wessen Kind ist es?«
»Das möchte ich nicht sagen.«
»Weißt du es denn?« Die tiefe Verletzung in Serenas Blick trieb Arabella beinahe die Tränen in die Augen. »Oh, es tut mir leid, mein Liebes. Bitte sieh mich nicht so an. Aber du mußt mir sagen ...« Dann verstand sie plötzlich. »Guter Gott. Es ist Francis' Kind, nicht wahr?«
Serenas Schweigen war Antwort genug.
Arabella sprang auf. »Der *Schuft!* Dich so zu behandeln und dann zu verlassen, ohne von sich hören zu lassen.«
Serena sprang ebenfalls von ihrem Stuhl auf. »O nein, Arabella, Sie verstehen nicht!«
»Was soll ich hier nicht verstanden haben?« Arabella hatte einen kampflustigen Ausdruck im Gesicht. »Ich verstehe die Sachlage vollkommen und die Tatsache, daß dieser junge Mann zurückkehren wird, um sich seiner Pflicht zu stellen!«
»Nein!« schrie Serena.
Arabella stützte sich mit den Händen auf ihren Hüften ab. »Was willst du denn tun? Dieses arme, unschuldige Kind zu einem Bastard machen?«
Serena legte die Hände auf ihren leicht gewölbten Bauch und blickte erschrocken drein.
»Es ist deine Entscheidung, Liebes. Heirate den Vater oder mach das Kind zu einem Bastard.«
Die junge Frau brach in verzweifelte Tränen aus, die ihr die Wangen hinunterliefen und dann auf den braunen Stoff

ihres Kleides fielen. Sie taten ihrer Schönheit jedoch ganz und gar keinen Abbruch. Ein schwerer Seufzer entrang sich ihr. »Wenn Lord Middlethorpe bereit ist, mich zu heiraten«, flüsterte sie, »werde ich einwilligen.«
Arabella atmete erleichtert auf. »Wunderbar. Nun nimm Platz und gib auf dich acht. Trink etwas Milch. Ich werde einen Brief schreiben.«

Endlich amüsierte sich Francis etwas.
Lucien de Vaux, Marquis von Arden, hatte trotz seiner kürzlichen Heirat die Gewohnheiten beibehalten, seine Freunde im Winter auf die herrliche Jagdhütte seines Vaters in der Umgebung von Melton einzuladen. Die »Jagdhütte« des Herzogs von Belcraven hatte zwölf Schlafzimmer und allen Luxus, den man sich nur wünschen konnte.
Die Gäste kamen und gingen – aber es gab einen harten Kern, der aus acht Personen bestand: Francis, Lucien, dessen Frau Beth, Con Somerford, Miles Cavanagh, Miles' außergewöhnliches Mündel Felicity, Hal Beaumont und seine Mätresse Blanche Hardcastle. Es war ein Haushalt, der gegen die Konventionen verstieß und daher in der Umgebung für viel Getuschel sorgte.
Ein Gentleman gewährte in der Regel einer Frau mit lockeren Moralvorstellungen keinen Zutritt zu seinem Haus, doch in diesem Fall war die Angelegenheit noch etwas pikanter. Blanche Hardcastle, die Frau mit den lockeren Moralvorstellungen, die übrigens jedem, der die Dreistigkeit besäße, sie so zu beschreiben, den Kopf waschen würde, war vor Luciens Eheschließung vier Jahre lang dessen Mätresse gewesen.
Blanche und Beth Arden verband eine innige Freundschaft und das leidenschaftliche Interesse an Frauenrechten. Häufig versuchten sie mit vereinten Kräften, den argwöhnischen

Marquis und seine Freunde von einem gemeinsamen Standpunkt zu überzeugen.
Hal Beaumont bemühte sich unablässig, die schöne Schauspielerin mit allen Regeln der Kunst zu einer Heirat zu überreden. Sie lehnte seinen Antrag stets entschieden ab, obwohl unübersehbar war, daß sie den einarmigen Major über alles liebte.
Francis hatte sich mittlerweile an diese nicht ganz alltägliche Konstellation gewöhnt, war jedoch überrascht, daß Miles sein zwanzigjähriges Mündel aus Irland mitgebracht hatte. Melton zur Jagdsaison war wohl kaum der geeignete Ort für eine junge, unverheiratete Dame.
»Ich habe nicht gewagt, sie zu Hause zu lassen«, erklärte Miles kopfschüttelnd. »Sie macht eine besonders aufmüpfige Phase durch, und es gibt dort niemanden, der mit ihr fertig wird. Hinzu kommt noch, daß sie ein enormes Vermögen besitzt und man nie sicher sein kann, daß es nicht irgendein Schurke darauf abgesehen hat.«
»Warum bist du nicht dort geblieben, um ihre Angelegenheiten zu klären?«
»Und hätte die Jagdsaison verpaßt? Zum Teufel mit dir, Francis! Sieh mal, du bist doch sicher auf der Suche nach einer Braut. Wie wär's mit Felicity? Sie ist ein hübsches Ding und außergewöhnlich vermögend.«
Francis lehnte das Angebot dankend ab. Felicity Monahan war ein schwarzhaariges Mädchen mit dunklen Augen. Niemand kannte ihre Geschichte, doch Felicity steckte voller Wut. Beth und Blanche hatten sich ihrer angenommen und übten einen guten Einfluß auf sie aus, doch angesichts ihrer radikalen Ansichten und ihres energischen Engagements für die Frauenrechte fragte sich Francis, in was sich wohl all dieser Zorn verwandeln würde. Jedenfalls dankte er dem Himmel, daß er nicht die Verantwortung für Felicity Monahan zu tragen hatte.

Bei einem Spaziergang durch den winterlich trüben Garten konnte er mit Beth Arden ein Wort über Serena wechseln.
»Ich habe jemanden getroffen, der behauptet, dich aus der Schulzeit zu kennen«, begann er. »Ihr Name ist Serena Allbright.«
»Serena«, rief Beth in angenehmer Überraschung aus. »Ich habe schon seit Jahren nichts mehr von ihr gehört.« Ihr Gesicht nahm einen ernsten Ausdruck an. »Sie verließ die Schule sehr früh.«
»Wirklich? Wie alt war sie?«
»Sie war erst fünfzehn. Was gibt es von ihr zu berichten?«
»Sie ist wunderschön.«
Beth sah ihn vorwurfsvoll an. »Ist das alles, woran ihr Männer denken könnt?«
Er hob entschuldigend eine Hand. »Sei nicht ungerecht, Beth. Es ist schwierig, an irgend etwas anderes zu denken, wenn man zum ersten Mal einen Blick auf sie wirft.«
»Zweifellos wahr. Ihre Schönheit war jedoch kein Segen für sie. Als ich hörte, daß Riverton gestorben war, war ich sehr erleichtert.«
»Riverton?« fragte Francis verwirrt.
»Ihr Mann.«
Francis war, als hätte man ihm einen Schlag in die Magengrube versetzt. »Du meinst, *Matthew* Riverton?«
»Ja. Wußtest du das nicht? Man nahm sie aus der Schule, damit sie ihn heiratete. Tante Emma, die die Schule leitete, war außer sich vor Kummer.«
»Guter Gott«, murmelte Francis, dem übel wurde bei dem Gedanken, was Serena ertragen mußte, als sie noch ein Kind war. Er hatte zwei jüngere Schwestern und konnte sich noch gut an die beiden in dem Alter erinnern – mit kurzen Röcken und Pferdeschwänzen und einem langsam erwachenden, unschuldigen Interesse an Männern. Wie

konnte ein Vater so ein unschuldiges Geschöpf nur einem Mann wie Riverton anvertrauen? Francis verstand nun, warum Serena schon der bloße Gedanke an eine erneute Heirat zuwider war.

»Also«, fragte Beth, »wie geht es ihr nun?«

»Einigermaßen«, antwortete Francis vage. »Ich denke allerdings, ihre Brüder haben sich angeeignet, was vom Erbe ihres Mannes noch übrig war.«

»Haben sie das wirklich?« fragte Beth, und ein kämpferisches Blitzen trat in ihre Augen. »Dann müssen wir etwas dagegen unternehmen.«

»Beth«, sagte Francis, »es wäre sicher nicht ratsam, sich in die Angelegenheit zu mischen.«

»Was für ein abwegiger Gedanke!« Beth ging eilig davon, um sich mit Blanche und Felicity zu beraten.

Als Francis Lucien von der Unterredung erzählte, seufzte der Marquis. *»Die Damen führen ein strenges Regiment.* Zweifellos werde ich wieder in irgendwelche riskanten Unternehmungen verstrickt. Vielleicht sollten wir uns mit Nicholas in Verbindung setzen, wenn uns wieder diese Art von Vergnügen bevorsteht.«

»Wenn es irgend etwas zu tun gibt, ist das meine Aufgabe.«

»Du hast ein persönliches Interesse, nicht?« erkundigte sich Lucien neugierig.

»Natürlich nicht«, antwortete Francis, wußte jedoch, daß sein Gesichtsausdruck ihn verriet, und Luciens spöttisch hochgezogene Augenbrauen bestätigten seine Befürchtung.

Als wäre er ein ungezogenes Kind, räumte er beinahe schuldbewußt ein: »Ich habe Serena bei Tante Arabella untergebracht, um über weitere Schritte nachzudenken.«

»Und welche Schritte stehen zur Wahl?« fragte Lucien argwöhnisch. »Ich denke, Beth wäre daran womöglich interessiert.«

Planlos griff Francis nach einem Buch. »Ich kann sie nicht heiraten, Luce. Sie kann keine Kinder bekommen.«
»Das ist wirklich schade.«
In stillschweigendem Einverständnis wechselten sie das Thema. Lucien war ebenfalls der einzige Sohn seiner Eltern und hatte wie Francis die Verpflichtung, einen Stammhalter zu zeugen.
Francis hatte zum ersten Mal zugegeben, daß er Serena Allbright unter Umständen gern heiraten würde, wenn sie ihm einen Erben schenken könnte.
Nein, nicht Serena Allbright. Serena Riverton.
Randy Rivertons Witwe.
Guter Gott, seine Mutter würde vor Schreck tot umfallen, und die Peckworths würden ihn keines Blickes mehr würdigen. Dem Himmel war Dank, daß er gar nicht erst in Versuchung geführt werden konnte, solch eine Dummheit zu begehen.
Natürlich gab es noch immer die Möglichkeit, Serena zu seiner Mätresse zu machen – eine Möglichkeit, die sie selbst zu bevorzugen schien. Vermutlich ließe sich die ganze Sache diskret arrangieren.
Die Rogues hatten beschlossen, in ihrem Kreis Ehefrauen und Mätressen gleichermaßen zu akzeptieren, doch Ehefrau und Mätresse zur selben Zeit?
Das würde sogar die tolerante Einstellung seiner Freunde auf eine harte Probe stellen, ganz zu schweigen davon, was Anne und Serena dazu sagen würden.
Ihm wurde bewußt, daß er sich Serena in diesem ungewöhnlichen Haushalt vorstellen konnte, Anne jedoch nicht. Anne war jedoch die Frau, die er heiraten wollte.
Am liebsten hätte er, wie ihm nur allzu schmerzhaft bewußt wurde, seine Sorgen mit Brandy betäubt und sechs Monate lang den Kopf in den Sand gesteckt.

Am nächsten Tag versammelten sich die Freunde – angesichts des perfekten Jagdwetters in bester Laune – zu einem reichhaltigen Frühstück.
Plötzlich unterbrach Beth das vergnügte Geplauder: »Serenas Brüder befinden sich in Melton. Zweifelsohne werden sie heute auch an der Jagd teilnehmen.«
Lucien zog die Augenbrauen hoch. »Möchtest du, daß ich sie für dich um die Ecke bringe, Sonne meines Lebens?«
»Wir wollen ihr Geld, nicht ihr Leben«, betonte Beth.
Ihr Mann lächelte. »Ich wußte schon immer, daß du den Instinkt eines Straßenräubers hast.«
»O ja«, sagte Felicity, und ihre dunklen Augen funkelten, »laßt sie uns überfallen!«
»Das kannst du dir gleich wieder aus dem Kopf schlagen«, wies ihr Vormund sie zurecht, und sie verstummte augenblicklich, nicht jedoch, ohne ihm einen finsteren Blick zuzuwerfen.
Lucien beobachtete seine Frau mit amüsierter Resignation. »Der Himmel möge uns beistehen. Hast du bereits einen Plan?«
»Nein«, gab sie zu.
»Zum Glück.«
»Noch nicht.«
Er gab ein Stöhnen von sich, lächelte jedoch.
»Ich werde mich darum kümmern«, stellte Francis klar. »Ich werde die Sache einfach von Angesicht zu Angesicht mit den beiden besprechen.«
»Das wäre aber gar nicht klug, alter Knabe«, gab Con Somerford zu bedenken. »Du hast keinerlei Rechte, und die beiden Brüder würden sicherlich nach deinen Beweggründen fragen. Eine direkte Konfrontation könnte schwerwiegende Folgen nach sich ziehen, es sei denn, du beabsichtigst, die Frau zu heiraten.«

»Verflucht«, murmelte Francis und setzte dann eilig ein »Entschuldigung, meine Damen« dahinter.
»Um Himmels willen, Francis«, beruhigte ihn Beth vergnügt. »In unserer Gesellschaft brauchst du dir doch wegen solcher Dinge keine Gedanken zu machen. Konzentrier dich lieber auf das Problem. Tatsache ist, daß die Allbright-Brüder Serena um ihr rechtmäßiges Eigentum betrogen haben, und dies dürfen wir nicht einfach so hinnehmen. Als Frau völlig mittellos dazustehen ist sehr gefährlich. Allerdings wäre es hilfreich, den genauen Betrag zu kennen. Schließlich sollte man ihnen nicht mehr als rechtmäßig abknöpfen ...«
»Warum eigentlich nicht?« fragte die unverbesserliche Felicity und erntete prompt ein resigniertes Kopfschütteln ihres Vormundes.
»Dreitausend Pfund, soweit ich weiß«, antwortete Francis.
»Was führst du wieder im Schilde, Beth?« erkundigte sich Lucien ziemlich besorgt. »Aber ganz im Ernst, Beth, ich werde nicht zulassen, daß du erneut in kriminelle Machenschaften verwickelt wirst. Besonders jetzt nicht.«
»Du läßt es nicht zu?« Beth bedachte ihren Gatten mit einem finsteren Blick. »Ich wußte, du würdest wegen dieser Sache kindisch werden.«
»Kindisch nennst du das!«
»Sehr kindisch. Eine Schwangerschaft wird mich nicht davon abhalten ...«
»Beth!« donnerte ihr Mann. »Denk daran, daß wir die Sache noch nicht einmal öffentlich erwähnt haben!«
»Oh«, erwiderte sie und errötete verlegen.
Hal Beaumont lächelte. »Können wir daraus etwa schließen, daß das Herzogtum die Chance auf eine weitere Generation hat?«
»So ist es«, antwortete Lucien, »und meine Marquise wird

daher von derart gewagten Unternehmungen Abstand nehmen.«
Beth öffnete den Mund, entschied sich dann jedoch ganz offensichtlich für Diskretion. »Sehr wohl, mein Lord Marquis, was beabsichtigen Sie gegen diese offensichtliche Gesetzesverletzung zu tun?«
»Himmel noch mal, ich werde der Frau die paar Tausender geben.«
»Das ist nicht dasselbe.«
»Sie wird niemals den Unterschied erfahren.«
Francis unterbrach die beiden: »Ich würde es aber wissen, und ich bin genauso dagegen wie Beth. Serenas Brüder haben eine Strafe verdient.«
Sie grübelten noch eine Weile über das Problem nach, kamen aber zu keiner zufriedenstellenden Lösung, bis Miles Cavanagh schließlich in Lachen ausbrach. Als man ihn nach dem Grund fragte, erklärte er: »Tom und Will Allbrights Leidenschaft gehört dem Glücksspiel, Pferden und Frauen – in dieser Reihenfolge – und in keiner der drei Disziplinen beweisen sie besondere Intelligenz. Kurz gesagt: Sie sind Reiter, die Kopf und Kragen riskieren. Warum fordern wir sie nicht heraus?«
»Wie?« fragte Francis.
»Kennst du Banshee?«
Francis schauderte. »Ja.« Banshee war eines von Miles' neuen Pferden, ein heimtückischer Grauschimmel, versessen darauf, jeden zu vernichten, der ihn herausforderte. Es war ein häßliches Pferd, das aussah, als ob kein Körperteil zum anderen paßte, aber es war auch überraschend schnell und hatte außergewöhnliche Ausdauer.
Er war ein Höllenpferd, würde aber einen Pokal nach dem anderen einheimsen, wenn es jemand unter Kontrolle bringen und den Ritt überleben würde.

Miles lächelte. »Es dürfte nicht allzu schwer sein, am Sonntag im Stall eine Wette zwischen Banshee und einer der Allbright-Mähren abzuschließen. Sie haben ein paar Tiere, auf die sie stolz sind. Ich werde gewinnen, und schon haben wir unsere Revanche.«

»Das Problem ist nur«, bemerkte Con, »daß die Allbrights nicht so dumm sein werden, eines deiner Pferde zu unterschätzen, Miles.«

»Das stimmt in der Tat«, bemerkte Francis. »Außerdem werde ich die Sache in die Hand nehmen und Banshee reiten. Und damit alles seine Richtigkeit hat, werde ich das Pferd zuerst kaufen. Wieviel willst du dafür?«

»Fünfzig.«

Francis bedachte ihn mit einem vielsagenden Blick, antwortete jedoch: »In Ordnung.«

Miles lächelte zu Felicity Monahan hinüber. »Siehst du, meine Liebe? Habe ich dir nicht gesagt, ich würde fünfzig für ihn bekommen? Du schuldest mir also einen Kuchen, mit deinen eigenen, teuren Händen gebacken.«

Felicity blickte wütend drein, brach dann aber in herzhaftes Gelächter aus. »Miles Cavanagh, manchmal muß man dich einfach mögen, du heimtückischer Mann. Was für ein hinterhältiges Spiel. Du bist wirklich ein Rogue allererster Güte!«

»Das sind wir alle, meine Teure«, erwiderte Miles. »Und zwar jeder einzelne von uns.«

Am Sonntag nachmittag versammelte sich eine große Zuschauermenge außerhalb von Melton, um dem Rennen zwischen Tom Allbright auf seinem großen Rotschimmel Whiskers und Lord Middlethorpe auf einem höchst merkwürdigen Grauschimmel namens Banshee beizuwohnen. Die abgeschlossenen Wetten fielen eindeutig zu Gunsten des

Rotschimmels aus. Middlethorpe war ein guter Reiter, konnte jedoch keine Wunder vollbringen. Das Pferd sah nicht sehr vielversprechend aus und war zudem noch bösartig. Einen unachtsamen Zuschauer hatte es bereits gebissen.
Francis beobachtete seinen Komplizen wachsam. Banshee starrte zurück, bleckte die Zähne und schlug nach hinten aus, in der Hoffnung, jemand befände sich hinter ihm.
Als die Männer an diesem Morgen einen Rundgang durch die verschiedenen Ställe in Melton unternommen hatten, war Banshee Opfer beträchtlichen Spottes geworden. Als die Allbright Brüder an den Ställen vorbeigeschlendert waren und eine abfällige Bemerkung hatten fallenlassen, hatte Francis Anstoß daran genommen. Ein hitziges Wortgefecht war die Folge gewesen, und man war – genauso wie Francis es beabsichtigt hatte – schnell zu einer Wette und einem Rennen gekommen.
Es war nicht ganz so einfach gewesen, den Wetteinsatz auf die Summe zu steigern, die er im Sinn hatte, doch die Habgier der Brüder hatte schließlich gesiegt. Jeder Blinde konnte sehen, daß Banshee nur ein Versager sein konnte. Am Ende stand der Wetteinsatz bei dreitausend Pfund.
»Wohl Bedenken, was?« fragte Tom Allbright höhnisch, als er das Höllenpferd nochmals kopfschüttelnd betrachtete. »Nun gibt es kein Zurück mehr.«
»Dasselbe gilt für Sie«, erwiderte Francis. »Das Pferd ist schneller, als es aussieht.«
Allbright brach in schallendes Gelächter aus. »Das muß es auch sein!«
Plötzlich wurde Francis bewußt, daß die Allbright-Brüder keineswegs in Sorge über ihre Schwester zu sein schienen. Es war durchaus möglich, daß die beiden Männer zunächst nach Serena gesucht hatten, doch er zweifelte daran. Ganz offensichtlich hatten sie sich des kleinen Vermögens ihrer

Schwester bemächtigt und verschwendeten nun keinen Gedanken mehr daran, wie sie völlig auf sich alleine gestellt zurechtkam.

Er lächelte Banshee an. »Bereit?« fragte er Allbright.

»Es kann losgehen, Middlethorpe. Als erstes nach Cottesmore Church, richtig? Wie mir zu Ohren gekommen ist, soll der Gastwirt in Cottesmore ein feines Bier brauen. Ich werde mir eine Kostprobe davon zu Gemüte führen, während ich auf Sie warte.« Lachend schlenderte er zu seinem wohlerzogenen Rotschimmel davon.

Francis holte tief Atem und näherte sich seinem Pferd. Seitdem die Idee mit dem Wettrennen entstanden war, hatte er das Tier zweimal geritten und mittlerweile dementsprechend viele blaue Flecken vorzuweisen. Aber er wurde inzwischen mit Banshee fertig. Das Besteigen des Tieres war jedoch die größte Herausforderung.

Als er endlich im Sattel saß, schlug das Pferd nach hinten aus und warf den Kopf herum, um seinen Reiter zu beißen. Francis verabreichte ihm einen kräftigen Hieb mit der Peitsche. Eine Sache, die Francis über das Höllenpferd gelernt hatte, war, daß es sich mit einem Reiter auf dem Rücken besser benahm als ohne, besonders wenn der Reiter resolut war. Banshee war eigentlich ein sehr gut trainiertes Pferd, wie das bei jedem Tier aus Miles' Stall der Fall war. Es hatte nur ein boshaftes Temperament und verabscheute Menschen.

Zudem hatte Banshee, wie Miles Francis versichert hatte, einen nahezu fanatischen Wettbewerbsgeist: Das Tier konnte es nicht ertragen, wenn ein anderes Pferd schneller war.

Francis hob seine Peitsche in Richtung Allbright-Brüder. Beide hatten ähnliche Augen wie Serena – dunkel und mandelförmig. In ihren roten, aufgeschwemmten Gesichtern verschwanden sie jedoch zwischen den Speckfalten.

Man sagte, Augen seien der Spiegel der Seele.
Was hatten Serenas große, dunkle Augen zu sagen?
Behutsam drückte er sein Bein in die Flanke des Pferdes, um dem Tier zu bedeuten, daß es vorwärts gehen sollte. Banshee war sich offensichtlich nicht im klaren darüber, ob es folgen wollte, und machte einen recht zögerlichen Schritt nach vorne. Francis sah, wie Allbright angesichts dieser unbeholfenen Bewegung schadenfroh grinste.
Eine Reihe anderer Reiter hatte beschlossen, an dem Rennen teilzunehmen, obwohl deutlich gemacht wurde, daß der Wettkampf prinzipiell zwischen Francis und Allbright ausgetragen wurde.
Lord Alvaley, der sich bereit erklärt hatte, das Startsignal zu geben, schwenkte ein rot gepunktetes Taschentuch. Das Rennen begann.
Banshee war zweifelsohne schnell, besaß jedoch die Eleganz eines verbogenen Wagenrads. Francis spürte jeden Schritt des Pferdes, und dies würde zehn Meilen lang so gehen! Gütiger Himmel, würde Serena jemals zu schätzen wissen, was er da für sie tat?
Er verkürzte die Zügel, um das Pferd zum ersten Sprung zu treiben. Zu seiner Überraschung gehorchte Banshee und ließ das Hindernis elegant hinter sich. »Guter Junge!« rief Francis begeistert. Es hatte den Anschein, als besäße das Tier genug Intelligenz, um die Führung eines Reiters zu akzeptieren, wenn es diese für angebracht hielt.
Sie preschten an einigen langsameren Teilnehmern des Rennens vorbei, aber die in Führung liegenden Reiter, zu denen auch die beiden Allbright-Brüder gehörten, hatten einen beträchtlichen Vorsprung.
Das Rennen würde über zehn Meilen gehen, es war deshalb noch nicht von vorrangiger Bedeutung, Tempo zuzulegen. Ausdauer war im Moment wichtiger. Francis vertraute

Miles' Urteil, daß man das Pferd, das es mit Banshees Ausdauer aufnehmen konnte, erst noch suchen mußte.
So langsam kamen ihm allerdings Zweifel, ob er selbst genug Durchhaltevermögen besaß. Er versuchte, den Stößen auszuweichen, indem er sich zwischendrin immer wieder aus dem Sattel erhob, konnte jedoch auch das nicht lange durchhalten. Die Sprünge waren die reine Wohltat – der gesegnete Moment eines weichen Fluges durch die Luft, gefolgt von einer harten Landung.
Langsam holten sie jedoch immer weiter auf und überholten so manchen Reiter, der angesichts des strapaziösen Rennens aufgegeben hatte. Gelegentlich versuchte Francis, Banshee zu zügeln, doch das Pferd schien es darauf angelegt zu haben, jedes andere Pferd im Rennen zu überholen.
Lucien erschien auf seinem großen schwarzen Hengst an seiner Seite. »Du liegst gut im Rennen«, rief er Francis zu.
Banshee legte die Ohren an. Dies war die einzige Warnung, bevor er seinen Kopf seitwärts drehte und versuchte, Viking in den Hals zu beißen. Francis zog mit aller Kraft an der Trense und versuchte mit vollem Körpereinsatz, das verfluchte Biest wieder unter Kontrolle zu bringen. Fast glaubte er, ihm würden die Arme aus den Gelenkpfannen gerissen. Lucien blieb fluchend zurück.
Francis spürte, daß sein Pferd im Begriff war, sich zu sträuben, und gab ihm die Sporen. Banshee schoß nach vorne. Einen Moment später schien es, als sei nichts gewesen. Das Pferd schien es nun darauf anzulegen, Will Allbrights Fuchs einzuholen.
»Du hast wirklich den Teufel im Leib«, murmelte Francis, als sie am jüngeren Allbright vorbeirasten, »und unter anderen Umständen wärest du morgen Hundefutter. Aber wenn du dieses Rennen gewinnst, mein Junge, werde ich mich persönlich für dein Wohlergehen verbürgen.«

Er näherte sich Tom Allbright nach etwas mehr als der Hälfte der Strecke, als sie durch das Dorf Teigh galoppierten. Sein Gegner sah schockiert drein, als er Francis erblickte, und trieb sein Pferd mit der Peitsche an. Banshee beschleunigte sein Tempo, als ob ihm keine Grenzen gesetzt wären. Was für ein Pferd!

Francis jedoch hatte ein Problem. Jeder ruckelnde Schritt verursachte ihm höllische Schmerzen und schwächte seine Beine und seinen Rücken. Es wäre die reinste Ironie, wenn er schließlich das Problem bei diesem Rennen wäre, weil er sich abwerfen ließ. Wenn Banshee sich das in den Kopf setzte, war er sich nicht sicher, ob er oben bleiben konnte.

Nun waren keine Pferde mehr vor ihnen und Banshee ließ sich etwas bremsen, was für Francis' Körper eine große Erleichterung war. Ein Stück hinter ihnen nahm Tom Allbright ebenfalls die Gelegenheit wahr, seinem Pferd eine kleine Verschnaufpause zu gönnen.

Francis entspannte sich – allerdings zu früh, wie sich bald zeigen sollte.

Nun, da sich kein Pferd mehr vor ihnen befand, war Banshee leicht abzulenken. Plötzliches Vogelgezwitscher ließ ihn nach rechts ausscheren und dabei warf er seinen Reiter fast aus dem Sattel. Francis schlug ihn auf die Ohren und zog mit aller Kraft an den Zügeln. Das Rennen war einigermaßen ausgeglichen, bis das Höllenpferd bemerkte, daß Whiskers vor ihm lag. Augenblicklich schoß es davon wie der Teufel, und Francis konnte nur mit Müh und Not im Sattel bleiben.

Sobald sie sich wieder auf gleicher Höhe befanden, verlangsamte Banshee das Tempo.

Verflucht. Es gab keine Möglichkeit, in Führung zu gelangen, und der Ausgang des Rennens würde sehr knapp werden.

Es sei denn ...

Er blickte sich um. Lucien hielt einen sicheren Abstand hinter ihm, um ganz sicherzugehen, daß die Allbright-Brüder keine Tricks anwendeten.
Francis winkte ihn herbei.
Lucien schien nicht zu verstehen.
Francis winkte ihn erneut verzweifelt herbei.
Dann nickte Lucien lächelnd. Er trieb sein Pferd zu mehr Tempo an, und der prächtige Hengst schoß nach vorne.
Banshee gab ein wütendes Schnauben von sich, beschleunigte auf eine enorme Geschwindigkeit und raste dem schwarzen Hengst hinterher. Francis blieb nichts anderes übrig, als sich mit aller Kraft am Hals des Tieres festzuklammern, während sein Höllenpferd nach Cottesmore davondonnerte.
Dort wartete bereits eine Menschenmenge auf den Sieger. Die jubelnden und winkenden Zuschauer hätten sicherlich jedes andere Tier völlig aus dem Konzept gebracht, aber Banshee nahm nicht einmal Notiz davon.
Lucien blickte zurück und zügelte sein Pferd langsam. Banshee schoß am Kirchhof von Cottesmore vorbei und schlug dann tänzelnd in Richtung des arroganten Tieres aus, das es gewagt hatte, ihm den ersten Platz streitig zu machen.
Viking machte eine aristokratisch unbeteiligte Miene.
Francis brach in Gelächter aus. »O du Teufel!« sagte er zu seinem Pferd. »Ich beginne beinahe, dich zu mögen. Beinahe«, murmelte er, als er sich plötzlich an seine schmerzenden Gelenke und blauen Flecken erinnerte.
Die Menge begann, sich um den Sieger zu versammeln, aber Banshee zeigte ihnen bald, daß es dies nicht wünschte. Francis wagte noch nicht abzusteigen, da das Pferd dann noch sehr viel schwieriger zu kontrollieren sein würde.
Also wartete er in einsamer Pracht, wie eine verdammte Reiterstatue, bis Tom Allbright auf seinem schäumenden Pferd am Ziel eintraf.

»Zum Teufel mit Ihnen!« knurrte der Mann. »Ich habe es genau gesehen! Arden hat Sie ins Ziel gelotst!«
»Es gibt keine Regel, die dies verbietet. Übrigens, kommen Sie besser nicht zu nahe, sonst beißt Banshee. Er ist nicht zimperlich.«
Allbright wich zurück, nur wenige Zentimeter vor den gebleckten Zähnen des Schimmels, und drehte sich dann zu den Zuschauern um. »Arden hat ihn ins Ziel gelotst! Dieses große schwarze Biest hätte ich nie herausgefordert!«
Angesichts dieses unsportlichen Verhaltens ging ein Raunen durch die Menge. Der Marquis führte sein Pferd zu Allbright. »Wollen Sie andeuten, ich hätte gegen die Spielregeln verstoßen?« fragte er mit all der blaublütigen Arroganz, zu der er fähig war.
Alle Farbe wich aus Allbrights Gesicht. »Keineswegs, Mylord. Es ist nur, daß Middlethorpe Ihnen ins Ziel gefolgt ist.«
»Es stand Ihnen frei, dasselbe zu tun«, erklärte Lucien freundlich. »Ausgezeichnetes Rennen. Ich muß Ihnen meinen Dank aussprechen, Sir, daß Sie dieses Rennen organisiert haben. Sonntage können ja so langweilig sein.«
»Ja, natürlich«, murmelte Allbright hilflos. Er war jedoch noch immer blaß vor Wut.
Francis spürte die Befriedigung, daß Allbright nicht zahlen konnte. Das war ein Bonus, mit dem er nicht gerechnet hatte. Er wünschte, er müßte nicht mehr auf dem verfluchten Pferd sitzen und könnte den Anblick so richtig genießen. Mit Erleichterung sah er, wie seine Reitknechte auf ihn zukamen, und er überließ ihnen Banshee. Das Absteigen war äußerst schmerzhaft, und selbst eine aufrechte Haltung anzunehmen war eine Herausforderung. Er ging auf Allbright zu. Er wäre gerne arrogant auf ihn zugeschlendert, doch verschiedene Körperteile machten ihm dies unmöglich. Er konnte mit Würde laufen … gerade so.

»Danke Ihnen für das Rennen«, sagte er gnädig. »Wir erledigen das Geschäftliche heute abend, nicht? Würden Sie mich bei Lord Arden aufsuchen?«

Eine tiefe Röte stieg in Allbrights grobem Gesicht auf, die eher von Ärger als von Scham stammte. »Ich verfüge leider im Moment nicht über eine solche Summe, Mylord«, brachte er hervor. »Es wäre mir lieber, wir könnten die Sache bei Tatts begleichen. Ich bin nächsten Dienstag in der Stadt.«

Es war nicht ungewöhnlich, daß man Wettschulden bei Tattersalls in London beglich, jedoch nicht während der Jagdsaison, wenn die Männer sich in Melton befanden. Francis hätte mit gutem Recht Einwände erheben können, aber es kam ihm durchaus gelegen, die Allbright-Brüder noch einige Tage schwitzen zu lassen.

»Natürlich«, erwiderte er und genoß die Vorstellung, wie die Allbrights einen Geldverleiher nach dem anderen abklappperten. Dann hatte er einen Einfall. Serena hatte während ihrer Ehe sicherlich Schmuck besessen, und Francis war sicher, daß die Brüder ihr auch den genommen hatten. »Wenn Sie nur schwer an Bargeld kommen«, bemerkte er beiläufig, »können wir auch über eine Begleichung anderer Art sprechen ...«

»Anderer Art?«

»Land, Schmuck ...«

Er sah, wie der schwerfällige Mann langsam begriff. »Ah, Schmuck ... Nun, zufällig besitze ich einige Schmuckstücke. Haben einer weiblichen Verwandten gehört. Müßte im Wert etwa hinkommen.«

Francis konnte sich nur schwer zurückhalten, dem Mann nicht eine zu verpassen, der das einzige Eigentum seiner Schwester sichtlich ohne jeden Skrupel für seine eigenen Zwecke mißbrauchte. Der Gedanken an Toms maßlose Wut, wenn dieser erfuhr, daß die Schmuckstücke wieder zu ihrer

rechtmäßigen Besitzerin zurückgekehrt waren, tröstete ihn etwas. Auf irgendeine Art und Weise würde Francis dafür sorgen, daß die Brüder davon erfuhren.
»Nun gut«, sagte Francis. »Treffpunkt Tatts, nächsten Dienstag. Um zehn?«
Allbright grunzte seine Zustimmung und schob sich durch die Menge davon. Francis kostete den Moment aus. Er würde Serena ihren Schmuck und obendrein noch die dreitausend Guineen aus seiner eigenen Tasche zurückgeben, ohne daß sie davon erfuhr. Sie würde sich sicher sehr freuen. Der Gedanke an eine freudig entzückte Serena war genug, um jeden Mann um den Verstand zu bringen.
Lucien überließ sein Pferd den Reitknechten und kam lächelnd auf Francis zu. »Geht es dir so schlecht, wie du aussiehst?«
Francis konnte kaum einen Fuß vor den anderen setzen. »Wahrscheinlich noch schlechter. Dieses Pferd wurde nicht erschaffen, um geritten zu werden.«
»Ah, was tun wir nicht alles für eine Frau! Dank meiner großen Weitsicht und einiger Bemerkungen von Miles habe ich schon im voraus einen Wagen bestellt, der dich nach Hause bringen wird.«
»Dem Himmel sei Dank«, rief Francis tief erleichtert. »Ich werde mich in den nächsten Tagen, Wochen, Jahren ... auf kein Pferd mehr setzen.«
Lucien lachte. »Es wird dir bald wieder bessergehen. Mein erster Reitknecht, Dooley, hat ein besonderes Geschick mit Massagen und Salben.«

Achtes Kapitel

Dooley wußte in der Tat, mit Massagen und Salben umzugehen, was jedoch nicht etwa bedeutete, daß die Behandlung schmerzfrei war. Ganz im Gegenteil. Während Francis unter den knetenden Fingern stöhnte und fluchte, wünschte er, Serena Allbright ... nein, Serena Riverton ... wüßte, was er alles für sie auf sich nahm.
Wieder schweiften seine Gedanken zu Serena ab. Aufgrund ihrer Herkunft konnte sie keine Mätresse sein, und er wagte sich nicht auszumalen, was Beth zu einem solchen Arrangement sagen würde.
In bezug auf eine Ehe lag die Sache wieder anders. Sir Matthew Rivertons Witwe würde man eher als der Halbwelt zugehörig betrachten, trotz kirchlicher Trauung. Ein wichtiger Aspekt war auch, welche Rolle Serena in Rivertons Leben gespielt hatte. Wenn sie, wie es allgemein üblich war, auf dem Land gelebt hatte, während ihr Mann in London seinem ausschweifenden Leben frönte, gab es noch Hoffnung. War sie jedoch Teil seines berüchtigten Lebens gewesen, war ihr Ruf ruiniert.
Francis zermarterte sich den Kopf, konnte sich aber nur winzige Details in Erinnerung rufen. Er glaubte sich erinnern zu können, daß Riverton mit seiner gut dressierten Gattin geprahlt und keinen Zweifel daran gelassen hatte, auf welchem Gebiet sie von ihm unterwiesen worden war.

Francis hatte auch gehört, daß Riverton während der Jagdsaison ausschweifende Feste auf seinem Anwesen in Lincolnshire zu geben pflegte. War dies sein einziges Landhaus, sah es nicht gut aus für Serena.
Alles in allem, dachte Francis, war es womöglich von Vorteil, daß Serena unfruchtbar war. So konnte er wenigstens nicht in Versuchung geführt werden, eine Dummheit zu begehen.
Die harten, gefühllosen Hände seines Masseurs wurden plötzlich durch starke, sanfte Finger ersetzt. Francis fuhr überrascht herum und erblickte Blanche Hardcastle, die den Reitknecht abgelöst hatte und im Begriff war, sich seines strapazierten Körpers anzunehmen.
»Was zum Teufel . . .!«
»Leg dich wieder hin«, beruhigte sie ihn sanft. »Ich habe es nicht auf deine Tugend abgesehen, aber ich beherrsche eine etwas einfühlsamere Art der Massage als Dooley. Es ist mir ein Rätsel, warum ihr Männer der Meinung seid, es sei gut für beanspruchte Muskeln, wenn man sie traktiert. Meine Behandlung wird sehr viel angenehmer und genauso wirkungsvoll sein.«
Francis spürte, daß Blanches kräftige Massage für seine Hüften und Gesäßbacken in der Tat sehr wohltuend war und sein strapazierter Körper sich bereits zu entspannen begann.
»Beherrscht jede Mätresse diese Art von Massage?« fragte Francis vergnügt. »Falls ja, hätte ich mir doch schon früher eine dieser Damen suchen sollen.«
»Es gibt so viele verschiedene Möglichkeiten, wie man einer anderen Person auf intime Art und Weise Genuß verschaffen kann.«
»Lucien ist wirklich zu beneiden.«
»Vielleicht solltest du ihn bemitleiden«, zog sie ihn auf. »Schließlich hat er mich für eine andere Frau verlassen.«

»Kaum zu glauben.«
Sie zwickte ihn. »Kein Grund für falsche Höflichkeiten. Jedenfalls bin ich sicher, daß auch Beth dies mittlerweile beherrscht. Übrigens ist das keine einseitige Angelegenheit Lucien hat es genauso genossen, mich zu massieren wie umgekehrt.«
Francis konnte nicht umhin, sich vorzustellen, wie er Serena – und sie ihn – massierte. Er war dankbar, daß er auf dem Bauch lag, und man die nur allzu offensichtlichen Konsequenzen seiner Gedanken nicht sehen konnte.
Er versuchte, sich Anne Peckworth bei einer derartigen Massage vorzustellen. Es wollte ihm nicht gelingen.
»Blanche«, fragte er, »was könnte der Grund dafür sein, wenn eine Frau lieber Mätresse als Ehefrau sein möchte?«
»Sprichst du von mir? Ich bin bereits zu tief gesunken, um noch eine respektable Ehe eingehen zu können.«
»Das ist Unsinn«, antwortete er, obwohl er wußte, daß Blanche durchaus recht hatte.
»Du hast also nicht von mir gesprochen. Von wem dann?«
»Das spielt keine Rolle.«
»Von Serena Riverton?« fragte Blanche wissend.
Er wußte, sein Schweigen war eine nur allzu klare Antwort. Blanches Hände setzten die beruhigenden magischen Bewegungen auf seinem Körper fort. »Die vertrauensvolle Mätresse eines guten Mannes zu sein bedeutet, eine Menge Freiheiten zu genießen. Die Ehefrau eines schlechten Mannes zu sein kann der Sklaverei ähneln – und so furchtbar sein wie ein Leben im schlimmsten Freudenhaus Londons. Ich bin mir sicher, Riverton war ein schlechter Mann.«
»Wieso bist du dieser Meinung?« fragte Francis, der Blanches Standpunkt hören wollte.
»Ich habe Riverton niemals kennengelernt, aber man hörte so manches. Er war ein Mann, der ununterbrochen etwas

Neues wollte. In der Erotik kommt man irgendwann an einen Punkt, wo das einzig Neue darin besteht, jemanden zu verletzen oder zu erniedrigen. Ich vermute, er hat bald Gefallen daran gefunden, andere Menschen zu verletzen oder zu erniedrigen. Natürlich verhalten sich viele Männer auf die eine Art und Weise bei ihrer Mätresse und völlig anders bei ihrer Ehefrau.«

Sie hüllte sich in Schweigen, und Francis schloß die Augen bei dem Versuch, sich Serenas Situation vorzustellen, ohne dabei an die Dinge zu denken, die sie womöglich getan hatte.

Er erkannte, daß die Sache eigentlich sehr einfach war: Er konnte Serena unmöglich wieder aus seinem Leben gehen lassen. Er würde sich bis ans Ende seiner Tage Sorgen um sie machen.

Er verzehrte sich nach ihr. Sie wollte seine Mätresse sein.

Warum also nicht?

Und er war ein guter Mann. Er wußte, sie würde keinen sanfteren, verständnisvolleren und großzügigeren Mann als ihn finden. Wäre sie nicht unfruchtbar, sagte er zu sich selbst, würde er sie heiraten trotz aller Probleme.

So heikel, wie die Lage jetzt war, mußte er unbedingt diskret verfahren. Und selbst wenn die Sache bekannt werden würde, wüßte Lady Anne eine solche Angelegenheit zu ignorieren.

Nein. Er verwarf diese Gedanken als Schönfärberei. Wenn die Sache bekannt würde, wäre Anne verletzt, egal wie gefaßt sie reagierte. Es durfte also nicht an die Öffentlichkeit dringen. Er unterdrückte einen Seufzer. Solche Dinge wurden immer bekannt.

»Du bist sehr verspannt«, bemerkte Blanche und übte besonderen Druck auf seine Schulterpartie aus. »Ist Serena Riverton so ein Problem für dich?«

»Natürlich nicht«, erwiderte Francis. Es hatte keinen Sinn, bei einem solch unlösbaren Problem Rat zu suchen.
Blanche strich ein letztes Mal über seinen Rücken und begann, sich das Öl von den Händen zu wischen. »Ich werde dich morgen noch mal massieren. In zwei Tagen wirst du dich schon wieder besser fühlen.«
Francis bezweifelte, ob er sich jemals wieder behaglich fühlen würde, doch er setzte sich auf und vergewisserte sich, daß das Handtuch ihn anständig bedeckte. »Ich danke dir.«
»Es war mir ein Vergnügen, dem tapferen Sieger diesen Dienst zu erweisen.«
Gedankenvoll runzelte Blanche die Stirn und fügte dann hinzu: »Ich denke, Serena Riverton ist unfruchtbar. Ich weiß, es würde gegen deinen Ehrenkodex verstoßen, keinen Erben in die Welt zu setzen, aber ist der Erhalt des Familiennamens wirklich solche Schmerzen wert?«
Er reagierte instinktiv mit einer Retourkutsche. »Du meinst also, Lucien hätte dich heiraten sollen?«
»Wie kommst du darauf, daß ich keine Kinder bekommen kann?«
»Warum hat er dich dann nicht geheiratet?«
Ihre Lippen zuckten ironisch. »Dafür gab es viele Gründe, vor allem den, weil er niemals wollte. Lucien hat mich nicht geliebt.«
»Ich liebe Serena Riverton auch nicht.«
»Dann gib sie frei.«
Und mit diesen Worten verließ sie den Raum und ließ Francis mit ihrem weisen Rat zurück.
Er wünschte, er wäre stark genug, ihn zu beherzigen.

Der Brief von Tante Arabella kam am nächsten Morgen. Er war knapp und nicht sehr informativ, abgesehen von der Tatsache, daß Arabella Francis *unverzüglich* nach Patchem's

Cottage zitierte. Der Brief erinnerte ihn nur allzu sehr an den seiner Mutter, mit dem all die Verwicklungen in seinem Leben ihren Anfang genommen hatten.
Sein erster Gedanke war, Serena könnte etwas Schreckliches zugestoßen sein, aber seine Tante hatte in dem Brief nichts dergleichen angedeutet.
Vielmehr hätte er schwören können, daß seine Tante wütend auf ihn war. Der einzige Grund, den er sich dafür vorstellen konnte, war, daß Serena irgendeine Lügengeschichte erzählt hatte. Er war es leid, knappe, wenig mitteilsame Briefe zu bekommen. Er war es leid, in weibliche Machenschaften verwickelt zu werden. Jede Faser seines Körpers schmerzte, und er konnte sich nicht daran erinnern, eine Nacht erholsamen Schlafes gehabt zu haben, seit er Serena kannte.
Tante Arabella konnte also verdammt noch mal warten.
An den nächsten beiden Tagen gönnte er sich viel Ruhe. Er ließ sich von den Bediensteten verwöhnen und von Blanche massieren. Bald war er wieder gut in Form, hatte aber noch immer keine Lösung seines Dilemmas gefunden. Salomon hätte zweifelsohne geraten, er solle sich in zwei teilen lassen, um sich dann zwischen den beiden Damen aufteilen zu können. Francis befürchtete nur, daß die beiden dieselben Körperteile benötigten, wenn auch aus unterschiedlichen Gründen.
Am dritten Tag ließ sich die Reise zu seiner Tante nicht mehr länger aufschieben, und so brach er nach Summer St. Martin auf.

Trotz der Knappheit von Arabellas Nachricht und seiner vielen Bedenken konnte Francis seine unglaubliche Vorfreude nicht leugnen.
Er hatte beschlossen, Serena zu seiner Mätresse zu machen – koste es, was es wolle.

Er würde dafür sorgen, daß sie jeden Komfort hatte, und würde sie vor allem Übel beschützen. Er konnte es kaum erwarten, ihr zu beweisen, daß Männer auch einfühlsam und fürsorglich sein konnten. Er konnte es nicht erwarten, sie wieder leidenschaftlich zu lieben. Er konnte es nicht erwarten, ihr ihr Eigentum zurückzugeben und ihr zu erzählen, daß er es für sie gewonnen hatte.
Er beschloß, daß er nicht warten würde, bis Allbright ihm den Schmuck ausgehändigt hatte. Er würde Serena von dem Rennen erzählen und ihr einen Scheck über dreitausend Guineen geben. Später würde er sie mit dem Schmuck überraschen.
Sein Herz schlug schneller, während er ins Dorf einfuhr, seiner Sirene mit jedem Meter ein Stückchen näher kommend. Als er in den kleinen Weg zu Arabellas Haus einbog, mußte er haltmachen, weil ihm eine Menschenmenge den Weg versperrte. Man hatte eine Schießscheibe zum Bogenschießen aufgestellt, und drei junge Männer versuchten abwechselnd ihr Glück.
Was für ein abwegiger Zeitpunkt und Ort für einen Wettbewerb.
Dann bemerkte er, daß trotz der großen Zuschauermenge eine Person an einem Ehrenplatz auf der Seite saß wie eine Dame, die einem mittelalterlichen Turnier beiwohnt. Es war Serena, und es war nicht schwer zu erraten, daß sie der Anlaß dieses Wettschießens war.
Was, fragte er sich verbittert, war wohl der Hauptgewinn?
Trotz alledem bekam er beim Anblick seiner Sirene weiche Knie. Sie war genauso schön und außergewöhnlich, wie er sie in Erinnerung hatte.
Doch etwas war anders.
Sie trug einen schlichten roten Wollumhang, ihre Kapuze war zurückgeschlagen. Ihr Haar fiel nicht mehr in roten

Locken auf die Schultern, sondern war fest in einem Knoten zusammengebunden. Das strenge Aussehen beeinträchtigte ihre Ausstrahlung keineswegs. Dennoch hätte Francis ihr Haar am liebsten gelöst und seinen Kopf in der seidigen Fülle verborgen.

Serena lachte über eine Bemerkung, eine zarte Röte stahl sich auf ihre Wangen, und ihre Augen leuchteten. Sie sah so jung und glücklich aus, wie er es sich nie hatte träumen lassen. Sie war so atemberaubend schön, daß sie es mit jeder Frau in Samt und Seide spielend hätte aufnehmen können. Der einzige Schmuck, den sie trug, war eine weiße Schleife, die sie sich an den Umhang gesteckt hatte.

Ein Pfeil traf an den Rand der Zielscheibe, und sie jubelte und klatschte in die Hände wie ein Kind.

Sie sah aus wie ein Schulmädchen.

Langsam bemerkten die Zuschauer Francis und wandten sich zu ihm um.

So auch Serena.

Francis übergab seinem Reitknecht die Zügel und schwang sich vom Pferd. Er spürte ein Frösteln, das nichts mit dem Wetter zu tun hatte. Bei seinem Anblick war ein Ausdruck von Entsetzen in Serenas Gesicht getreten.

War er etwa nicht willkommen?

Wer hatte seinen Platz eingenommen?

Mit einem Mal stieg eine unsägliche Wut in ihm auf, und wortlos griff er nach dem Bogen eines Wettkampfteilnehmers. Er zielte auf die Schießscheibe und schoß den Pfeil direkt ins Schwarze.

»Nun«, fragte er und wandte sich an Serena, »habe ich gewonnen?«

»Ich denke ja«, sagte sie kaum hörbar und rang sich zu einem Lächeln durch.

»Und was habe ich gewonnen?«

Mit zitternden Händen löste sie das weiße Band und überreichte es ihm.
»Wie rührend.« Er nahm es entgegen, ohne zu wissen, was er von alldem halten sollte. »Ist die Vorstellung vorbei, oder geht sie noch weiter?«
Sie sah ihn aus großen, ängstlichen Augen an. »Sie ist vorbei, denke ich. Es war nur ein spontanes Wettschießen.«
»Dann könnte ich nun vielleicht unter vier Augen ein Wort mit Ihnen wechseln.«
»Natürlich.« Bevor sie Francis zum Landhaus begleitete, schenkte sie ihren enttäuschten Bewunderern ein Lächeln und ein paar freundliche Worte.
»Ist Tante Arabella zu Hause?« fragte er. Seine Tante, die meinte, sich überall einmischen zu müssen, war so ziemlich die letzte Person, die er im Moment gebrauchen konnte.
»Nein. Sie besucht gerade Mrs. Holt.«
Er ließ zu, daß sie ihn ins Haus führte, und versuchte, diesen Eifersuchtsanfall wieder unter Kontrolle zu bringen. Er war noch nie in seinem Leben Opfer derartiger Gefühle gewesen, doch nun tobten sie in ihm. Am liebsten hätte er Serena ergriffen und sie geschüttelt. Er konnte den Gedanken nicht ertragen, daß sie ihre Gunst so freigebig verschenkte.
Sein Blick fiel auf das Band, das er fest um den Finger gewickelt hatte. Um Himmels willen, es war nur ein Band, mehr nicht. Warum nur brachte es ihn so aus der Fassung?
Sie betrat den Salon und zog ihren Umhang fester um sich.
»Es tut mir leid.« Tränen traten ihr in die Augen, und er fühlte sich wie ein gemeiner Schurke.
Er streckte den Arm nach ihr aus. »Nicht Serena. Es tut mir leid.«
Sie wich seiner Berührung aus. »Aber es war nicht Ihre Schuld«, erwiderte sie mit erstickter Stimme. »Nur ich bin daran schuld ...«

»Serena, bitte beruhigen Sie sich doch. Vielleicht haben Sie unklug gehandelt, aber niemand hat Schaden erlitten. Warum sollte ich ärgerlich sein?«
Sie starrte ihn an. »Aber Sie *waren* ärgerlich?«
Sie sah so jung und eingeschüchtert aus, daß er nicht länger streng sein konnte. »Nun nicht mehr«, antwortete er sanft. »Serena, ich möchte mit Ihnen über unsere Zukunft sprechen, bevor Tante Arabella zurückkehrt. Um so besser, wenn wir uns bei ihrem Eintreffen einig sind.«
Sie ließ ihren Blick in einer eigentümlichen Weise auf ihm ruhen. Vielleicht wollte sie nicht länger seine *Mätresse* sein. Hatte sie womöglich ein anderes Angebot, gar einen Heiratsantrag, erhalten? Das Wissen, daß er einem solchen Angebot nichts entgegenzusetzen hatte, brachte ihn beinahe um den Verstand. Er verspürte das Bedürfnis, sie zu berühren, und nahm ihr den Umhang ab.
Das Gewand, das darunter zum Vorschein kam, glich in keiner Weise dem freizügigen Kleid, das sie das letzte Mal getragen hatte, sondern war aus einem einfachen beigen Baumwollstoff gefertigt und hatte einen schlichten Schnitt, der, wie es schien, möglichst wenig von ihrer Figur preisgeben sollte. Es war sehr züchtig und stand ihr, zu seiner Überraschung, ausgezeichnet zu Gesicht. Er wußte nicht mehr, was er von ihr denken sollte. Sie saß mit zusammengefalteten Händen auf ihrem Stuhl, ihre betörenden Augen unverwandt auf ihn gerichtet. Sie erinnerte ihn an ein Schulmädchen, das den Tadel des Vaters erwartet.
Und diesem Geschöpf wollte er eine unmoralische Verbindung vorschlagen?
Doch er wußte, daß sie auch ganz anders sein konnte – und er wollte sie besitzen, hier und jetzt ...
Francis stellte sich neben das Kaminfeuer und blickte in die lodernden Flammen. Mit großer Anstrengung versuchte er,

einen klaren Kopf zu behalten. »Ich weiß, daß es bereits eine Weile her ist, seit wir miteinander gesprochen haben, Serena. Sie scheinen sich hier gut eingelebt zu haben.« Er räusperte sich verlegen. »Ich frage mich, ob Sie ... irgendwelche Zukunftspläne geschmiedet haben.« Er rief sich zur Vernunft. Wenn Serena die Möglichkeit hatte zu heiraten, wäre es unfair, sich ihr in den Weg zu stellen. »Pläne, in denen ich keine Rolle spiele«, fügte er hinzu.

Sie schien überrascht. »Ich fürchte, nein.«

Francis atmete erleichtert auf. »Es gibt keinen Grund, sich zu entschuldigen.« Zu seiner Überraschung brachte er die Worte nicht leicht über die Lippen, doch er überwand sich. »Ich wollte Sie fragen, ob Sie meine Mätresse werden möchten.«

Sie war nicht erfreut. Er sah, wie alle Farbe aus ihrem Gesicht wich, wie sich ihre Augen vor Bestürzung weiteten. Eine tiefe Röte stieg ihr ins Gesicht, und er erkannte einen Ausdruck tiefer Verletzung in ihren Augen. Sie senkte den Blick. »Ich ... ich glaube, dazu bin ich nicht mehr in der Lage.«

Ein eigentümliches Gefühl überkam ihn, so, als müßte er sich entschuldigen. Doch dann stieg Wut in ihm auf, daß sie ihn so zum Narren hielt. »Es war Ihr Vorschlag, wenn Sie sich erinnern.«

»Ja ... ja, aber ...« Er sah, wie sie schluckte.

»Himmel noch mal, Serena, werden Sie sich wohl entscheiden, was Sie wollen!«

»Was sie *will!*« fiel Tante Arabella außer sich vor Wut ein und kam, mit einem Regenschirm bewaffnet, wie ein Offizier ins Zimmer marschiert. »Was zum Teufel glaubst du denn, daß sie möchte, du grober Kerl?«

»*Grober Kerl!* Was für ein Märchen hat sie dir denn aufgetischt?«

Francis hörte zu seiner eigenen Verwunderung, daß er laut geworden war.
»Die Wahrheit. Oder willst du die ganze Sache abstreiten?« Arabella baute sich kampflustig hinter Serena auf wie ein verschrumpelter Schutzengel mit einem riesigen schwarzen Häubchen.
»Wie kann ich etwas abstreiten, ohne überhaupt die Anklage vernommen zu haben?« fragte Francis in frostigem Ton. »Ich habe der Dame lediglich angeboten, was sie sich noch vor einigen Wochen gewünscht hat. Nun dreht man mir einen Strick daraus.«
Arabella wandte sich an Serena. »Du hast nicht eingewilligt, Kind, warum nicht?«
Serena sah auf, ihre Blicke wanderten verzweifelt zwischen Francis und Arabella hin und her. Francis sah dasselbe Entsetzen in ihren Augen wie damals, als er sie auf der Straße aufgelesen hatte. Er haßte sich dafür, daß er ihr solchen Kummer bereitete.
»Serena, bitte haben Sie keine Angst«, versuchte er sie zu beruhigen und ging einen Schritt auf sie zu.
Arabella hob drohend ihren Schirm. »Wenn sie sich vor jemandem fürchtet, dann vor dir. Weißt du, mit wem sie verheiratet war?«
»Ja.«
»Dann ist es wohl kaum verwunderlich, daß sie einem neuen Heiratsantrag mißtrauisch gegenübersteht, nicht wahr? Gib ihr etwas Zeit zum Nachdenken.«
Francis holte tief Atem. »Ich habe Serena keinen Heiratsantrag gemacht.«
Arabellas Miene verfinsterte sich. »Versuchst du etwa, dich freizukaufen, du Schuft?«
»So kann man es nicht bezeichnen«, erklärte Francis, der kurz davor war, die Fassung zu verlieren. Diese Unterre-

dung war absurd, oder war es etwa normal, daß ein Mann sich unter den Augen einer alten Jungfer aus der Verwandtschaft eine Mätresse zulegte?
Tante Arabella war zwar in höchstem Maße unkonventionell, aber trotzdem war er sich nicht sicher, ob er diese Sache wohl unbeschadet überstehen würde.
»Er hat mir angeboten, seine *Mätresse* zu werden«, erklärte Serena mit abgeklärter Direktheit. Plötzlich erhob sie sich und blickte ihm unerschrocken ins Gesicht. Sie wirkte größer, als sie war. »Es wäre mir lieber gewesen, Sie wären nicht gekommen, Mylord. Ich weiß, ich kann Ihnen keinen Vorwurf machen und ich hätte es akzeptiert, wenn Sie mir mitgeteilt hätten, daß Sie mit mir nichts mehr zu tun haben wollen, aber ... aber nicht das.«
»*Mätresse!*« schrie Arabella erbost auf.
»Diese Frau«, rief Francis und bemerkte, daß er wie ein schlechter Schauspieler in einem Melodrama mit einer Hand auf Serena zeigte, »hat darum gebeten, meine Mätresse werden zu dürfen und ...«
Doch inmitten dieser Anschuldigung hielt er inne. Dies war keine Angelegenheit, die man in der Anwesenheit von Dritten besprach.
»Das«, erklärte Arabella bedrohlich, »war zweifelsohne eine Bitte, die aus Furcht vorgebracht wurde. Außerdem wußte Serena zu diesem Zeitpunkt nichts von ihrer Schwangerschaft.«
Nun herrschte betretenes Schweigen. Francis starrte Serena an, und sie erwiderte seinen Blick mit erhobenem Kinn.
»Ist das wahr?« fragte er ruhig, während er das Gefühl hatte, ihm würde der Boden unter den Füßen weggezogen.
»Ja.« Ihr Ärger verwandelte sich in Verwirrung. »Wußten Sie das denn nicht?«
»Sie sagten, Sie könnten keine Kinder bekommen.«

»Ich dachte, es wäre so.« Sie faltete die Hände fest zusammen. »Ich bin froh, daß Sie nichts davon wußten, Mylord. Ich bestehe nicht darauf, daß Sie mich heiraten, aber Sie werden verstehen, daß ich unter diesen Umständen nicht mehr Ihre Mätresse werden kann.«
»Was haben Sie mit dem Kind vor?« Es kam ihm noch immer vor, als befände er sich in einem schlechten Theaterstück. War es eine Komödie oder eine Tragödie?
Sie senkte den Blick. »Ich hoffte auf Ihre finanzielle Unterstützung für das Kind.«
»Aber Sie möchten nicht meine Mätresse werden? Warum nicht?«
»Himmel noch mal, du Dummkopf«, fauchte Arabella. »Wie könnte sie auch? Soll sie mit dir leben, mit einem Kind, womöglich einem Sohn, in dem Wissen, daß er keinerlei Rechte besitzt? Wie soll sie ihm das eines Tages begreiflich machen? ›Ja, dies ist dein Vater, mein liebes Kind, aber es erschien uns nicht angebracht zu heiraten.‹«
Francis ertappte sich dabei, daß sein Blick auf Serenas Bauch ruhte, doch unter dem weitgeschnittenen Kleid war nichts zu erkennen. Er war sich auch nicht sicher, wieviel überhaupt zu sehen sein sollte. Wie weit war sie wohl? Im dritten Monat vermutlich. Er sah sich gezwungen zu fragen: »Wie können Sie sicher sein, daß das Kind von mir ist?«
Arabella stieß einen Laut der Verachtung aus, doch Serena wandte sich ihr zu. »Sie haben mir dieselbe Frage gestellt.« Sie suchte Francis' Blick. »Ich habe natürlich keine Möglichkeit, es zu beweisen, aber seit dem Tod meines Mannes vor beinahe sechs Monaten, war ich nur mit einem Mann zusammen – mit Ihnen, Mylord. Es gibt für mich keinen Zweifel, daß es Ihr Kind ist.«
Francis richtete das Wort an seine Tante. »Tante Arabella, ich möchte gerne allein mit Serena sprechen.«

Arabella überlegte einen Moment, fügte sich dann jedoch. Bevor sie das Zimmer verließ, wandte sie sich jedoch nochmals an Serena. »Ich bin im Garten, mein Kind. Wenn er dich beunruhigt, brauchst du mich nur zu rufen.« Mit einem letzten finsteren Blick in Francis' Richtung verließ sie das Zimmer.

Francis' Augen ruhten auf der rätselhaften Frau, die sein Leben völlig umgekrempelt hatte.

»Wenn ich Sie geschwängert habe«, sagte er, »können Sie mich kaum dafür zur Verantwortung ziehen.«

Sie war blaß gewesen, doch nun stieg ihr die Schamesröte ins Gesicht. »Das tue ich nicht.«

»Schließlich haben Sie sich mir genähert, obwohl ich mich geweigert hatte.«

Sie nickte. »Das gebe ich zu, dennoch hoffe ich nicht, Sie denken, das alles sei ein abgekartetes Spiel gewesen.«

Auch Francis bezweifelte dies, aber er fühlte sich noch immer, als sei er in eine Falle gegangen.

Auf der anderen Seite – wenn Serena wirklich sein Kind unter dem Herzen trug, wollte er unter allen Umständen vermeiden, daß es unehelich auf die Welt kam.

Er griff nach Arabellas großer Bibel mit Ledereinband. »Kommen Sie bitte hierher, Serena.«

Serena stellte sich neben ihn. Sie war bleich und ängstlich und sah so unglaublich jung aus.

»Legen Sie Ihre Hand auf die Bibel«, sagte er, »und schwören Sie, daß Sie ein Kind erwarten.«

Sie gehorchte und legte ihre zierliche, bleiche Hand auf das dunkle Leder. Als sie im Begriff war, ihre Hand wieder zu entfernen, hielt er sie fest. »Und schwören Sie, daß es von mir ist.«

Sie sah ihm in die Augen und erklärte mit fester Stimme: »Das Kind in meinem Bauch ist Ihres, Mylord. Ich schwöre es in Gottes Namen.«

Einen Moment lang dachte Francis besorgt an die ungewisse Zukunft, die vor ihm lag, war sich jedoch seiner unterschwelligen Freude durchaus bewußt. »Dann heiraten wir morgen.«
»Morgen?« wiederholte Serena leise.
»Es gilt keine Zeit zu verlieren«, erwiderte er nüchtern. »Wenn ich unverzüglich aufbreche, kann ich die notwendigen Papiere vom Bischof noch heute holen und morgen zurückkehren.«
Sie schluckte. »Sie werden meinen richtigen Namen benötigen.«
»Ich kenne Ihren richtigen Namen, Lady Riverton. Ich hoffe, Sie sind bereit.«
Sie war bleich wie die Wand, doch erwiderte mit fester Stimme: »Ja, Mylord, ich werde bereit sein.«

Sobald er gegangen war, suchte Serena nach Arabella. »Warum haben Sie ihn nicht über meine Schwangerschaft unterrichtet? Ich dachte, Sie hätten ihm dies mitgeteilt.«
Arabella schniefte. »Es schien mir kaum eine geeignete Mitteilung für einen Brief. Jedenfalls habe ich wenig Vertrauen in Männer. Womöglich hätte er sich rar gemacht. Er ist nicht gerade schnell hergekommen.«
»Er wußte nicht, daß es einen Grund gab.«
»Ich versichere dir, ich habe die Angelegenheit wichtig genug klingen lassen. Verhält er sich anständig?«
»O ja. Aber ich wünschte, Sie hätten ihm davon erzählt, Arabella.« Sie wandte sich plötzlich um. »Habe ich mich richtig entschieden?«
»Natürlich. Du trägst sein Kind unter dem Herzen, und es hat ein Recht darauf, in Ehre geboren zu werden. Es ist nur recht und billig, daß Francis für sein Handeln die Verantwortung übernimmt.«

Serena erstarrte. Dies war der Moment, Arabella reinen Wein einzuschenken, doch sie brachte es nicht über sich. Manchmal konnte sie sich die Wahrheit selbst nicht eingestehen. Hatte sie sich wirklich mit einem völlig Fremden eingelassen? Hatte sie sich schwängern lassen, damit er sie heiratete, obwohl er es eigentlich nicht wollte?
Trüge sie nicht ein neues Leben in sich, sie würde in Erwägung ziehen, sich in den nächsten Fluß zu stürzen.
Plötzlich fand sie sich in Arabellas Armen wieder. »Ganz ruhig, Liebes, alles wird gut werden«, murmelte die ältere Dame und tätschelte Serena beschwichtigend den Rücken. »Oder glaubst du etwa, ich würde dich meinen Lieblingsneffen heiraten lassen, wenn ich nicht glaubte, daß du glücklich werden könntest?«
Serena kämpfte mit den Tränen. »Aber ich habe solche Angst.«
»Das brauchst du nicht«, beruhigte sie Arabella. »Ich werde immer für dich dasein, mein Kind.«

Francis hatte auf der Fahrt zur bischöflichen Residenz viel Zeit zum Nachdenken. Nicht, daß er darüber besonders erfreut gewesen wäre.
Sein Verstand sagte ihm, daß er zweifelsohne dem cleveren Betrug einer raffinierten Dirne aufgesessen war, doch sein Herz wußte, daß Serena die Wahrheit sagte. Ganz gleich, was sie war, sie trug sein Kind unter dem Herzen.
Es war für ihn ausgeschlossen, sein Kind im Stich zu lassen, ihm nicht seinen Namen zu geben.
Allerdings war er sich auch der damit verbundenen Probleme durchaus bewußt. Seine Mutter würde völlig entsetzt sein, Anne und ihre Eltern würden schockiert und zutiefst verletzt reagieren, wenn sie von der Hochzeit erfuhren. Es würde jede Menge Tratsch geben, besonders, wenn das

Kind einmal auf der Welt war und die Leute genau nachrechneten. Es war möglich, daß man Serena mit starken Vorbehalten begegnen würde. Schließlich war sie Matthew Rivertons Witwe und noch dazu eine Frau, die sich bereits in anderen Umständen befunden hatte, als sie vor den Traualtar getreten war.

Er war sich nicht einmal im klaren darüber, was für eine Ehefrau sie abgeben würde und ob er ihr jemals guten Gewissens vertrauen konnte.

Der einzig beruhigende Gedanke in diesem Widerstreit der Gefühle war, daß die Rogues sie akzeptieren würden – das war Teil ihrer Freundschaftsregeln.

Er war sich des starken Bedürfnisses bewußt, Serena Nicholas vorzustellen, um zu sehen, was sein Freund von ihr hielt. Nun, warum eigentlich nicht? Er konnte einen Besuch arrangieren.

Endlich wurden ihm die nötigen Papiere ausgehändigt, und Francis begab sich voller Zuversicht auf die Rückreise. Dem Himmel war Dank, daß es die Rogues gab. Er würde sie noch brauchen.

Neuntes Kapitel

Serena grübelte die ganze Nacht und suchte nach Alternativen zu dem Leben, das vor ihr lag. Sie würde nichts als eine Belastung für Lord Middlethorpe sein, eine Last, die ihm durch ihre Hinterhältigkeit aufgebürdet worden war.
Und was war mit seiner Familie, fragte sie sich mit einem Frösteln. Arabella hatte ihr von seiner verwitweten Mutter, einer pedantischen Autoritätsperson, erzählt. Er hatte auch noch drei Schwestern, die bereits alle verheiratet waren. Sie schienen recht nett zu sein, trotzdem würden auch sie sich über diese ungewöhnliche Hochzeit sehr wundern.
Unruhig drehte sie sich auf die Seite und zog sich die Decke über den Kopf. Sie hatte keine Wahl. Im Interesse ihres Kindes hatte sie keine Wahl.
Schließlich kam der Morgen. Sie stand auf und machte einen Spaziergang durch die nebelverhangenen Gassen, um sich etwas zu beruhigen. Als sie zum Haus zurückkehrte, fand sie Arabella völlig aufgelöst vor.
»Ich habe mir solche Sorgen gemacht!« rief sie. »Ich dachte schon, du wärst womöglich davongelaufen!«
»Warum sollte ich?« fragte Serena und setzte sich an den Frühstückstisch. Sie litt zwar nicht an morgendlicher Übelkeit wie so viele Frauen in ihrem Zustand, hatte aber trotzdem nur wenig Appetit.
Ausnahmsweise drängte Arabella sie nicht zum Essen, und

so kam sie mit etwas Toast und Tee davon. »Wann, glauben Sie, wird er hier sein?«
»Bis zum Mittag, denke ich. Da du mündig bist und schon lange genug hier wohnst, wird eure kurzfristige Heirat kein Problem sein.«
Serena nagte an ihrem Toast. »Ich wünschte, es gäbe eine andere Möglichkeit.«
»Die gibt es nicht«, antwortete Arabella energisch. »Und obwohl ich Francis bereits die Leviten gelesen habe, bist auch du selbst dafür verantwortlich – es sei denn, Francis hätte dich vergewaltigt, was ich niemals glauben würde.«
Serena bemerkte, wie ihr die Schamesröte ins Gesicht stieg. Warum kam niemand auf die Idee, daß auch der Mann das Opfer sein könnte? »Ich ziehe mich jetzt besser an«, sagte sie und flüchtete in ihr Zimmer.
Sie hatte nur das eine elegante Kleid, in dem sie vor so langer Zeit das Haus ihrer Brüder verlassen hatte. Es war figurbetont geschnitten, wie es ihr Ehemann gewünscht hatte. Als sie es in die Hand nahm, war das aufdringliche Parfüm noch immer etwas zu riechen, obwohl das Kleid gelüftet worden war.
Er hatte es das Parfüm einer Hure genannt, allerdings zugeben müssen, daß es seine Wirkung nicht verfehlte. Sie wollte diese Wirkung. Etwas anderes hatte sie nicht zu bieten.
Dann betrachtete sie sich im Spiegel, und zum ersten Mal seit Monaten erblickte sie die alte Serena wieder. Und doch nicht so ganz. Etwas in ihr hatte sich verändert, und es war nicht nur das neue Leben, das in ihrem Bauch heranwuchs. Sie war auch nicht mehr das junge Mädchen, das sie gewesen war, als sie Miss Mallorys Haus verlassen hatte. Jene Serena war beim Gedanken an ihre bevorstehende Heirat aufgeregt gewesen, aber auch ein wenig traurig, ihre Freunde zurücklassen zu müssen.

Sie war damals noch ein Kind.
Ein armes, verratenes Kind.
Die Serena, die ihr nun im Spiegel gegenüberstand, war ein neuer Mensch. Würde es diese Serena besser machen? Sie war älter und klüger geworden – alt und klug genug, um besorgt zu sein.
Serena legte ihre Hand auf die leichte Wölbung ihres Bauches. Sie mußte es für ihr Kind tun. Und zumindest hatte sie jetzt Arabella als ihre Freundin und Verbündete. Arabella konnte jedoch nicht über dem Ehebett wachen.
Mit zitternden Händen bürstete Serena ihr langes Haar und steckte es etwas lockerer hoch als sonst, so daß sich ein paar Locken um ihr Gesicht kringelten. Sie erinnerte sich an ihre alte Kammerzofe, die ihr das Haar vor ihrer ersten Hochzeit so kunstvoll zurechtgemacht hatte. Wie sich herausstellen sollte, war sie Zofe und Wächterin zugleich.
Sie erinnerte sich wieder an das weiße Kleid aus Seide, das man für sie ausgesucht hatte – das Kleid wäre fast durchsichtig gewesen, hätte es nicht aus so vielen Lagen Stoff bestanden. Sie hatte sich darin wie eine Märchenprinzessin gefühlt und vor Freude in ihrem Zimmer getanzt. In jener Nacht hatte Matthew ihr dieses Kleid, das Symbol für ihre Unschuld, vom Leib gerissen.
Sie hielt die Hände vors Gesicht, als sie die Erinnerung an den Schrecken ihrer ersten Hochzeitsnacht überkam. Sie hatte diese Ehejahre nur überlebt, indem sie Seele und Körper voneinander getrennt hatte, aber hier in St. Martin hatte sie damit begonnen, sie wieder zu vereinen.
Sie war jetzt stärker und resoluter als früher. Doch sie war auch empfindsamer.
Es gab *keine* Ähnlichkeit zwischen Matthew und Lord Middlethorpe. Das mußte sie einfach glauben.
Doch sie waren beide Männer.

Serena eilte die Treppe hinunter. Sie wollte frische Luft schnappen und etwas spazierengehen.
Sie machte einen Rundgang durch das Dorf, und als die Leute ihr zuwinkten und gratulierten, wurde ihr etwas leichter ums Herz. Sie fühlte sich wohl hier, und man mochte sie. Natürlich setzte sie sich durch ihre Schönheit von ihnen ab, aber da sie sich so verhielt, als ob sie sich dessen nicht bewußt wäre, hatte es keine Katastrophe gegeben. Sie wußte, daß selbst die jungen Männer, die ihr den Hof machten, das Ganze nicht wirklich ernst nahmen. Keiner von ihnen hatte ernsthaft sein Herz an sie verloren.
Sie hatte sich selbst bewiesen, daß sie fähig war, ein ganz normales Leben zu führen. Das würde sie auch in Zukunft tun. Mit Gottes Hilfe würde sie Lord Middlethorpe beweisen, daß sie eine gute Ehefrau sein konnte. Als sie sich schließlich auf den Heimweg machte, fühlte sie sich schon wesentlich besser.
Als sie eine Kutsche herannahen hörte, wich sie zur Seite, aber als ihr klar wurde, wessen Kutsche es war, drehte sie sich um.
Lord Middlethorpe stieg aus und kam auf sie zu.
»Du siehst genauso aus wie bei unserem allerersten Treffen«, bemerkte er in nüchternem Ton. »Verängstigt.«
Das konnte sie nicht leugnen.
Einen Augenblick standen sie wortlos da, dann sagte er: »Ich begleite dich zurück zum Haus.« Er gab dem Kutscher ein Zeichen weiterzufahren und bot ihr seinen Arm.
Serena hatte keine andere Wahl, als ihre Hand auf seinen Arm zu legen.
Schweigend gingen sie nebeneinander her. Serena war sich der vielen neugierigen Blicke, die auf sie gerichtet waren, vollkommen bewußt. Sie bemerkte auch, mit welcher Bewunderung die Frauen ihren Begleiter begutachteten. In

diesem Moment wäre es ihr lieber gewesen, er wäre ein schüchterner, rundlicher Sonderling. Sie fühlte sich schuldig, solch eine Eroberung gemacht zu haben.
Endlich ergriff er das Wort, klang jedoch etwas angespannt. »Ich habe bei Reverend Downs haltgemacht. Reverend Downs wird die Trauung in einer halben Stunde vollziehen.«
Wie gerne hätte Serena gesagt, daß sie nicht gezwungen waren, eine Heirat einzugehen, weil ihr eine andere Lösung eingefallen war. Doch dies war nicht der Fall.
»Was wird danach geschehen?« fragte sie.
Ihr war Lord Middlethorpe vorher nie besonders groß vorgekommen, doch in seinem weiten Mantel mit dem hohen Pelzkragen wirkte er neben ihr recht stattlich. Sie hingegen fühlte sich zerbrechlich und verletzbar.
»Ein Festmahl, vermute ich. Dann werden wir nach Thorpe Priory fahren. Es ist nur zwanzig Meilen von hier entfernt, und wir müßten es vor Einbruch der Dunkelheit schaffen. Im Gegensatz zu unseren bisherigen Reisen ist das Wetter gut, und die Straßen sind in einwandfreiem Zustand.«
Serenas Herz klopfte. Sie sollte schon heute bei seiner Familie eingeführt werden? »Arabella möchte uns begleiten«, warf sie ein.
»Wie, ich soll in meiner Kutsche vier Leute samt Gepäck unterbringen?« Der schroffe Ton seiner Stimme ließ sie erschrecken.
»Ich weiß nicht, Mylord. Ich zumindest habe sehr wenig Gepäck.«
Wiederum herrschte Schweigen.
Als sie beim Haus angekommen waren, gab Lord Middlethorpe seinem Kutscher jedoch Anweisung, nach Marlborough zu reiten und eine andere Kutsche für eine Reise nach London zu mieten.

»London?« fragte Serena. »Aber Mylord ...«
»London«, erwiderte er kurz. »Ich bin sicher, du hast Besorgungen zu machen, und es wäre sowohl dir als auch meiner Mutter gegenüber unfair, unangekündigt zu erscheinen und die Neuigkeiten zu überbringen. Ich werde ihr schreiben und sie vorwarnen.«
Dann erschien Arabella. Sie befürwortete die Reise nach London und bestätigte ihre Absicht, die beiden zu begleiten. Nachdem sie ihrer Haushälterin Anweisung gegeben hatte, ein opulentes Mahl vorzubereiten, machten sie sich auf den Weg zur Kirche.
Serena kam das Ganze wie ein Traum vor. Stand sie wirklich kurz davor, einen Mann zu heiraten, mit dem sie noch nicht einmal einen ganzen Tag verbracht hatte?
Doch so war es in der Tat, und es gab keine andere Möglichkeit.
Als sie St. Martin erreichten, war Serena zumindest froh, daß sie in dieser alten Kirche heiraten würden. Ihre erste Hochzeit hatte im Salon von Stokeley Manor stattgefunden – ein Ort ohne jede spirituelle Atmosphäre. Die 700 Jahre alte Kirche St. Martin hingegen war bezaubernd. In den letzten Wochen war Serena oft hier gewesen, um zu beten; es war ein heiliger Ort für sie.
Der Reverend erwartete sie bereits und war offensichtlich davon überzeugt, daß es sich hierbei um eine romantische Liebesheirat handelte. Außerdem waren einige Dorfbewohner gekommen, um an dem Gottesdienst teilzunehmen.
Reverend Downs hielt eine kurze, aber sehr blumige Predigt, in der viel von dem galanten Helden die Rede war, der seine angebetete Lady durch einen Pfeil mitten in ihr Herz eroberte. Dann vollzog er die Eheschließung.
Serenas Bräutigam hatte einen einfachen Goldring gekauft, den er ihr über den Finger streifte. Er legte sein Ehegelöbnis

ohne Zögern ab. Sie sprach ihres mit klarer Stimme und hoffte, sie würde die Fähigkeit besitzen, es einzuhalten, ohne dabei zugrunde zu gehen.
Lord Middlethorpe wandte sich ihr zu, und als er sie kurz auf die Lippen küßte, entging ihr die Besorgnis in seinen Augen nicht.
Serena betete im stillen, daß ihm diese Ehe wenigstens auf irgendeine Weise Freude bereiten würde.
Reverend Downs bestand darauf, daß das frischvermählte Paar ihn ins Pfarrhaus begleitete, um dort mit einem Glas Madeira anzustoßen. Francis lehnte nicht ab und überreichte einem der Dorfbewohner einige Münzen mit der Bitte, im Gasthaus Duke of Marlborough auf das Hochzeitspaar anzustoßen.
Der Pfarrer und seine Frau konnten sich die Frage nicht verkneifen, wie ihre Verbindung zustande gekommen war, doch Lord Middlethorpe meisterte die Situation geschickt. »Meine Frau und ich sind uns schon vor einigen Monaten begegnet und uns nähergekommen, Sir, doch der Tod ihres ersten Mannes lag noch nicht lange genug zurück, um an eine erneute Vermählung zu denken. Als sie schließlich einwilligte, wollte ich nicht mehr länger warten.«
Der Pfarrer konnte ein Schmunzeln nicht unterdrücken. »Das kann ich mir vorstellen, Mylord. Erlauben Sie mir zu sagen, daß Sie ein Juwel erobert haben. Ihre Frau hat hier in den letzten Wochen einiges Aufsehen erregt. Es war eine solche Freude, sie bei uns zu haben. Sie hat ein gutes Herz. Wir werden sie vermissen.«
Serena spürte, wie ihr Tränen in die Augen stiegen, denn Reverend Downs' Worte hatten aufrichtig geklungen. Sie lächelte ihm zu. »Und ich werde Summer St. Martin vermissen. Sie waren hier alle sehr nett zu mir.«
Er strahlte. »Es ist nicht schwer, zu Ihnen nett zu sein, meine

liebe Lady Middlethorpe. Aber es freut mich, Sie in die Obhut Lord Middlethorpes übergeben zu dürfen. Seine Tante spricht sehr viel von ihm – und nur Gutes.«

Schließlich machten sie sich auf den Weg zu Arabellas Haus, wobei sich Arabella diskret im Hintergrund hielt.

Serena blickte zu ihrem Mann auf. »Mir war noch nicht richtig bewußt, daß ich Lady Middlethorpe sein würde. Gibt es etwas, das ich darüber wissen sollte?«

»Es wird keine allzu große Belastung werden«, entgegnete er kühl. »Es ist kein hoher Titel wie Comtesse oder Herzogin.«

»Welche Pflichten werde ich haben?«

»Keine, die dir nicht gefallen. Meine Mutter kümmert sich um alles. Lassen wir das jetzt«, bemerkte er etwas gereizt. Dann zuckte er zusammen. »Ich habe das nicht so gemeint, wie es vielleicht geklungen hat.«

Serena war trotzdem verletzt.

Zu Hause wartete ein exquisites Festessen auf sie. Arabella und Lord Middlethorpe genossen es, doch Serena schien ohne jeden Appetit.

»Serena«, erklärte Arabella streng, »du mußt etwas essen. Du wirst noch krank werden.«

Serena blickte angewidert auf das Fleisch auf ihrem Teller und nahm ein Stück Brot und Butter. Sie blickte zu ihrem Mann hinüber und erwartete, daß er ihr befehlen würde, etwas Gehaltvolleres zu essen, um seinen Sohn und Erben nicht in Gefahr zu bringen. Außer einem Stirnrunzeln kam jedoch keine Reaktion.

Sie würde wieder essen, sagte sie zu sich selbst, sobald sich die Wogen etwas geglättet hatten. Momentan wurde ihr schon beim Gedanken an Essen übel.

Ihr Gepäck stand schon bereit, so daß sie innerhalb kürzester Zeit abreisen konnten. Kipling wurde zurückgelassen, um die Kutsche nach Hause zu bringen. Außerdem hatte er einen Brief an Francis' Mutter zu überbringen, in dem Francis ihr mitteilte, daß sie von nun an die ältere Lady Middlethorpe war.

Serena konnte sich glücklich schätzen, daß sie beim Eintreffen der Nachricht nicht vor Ort sein würde.

Als sie Summer St. Martin verließen, saß Serena regungslos in ihrem Sitz. Sie war froh und bedauerte es zugleich, daß eine dritte Person sie auf ihrer Reise begleitete. Sie konnte es kaum erwarten, ihren Mann besser kennenzulernen, doch sie hatte auch große Angst davor.

»Dann hat ja alles geklappt«, bemerkte Arabella nüchtern. »Nette kleine Hochzeit.«

Lord Middlethorpe blickte zu Serena. »Wie war es im Vergleich zu deiner ersten Hochzeit, meine Liebe?« Serena bemerkte den spöttischen Unterton in seiner Frage. Würde er nun, da sie an ihn gebunden war, plötzlich taktlos werden?

»Es war ziemlich ähnlich«, sagte sie und ballte die Fäuste unter ihrem Umhang.

Plötzlich öffnete sie ihre Tasche und holte ihre zwei alten Ringe heraus. »Bitte nimm du sie«, sagte sie und gab sie ihrem Mann. Es war eine Geste ihres Vertrauens, und sie hoffte, daß er sie auch als solche verstand.

Nicht, daß es noch von Bedeutung gewesen wäre. Alle ihre Besitztümer gehörten nun ihm, und er konnte darüber verfügen, wie er wollte. Auch über ihren Körper.

Er blickte die Ringe an. »Was soll ich damit?«

»Verfüge auf angemessene Art und Weise darüber.« Sie meinte damit sein Angebot, sie zu verkaufen, aber zu ihrer großen Überraschung öffnete er das Fenster und warf sie hinaus.

»Bist du verrückt geworden?« schrie Arabella fassungslos.

Er knallte das Fenster zu. »Ich gebe Serena den Gegenwert in Geld.«
»Das hoffe ich, aber wenn du das nächste Mal mit Klunkern um dich wirfst, dann ziele bitte in meine Richtung.«
Er warf ihr einen zynischen Blick zu. »Du hast selbst genügend Geld.«
»Ein wenig mehr schadet nie.«
Serena fragte sich, was ihn um Himmels willen dazu gebracht hatte, ihre Ringe aus dem Fenster zu werfen. Sie mußte zugeben, daß sie selbst vielleicht dasselbe getan hätte, wenn sie nicht das Unterpfand gegen den Hungertod gewesen wären; dennoch, er hatte keinen Grund, von ihnen angewidert zu sein.
»Apropos Geld«, ergriff Arabella das Wort, »sobald wir in London sind, werde ich Vorkehrungen treffen, um Serenas Wohlergehen zu sichern.«
Serena gab einen Laut des Protests von sich, doch ihr Mann erwiderte: »Selbstverständlich. Aber sie werden in meinem Namen getroffen. Wenn du mir nicht traust, kannst du die Unterlagen gerne überprüfen.« Er zog ein Blatt Papier aus der Tasche und reichte es Serena. »Da wäre auch noch das. Es ist für deinen eigenen Gebrauch. Du kannst damit machen, was du willst.«
Es war ein Wechsel über dreitausend Pfund, den er unterzeichnet hatte.
»Wofür ist das, Mylord?« fragte sie etwas erschreckt. Sollte dies die Bezahlung für ihre hinterhältige Tat sein? Wieviel war eine Edelhure wert? Sie wußte es nicht.
»Ich wünsche, daß du mich Francis nennst«, sagte er scharf.
Serena blickte auf und wollte sagen: Und ich wünsche, daß du nett zu mir bist. Aber sie wußte, daß sie keine Nettigkeit verdiente.
»Also gut, Francis«, seufzte sie. »Wofür ist der Wechsel?«

»Er ist nicht *für* irgend etwas. Es ist dein Geld, das ich von deinen Brüdern bekommen habe.«
»Aber wie ...?«
»Eine Wette«, erwiderte er kurz angebunden.
»Gut gemacht«, sagte Arabella. »Es wäre verdammt unangenehm geworden, wenn du die Sache vor Gericht gebracht hättest. Aber was ist mit Serenas Schmuck?«
»Ich will ihn nicht«, erklärte Serena.
»Das solltest du aber«, sagte Arabella bestimmt. »Jeglicher Schmuck, den du während deiner Ehe erhalten hast, gehört dir. Wir werden einen Anwalt einschalten.«
»Du wirst nichts unternehmen, es sei denn, Serena möchte es«, sagte Francis.
Serena berührte Arabellas Hand. »Ich bin vollkommen zufrieden mit dem Geld.«
Arabella war sichtlich nicht damit einverstanden.
Serena war jedoch unglaublich erleichtert, daß sie den Schmuck nie wiedersehen müßte. Wenn es nötig gewesen wäre, hätte sie ihn verkauft, um zu überleben, aber so war es ihr bedeutend lieber. Sie verstaute den Wechsel säuberlich gefaltet in ihrer Tasche und hörte dann zu, wie sich Francis und Arabella sehr sachlich über eheliche Vereinbarungen unterhielten.
Die Unterredung verwirrte sie. Für sie bedeutete Ehe Verbannung auf das Land, wo alles für sie erledigt wurde. Das ganze Gerede über Taschengeld und Haushaltsgeld war für sie völlig neu und beängstigend. Was diese Dinge anging, war sie noch immer eine unwissende Fünfzehnjährige.
Lord Middlethorpe warf ihr einen Blick zu. »Ist das akzeptabel, Serena?«
»Ich glaube schon«, sagte sie und versuchte, ihre Angst und ihre Unwissenheit zu überspielen. »Wenn das Ganze schrift-

lich festgelegt wird, würde ich mir die Papiere vielleicht gerne ansehen.«

»Natürlich solltest du sie sehen«, sagte Arabella bestimmt. »Laß dich bloß nicht für dumm verkaufen, Mädchen.«

Danach verstummte die Unterhaltung. Serena sah aus dem Fenster, und während ihr Blick über die Winterlandschaft schweifte, machte sie sich große Sorgen über ihre neuen Pflichten.

Obwohl ihre Mutter starb, als Serena acht Jahre alt war, hatte man sie nie mit der Haushaltsführung vertraut gemacht. Ihr Vater hatte eine Haushälterin eingestellt, die sich um alles kümmerte. Als sie erwachsen war, wurde ihr klar, daß sich Mrs. Dorsey einen Teil ihres Lohnes in Sir Malcom Allbrights Bett verdient hatte.

Bei Miss Mallory war das Thema Haushaltsführung erst später behandelt worden, so daß Serena es verpaßt hatte.

In Stokeley Manor war sie zwar dem Namen nach Hausherrin gewesen, aber da sie kein Geld bekommen hatte, war die Bezeichnung bedeutungslos. Das Personal hatte den Haushalt nach Matthews Anweisungen geführt. Das einzige, wonach man sie gefragt hatte, war, was sie zu essen haben wollte.

Nun sollte sie die Verantwortung für die Besitztümer ihres Mannes übernehmen, zu denen mindestens ein Stadthaus und sein Landbesitz gehörten. Lord Middlethorpe hatte erklärt, seine Mutter würde sich auch weiterhin um alles kümmern, aber würde Lady Middlethorpe dies auch wollen, und wenn ja – würde Serena es wollen? Der kühne Gedanke, ihren eigenen Haushalt zu führen, und zwar gut zu führen, nahm immer mehr Gestalt an.

Als es dunkel wurde, kamen Serena jedoch noch ganz andere Gedanken in den Sinn: Bald würde sie mit Lord Middlethorpe zum ersten Mal als seine Frau alleine sein.

Was würde er von ihr erwarten?
Sie begann, unruhig zu werden. Sie wünschte sich verzweifelt, sie könnte irgendwie um die bevorstehende Nacht herumkommen. Sollte sie ihre Schwangerschaft als Grund vorschieben?
Nachdem sie sich ihm jedoch schon einmal aufgedrängt hatte, würde Lord Middlethorpe – Francis – wahrscheinlich kaum auf irgendwelche Bedenken sittlicher Art eingehen wollen.
Vielleicht war die Pension ja auch überfüllt, so daß sie kein separates Zimmer für Arabella bekommen konnten. Sie hoffte inständig, daß es so sein würde.
Kurze Zeit später erreichten sie den Bear in Esher, eine nette solide Pension. Die Pension war geräumig und machte nicht den Eindruck, als wäre sie im Februar überfüllt.
Ihre Befürchtungen bestätigten sich. Francis konnte ohne Schwierigkeiten zwei Schlafzimmer und einen Salon mieten. Bald darauf saßen sie im Salon, wo ein großer Tisch für sie gedeckt wurde. Arabella setzte sich sofort ans Kaminfeuer, Serena folgte ihr.
Arabella rückte etwas zur Seite. »Komm näher ans Feuer, Mädchen. Du siehst aus, als ob du frieren würdest.«
Francis zog seinen Mantel aus und gesellte sich zu ihnen. Dann half er ihnen aus den Mänteln und legte sie zur Seite.
»Ich habe Punsch bestellt. Der wird uns aufwärmen. Die morgige Reise wird nicht lange dauern; wir haben nur noch ungefähr zehn Meilen vor uns.«
»Ich war noch nie in London«, bemerkte Serena.
»Wirklich? Es wird mir ein Vergnügen sein, es dir zu zeigen«, erwiderte Francis höflich, aber kühl.
»Und du wirst sicherlich einige Besorgungen machen wollen.«
»Ich könnte Kleider bei meinen Brüdern holen lassen«, bot sie zögerlich an.

»Nein«, erwiderte er barsch. »Ich möchte, daß du ganz neu anfängst.«
Serena war damit vollkommen einverstanden. Sie dachte, daß sie vielleicht ohne Arabella eine vernünftige Unterhaltung mit ihrem Mann führen könnte; im Beisein der Tante schien dies unmöglich zu sein. Andererseits wollte sie um nichts in der Welt, daß Arabella sie alleine ließ.
Der Wirt kam mit einer großen, dampfenden Schüssel Punsch herein, und sie setzten sich gemeinsam an den Tisch, um ihn zu kosten. Nach einer Weile fühlte Serena sich schon wesentlich entspannter.
»Nun, Mylord, wie haben Sie es geschafft, die dreitausend Pfund von meinen Brüdern zu gewinnen?«
Francis grinste spitzbübisch. Es war das erste Mal, daß Serena ihn so grinsen sah – und es stand ihm gut. Sie mußte selbst etwas lächeln, denn es war nur zu offensichtlich, daß er recht stolz auf sich war.
»Das habe ich alles einem Satansbraten namens Banshee zu verdanken«, erklärte er und erzählte die Geschichte.
Serena war überrascht, sich selbst lachen zu hören. »Das war wirklich fabelhaft! Wie gerne hätte ich Toms Gesicht gesehen. Er muß außer sich vor Zorn gewesen sein!«
»Ich fürchte, das war er«, stimmte Francis mit einem kaum wahrnehmbaren Zwinkern zu. »Geschieht ihm recht. Ich wünsche mir fast, ich hätte ihm das Pferd auch noch angedreht, aber er hätte es wahrscheinlich an seine Hunde verfüttert, und das hat das Tier nun wirklich nicht verdient.«
»Was wirst du dann mit dem Pferd tun?«
»Keine Ahnung, reiten werde ich ihn jedenfalls nie wieder. Ich vermute, er wird ein angenehmes Leben führen, mein Gras fressen und glauben, daß er das große Los gezogen hat.«
»Sie würden ein Pferd behalten, das sie gar nicht reiten?« fragte Serena verwundert.

»Er hat mir gute Dienste geleistet«, war alles, was er darauf antwortete.
Dann wurde das Essen serviert. Da sie wußte, daß man sie beobachtete, zwang sich Serena, die Suppe und etwas von dem Roastbeef zu essen, den Apfelkuchen rührte sie jedoch nicht an.
Ohne zu fragen, schälte Francis einen Apfel und legte ihn ihr auf den Teller. »Iß«, sagte er. Ihr erster ehelicher Befehl. Serena seufzte und würgte den Apfel hinunter.
Arabella stand plötzlich auf. »Ich gehe jetzt zu Bett. Ich bin müde von der langen Reise.«
Francis schien erstaunt über diese Aussage zu sein, protestierte jedoch nicht, sondern öffnete ihr höflich die Tür. »Gute Nacht.«
»Gute Nacht«, erwiderte Arabella. Sie blickte ihren Neffen an, als ob sie noch etwas hinzufügen wollte, tat es aber nicht.
Francis kam zurück an den Tisch. »Bist du fertig?«
Die Zeit war gekommen, ihrem Schicksal ins Auge zu blikken. Serena stand auf. »Ja, danke.«
Er nahm ihre Hand. »Es würde mich freuen, wenn du etwas mehr essen würdest. Du mußt an das Kind denken.«
Sie sah zu ihm auf. »Das werde ich. Mein Appetit war ziemlich gut, bis ... bis vor kurzem. Es ist nur, daß die ganze Situation so unklar ist.«
»Die Situation ist eigentlich recht klar.«
Der scharfe Ton in seiner Stimme erschreckte sie. »Nein, ist sie nicht. Ich fühle mich ziemlich verloren.«
»Ich glaube, ich fühle mich auch verloren«, gestand er ein. »Aber unser Schicksal ist besiegelt.« Er berührte den Ring an ihrem Finger. »Wir haben einen Familienring. Ich werde ihn dir bald geben.«
Serena wollte protestieren, denn sie fühlte, daß sie kein Recht darauf hatte.

Lieber Gott, wenn sie nur nicht dieser verrückten Begierde bei den Posts nachgegeben hätte.
Doch dann hätte Francis sie fallengelassen. Natürlich hätte er ihr dennoch seine Hilfe angeboten, aber sie hätte keine Rolle in seinem Leben gespielt, und das wäre ein Jammer gewesen ...
»Vielleicht möchtest du auch zu Bett gehen?«
Serena bekam einen trockenen Mund, als ihr bewußt wurde, daß dies ein Befehl war.
»Wenn du klingelst, wird eine Zofe kommen und dir behilflich sein.«
Serena ging in das Schlafzimmer und war erleichtert, daß er ihr zumindest nicht die Kleider vom Leib reißen wollte.
Die Zofe half Serena in das einfache Flanellnachthemd. Serena fiel ein, daß sie vielleicht etwas aufreizendere Nachtwäsche hätte besorgen sollen. Sie hatte keine Zeit dazu gehabt, aber war ihm das bewußt? Dann fiel ihr eine Alternative ein – doch sie brachte es nicht über sich, ihn völlig nackt zu erwarten.
Die Zofe bürstete und flocht ihr Haar, dann brachte sie das Zimmer in Ordnung und ging.
Serena prüfte kritisch ihr Aussehen. Da Matthew immer wütend geworden war, wenn er sie mit geflochtenem Haar im Bett vorgefunden hatte, machte sie die Zöpfe auf und ließ ihr langes Haar über ihre Schultern fallen. Sie trocknete ihre feuchten Hände an ihrem Nachthemd und kletterte mit klopfendem Herzen in das warme Bett.
War es nicht absurd, daß sie eine solche Angst hatte? Es war unvorstellbar, daß ihr Ehemann heute nacht irgend etwas von ihr verlangen würde, das sie noch nicht ertragen hatte. Und trotzdem hatte sie fürchterliche Angst. Sie konnte sich einfach zu viel Schreckliches vorstellen. Schließlich wußte sie nur zu gut, daß sich angeblich zivilisierte Männer

im Bett plötzlich von einer ganz anderen Seite zeigen konnten.
Vor ihrer letzten Hochzeitsnacht hatte sie zumindest keine Ahnung gehabt, was auf sie zukam ...
Serena vergrub sich in den Laken und versuchte, sich zu beruhigen.
Schließlich betrat ihr Mann das Zimmer. Er schien sie kaum zu bemerken, doch ihre Augen verfolgten ihn, als er hinter dem Vorhang verschwand, um sich auszuziehen und sich zu waschen. Konzentriert nahm sie jedes Geräusch wahr, als wäre es Teil eines Puzzles. Schließlich kam er in einem Nachtgewand zu ihr ins Bett. Er ließ die Kerzen brennen.
Wie eine Welle kam die Erinnerung an ihre erste gemeinsame Nacht zurück. Wie hatte sie nur so hinterlistig sein können?
»Es tut mir so leid«, flüsterte sie und starrte an die Decke.
»Was tut dir leid?«
»Alles. Wenn ich nicht ... wenn ich darauf vertraut hätte, daß du mich nicht fallenläßt ...«
»Was geschehen ist, ist geschehen«, sagte er. »Denk an das Kind. Du mußt aufhören, dir Sorgen zu machen.«
»Ich werde es versuchen.«
»Könntest du mich vielleicht ansehen, wenn du mit mir sprichst?« Seine Stimme klang barsch.
Langsam wandte sie sich ihm zu. Er lag auf der Seite und blickte sie an. »Natürlich.«
»Zum Teufel, Serena, du hast dein Ziel erreicht, warum machst du jetzt so eine Tragödie daraus?«
»Mein Ziel erreicht?«
»Ja. Mich. Eine Heirat. Einen Titel. Du warst sehr geschickt, und ich werfe es dir nicht vor, aber ich werde mir deshalb nicht einreden lassen, ein Rohling zu sein.«

Er dachte, sie hätte ihn mit dieser Absicht verführt? »Ich habe nicht ...«
»Verschone mich damit. Das hast du mit Sicherheit getan.«
Sie spürte, wie ihr die Röte ins Gesicht stieg. »Ich sagte bereits, daß es mir leid tut, wirklich. Sowohl für dich, als auch für mich. Das Letzte, was ich wollte, war zu heiraten.«
Sein Gesichtsausdruck offenbarte völlige Ungläubigkeit. Er beugte sich über sie und nahm ihre Lippen in einem Kuß gefangen.
Serena sträubte sich. Gerade eben war er noch voller Mißtrauen gewesen – wie sollte sie nun diese plötzliche Intimität deuten?
Sie wehrte sich, doch er hielt ihre Arme fest, und sie bemerkte, daß sie sich gegen seine Kraft nicht durchsetzen konnte. Sein Kuß wurde fordernder, und sein Körper preßte sich an sie. Schließlich verließen sie ihre Kräfte. Sie gab auf und versuchte, ihren Geist von ihrem Körper zu lösen.
Er hielt inne. »Serena?« fragte er besorgt. »Es tut mir leid, wenn ...« Verwirrung schwang in seiner Stimme mit. »Wenn du mich glauben machen willst, daß dein Zartgefühl verletzt wurde, bemüh dich gar nicht erst. Du bist keine jungfräuliche Braut.«
Ihr Geist kehrte wieder in ihren Körper zurück. »Ich fühle mich nicht verletzt, Mylord. Tu, was immer du willst.«
»Mit einer regungslosen Puppe?«
Serena sah ihn ängstlich an. »Du machst mir angst.«
Seine Wut verflog – oder er hielt sie zumindest zurück. »Es tut mir leid, ich mag keine Lügen.«
»Ich habe nicht gelogen.«
»Lassen wir das«, seufzte er. »Was geschehen ist, ist geschehen.« Er nahm eine Strähne ihres Haares und spielte damit. »Dein Haar ist weicher, als ich dachte.«
»Ich hoffe, es gefällt dir. Ich hoffe, ich gefalle dir.«

»Wie könntest du mir nicht gefallen?« Es hörte sich abgedroschen an.
Serena wußte nicht, was sie tun sollte, und ein Gefühl von Panik breitete sich in ihr aus. Sie war eine Expertin der Liebeskunst und der Unterwerfung, doch sie wußte nicht, was sie machen sollte.
Dann tat sie das einzige, bei dem sie sich sicher fühlte – sie zog ihr Nachthemd aus. Als sie ihr Haar zurückwarf, sah sie die Glut in seinen Augen und entspannte sich. Es würde sich alles finden.
Sie setzte sich auf und präsentierte sich seinem Blick. Sie hoffte, daß er sie begehrenswert fand. Matthew war besonders fasziniert von ihren Brüsten gewesen. Sie waren schon immer voll gewesen, aber in den letzten paar Wochen waren sie noch etwas voller geworden. Sie warf Francis einen unsicheren Blick zu und sah deutlich das Begehren in seinen Augen, während er den Blick über ihren Körper wandern ließ.
»Du bist von erlesener Schönheit«, sagte er beherrscht.
Zaghaft streckte er eine Hand aus und umfaßte eine ihrer Brüste. Noch nie hatte Serena eine solche Zaghaftigkeit erlebt – und sie rührte sie zutiefst. Sie gab sich der Berührung hin und ließ ihn gewähren.
Er blickte zu ihr auf, während sein rauher Daumen über ihre Brustwarze strich. Sie atmete tief ein und sah die Reaktion in seinen Augen.
Er drückte sie sanft auf das Bett und schlug das Laken zurück, so daß sie völlig entblößt vor ihm lag. Dann zog auch er sich aus. Serena blickte ihn an und war entzückt, als ihr bewußt wurde, wie wenig sie über die Gestalt des männlichen Körpers wußte.
Matthew hatte sich fast nie ausgezogen, aber das war auch besser so gewesen.

Ihr neuer Ehemann hingegen war schön wie ein griechischer Gott. Sein geschmeidiger, muskulöser Oberkörper ging in breite Schultern über. Merkwürdigerweise wirkte er nackt größer als angekleidet. Ihr Blick wanderte über seine Genitalien, verharrte jedoch nicht dort. Andere Männer sahen genauso aus, und solche Dinge hatten für sie keine Faszination. Sie bemerkte jedoch seine starke Erregung. Dies war eine Erleichterung und eine Bedrohung zugleich. Es waren keine außergewöhnlichen Maßnahmen für seine Stimulation notwendig.

Zu ihrer großen Überraschung machte er keine Anstalten, sich sofort Befriedigung zu verschaffen. Statt dessen begann er, ihren Körper mit seinen Händen und mit seinen Augen zu erforschen, als ob jede Rundung, jeder Knochen ein neues Mysterium darstellte. Seine Berührungen waren angenehm, doch sein gebannter Blick war es noch viel mehr. Sie fühlte sich, als würde sie verehrt.

Schließlich verweilte seine Hand auf der sanften Wölbung ihres Bauches. »Spürst du schon etwas?«

»Nein.«

»Bitte laß es mich wissen, wenn du etwas fühlst. Ich möchte dieses Kind kennenlernen, bevor es geboren wird.«

Instinktiv legte sie ihre Hand auf die seine und hielt sie fest. »Es ist dein Kind«, sagte sie.

»Ich weiß.«

»Wieso weißt du das?«

Er sah ihr mit einem kaum wahrnehmbaren Lächeln in die Augen. »Das kann ich nicht sagen – und das ist die Wahrheit. Gefällt es dir nicht, geküßt zu werden?«

Sie war auf diese Frage nicht vorbereitet. Zuerst wollte sie lügen, doch sie wußte, daß ihre Augen sie verraten hätten. »Bisher nicht.«

Er gab ihr einen sanften Kuß auf die Lippen und ließ dann

seinen Mund zu ihren Brüsten hinunter wandern. »Wie ist es hier?«
Die spielerische Zärtlichkeit seiner Lippen auf ihrer Haut verwirrte Serena. Sie hatte geglaubt, alles zu kennen, aber dieses langsame, zärtliche Erforschen hatte sie noch nie erlebt.
Die Erfahrung war jedoch nicht nur angenehm. Sie hatte keine Ahnung, was ihre Aufgabe dabei war, und hatte Angst, einen Fehler zu machen. Ein kurzer Blick zeigte ihr, daß er jetzt für sie bereit war, mehr als bereit. Warum dieses Hinauszögern? Was wollte er von ihr?
Sie schenkte dem, was er tat, kaum Beachtung, obwohl das Spiel seiner Lippen ihren Körper stimulierte. Schließlich ließ er seinen Kopf über ihren Nabel hinunter zu ihrem Bauch wandern und küßte sie am Ansatz ihrer Schenkel. »Gefällt dir das?«
Sie wußte, worauf er hinauswollte. Anfangs wollte sie sich erneut einer Lüge bedienen, doch das mindeste, was sie tun konnte, war, ihm die Wahrheit zu sagen. »Nicht wirklich. Aber du kannst weitermachen«, erwiderte sie ernst. »Es macht mir nichts aus.«
Er stöhnte und nahm eine ihrer Hände. Erst dann wurde ihr bewußt, daß sie sie zur Faust geballt hatte.
Du Närrin, sagte sie zu sich selbst. Du Närrin!
Er ließ ihre Hand los und nahm die Erkundung ihres Körpers wieder auf. Seine Hand zitterte ein wenig, was nicht weiter überraschend war. Er mußte verzweifelt sein. Was *wollte* er?
Plötzlich setzte er sich auf, um ihr in die Augen zu sehen. »Was gefällt dir dann?« fragte er.
Auf diese merkwürdige Frage hatte sie keine Antwort.
Seine Stimme wurde schärfer. »Was ist, Serena. Gib mir einen Hinweis. Mir gefällt dieses Spiel nicht.«

Sie blickte an ihm hinunter und sah, wie stark er erregt war. Kein Wunder, daß er verärgert war. Sie streckte die Hand nach ihm aus. Er wehrte sie ab.
»Was willst du von mir?« fragte sie schluchzend. »Ich werde alles tun, was du willst.«
Er stöhnte und ohne ein weiteres Wort zu sagen, schob er ihre Beine auseinander. In seiner Leidenschaft war er etwas unbeholfen. Sie nahm ihre Hand zur Hilfe und brachte ihre Hüften in die richtige Position. Wie außerordentlich erleichtert war sie, daß sie endlich soweit waren!
Sein ganzer Körper bebte, als er in sie eindrang. Seine Augen waren geschlossen, und er stieß einen Laut aus, der halb Seufzen, halb Stöhnen war. Seine Reaktion war anders als alles, was sie mit Matthew je erlebt hatte, aber es tat ihrer Lust keinen Abbruch. Dies war ihr Gebiet, und sie kannte es gut.
Sie paßte sich seinen Bewegungen an und beobachtete ihn genau. Sie setzte ihre Muskeln und ihre Hände ein, um sein Vergnügen zu steigern. Wenn sie Matthew beobachtet hatte, tat sie das nur, um seinen Zorn zu vermeiden. Mit Francis war es pure Lust, die ihrem Höhepunkt entgegenstrebte. Sie war überrascht, wie süß sie sein Verlangen empfand.
Sie sah, wie er kurz vor dem Höhepunkt war, und zügelte ihren Körper, um den Moment für sie beide hinauszuzögern.
Er riß die Augen auf, teils flehend, teils fragend. Sie verharrten einen Moment lang so, ihre Blicke wie in Trance aufeinander gerichtet, bis sie ihn schließlich losließ, um ihn den Gipfel seiner Lust erreichen zu lassen.
Er stieß einen Schrei aus und brach zitternd und schweißgebadet über ihr zusammen. Dieses Mal gab es keinen bitteren Nachgeschmack. Serena streichelte sanft über sein feuchtes Haar und seinen erschöpften Körper. Sie konnte nicht glauben,

wie sehr es ihr gefallen hatte, diesem Mann Vergnügen zu bereiten, und wie sehr sie sich wünschte, es wieder zu tun.
Es würde ihr nichts ausmachen, egal wie oft er es von ihr verlangen würde, denn endlich hatte sie die Freuden körperlicher Lust entdeckt.
Er beruhigte sich langsam und liebkoste ihre Brust mit seinen Lippen. Er lächelte sie an und strich ihr das zerzauste Haar aus dem Gesicht, doch dann verdunkelte ein Stirnrunzeln seine leuchtenden Augen. »Und wie war es für dich?«
»Für mich?«
»Hat es dir gefallen?«
»Es hat mir sehr gefallen.« Sie strich ihm die ebenholzfarbenen Haare aus dem Gesicht und lächelte. »Wirklich, Francis, es war wundervoll.«
Das Stirnrunzeln war noch da, aber er küßte sie sanft auf die Lippen. »Wir werden daran arbeiten müssen, aber nicht jetzt. Noch nie in meinem ganzen Leben bin ich auf so süße Weise erschöpft worden.«
Er rollte zur Seite und zog sie mit sich, so daß sie sich in seine Arme kuscheln konnte. Zuerst schreckte sie zurück, da sie so etwas noch nie erlebt hatte. Aber dann ließ sie zu, daß er sich fest an ihren Körper schmiegte, so daß sie ein Körper wurden, auf eine Art und Weise, die ganz anders war als die eigentliche Vereinigung, und noch viel süßer.
Serena spürte seinen geschmeidigen Körper so nah an dem ihren. Er strotzte vor Gesundheit und Jugend. Sie konnte seinen Herzschlag fühlen und roch eine köstliche Mischung aus Schweiß und Sex. Früher war ihr von derartigen Gerüchen übel geworden; jetzt aber waren sie wie Parfüm.
Seine Hand strich sanft über ihren Rücken und schenkte ihr ein Wohlgefühl, das sie bisher nicht gekannt hatte. Eine ungeheure, wundervolle Zärtlichkeit wurde ihr in den Armen dieses Mannes zuteil.

Francis bemerkte, daß seine Frau eingeschlafen war, aber er streichelte noch immer ihren seidigen Rücken.
Er bemerkte auch, daß seine Erschöpfung nicht sehr lange anhielt, aber er wäre ein Monster gewesen, wenn er jetzt noch mehr von ihr verlangt hätte, von einer Frau, der es so wenig Vergnügen bereitete. Er sah sie nachdenklich an und fragte sich, was er falsch gemacht oder zu tun versäumt hatte. Theoretisches Wissen war schön und gut, aber die Komplexität, das Mysterium der Wirklichkeit gaben ihm das Gefühl, ein unwissendes Kind zu sein.
Ein fragendes, aber wißbegieriges Kind.
Obwohl er oberflächlichen Sex immer umgangen hatte, hatte er Unwissenheit nie als Tugend betrachtet. Nicholas hatte einmal bemerkt, daß in einer Zeit, in der von Frauen erwartet wurde, unschuldig in die Ehe zu gehen, es für einen Mann Pflicht war, bewandert und klug zu sein. Francis hatte diesen Gedanken ernst genommen und sich auf dem Gebiet der Erotik gebildet. Zudem sprach man unter den Rogues sehr offen über Sex, wodurch er ebenfalls einiges dazugelernt hatte.
Offensichtlich nicht genug. Womöglich wäre es klüger gewesen, sich an eine erfahrene Frau, Blanche zum Beispiel, zu wenden und Unterricht zu nehmen.
Selbst als er vor Leidenschaft völlig die Kontrolle verloren hatte, war ihm bewußt gewesen, daß Serena seine Lust nicht teilte, sondern nur gekonnt seine Bedürfnisse befriedigte. Das war vielleicht das, was ein Mann von einer Hure wollte, aber nicht von einer Ehefrau.

Zehntes Kapitel

Serena erwachte spät vom Läuten der Glocken ,und ihr wurde bewußt, daß es Sonntag war. Sonnenlicht strömte durch den Vorhangspalt, und ein Blick auf die Uhr auf dem Kaminsims sagte ihr, daß es bereits nach neun Uhr war. Ihr Mann lag neben ihr und öffnete gerade seine Augen.

Sie sah ihn vorsichtig an. »Ich bin für gewöhnlich keine solche Langschläferin, wirklich.«

Er lächelte. »Vielleicht bin ich ein Langschläfer.«

Beherzt erwiderte sie sein Lächeln. »Aus irgendeinem Grund glaube ich das nicht. Ich nehme an, wir sollten in die Kirche gehen?«

»Gewiß.«

Serena war ungewöhnlich glücklich. Nicht gerade euphorisch, da die Zukunft noch immer ungewiß war, aber glücklich, eine solide Basis für ihr Leben gefunden zu haben, und diese Basis war der Mann neben ihr.

Er würde sie nicht verlassen. Das wußte sie jetzt. Und sie glaubte auch nicht, daß er sie jemals mißhandeln würde.

Er wickelte eine Strähne ihres Haares um seinen Finger. »Vielleicht haben wir beide einfach nur Ruhe gebraucht. Ich war seit Tagen unterwegs, und du mußt auch ziemlich aufgeregt gewesen sein.«

Sie blickte auf seine starke, braungebrannte Hand. »Die letzte Zeit war nicht leicht für mich.«

»Ich wäre schneller gekommen, wenn Tante Arabella sich etwas deutlicher ausgedrückt hätte.«
Serena entschloß sich, ihm nicht zu sagen, warum Arabella so vage gewesen war. Es würde ihn verletzen, denn er war ein anständiger Mann. Serena hatte nicht viel Erfahrung mit anständigen Männern, war aber durchaus lernfähig.
Er ließ ihr Haar los. »Da du diejenige von uns bist, die keine Langschläferin ist, finde ich, daß du zuerst aufstehen solltest.«
Sie warf ihm einen mißtrauischen Blick zu. »Warum ich?«
»Ich will dich mit den Augen verschlingen.«
Angesichts seiner gespielten Anzüglichkeit mußte sie lachen und sprang aus dem Bett. »Nur zu, verschlingen Sie mich, Sir«, sagte sie, als sie nackt vor ihm stand. »Bald werde ich nämlich aussehen wie ein Ballon.«
»Das glaube ich nicht«, bemerkte er geistesabwesend, während sein Blick über ihren Körper wanderte. »Mein Gott, wie bist du schön. Dein Körper ist perfekt ...«
Sie sah den Blick in seinen Augen. »So spät ist es noch gar nicht ...«
Er errötete, als ob er bei etwas Verbotenem ertappt worden sei. »Doch, ist es schon. Arabella ist wahrscheinlich schon seit Stunden auf. Führe mich nicht in Versuchung, Weib, und zieh endlich dein Hemd an.«
Verwirrt zog Serena ihr kurzes Seidenhemd an und warf ihm einen Blick zu. »Besser so?«
»Ein bißchen«, bemerkte er trocken und kletterte aus dem Bett. Als er zu dem Stuhl ging, auf dem er seine Kleider abgelegt hatte, musterte Serena ihn verstohlen. Er drehte sich um und ertappte sie dabei. Ein leichtes Lächeln ging über sein Gesicht. »Und, gefalle ich dir?« fragte er.
»Du bist wunderschön«, sagte sie und meinte es auch so. Er hatte einen eleganten, geschmeidigen Körper mit starken Muskeln und bewegte sich ausgesprochen graziös.

Er errötete etwas. »Wohl kaum. Ich bin eher ein schmächtiger Kerl.«
»Das finde ich nicht.«
Verlegen wandte er sich seinen Kleidern zu und begann, sich anzuziehen.
Sie seufzte und richtete ihre Aufmerksamkeit auf ihr Kleid. Sie halfen einander beim Ankleiden, und obwohl sie sich dabei nicht unterhielten, genossen sie es beide. Es waren wirklich all die kleinen Dinge, die so wichtig waren, dachte Serena. Von Matthew hatte sie nie derartige Aufmerksamkeiten gewollt.
Francis bürstete ihr Haar mit der Sorgfalt einer guten Kammerzofe, und Serena schnurrte wie eine Katze.
»Das gefällt dir, was?« fragte er sanft, als er sie im Spiegel beobachtete.
Sie konnte es nicht abstreiten.
»Ich werde herausfinden, was dich zum Schmelzen bringt, Serena, und dich unter meinen Händen zerfließen lassen.«
Serena war drauf und dran zu protestieren, da sie sich ihm nicht absichtlich verweigerte, doch sie ahnte, wovon er sprach. Leider wußte sie, daß sich die Hingabe, die er meinte, nicht erzwingen ließ. Als er ihr die Bürste reichte und sie begann, ihr Haar hochzustecken, fragte sie sich, ob sie die Art von Frau sein konnte, die Lord Middlethorpe wollte, oder ob Matthew Riverton diese Frau während der acht Jahre ihrer Versklavung zerstört hatte.
Als sie schließlich am Frühstückstisch erschienen, warf Arabella ihnen einen forschenden Blick zu, sagte jedoch nichts. Wie Francis angenommen hatte, hatte Arabella bereits gegessen. Nach dem Frühstück begaben sie sich in die Kirche. Anschließend machten sie sich auf den Weg nach London.
Als ihre Kutsche sich der Stadt näherte und sie durch die Vororte fuhren, starrte Serena gleichermaßen fasziniert und

ängstlich aus dem Fenster. Riesige Märkte, auf denen Lebensmittel und Gemüse für die vielen Menschen in der Stadt feilgeboten wurden, Reihen neuer, gepflegter Häuser, die das Ackerland verdrängten, und Fabriken zogen an ihr vorbei.

Bald erreichten sie das Stadtzentrum. Es war aufregend, aber auch erschreckend, nicht nur wegen seiner Größe und den Menschenmengen, sondern weil sie hier als Lady Middlethorpe würde auftreten müssen. Außerdem war sie sich nur allzu bewußt, daß sie hier durchaus auf jemanden stoßen konnte, der sie als Matthew Rivertons gut dressierte Gattin kannte.

Nur eine Handvoll Männer und einige Mitglieder der Halbwelt waren je nach Stokeley Manor eingeladen worden, aber sie hatten weitgehend den oberen Zehntausend angehört – Leute, bei denen sich Matthew lieb Kind hatte machen wollen. Serena vermutete, daß es sich bei ihnen nicht um Mitglieder der feinen Gesellschaft gehandelt hatte, aber es war möglich, daß sie einem von ihnen hier begegnen würde. Wenn nur einer darüber tratschte, was auf Stokeley Manor vor sich gegangen war, würde ihr die Gesellschaft den Rücken zukehren.

Alles in allem hätte sich Serena lieber auf Francis' Landsitz zurückgezogen, Schwiegermutter hin oder her. Statt dessen hielt die Kutsche in der Hertford Street vor einem hübschen Haus mit Stuckverzierung, glänzenden Fenstern und einem frisch polierten Türklopfer aus Messing, woraus Serena schloß, daß Francis ihre Ankunft angekündigt haben mußte. Ihre Vermutung wurde einen Moment später bestätigt, als die Tür aufging und eine Reihe von Dienstboten erschien, um den Hausherrn zu begrüßen. Die Existenz einer Vicomtesse Middlethorpe schien sie nicht weiter zu überraschen.

Das Innere des Hauses war ebenso freundlich und gepflegt

wie sein Äußeres. Die geräumige Eingangshalle war gefliest, und geschmackvolle Verzierungen und Gemälde befanden sich an den Wänden. Eine schöne, breite Eichentreppe erhob sich vor ihr und teilte sich dann zu beiden Seiten in zwei geschwungene Treppen. An knicksenden und sich verbeugenden Dienstboten vorbei wurde sie die Treppe hinaufgeleitet.

Während sich Arabella und Francis angeregt unterhielten, wurde Serena völlig von einem riesigen Gemälde in den Bann gezogen, das über dem Treppenabsatz hing, von dem aus sich die Treppe teilte. Das Gemälde zeigte zwei würdevolle Personen, bei denen es sich nur um Francis' Eltern vor ungefähr zwanzig Jahren handeln konnte.

Sein Vater sah freundlich aus – etwas in seinen braunen Augen erinnerte Serena an Francis –, und seine Mutter wirkte überaus vornehm. Sogar auf der Leinwand hatte sie etwas Beängstigendes.

Serena stand wie angewurzelt vor dem Porträt, als Francis sie sanft anstieß. »Scheußlich, nicht wahr? Es müßte in einem riesigen Saal hängen, wo man es nur von der Weite ansehen muß.«

»Sie sind ein schönes Paar.«

»Ja, das sind sie wohl. Mein Vater war energischer, als er hier aussieht, aber meine Mutter ist ziemlich gut getroffen. Nach zwanzig Jahren sieht sie immer noch fast genauso aus.«

Serena erschauerte und dachte, daß sie ihre zukünftige Schwiegermutter nun wenigstens erkennen würde, wenn sie sie träfe – was ihr die Möglichkeit geben würde, davonzulaufen und sich zu verstecken.

Anschließend führte Francis sie in einen wunderschönen Salon mit weiß getünchten Wänden und einer gewölbten Decke. Die Einrichtung war bewußt zwanglos gehalten, aber in einer Art und Weise, der man es ansah, daß jeder Effekt genau geplant war. Niemals würde sie es wagen, hier auch nur eine Vase zu verrücken.

»Dies ist ein wundervolles Haus, Mylord«, bemerkte sie, als sie sich in einen gepolsterten Sessel sinken ließ, der mit einem seidenen rosengemusterten Überzug bezogen war.

»Francis«, verbesserte er sie freundlich. »Ich freue mich, daß es dir gefällt, denn ab jetzt ist es dein Zuhause.«

»Ja, natürlich«, murmelte sie und versuchte, nicht zu zittern. Langsam begann sie zu verstehen, daß dieses Zimmer – nein, das ganze Haus – von Francis' Mutter gestaltet worden war. Sicherlich verabscheute sie den Gedanken, daß ein Eindringling die neue Herrin dieses Hauses werden würde. Vor allem, wenn es sich bei diesem Eindringling um Randy Rivertons Witwe handelte.

Als der Butler und das Dienstmädchen ein Tablett mit Tee und Kuchen hereinbrachten, zwang Serena sich dazu, die Pflichten der Hausherrin zu übernehmen, und goß den Tee ein.

»Gut so«, bemerkte Arabella leise. »Mach von Anfang an klar, daß du die Herrin bist.«

Nach dem Tee kündigte Arabella an, einige alte Freunde besuchen zu wollen. Francis bestand darauf, daß sie sich von einem Diener begleiten ließ.

Als Arabella gegangen war, zeigte Francis Serena ihre Schlafgemächer – zwei luftige Räume mit einer Verbindungstür. Um ihre Nervosität zu überspielen, fragte Serena: »Besteht denn Gefahr für Arabella, da sie eine Begleitung benötigt?«

»Wahrscheinlich nicht, aber ich möchte nicht, daß sie alleine in London unterwegs ist. Sie kommt nicht oft in die Stadt.« Unruhig machte er eine Schranktür auf und zu. »Du wirst eine Kammerzofe benötigen, nehme ich an. Such dir eines der Dienstmädchen hier aus, bis wir eine Zofe gefunden haben.«

»Und was ist mit mir?«
Er drehte sich um. »Was meinst du?«
»Brauche ich auch eine Begleitung?«
»Ich möchte keinesfalls, daß du das Haus ohne Begleitung verläßt«, erklärte Francis scharf. In einem milderen Ton fügte er hinzu: »Wann immer es mir möglich ist, werde ich dich begleiten, sollte ich jedoch verhindert sein, mußt du eines der Dienstmädchen oder einen Diener mitnehmen.«
Serena verstand nur zu gut. In dieser Hinsicht würde ihre zweite Ehe sich nicht sehr von ihrer ersten unterscheiden. Es war ihr verboten, sich frei zu bewegen und zu gehen, wann und wohin sie wollte.
»Ich möchte meine eigene Zofe einstellen«, erwiderte sie nachdrücklich.
»Natürlich. Am besten lassen wir uns mehrere Kandidatinnen zur Auswahl schicken. Dibbert, der Butler, könnte eine Vorauswahl treffen, wenn du möchtest.«
»Sehr gut.« Serena hatte keine Ahnung, wie solche Dinge gehandhabt wurden, aber sie wollte eine Zofe und keinen Gefängniswärter.
»Wir unterhalten in London keine Kutsche«, fuhr Francis fort, »da meine Mutter nicht viel Zeit hier verbringt. Man kann einfach bei Villier's Livery eine Kutsche bestellen. Dibbert kann das übernehmen.«
»Sehr gut.«
Sie nahmen zusammen eine Mahlzeit ein, und danach zeigte Francis ihr die nähere Umgebung. Sie schlenderten zum Piccadilly, vorbei an Green Park und hinein in den Stadtteil, der St. James hieß. Serena war überrascht, inmitten des St. James Square einen Teich zu finden. Obgleich ein paar wackere Zeitgenossen auf dem See herumruderten, weigerte sich Francis lachend, es ihnen an diesem kalten Februartag gleichzutun. Sie setzten ihren Spaziergang durch den

Park nach Whitehall fort und beobachteten eine Militärparade. Serena genoß den Ausflug sehr, aber Francis blickte sie an und bemerkte: »Ich glaube, das alles ermüdet dich.«
»Es hat sehr viel Spaß gemacht.«
»Gut. Aber wir nehmen eine Droschke nach Hause. Außerdem wird es schon dunkel.« Auf dem Heimweg wies er den Kutscher an, die Pall Mall entlangzufahren, damit Serena die Gaslichter bewundern konnte, die gerade angezündet wurden.
»Wie wundervoll«, rief sie fasziniert aus. »Wir leben in einem Zeitalter der Wunder, nicht wahr?«
»Ja, das tun wir.« Als Serena sich zu ihm umdrehte, bemerkte sie, daß er sie anblickte. Sie sah Verlangen in seinem Blick, aber da war auch etwas anderes. Konnte es sein, daß er anfing, sie ein klein wenig gern zu haben? Impulsiv berührte sie seine Hand, und er ergriff die ihre.
Während des Abendessens berichtete Serena Arabella von ihrem Ausflug, und danach spielten sie alle zusammen Karten. Serena mußte bald gähnen und warf einen ängstlichen Blick auf ihren Mann. Früher hatte sie oft Müdigkeit vorgeschützt, in der Hoffnung, Matthew davon abzuhalten, zu ihr ins Bett zu kommen. Es hatte jedoch nie etwas genützt. Im Gegenteil, er war nur ärgerlich geworden.
Francis schien nicht verärgert zu sein. Er lächelte nur und schlug vor, daß sie zu Bett gehen sollte. Er begleitete sie zu ihrem Zimmer, verabschiedete sich jedoch vor der Tür mit einem Kuß auf die Wange. Serena wünschte, er würde mit ihr kommen, aber sie war wirklich erschöpft. Da sie für gewöhnlich nicht so empfindlich war, mußte sie annehmen, daß diese Müdigkeit von ihrer Schwangerschaft herrührte. Sie würde jedoch in Zukunft zusehen müssen, daß sie nicht so oft müde war und ihren Mann dadurch verärgerte.

Als Serena am nächsten Morgen in den Salon kam, fand sie Francis und Arabella am Frühstückstisch vor. »Du meine Güte«, sagte Serena beunruhigt, »ich komme mir vor wie ein Faulpelz. Ich verspreche, mich zu bessern ...«
»Um Himmels willen, Serena«, erklärte Arabella, »eine Frau in deinem Zustand darf sich ruhig ausruhen.«
Serena setzte sich und nahm ein kräftiges Frühstück zu sich. Nun, da ihr Gatte freundlich und höflich war, kehrte auch ihr Appetit zurück.
Als sie ihr Frühstück beendet hatte, bemerkte Francis: »Wenn du dich der Sache gewachsen fühlst, Serena, sollten wir einige Einkäufe für dich tätigen.«
»Muß das sein?«
Er zog eine Augenbraue hoch. »Deine Garderobe ist wohl kaum für die feine Gesellschaft geeignet.«
»Aber wenn wir uns der Gesellschaft fernhielten ...«
»Würden wir uns bald zu Tode langweilen. Wenn wir nicht den ganzen Tag zu Hause bleiben, wird es sich nicht vermeiden lassen, Mitglieder der Gesellschaft zu treffen.«
Genau das war es, wovor Serena sich fürchtete. Aber wenn sie schon der Gefahr ins Auge sehen mußte, konnte sie es wenigstens in Samt und Seide tun. Sie protestierte nicht weiter, und so machten sie sich in der gemieteten, aber dennoch eleganten Kutsche auf den Weg. Serena hatte noch nie Kleider für sich selbst gekauft. Als sie ein kleines Mädchen war, hatte sich erst ihre Mutter und danach die Haushälterin darum gekümmert; später hatte Matthew ihr nach Lust und Laune Kleider aus London schicken lassen. Daher war sie sehr nervös, als sie die Räume der Schneiderin betrat. Madame Augustine D'Esterville stellte sich als quirlige Französin heraus, die höchst erfreut war, zu dieser ruhigen Zeit außerhalb der Saison eine wohlhabende und noch dazu so schöne Kundin zu haben.

Francis beendete Madames entzückten Plauderstrom mit der Mitteilung, daß sich Lady Middlethorpe in anderen Umständen befand.
»*Hélas!*« rief Madame aus.
»Wir sind natürlich hoch erfreut«, bemerkte Francis kühl.
Die Schneiderin errötete. »Natürlich, Mylord. Ich wollte damit nur sagen, wie schade es ist, daß London Lady Middlethorpes Schönheit dieses Jahr nur so kurze Zeit genießen darf. Und Mylady«, sie wandte sich an Serena, »Sie anzukleiden wird mir eine Freude sein, und ich werde beim Schnitt der Röcke auf ihre Bequemlichkeit achten. Nächstes Jahr kommen Sie wieder, und wir entwerfen etwas Sensationelles!«
Serena lächelte höflich, hoffte jedoch, daß es nie dazu kommen würde. Sobald sie sicher auf dem Land angekommen waren, plante sie, sich dort für den Rest ihres Lebens zu verstecken.
Serena wurde vermessen und begutachtet, und dann wurde ihr eine verwirrende Anzahl von Materialien und Mustern vorgelegt. Zuerst zögerte sie, doch dann wurde ihr klar, daß sie eine recht genaue Vorstellung von den Kleidungsstücken hatte, die sie wollte – elegant, aber gleichzeitig schlicht sollten sie sein.
Wie Serena befürchtet hatte, war Madame Augustine nicht ganz ihrer Meinung und erlaubte sich vorzuschlagen, daß Mylord vielleicht bei diesem oder jenem Kleid einen etwas tieferen Ausschnitt vorziehen würde, so sei schließlich die Mode.
Serena bestand darauf, daß der Ausschnitt blieb, wie sie ihn angegeben hatte.
Madame empfahl einen weichen, anschmiegsamen Stoff.
Serena wählte den kräftigeren.
Die Schneiderin zuckte mit den Schultern. »Mit Ihrem Aussehen, Mylady, könnten Sie auch Sackleinen tragen.«

Francis mischte sich in die Auswahl nicht ein und wartete geduldig. Die raffinierte Madame D'Esterville hatte Ausgaben der Sportzeitungen und Magazine für die Begleiter ihrer Kunden ausliegen, und Francis schien zufrieden in seine Lektüre vertieft zu sein.
Als Serena mit den Bestellungen fertig war, nahm Francis sie in einige weitere Geschäfte mit, wo sie Hemden, Halstücher, Handschuhe und Hauben sowie Unterwäsche, Korsetts und Strümpfe erstanden. Diese waren hauptsächlich für den unmittelbaren Gebrauch bestimmt. Exclusivere Accessoires waren schon in Bestellung gegeben.
Serena mußte zugeben, daß es ihr Spaß machte, verschiedene Geschäfte zu besuchen und ihre Sachen selbst auszuwählen, aber sie warf ihrem geduldigen Begleiter einen neugierigen Blick zu. »Ich hätte geglaubt, daß du das ermüdend finden würdest.«
Ein leichtes Lächeln ging über sein Gesicht. »Es ist nicht gerade aufregend, aber ich habe eine Mutter und drei Schwestern. Ich bin daran gewöhnt. Ah, das gefällt mir schon besser.«
Sein Blick war auf den Laden eines Juweliers gefallen. Er führte Serena hinein und kaufte ihr eine silberne Bürste und Kämme, Haarbänder, Haarnadeln, Armreifen, Ketten sowie eine Schmuckschatulle zur Aufbewahrung ihrer neuen Schätze.
Serena freute sich über die Stücke, bemerkte jedoch, daß keines davon besonders teuer gewesen war.
Er erriet ihre Gedanken. »Wir haben genügend wertvollen Schmuck zu Hause. Diese Stücke hier sind nur Spielerei.«
»Spielerei«, sagte Serena und kämpfte mit den Tränen. Erst jetzt wurde ihr bewußt, daß sie außer ihren Ringen nie normalen Schmuck besessen hatte.
Da Serena nur ein Paar leichte Schuhe und ihre Stiefel besaß,

begaben sie sich zu einem Schuster, der versprach, so schnell wie möglich mehrere Paar Seidenschuhe zu fertigen, eines davon bis zum nächsten Tag.
»In nächster Zeit wird es wohl nichts mit dem Reiten«, sagte Francis mit Bedauern.
»Ich kann es sowieso nicht«, antwortete Serena.
»Du kannst nicht reiten?« wiederholte er. »Zumindest das läßt sich ändern.«
Ganz neue Zukunftsaussichten eröffneten sich Serena. Sie hatte gewußt, daß sie ihr Leben nun mit Francis teilen würde, aber bis zu diesem Zeitpunkt hatte sie nicht daran gedacht, was nächstes Jahr oder in zehn oder zwanzig Jahren sein würde. Sie blickte ihren Gatten an, als er in einer Parfümerie Parfüms ausprobierte. Was für ein Mensch würde er mit vierzig sein? Mit sechzig? Würde sie an seiner Seite sein, wenn er dieses Alter erreichte?
Francis drehte sich um und ertappte sie, wie sie ihn anstarrte. »Ich glaube, du solltest es selbst aussuchen. Parfüm ist etwas Persönliches.«
»Aber ich würde es für dich tragen. Welches gefällt dir am besten?«
Er berührte ein Fläschchen. »Dieses hier.«
Serena roch daran und entschloß sich, aufrichtig zu sein. »Nein, das ist mir zu blumig.«
Sie testete einige weitere Fläschchen, bis sie eines fand, das ihr zusagte. Ein etwas verhaltener Duft, mehr würzig als blumig. »Das hier gefällt mir«, sagte sie.
Er träufelte etwas davon auf ihr Handgelenk und roch daran. »O ja«, sagte er leise, »das ist perfekt.« In seinen Augen konnte sie sehen, daß er sie begehrte, hier und jetzt. Männliches Verlangen war für Serena immer etwas Bedrohliches gewesen, das es um jeden Preis zu vermeiden galt. Jetzt jedoch entdeckte sie, daß es ihr Freude bereitete, Fran-

cis zu erregen, und daß sie nichts dagegen hatte, dieses Verlangen zu befriedigen.
Der Verkäufer verpackte eine ganze Reihe von Parfüms, Cremes und Seifen in ihrer Duftnote. Serena drehte sich zu ihrem Mann um. »Du hattest Angst, daß ich einen schweren, blumigen Duft wählen würde, oder?«
»Ja.«
»Er war ekelhaft.«
»Gut.« Er lächelte und senkte seine Stimme. »Du weißt, daß ich dich will, oder? Hier und jetzt.«
Sie fühlte die Röte in ihren Wangen aufsteigen. »Ja ...«
»Ich werde mich zurückhalten. Ich werde dich nicht einmal sofort nach Hause bringen und über dich herfallen. Schließlich muß ich große Selbstbeherrschung aufbringen, sonst bin ich nach einer Woche völlig verausgabt.«
Serena mußte lachen, das erste Mal, daß sie über einen Scherz dieser Art lachen konnte.
Als sie das Geschäft verlassen hatten, fragte Francis, was sie gerne tun würde.
»Unser Spaziergang in die Stadt hat mir gestern sehr gefallen«, antwortete Serena.
»Gut, aber nicht soviel herumlaufen. Wir wollen schließlich nicht, daß du wieder so müde wirst.«
Sie nahmen eine Kutsche zum Tower und besuchten die Münze, wo sie zusahen, wie Münzen geprägt wurden. Serena beobachtete die Maschinen mit großen Augen. »Um Himmels willen, wo kommt nur das ganze Geld her?«
»Aus Gold- und Silberminen in der ganzen Welt.« Er legte ihr einen Finger auf die Lippen. »Sieh nicht so genau hin, sonst verschwindet das Gold wie ein Märchenschatz.«
Serena dachte daran, daß es sich mit dem Glück genauso verhielt. Jetzt, in diesem Moment, war sie glücklich, aber das Gefühl würde keiner genaueren Untersuchung standhalten.

»Wie seltsam Geld doch ist«, bemerkte sie, als sie weitergingen. »Wichtig und doch irgendwie töricht. Schließlich sind Banknoten nur ein Stück Papier. Sie sind nichts wert.«
»Worte sind auch nichts wert, wenn nicht gute Absichten hinter ihnen stehen.«
Seine Worte und sein Tonfall gingen ihr nicht aus dem Kopf, bis sie in die Hertford Street zurückgekehrt waren.
Als sie allein waren, fragte sie ihn herausfordernd: »Zweifelst du an meinen guten Absichten, Francis?«
Er antwortete aufrichtig. »Ich weiß es nicht. Du scheinst einen Teil von dir vor mir zu verbergen.«
»Wir sind erst seit zwei Tagen verheiratet«, protestierte sie. »Und davor haben wir uns kaum gekannt.«
»Das stimmt.« Doch der Trübsinn wich nicht aus seiner Stimme.
Serena sah ihr Glück davonfliegen, wie sie es befürchtet hatte, verschluckt von seinen durchaus nachvollziehbaren Zweifeln. Sie erklärte, sie müsse sich ausruhen, und begab sich auf ihr Zimmer, insgeheim hoffend, daß er zu ihr kommen würde, damit sie ihm das einzige Geschenk machen konnte, das sie zu bieten hatte.
Er kam jedoch nicht, und sie verstand, daß er sich ihr nie aufdrängen würde, wenn sie müde war. Er war ein Gentleman. Das Leben wäre einfacher, wenn ihr Mann nicht so freundlich und sensibel wäre, aber gleichzeitig schätzte sie diese Eigenschaften sehr.
Später beim Abendessen verkündete Arabella, daß sie am nächsten Morgen abreisen und den Rest ihres Aufenthalts in London bei ihrer Freundin Maud verbringen würde.
»Du meine Güte, Tante«, bemerkte Francis trocken, »bist du wirklich der Meinung, daß Serena in meinen männlichen Klauen sicher ist?«

»Flegel!« schnaubte Arabella. »Wenn sie mich braucht, bin ich natürlich immer für sie da!«
»Mach dir keine Sorgen«, antwortete Francis. »Durch ihre Heirat gehört sie zu den Rogues, und ich habe Beth Arden bereits schriftlich darüber informiert.«
Serena war überrascht, als dieser Name fiel, sagte aber nichts.
Sie unterhielten sich noch eine Weile, bis Arabella sich entschuldigte und früh zurückzog, so, wie sie es an ihrem Hochzeitstag getan hatte.
Als Francis ihr die Tür aufhielt, bemerkte er: »Ich mache mir allmählich Sorgen über deinen plötzlichen Mangel an Vitalität, Tante. Soll ich dir ein Stärkungsmittel kommen lassen?«
»Wenn du eines besorgst, nimm es selbst. Ich vermute, du wirst es bald brauchen.«
Angesichts der plötzliche Röte, die in den Wangen ihres Gatten aufstieg, mußte Serena ein Lächeln unterdrücken. Arabella war ein Goldstück. Wenn Francis' Mutter nur Ähnlichkeit mit ihr hätte.
Serena war durchaus bereit, zu der Erschöpfung ihres Mannes beizutragen, und erklärte bald, daß sie sich ebenfalls zurückziehen wolle. Sie vermied ausdrücklich das Wort Müdigkeit. Francis begleitete sie zu ihrem Zimmer und folgte ihr auch hinein.
Serena wartete, unsicher, ob er sie vielleicht entkleiden wollte. Er tat jedoch nichts dergleichen, so daß sie in ihr Ankleidezimmer trat und die Zofe rief, damit sie sie fürs Bett fertig machen konnte.
Sie wünschte, er hätte sofort damit begonnen, sie zu lieben, da sie nun fühlte, wie ihre Nervosität zurückkehrte. Sie mußte der Tatsache ins Auge sehen, daß Francis mit ihrem Verhalten in der Hochzeitsnacht nicht vollständig zufrieden gewesen war. Leider wußte sie nicht, was sie besser machen

konnte. Sie konnte sich für ihn winden und stöhnen, aber das hätte sie als Betrug empfunden.

Als die Zofe fertig war, betrachtete Serena sich im Spiegel. Wenigstens besaß sie nun ein neues Nachthemd. Es war kein besonderes Hemd, das eigens für sie angefertigt worden war, doch es war feiner als ihre alten Hemden und an Kragen und Ärmeln hübsch mit Spitze und Bändern verziert.

Die Tür öffnete sich, und Francis kam herein. Ihr Mann war noch vollständig angekleidet und hielt ein Glas mit Brandy in der Hand. Ihre Blicke trafen sich, und etwas in seinen Augen jagte ihr einen winzigen Schauer über den Rücken. Serena versuchte vergeblich, sich einzureden, daß alles in Ordnung war. Doch irgend etwas stimmte nicht.

Die Zofe hatte ihr Haar bereits gebürstet, aber Serena setzte sich wieder vor den Spiegel und nahm die Bürste in die Hand. Nervös suchte sie nach einem Thema, um das Schweigen zu brechen. »Du hast Beth Arden erwähnt«, sagte sie. »Meinst du damit Beth Armitage?«

Er stand nun hinter ihr, nahm ihr die Bürste aus der Hand und begann, ihr Haar zu bürsten. »Ja, so hieß sie früher. Ihr Mann ist ein Freund von mir.«

Seine sanfte Berührung stand im Gegensatz zu seiner angespannten Stimme.

»Heißt das, ich werde sie wiedersehen?«

»Zweifellos.« Sein Zynismus war nicht zu überhören.

»Ist es dir nicht recht?«

Er machte eine ungeduldige Handbewegung. »Serena, hör auf, mich anzusehen wie ein Hündchen, das erwartet, getreten zu werden. Wenn ich nur daran dächte, dir zu verbieten, Beth zu sehen, würde sie mir zweifelsohne den Kopf abreißen.«

Angesichts seines Ärgers fragte Serena nervös: »Was bedeutet der Name ›Rogues‹? Das klingt so verrucht.«

»Nicht wirklich.« Trotz seiner Anspannung waren seine Bürstenstriche langsam und sanft. »Als Schuljungen taten wir uns zusammen, um uns gegen Rabauken zu wehren. Heute sind wir noch immer Freunde, und wenn einer von uns ein Problem hat, weiß er, daß er auf die anderen zählen kann. Nicholas, der damals unser Anführer war, beschloß bei seiner Heirat, daß Ehefrauen auch Mitglieder sind. Bis jetzt zählen wir Nicholas' Frau Eleanor, Luciens Frau Beth und Leanders Frau, die ich noch nicht kenne, zu unserem Kreis. Und vielleicht Blanche.«

Serena hakte ängstlich nach: »Wieso vielleicht Blanche?« Gab es eine Ehefrau, die nicht akzeptiert wurde?

»Blanche Hardcastle ist eine Mätresse, keine Ehefrau.« Er warf die Bürste auf den Tisch und wandte sich ab. »Nicholas würde mich umbringen. Natürlich ist sie eine Rogue.«

»Ich verstehe.« Nervös begann Serena, ihr Haar zu flechten, beobachtete Francis jedoch weiter im Spiegel. »Hätte ich als deine Mätresse auch dazugehört?«

»Ja. Obwohl ich nicht sicher bin, was passiert wäre, wenn ich geheiratet hätte.« Er wanderte ruhelos durch das Zimmer.

Serena fuhr herum und sah ihn erstaunt an, während sich ein Gefühl der Übelkeit in ihr breitmachte. »Hattest du vor zu heiraten?«

Er erstarrte und streifte sie mit einem Blick. »Ein Mann wie ich muß heiraten.«

»Ich meine, hattest du konkrete Heiratspläne?«

Sie dachte, er würde nicht antworten, doch er seufzte.

»Es wird wahrscheinlich Gerede geben, also kannst du es genausogut von mir hören. Ich war kurz davor, um Lady Anne Peckworths Hand anzuhalten.«

Serena fühlte sich, als hätte sie einen Schlag in den Magen bekommen. An diese Möglichkeit hatte sie nicht einmal gedacht. »O Francis, es tut mir so leid!«

»Ich habe dir gesagt, du sollst aufhören zu sagen, es tut dir leid.«
»Aber ...«
»Nein. Es ist erledigt. Es ist vorbei. Anne wird bald einen anderen Ehemann finden. Sie ist die Tochter eines Herzogs und hat eine ansehnliche Mitgift.«
Serena drehte sich wieder zum Spiegel, doch ihre Augen standen voll Tränen. Wie sollte sie das ertragen? »Es tut mir leid«, brachte sie hervor und fuhr mechanisch damit fort, ihr Haar zu flechten. Sie sah, wie Francis sein Brandyglas leerte. Langsam erhob sie sich, um in ihr Schlafzimmer zu gehen. Er versperrte ihr den Weg zur Tür. Seine Augen wanderten über ihren Körper. Sie hatte nichts dagegen, denn es war sein gutes Recht, aber er hatte einen Ausdruck in den Augen, der ihr nicht gefiel.
»Du siehst wie ein verdammtes Schulmädchen aus«, sagte er.
Serena sah in den Spiegel, und ihr Herz wurde schwer. Er hatte recht. Sie hatte dieses Nachthemd ausgewählt, weil es ihr gefiel, aber sie sah, daß diese Wahl falsch gewesen war. Es glich den Hemden, die sie bei Miss Mallorys getragen hatte.
Warum nur hatte sie dieses Bild vervollständigt, indem sie ihr Haar in zwei kindliche Zöpfe geflochten hatte? Genauso hatten sie und Beth Armitage ausgesehen, wenn sie nachts in ihren Betten gesessen und einander ihre Träume und Hoffnungen anvertraut hatten ...
»Es tut mir leid«, murmelte sie und öffnete ihre Zöpfe. Ihre Hand zitterte, und ihre Lippen bebten. Nun hatte sie ihn verärgert ... nachdem er so freundlich zu ihr gewesen war. Und sie hatte ihm die Möglichkeit genommen, die Frau zu heiraten, die er sich ausgesucht hatte.
»Es ist nicht von Belang.«

Die Tür schloß sich hinter ihm. Er war in sein Zimmer gegangen. Würde er heute nacht zu ihr kommen? Wollte sie das? Serena stützte verzweifelt den Kopf in die Hände.
Er wollte nicht mit ihr verheiratet sein, und sie wollte nicht mit ihm verheiratet sein – zumindest nicht so. Sie wollte wieder unschuldig sein, deshalb hatte sie dieses lächerliche Nachthemd gekauft.
Sie wollte noch einmal das fünfzehnjährige Mädchen sein, das einer Schulvorstellung entgegenfieberte. Sie wollte mit jungen Männern flirten wie in Summer St. Martin. Sie wollte sich langsam verlieben.
Sie wollte mit einem Mann so ihr Ehebett teilen, daß sie noch ein Gefühl der Verzauberung teilen und gemeinsame Freude entdecken konnten. Statt dessen gab es nichts, was er ihr zeigen konnte, das sie noch nicht kannte und haßte.
Das ist nicht wahr, korrigierte sie sich und richtete sich auf. In der letzten Nacht hatte er ihr die Freuden der Zärtlichkeit und des Gebens und Nehmens gezeigt.
Aber er wollte Lady Anne Peckworth heiraten, dachte sie düster. All seine Zärtlichkeit hatte nicht ihr, sondern Anne gegolten.
Serena zog die Schleife an ihrem Kragen auf und öffnete das Nachthemd am Hals, soweit es ging. Sie breitete ihr Haar um sich aus, stand auf und begab sich zu Bett.
Sie hatte nicht erwartet, daß er zu ihr kommen würde, doch er kam, in einen blauen Morgenmantel gekleidet. Darunter war er offensichtlich nackt. Sie hatte wieder alles falsch gemacht, sie hätte ihr Nachthemd ganz ausziehen sollen. Ihr Herz klopfte voller Aufregung und Erwartung.
Er löschte die Kerzen und schürte das Feuer mit geübter Hand. Serena stellte fest, daß es ihr unendliche Freude bereitete, ihren Blick auf ihrem Mann ruhen zu lassen. Er streifte den Morgenmantel ab, und sie erhaschte nur einen

kurzen Blick auf seinen muskulösen Körper, bevor er zu ihr ins Bett kam. Statt sie zu berühren, lag er stumm neben ihr auf dem Rücken.

Minuten vergingen.

War das normal? Serena hatte noch nie in ihrem Leben ein Bett mit einem Mann geteilt, ohne Sex zu haben. Nicht einmal, so dachte sie zynisch, wenn der Mann ein Fremder war, den sie zufällig getroffen hatte.

Erwartete er, daß sie die Initiative ergriff? Sie spürte die Spannung in ihm und hielt es nicht mehr aus. Sie streckte die Hand aus, um ihn sanft zu berühren.

Plötzlich bewegte er sich. In einer einzigen groben Bewegung schob er sich über sie, drängte ihre Beine auseinander, und drang in sie ein.

Schockiert verkrampfte Serena sich. Er erstarrte und murmelte etwas. Sofort lösten sich ihre verkrampften Muskeln, und sie ging auf seine Bewegungen ein. Sie erregte ihn nach allen Regeln der Kunst und preßte sich an ihn. Ihre Hände massierten sein straffes Hinterteil, als er begann, sich rhythmisch in ihr zu bewegen.

Er erreichte seinen Höhepunkt in völliger Stille, ohne sie mit seinen Lippen oder Händen zu berühren; er rollte von ihr herunter und drehte sich weg. »Gute Nacht«, sagte er.

»Gute Nacht«, sagte Serena in die Dunkelheit hinein.

Elftes Kapitel

Am nächsten Morgen erwachte Serena spät und alleine. Sie hatte den größten Teil der Nacht wach gelegen und sich den Kopf zermartert, was die ganze Sache nicht gerade besser machte.

Er liebte eine andere.

Es war eine Sache, einen Mann zu heiraten, der einen nicht liebte und den man selbst nicht liebte. In dieser Situation gab es noch Hoffnung. Einen Mann zu heiraten, der sich wünschte, er hätte eine andere geheiratet, war dagegen etwas ganz anderes. Es gab jedoch keinen Ausweg aus dieser Situation. Wie Francis gesagt hatte – was passiert war, war passiert.

An diesem Morgen mußte sie sich übergeben. Es war das erste Mal, und Serena war der Meinung, daß eher ihr Trübsinn und nicht ihre Schwangerschaft der Grund dafür war.

Sie hätte sich gerne in ihrem Zimmer versteckt, doch das hätte zu nichts geführt, also klingelte sie nach der Zofe und kleidete sich an, um dem Tag ins Auge zu sehen.

Sie fand Arabella alleine im Frühstückszimmer, wo sie die Zeitung las. Den Spuren nach zu urteilen, hatte Francis vor kurzem sein Mahl beendet.

Arabella legte die Zeitung beiseite. »Wie geht es dir, mein Kind? Du siehst krank aus. Du überanstrengst dich doch nicht?«

Serena setzte sich und nahm eine Scheibe kalten Toast. »Nein.«
»Um Himmels willen, Mädchen. Laß dir doch frischen Toast bringen!« Bevor Serena protestieren konnte, hatte Arabella schon nach dem Dienstmädchen geklingelt.
»Ich bin nicht hungrig, Arabella.«
»Egal, wie wenig Appetit du hast, warmes Essen und frischer Tee werden dir guttun.« Als Dibbert eintrat, bestellte Arabella das Frühstück und den Tee und sah Serena dann forschend an. »Francis sah auch nicht besonders munter aus. Habt ihr zwei euch gestritten?«
»Warum sollten wir uns streiten?«
»Junge Leute haben noch nie einen Grund gebraucht, um sich zu streiten. Behandelt er dich gut? Wenn du es nicht möchtest, werde ich nicht abreisen. Ich dachte, ihr kommt alleine besser zurecht.«
»Es ist wirklich nicht nötig, daß Sie hierbleiben.«
»Zum Teufel«, fauchte Arabella, »du bist genauso schlimm wie er!«
Daraufhin schaute Serena auf. »Wo ist er?«
»Weg. Sagte etwas von Tatt's.« Auf Serenas fragenden Blick hin fügte sie hinzu: »Tattersall's Repository in der Nähe von Hyde Park Corner. Sie verkaufen dort Pferde, aber für die Männer ist es auch ein Treffpunkt, um Wettschulden und ähnliches zu begleichen.«
»Oh.«
Ein Dienstmädchen betrat das Zimmer mit einem vollbeladenen Tablett und servierte frischen Toast, Eier und Tee unter der Aufsicht des Butlers. »Haben Sie sonst noch einen Wunsch, Mylady?« fragte er.
Serena blickte auf die beängstigende Herausforderung vor ihr auf dem Tisch und seufzte. »Nein, danke.«
Gestern war ihr Appetit noch recht gut gewesen, erinnerte

sie sich, und zwar weil Francis zufrieden zu sein schien. Jetzt dagegen mußte sie sich zwingen, eine Scheibe Toast und etwas von den Eiern zu essen.
Ihre Trübsal nagte an ihr, und sie mußte etwas dagegen tun.
»Arabella«, sagte sie schließlich, »was wissen Sie über Anne Peckworth?«
»Aha«, sagte Arabella, »das ist es, was dich bedrückt, wie? Sie ist die zweite Tochter des Herzogs von Arran.«
Serena schloß ihre Hände um die Teetasse, um sich daran zu wärmen. »Liebt Francis sie?«
»Woher soll ich das wissen? Eins ist sicher: Er wird sie nicht gegen dich ausspielen, und sie wird sich ihm nicht an den Hals werfen. Sie ist eine ruhige, wohlerzogene junge Lady.«
Genau das Gegenteil von mir, dachte Serena düster. Und selbst wenn sowohl Anne als auch Francis ein Muster an Schicklichkeit wären, so konnte die junge Frau dennoch eine Rivalin um sein Herz sein.
»Ich hörte, er wollte um ihre Hand anhalten«, bemerkte Serena.
»Das ist gut möglich. Meine Schwester treibt das schon seit etwa einem Jahr voran. Sie und die Herzogin sind gute Freundinnen, und Anne ist genau das ruhige Mädchen, das ihrer Ansicht nach zu Francis passen würde.«
»Sie muß es ja wissen.«
»Ha! Wenn du mich fragst, weiß Cordelia nicht viel über solche Dinge. Es ist nie wirklich Francis, den sie sieht. Sie sieht den kleinen, empfindsamen Zwölfjährigen, der seinen geliebten Vater verloren hat und dadurch zum Vicomte geworden ist.«
»Sie glauben nicht, daß er und Lady Anne zueinander gepaßt hätten?«
Arabella erhob sich. »Woher soll ich das wissen? Ich breche

jetzt auf. Aber denke daran, wenn du mich brauchst, ich bin nur ein paar Straßen entfernt.«

Zu dieser Jahreszeit befanden sich nicht viele Männer im Tattersall's Clubraum. Serenas bulliger Bruder saß an einem Tisch und schüttete Bier aus einem Literkrug in sich hinein. Als Francis sich zu ihm setzte, schob er ihm ein Päckchen und ein Stück Papier zu.

»Ich hab' den Schmuck schätzen lassen, Middlethorpe, und dieses Bündel ist gute dreitausend Mäuse wert, wie Sie sehen werden. Hoffe, Sie sind zufrieden.«

Francis spürte den hämischen Spott hinter Tom Allbrights Worten. Er warf einen Blick auf das Papier, doch es stammte von einem angesehenen Juwelier. Wo war der Haken? Es war unvorstellbar, daß Allbright so weit sinken würde, in einer derartigen Angelegenheit einen glatten Betrug zu versuchen; dabei würde er nur den kürzeren ziehen.

»Vollkommen zufrieden.« Trotz seiner Worte war Francis nicht zufrieden. Wie gerne hätte er den stämmigen Mann angegriffen. Diese Person war für Serenas Wohlergehen verantwortlich gewesen und hatte offensichtlich jämmerlich versagt. Serena könnte inzwischen irgendwo tot unter einer Hecke liegen, und es würde die Allbrights nicht im geringsten scheren.

Als Francis aufstand, freute er sich schon auf Allbrights Reaktion, wenn dieser erfahren würde, daß Francis mit seiner Schwester verheiratet war und er ihr somit den Schmuck indirekt zurückgegeben hatte. Zur Vorbereitung auf diese Eröffnung bemerkte er: »Ich habe vor kurzem geheiratet, Sir Thomas. Vielleicht findet meine Braut an einigen dieser Stücke Gefallen.«

Allbright erhob sein Bierglas. »Meinen Glückwunsch, Mylord. Vielleicht tut sie das.«

Francis entging das hämische Funkeln in den Augen des Mannes nicht.
Beim Verlassen von Tattersall's wog Francis das Päckchen nachdenklich in der Hand. Es hatte das richtige Gewicht und trug das Siegel des Juweliers. Er hatte vorgehabt, nach Hause zurückzukehren und das Päckchen Serena zu übergeben – als eine Art Wiedergutmachung dafür, wie er sie letzte Nacht behandelt hatte –, jetzt aber zögerte er.
Er war noch immer entsetzt darüber, was in der Nacht zuvor geschehen war. Ja, er hatte sich über sie geärgert – über Anne und darüber, daß Serena Spielchen mit ihm zu treiben schien –, aber er hatte vorgehabt, sein Mißfallen dadurch zu zeigen, daß er nicht zu ihr ins Bett kam. Aus irgendeinem Grund hatte er sich jedoch anders entschieden. Er wollte neben ihr schlafen, ohne sie zu berühren, um ihr zu zeigen, daß er nicht von seinen Bedürfnissen manipuliert werden konnte. Statt dessen hatte ihn sein Verlangen überwältigt, und er hatte sie benutzt, ohne jeden Gedanken an ihre Lust oder ihre Gefühle. Er hatte die entsetzliche Befürchtung, daß er sie gezwungen hätte, hätte sie sich gewehrt.
Er wußte nicht, wie er ihr gegenübertreten sollte, und hatte gehofft, der Schmuck würde es leichter machen. Jetzt hatte er seine Zweifel. Vielleicht war es ratsam, das Päckchen zuerst zu inspizieren.
Er schlug den Weg zu White's ein.
Es war ein trüber, kühler Tag, der Francis' Laune entsprach. Er wünschte sich nichts mehr als Nicholas' Gesellschaft. Nicholas war der einzige, dem er seine grenzenlose Dummheit vielleicht gestehen konnte. In seiner Hochzeitsnacht hatte er geglaubt zu explodieren, als er sich zurückhielt, um ihr Lust zu bereiten. In der letzten Nacht war es jedoch viel schlimmer gewesen.
Dennoch konnte er sich einer leichten Gereiztheit nicht

erwehren. Wenn Serenas Verhalten doch nur einen Sinn ergäbe!

Auf der Farm der Posts war sie das personifizierte erotische Vergnügen gewesen – und man wußte ja, wohin das geführt hatte. In ihrer Hochzeitsnacht schien sie so nervös und unsicher wie eine Jungfrau. Und jetzt spielte sie die Rolle eines unberührten Schulmädchens, und er war der Schurke, weil er sie begehrte.

Als nächstes würde sie wohl ewige Keuschheit schwören!

Und dann waren da noch die Augenblicke, wo sie ihn wie ein verschrecktes Kind ansah ...

Natürlich konnte ihre erste Ehe nicht angenehm gewesen sein, aber war das eine Erklärung für ihr Benehmen ihm gegenüber?

Er wollte im Bett ein ungezwungenes Lächeln sehen, ein Lächeln wie jenes in der Parfümerie, als sie ihn wegen seines Verlangens ausgelacht hatte. War das etwa zuviel verlangt?

Er wollte ungezwungene Berührungen. Nicht geschickte Manipulationen, sondern etwas Zärtliches, Spontanes, vielleicht einen sanften Kuß.

Sie mochte es nicht, geküßt zu werden.

Was zum Teufel sollte er mit einer Braut anfangen, die nicht gerne küßte?

Sogar während er derart haderte, war ihm bewußt, daß ein Großteil seiner Gereiztheit davon herrührte, daß jeden Moment die Katastrophe über sie hereinbrechen konnte.

Er hatte seine Mutter von Kipling benachrichtigen lassen und einen Brief nach Lea Park gesandt, um die Arrans über seine Heirat zu informieren. Die herzogliche Familie würde die Angelegenheit vermutlich mit kühler Nichtbeachtung strafen, seine Mutter jedoch nicht. Sie würde sich entweder ruhig verhalten, bis sie auf Thorpe Priory eintrafen, oder mit der Postkutsche nach London reisen, um dort ihrer Empörung Luft zu machen.

Deshalb hatte er auch einen Brief nach Melton gesandt, um die Rogues dort zu informieren und sie sowohl für Serena als auch für sich selbst um Unterstützung zu bitten. Beth Arden würde Serena zur Seite stehen.

Obwohl er versucht gewesen war, hatte er keine Nachricht an Nicholas geschickt. Es was schließlich Februar, keine gute Jahreszeit, um mit einer Familie zu reisen, und er wußte, daß Nicholas Frau und Kind nicht gerne zurückließ. Francis hatte ohnehin vor, nach Somerset zu reisen, sobald sich die ersten Wogen geglättet hatten.

Als Versteck war Somerset so gut wie jeder andere Ort.

Als er White's betrat, grübelte er über verschiedene Strategien nach, die die Situation entschärfen könnten. Uffham bemerkte er erst, als es bereits zu spät war.

»Middlethorpe, alter Junge! Wie schön, Sie zu sehen.«

Francis starrte Annes Bruder ausdruckslos an, während er sich den Kopf darüber zermarterte, was zum Teufel er sagen sollte. Der junge Mann hatte die Neuigkeiten offensichtlich noch nicht vernommen.

»Es wird Sie freuen zu hören, daß Anne wieder kerngesund ist«, fuhr Uffham unbeirrt fort, »sicher dürfen wir bald Ihren Besuch erwarten?«

Francis holte tief Luft und bedeutete Uffham, ihm in einen der kleinen Privaträume zu folgen, wo er die Tür hinter sich schloß.

»Ist irgend etwas?« fragte Uffham, noch immer arglos.

»Ja«, antwortete Francis und legte sorgfältig sein Päckchen auf einen Tisch. »Tatsache ist, Uffham, ich bin verheiratet.«

Lord Uffham sah ihn mit einem verwirrten Ausdruck auf seinem freundlichen Gesicht an. »Sie können Anne doch nicht so schnell geheiratet haben, oder?«

»Der Name meiner Gattin ist Serena. Die Ehe wurde vor zwei Tagen geschlossen.«
Es dauerte immer noch einen Moment, bis Uffham den Sinn der Worte erfaßte. »Großer Gott! Sie ... Sie *Hund!*«
Francis sah, was folgen würde, und trat einen Schritt zurück, dabei erhob er seine Hand. »Denken Sie einen Augenblick nach, Uffham. Ihre Familie würde keinen unnötigen Wirbel um diese Angelegenheit wollen.«
Mit sichtbarer Anstrengung schluckte Uffham seinen Wunsch hinunter, Francis herauszufordern. »Weiß Anne davon?« fragte er kalt.
»Sie müßte Bescheid wissen. Ich habe ihr geschrieben, sobald der Bund geschlossen war.«
Uffham sah ihn mit großen Augen an. »Großer Gott, Middlethorpe, *warum?* Der armen Anne wird es das Herz brechen, und ich dachte ... ich dachte, sie bedeutet Ihnen etwas.«
»Das stimmt auch, aber vielleicht war es nicht genug. Serena erwartet ein Kind.«
Uffham errötete. »Verstehe. Da ist Anne ja noch einmal glücklich davongekommen, meiner Ansicht nach.«
»Das ist wahrscheinlich wahr.«
Uffham verließ das Zimmer ohne ein weiteres Wort. Francis holte tief Luft. Das war nicht gerade ein angenehmes Treffen gewesen, aber zumindest hatte er ein Duell vermeiden können. Ein Blutvergießen hätte ihm gerade noch gefehlt.
Ein Klopfen an der Tür riß ihn aus seinen Gedanken. Er konnte sich nicht vorstellen, warum ihn jemand hier aufsuchen würde – es sei denn, Uffham hatte sich eines Besseren besonnen und sandte ihm seine Sekundanten. Er schritt zur Tür und riß sie auf.
Lucien de Vaux runzelte die Stirn. »Uffham sagte, du wärst alleine hier drin.«

Francis lachte erleichtert. »Komm rein, solange du nicht sein Sekundant bist.«
Sobald die Tür wieder geschlossen war, fragte Lucien: »Sekundant? Warum zum Teufel sollte er dich herausfordern wollen?«
»Weil ich seine Schwester so gut wie sitzengelassen habe.«
»Aha. Aber so ein Duell würde zu nichts führen.«
»Ich glaube, davon habe ich ihn überzeugt. Er wußte noch nicht Bescheid. Das war natürlich ein Schock für ihn.«
»Ich bin auch erschrocken. Ich habe gespürt, daß zwischen dir und Serena Riverton etwas ist, aber ... ich dachte nicht, daß du heiraten würdest, wenn keine Aussicht auf einen Erben besteht.«
»Sie ist schwanger«, sagte Francis, »Wirklich. Vielleicht sollte ich es in die Zeitung setzen! Lord Middlethorpe möchte bekanntgeben, daß er die ehemalige Lady Serena Riverton geheiratet hat, weil sie im dritten verdammten Monat schwanger mit seinem Kind ist!«
Lucien klingelte, und als ein diskreter Diener erschien, bestellte er Brandy. Als der Bedienstete mit dem Gewünschten hereinkam, goß er zwei Gläser ein und reichte Francis eines davon. »Ist das der einzige Grund, warum du sie geheiratet hast?«
Francis kippte einen großen Schluck Weinbrand hinunter. »Die Heirat mit Anne Peckworth war so gut wie beschlossen. Ich glaube nicht, daß ich einen Rückzieher gemacht hätte, wenn man mir nicht diese Pistole auf die Brust gesetzt hätte.«
»Aber tut es dir leid? Hätte dir die Pistole etwas ausgemacht, wenn du Anne nicht den Hof gemacht hättest?«
»Du hörst dich schon an wie Nicholas«, bemerkte Francis bissig, »aber du bist noch lange nicht so gut, also gib dir keine Mühe.«

»Um Himmels willen«, sagte Lucien, »als nächstes wirst du mich herausfordern, und ich versuche nur, dir zu helfen.«
Francis fuhr sich mit den Fingern durchs Haar. »Es tut mir leid. Das ist nicht gerade ein Höhepunkt meines Lebens, Luce, und ich muß noch ein Gespräch mit meiner Mutter und vielleicht mit Annes Vater hinter mich bringen, bevor ich wieder Licht sehe.« Er sah Lucien an. »Ist Beth hier?«
»Das fragst du noch – nach dieser Nachricht? Wir sind alle hier in Belcraven House. Außer Hal und Blanche natürlich. Sie befinden sich in Blanches Haus.«
»Gott sei Dank. Ich hoffe, Beth wird Serena etwas zur Seite stehen. Das wird auch für sie nicht einfach werden.«
»Natürlich. Warum kommt ihr heute abend nicht zum Diner in den Palast?« Die Rogues hatten das prächtige Herrenhaus des Herzogs immer »den Palast« genannt.
»Es wird Beth nichts ausmachen?«
»Sie würde dir den Kopf abreißen, wenn ihr nicht kommt. Es war ihre Idee. Falls es dir entgangen sein sollte, deine Serena und Beth sind nicht nur Schulfreundinnen, sondern sie werden auch etwa zur gleichen Zeit Mutter. Das sind Bande, die einem schwachen Mann das Fürchten lehren können.«
Darüber mußte sogar Francis lachen. »Dem Himmel sei Dank für die Rogues.«
»Amen.«
Als sie das Zimmer verließen, griff Francis nach seinem Päckchen und erinnerte sich, warum er überhaupt in den Club gekommen war. »Warte, Luce. Ich möchte nur eben dieses Päckchen prüfen.«
»Was ist das?«
»Serenas Juwelen; damit beglich Allbright seine Schulden. Ich wollte sie ihr triumphierend in den Schoß legen, aber ...«
»Aber?«
»Er hat mich irgendwie seltsam angesehen. Falls er sich hier

einen Scherz erlaubt hat, möchte ich nicht, daß sie darauf stößt.«
Jedes Schmuckstück befand sich in einem weichen Beutel, Francis schüttete den Inhalt des ersten auf den Tisch. Dann den des zweiten und des dritten, bis alle glitzernden Teile vor ihnen lagen.
Zweifellos waren der Gold- und Silberschmuck und die Edelsteine mindestens dreitausend Pfund wert, aber es war kein Wunder, daß sich die Allbrights leichten Herzens davon getrennt hatten. Es würde schwierig werden, beim Verkauf des Schmucks auch nur annähernd den wahren Wert zu erhalten.
Die Stücke waren derb und geschmacklos. Es schien eigenartig, daß es möglich war, edle Materialien wie Gold, Saphire, Rubine und Perlen auf eine so abstoßende Art zu verarbeiten. Manchmal war die Gestaltung schlicht unanständig: Eine große barocke Perle war wie ein erigierter Penis geformt. Die meisten Stücke waren einfach vulgär. Eine Dame könnte diesen Schmuck niemals in der Öffentlichkeit tragen.
Er nahm einen mit Rubinen und Smaragden besetzten Armreif in die Hand, der aussah wie das Halsband eines verwöhnten Schoßhündchens. Beim Anblick der daran befestigten Goldkette wurde ihm klar, daß es tatsächlich ein Halsband war. Was er zuerst für ein Armband gehalten hatte, war in Wirklichkeit ein Paar Handschellen …
»Hat damit das Gute über das Böse gesiegt?« fragte Lucien, und kam näher.
Francis machte eine Bewegung, als wollte er die Sammlung verdecken, doch dann wurde ihm klar, daß es zwecklos war. Lucien sah jedoch, wie ihm zumute war, und überprüfte den glitzernden Haufen ernüchtert und schweigsam. »Aus der Fassung gebrochen sind die Stücke einiges wert«, bemerkte er schließlich.

»Ja.« Francis kochte vor Wut angesichts dieser Beweisstücke einer kaum vorstellbaren Versklavung.
Lucien schob den Schmuck nachlässig in den größeren Beutel. »Bring sie zu einem diskreten Juwelier und laß bessere Stücke daraus fertigen. Also, kommt ihr heute abend in den Palast?«
»Ja«, antwortete Francis, dessen Gedanken noch immer um den Schmuck kreisten, »vielen Dank, Luce.«
»Laß gut sein.« Francis wurde klar, daß diese Bemerkung sich nicht nur auf die Einladung bezog, aber er konnte der Aufforderung nicht so einfach Folge leisten.
Er hatte ihr vorgeworfen, wie ein verschrecktes Hündchen zu blicken, und ihr erster Ehemann hatte ihr ein Hundehalsband geschenkt.
Er hatte ihr gesagt, er würde sie nicht schlagen, und in der Sammlung hier befand sich auch eine Peitsche mit einem juwelenbesetzten Griff.
Er hatte sie ohne Worte im Dunkeln genommen, als wäre sie ein Gegenstand und kein Mensch, und ihr erster Ehemann hatte sie offensichtlich wie ein seelenloses Objekt benutzt.
Er verließ den Club und machte sich völlig ratlos auf den Heimweg.
Auf dem Weg zurück in die Hertford Street kam er an einem jungen Burschen vorbei, der einen Welpen zum Kauf anbot.
Der Junge – er mochte etwa zehn Jahre alt sein – trug einen abgedeckten Korb und rief: »Welpe! Welpe zu verkaufen. Schöner, gesunder Welpe!«
Einer plötzlichen Regung folgend hielt Francis inne und sagte: »Zeig her!«
Das Gesicht des Jungen hellte sich auf, und er schlug das Tuch zurück, so daß ein dösendes Bündel goldenen Fells sichtbar wurde. Der Welpe wachte sofort auf und kratzte an den Seiten des tiefen Korbes, wobei er ununterbrochen mit

seinem Schwänzchen wedelte. Er schien etwa zehn Wochen alt zu sein.
»Warum verkaufst du ihn?« fragte Francis.
»Das ist der letzte, den wir übrig haben, Sir. Pa sagt, er ertränkt sie, wenn sie heute abend noch da ist. Wissen Sie, sie ist ein bißchen klein, deshalb wollte sie keiner haben, aber sie ist gesund und brav.«
»Was sind ihre Eltern?« Er kitzelte die Schlappohren des Welpen, der tatsächlich ein freundliches Wesen zu haben schien.
»Ihre Mutter sieht aus wie ein Spaniel, Sir, aber wir wissen nichts Genaues über den Vater.«
Mit anderen Worten, ein reinrassiger Mischling. Es war eine verrückte Idee, aber Francis wollte Serena ein Geschenk mitbringen, und der Schmuck war offensichtlich ungeeignet. »Was soll sie kosten?« erkundigte er sich.
Der Junge sah ihn schlau an, sagte dann aber: »Um ehrlich zu sein, Sir, ich gebe sie umsonst in gute Hände. Aber für den Korb, wenn Sie ihn wollen, muß ich drei Pence verlangen. Er gehört Ma.«
Francis nahm den Korb und gab dem Burschen eine Krone. »Für deine Ehrlichkeit. Mach dir keine Sorgen. Sie wird ein gutes Zuhause haben.«
Die Augen des Jungen weiteten sich. »Danke, Sir! Gott segne Sie!«
Francis setzte seinen Weg mit dem Korb in der Hand fort und sagte sich, daß er heute wenigstens einen Menschen glücklich gemacht hatte. Als sich die Wolkendecke öffnete und ein Sonnenstrahl die Straße erhellte, nahm er dies als Zeichen göttlicher Zustimmung.
Er stellte sich vor, wie er Serena den Welpen überreichen und mit Begeisterungsausbrüchen belohnt werden würde. Da er aber auch eine praktische Seite hatte, stellte er sich vor,

wie der Welpe in seiner Aufregung sofort Serenas Gewand beschmutzte. Daher begab er sich statt zu der vorderen Eingangstür in die Gärten hinter dem Haus, wo der Hund sein Geschäft verrichten konnte. Mit ein wenig Glück war dem Welpen damit auch klar, wie solche Dinge abzulaufen hatten.

Auf seinem Weg den Fahrweg entlang kam ihm ein geistesabwesender Mann entgegen. Der Mann war sichtlich tief in Gedanken versunken, aber als er Francis erblickte, hielt er inne, als ob er etwas sagen wollte. Dann schüttelte er jedoch den Kopf und setzte seinen Weg fort.

Francis drehte sich um und sah zu, wie der Mann sich entfernte. War er dabei, den Verstand zu verlieren, oder hatte der Mann den Eindruck gemacht, als kenne er ihn? Er war sich sicher, daß er ihn noch nie gesehen hatte. Der Fremde war gute zehn Jahre älter als er, sehr groß und kräftig. Er hatte breite Schultern unter seinem Mantel und gesunde rote Backen.

Francis zuckte mit den Schultern. Er hatte wahrlich schon genug Durcheinander in seinem Leben, ohne nach Geheimnissen zu suchen, wo es keine gab. Er trat in seinen Garten und ließ den Welpen laufen.

Nachdem Arabella das Haus verlassen hatte, verbrachte Serena den Vormittag damit, ihr neues Zuhause zu erkunden. Sie sah, daß Francis' Mutter über ein Schlafzimmer und ein Boudoir verfügte. Francis dagegen hatte außerhalb ein paar Junggesellenzimmer gemietet und dieses Haus kaum benutzt.

Sie fragte sich, ob er die Räume weiter unterhalten würde und wofür er sie benutzte.

Dieses Haus war eindeutig das seiner Mutter – eine deprimierende Vorstellung.

Als die Sonne durch die Wolken drang, ließ sich Serena einen Mantel bringen und beschloß, den Garten zu erforschen. Für ein Stadthaus war er sehr groß und raffiniert angelegt, um den Eindruck ländlicher Zurückgezogenheit zu vermitteln. Die Pfade schlängelten sich um Hecken und Bäume, so daß sie sich mitunter fühlte, als befände sie sich in einem großen Park. Zu dieser Jahreszeit trugen einige der Büsche und Hecken keine Blätter, aber im Sommer mußte der Garten bezaubernd sein.

Sie stieß auf einen Gärtner, der ein Blumenbeet zur Bepflanzung vorbereitete, und er grüßte sie.

»Dieser Garten ist entzückend«, bemerkte sie.

»Jawohl, Mylady, das ist er. Bis ins kleinste Detail von ihrer Ladyschaft geplant, vor fast zwanzig Jahren.«

Serena lächelte und setzte ihren Weg fort, aber der Gedanke bedrückte sie.

Im Februar war der Pflanzenwuchs nicht sehr üppig, aber weit hinten im Garten, wo die Sonne am stärksten schien, bemerkte Serena ein Kissen aus goldenen und purpurfarbenen Krokussen, zwischen denen zarte Schneeglöckchen hervorspitzten. Sie ging in die Hocke, um die Blumen genauer zu betrachten, und streifte sogar ihre Handschuhe ab, um die zarten Blüten zu berühren. Als plötzlich eine Stimme rief: »Verflucht, Cordelia!«, erschrak sie so, daß sie fast umfiel.

Sie erhob sich und drehte sich rasch um. Der große Mann mit den geröteten Wangen erstarrte. »Verzeihen Sie, Madam. Ich hielt Sie für Lady Middlethorpe.«

»Ich bin Lady Middlethorpe, Sir.« Serena wich etwas zurück. Der abgeschiedene Platz, der ihr zunächst so romantisch erschienen war, brachte sie möglicherweise in Gefahr. Sie warf einen Blick hinter sich und bemerkte ein Tor in der Mauer, das vermutlich zu den Stallungen führte.

»Wie bitte?« Der Blick des Mannes wurde schärfer. »Middlethorpe hat also geheiratet? Sie müssen Lady Anne sein.«
Serena fühlte, wie ihr das Blut in die Wangen stieg. »Nein, Sir. Ich bin Serena, Lady Middlethorpe.« Seine Vertrautheit mit der Familie minderte jedoch ihre Angst. »Wer, bitte, sind Sie?«
»Ferncliff. Charles Ferncliff.« Beinahe geistesabwesend gab er ihr eine gravierte Karte mit seinem Namen.
»Nun, Mr. Ferncliff, da Sie, wie ich annehme, mit der Mutter meines Gatten sprechen möchten, muß ich Ihnen leider mitteilen, daß sie sich noch auf dem Land befindet.«
»Ich dachte, da der Türklopfer an der Tür angebracht ist...«, murmelte er. Dann warf er Serena einen scharfen Blick zu. Er war ein gutaussehender, kräftiger Mann, der einen intelligenten und aufrichtigen Eindruck machte, so daß sie trotz seines seltsamen Verhaltens nicht mehr allzu nervös war.
»Wie Sie vermuten«, erklärte er, »habe ich eine wichtige Angelegenheit mit Lady Middlethorpe zu besprechen. Der älteren Lady Middlethorpe«, verbesserte er sich. Er lachte plötzlich. »Ich bezweifle, daß sie gerne so genannt werden möchte. Wissen Sie, ob man sie in der Stadt erwartet?«
»Nein, Sir, ich weiß es nicht. Wenn Sie jedoch mit ihr sprechen möchten – es ist nicht weit nach Thorpe Priory.«
Er schüttelte den Kopf und grinste. »Sobald sie von der Hochzeit hört, wird sie hiersein.« Er verbeugte sich. »Meine allerbesten Glückwünsche für Sie, Lady Middlethorpe, und meine Gratulation an Ihren Gatten.«
Dann war er verschwunden.
Serena sann über diese seltsame Begegnung nach, kam aber dann zu dem Schluß, daß sie keinen Sinn ergab. Sie mußte sich jedoch fragen, was für eine Art von Frau Francis' Mutter war. Sie konnte sich nicht vorstellen, was die erhabene Dame auf dem Porträt mit Mr. Charles Ferncliff zu schaffen

hatte. Sie bemerkte, daß sie noch immer seine Karte in der Hand hielt, und schob sie in die Tasche ihres Kleides. Sie würde Francis fragen, was das alles zu bedeuten hatte, wenn er zurückkam.

Falls er zurückkam. Natürlich mußte er zurückkommen, und doch fürchtete sie unvernünftigerweise, daß er sie für immer verlassen hatte.

Traurig kehrte sie zum Haus zurück. In Summer St. Martin hatte sie sich daran gewöhnt, beschäftigt zu sein, aber dieser Haushalt war zu gut organisiert, als daß ihre Hilfe vonnöten wäre. Schließlich landete sie im Salon, wo sie saß, ohne etwas anderes zu tun zu haben, als über ihre Sorgen zu grübeln.

Francis war überrascht, Serena alleine im Salon vorzufinden. Verflixt, er hatte völlig vergessen, daß Arabella abreisen und sie ohne Gesellschaft sein würde. Außer ihren Brüdern kannte sie keine Menschenseele in der Stadt. Er würde sich besser um seine Gattin kümmern müssen.

Er war nervös wegen seines Geschenkes, das ihm plötzlich wie eine törichte und rührselige Geste erschien. Vielleicht mochte Serena Hunde nicht, und ein Welpe verlangte viel Aufmerksamkeit. Der Hund hatte zwar sein Geschäft im Garten verrichtet, war aber recht unwillig in den Korb zurückgeklettert.

Als er das Zimmer betrat, sprang Serena nervös auf und starrte mit großen Augen auf den Korb. »Francis, was in aller Welt ist das?«

Sah sie aus, als ob sie Angst vor ihm hatte? »Es ist ein Geschenk. Wenn es dir nicht gefällt, können wir eine andere Lösung dafür finden ...« Er stellte den Korb auf einen Tisch.

Serena näherte sich langsam. Es schmerzte ihn, daß sie Überraschungen offensichtlich mißtraute. Er wollte ihren

Schmerz lindern und sie lehren, Freude zu empfinden, aber er war sich nicht sicher, wie. Er erinnerte sich daran, wie sie an jenem Tag in Summer St. Martin ausgesehen hatte, als sie an die Mauer gelehnt saß und die scheinbaren Bewerber um ihre Hand angefeuert hatte. Damals war sie glücklich gewesen, aber seine Ankunft hatte dieses Gefühl zunichte gemacht.

Sie warf ihm einen nervösen Blick zu und zog dann das Tuch etwas zurück. Sofort bohrte sich eine kleine feuchte Nase in ihre Hand, und der Welpe versuchte herauszukrabbeln.

»Oh!« Zögernd nahm sie das Bündel goldenen Fells in ihre Hände. Der Welpe schnüffelte und wand sich und fiel beinahe herunter vor Aufregung. Sein kleiner Schwanz wedelte wie wild, so daß sein ganzer Körper zuckte. »Oh, wie süß. Du bist entzückend!«

In diesem Moment hob sie den Kopf, und Francis konnte sich beinahe vorstellen, sie habe diese Worte an ihn gerichtet. Sein Herz machte einen seltsamen und anatomisch unmöglichen Purzelbaum.

»Sie gefällt dir?« fragte er.

Serena strahlte. Eine strahlende Serena war ein seltener und wundervoller Anblick. »Sie ist so schön! Ich danke dir!«

Sie drückte den Welpen an die Brust und murmelte liebevolle Albernheiten. Sie lachte, als er ihr Kinn leckte.

»Sie hat sich bereits als wertvoll erwiesen«, bemerkte Francis und zog ein Paar Handschuhe aus der Tasche. »Deine, glaube ich. Sie hat sie im Garten gefunden und darauf bestanden, daß ich sie mitnehme.«

Serena strahlte den Welpen an. »Wie klug du bist!« Sie nahm die Handschuhe, kniete sich nieder und hielt sie ihrem neuen Haustier vor die Nase.

Francis zog sich in einen Stuhl zurück und beobachtete seine

Gattin beim Spielen. Sie spielte wie jemand, der vergessen hatte, was Spielen ist, sich aber gerne daran erinnern ließ. Und ein Welpe, so schien es, war genau das richtige, um diese Erinnerung aufzufrischen.
Inzwischen saß sie auf dem Boden und ließ den Hund frei laufen, aber der Welpe schien ebenso fasziniert von ihr zu sein wie sie von ihm. Er wühlte sich in ihre Röcke, zog am Band ihrer Schuhe und kehrte immer wieder zu den Handschuhen zurück. Serena lachte und lehnte sich zurück, bis sie auf dem Rücken lag, woraufhin der Welpe auf ihre Brust kletterte und an ihrem Mieder schnüffelte. Sie kicherte und küßte den Hund und quietschte dann erschreckt, als er sich in ihrem Haar verfing, das sich gelöst hatte und ihr ins Gesicht fiel.
Francis sank tiefer in seinen Sessel und beobachtete die Szene mit tiefer Genugtuung. Der Tag wendete sich endlich zum Guten, und die Zukunft sah schon viel verheißungsvoller aus …
In diesem Moment wurde die Tür aufgerissen, und seine Mutter stürmte herein, in Pelze gehüllt und ein Bild der Empörung.
Sie blieb abrupt stehen.
Serena setzte sich auf und drückte den Welpen schützend an sich.
Francis seufzte. Es waren ein paar angenehme Minuten gewesen. Er erhob sich. »Guten Tag, Mutter.«
Lady Middlethorpes Zofe stand hinter ihr, doch Francis' Mutter knallte ihr die Tür vor der Nase zu. »Francis, wie *konntest* du nur!« Ihr Blick durchbohrte Serena.
»Mutter, ich möchte dich mit meiner Gattin Serena bekanntmachen. Wenn du sie nicht höflich behandeln willst, kannst du gleich wieder gehen.«
Serena rappelte sich hastig vom Boden auf, strich ihren Rock

glatt und versuchte, ihr zerzaustes Haar wieder aufzustecken.
Lady Middlethorpe warf Serena einen scharfen Blick zu. »*Serena Riverton!*« Dann schien ihr die Bedeutung von Francis' Worten klarzuwerden, und sie holte tief Luft. »Tee. Ich brauche Tee.« Sie legte ihren Pelzmantel ab und nahm steif in einem Sessel Platz.
Serena setzte den Hund wieder in seinen Korb und klingelte hastig nach dem Dienstmädchen. Als es erschien, bestellte sie Tee.
Francis hielt dem Blick seiner Mutter stand. Sie war das kleinste seiner Probleme. »Francis«, sagte sie schließlich, »ich muß unter vier Augen mit dir sprechen.«
Er wandte sich Serena zu und lächelte. »Am besten bringen wir es hinter uns, Liebling.«
Er sah, wie Serena bei diesem Kosenamen stutzte, der ihm so leicht über die Lippen kam. Sie griff nach dem Korb und machte Anstalten zu gehen, wandte sich aber dann an ihre Schwiegermutter. »Es war nicht seine Schuld«, sagte sie aufrichtig.
»Serena!« Francis mußte sie scharf unterbrechen, bevor sie eine verhängnisvolle Enthüllung machen konnte, aber der verängstigte Blick, den sie ihm zuwarf, schmerzte ihn. Sie schluckte und verließ den Salon, den Korb im Arm. Er verstand ihre Angst jetzt viel besser und wünschte, er könnte ihr folgen und sie beruhigen.
»Also wirklich, Francis«, bemerkte seine Mutter, sobald sich die Tür geschlossen hatte. »Du mußt verrückt geworden sein. Und sie ist ein völliger Wildfang. Sie lag auf dem Boden; man konnte ihr Strumpfband sehen!«
»Das habe nur ich gesehen, Mutter«, antwortete Francis sanft.
»Und was ist mit Anne?«

Er schaute verlegen zu Boden. »Das tut mir sehr leid. Aber sie wird einen anderen, einen besseren Mann finden.«
»Der Herzog und die Herzogin werden äußerst ungehalten sein.«
»Ich weiß.«
»Warum konntest du diese Frau nicht wenigstens auf angemessene Art und Weise heiraten?«
Womit wir wieder beim Thema wären, dachte er. Ich sollte es wirklich in die Zeitung setzen. »Weil sie schwanger ist.«
Lady Middlethorpe starrte ihn an. »Du meinst ...? Während du Lady Anne den Hof gemacht hast, hast du ...? *Du Schuft!*«
»Damit hast du sicher recht.«
Der Tee wurde gebracht. Da seine Mutter keine Anstalten machte, sich zu bedienen, goß er ihr eine Tasse ein. Sie war wahrhaftig schockiert, und er konnte es ihr nicht verdenken. Sie trank ihre Tasse in einem Zug leer. »Francis, ich kann kaum glauben, daß du zu so etwas fähig bist.«
»Danke.«
Sie starrte ihn an. »Kannst du mir nicht sagen, weshalb? Ich dachte, ich kenne dich, weiß, was du für ein Mensch bist ...«
Es war weitaus schwieriger, als er es sich vorgestellt hatte. Er konnte die Diskussion beenden, sich einfach weigern, die Fragen seiner Mutter zu beantworten, aber das wäre nicht fair gewesen. Doch genausowenig konnte er die Wahrheit sagen.
»Ich dachte, Anne wäre die Richtige für mich, Mutter, aber ... Es geschah im November, als ich die Sache mit Ferncliff erledigen wollte. Ich lernte Serena kennen, wir haben unbedacht gehandelt, und es blieb nicht ohne Folgen. Ehrenhalber mußte ich sie heiraten. Ich bitte dich, freundlich zu ihr zu sein.«
Der Schock seiner Mutter saß tief, und sie sah geradezu gequält aus. »November ... O nein!«

»Serena ist im dritten Monat schwanger«, bestätigte er. »Das Ganze wird bekannt werden, wenn das Kind geboren wird.«

Seine Mutter sah ihn mit einem tragischen Ausdruck in den Augen an.

»Mutter, so schlimm ist es nun auch wieder nicht«, protestierte er. »Es wird Gerede geben, aber solche Dinge geschehen nun mal.«

»Aber du und Anne hättet so gut zueinander gepaßt.«

Francis wußte, daß er dieser Sache ein Ende machen mußte, damit Frieden in seinem Haus herrschte. »Mutter, ich liebe Serena.«

»Wirklich, mein Lieber?«

»Ja.«

»Und sie liebt dich?«

»Ich denke schon.« Und er war doch immer so ein aufrichtiger Kerl gewesen. Der ehrbare Francis, hatte ihn Nicholas einmal genannt.

Seine Mutter starrte nachdenklich ins Leere. »Meinst du, Liebe genügt, wenn so viel gegen diese Verbindung spricht?«

»Ich hoffe es. Aber so schlimm ist es auch wieder nicht ...«

»Das ist es sehr wohl«, entgegnete sie wieder in ihrer gewohnten Schärfe. »Die Arrans werden tief gekränkt sein, und es ist stark zu bezweifeln, ob Serena von der Gesellschaft akzeptiert werden wird. Die Witwe von Matthew Riverton!«

»Ihre Familie gehört dem niederen Adel an.«

Sie warf ihm einen eisigen Blick zu. »Die Allbrights sind schon seit Generationen Flegel. Ich kannte den Vater dieses Mädchens. Am besten brechen wir morgen alle nach Middlethorpe Priory auf.«

»Ich fürchte, das paßt uns schlecht.«

»Was, bitte, ist der Zweck dieses Aufenthalts? Es halten sich kaum wichtige Leute in der Stadt auf, und du hast nicht die nötigen gesellschaftlichen Kontakte, um eine fragwürdige Gattin einzuführen!«

»Wir dinieren heute abend in Belcraven House. Beth Arden ist eine Freundin von Serena.«

Lady Middlethorpe machte große Augen. »Die Marquise ...?« Doch dann verwandelte sich ihre Überraschung in Widerwillen. »Ach, eine der Rogues. Und *sie* war eine mittellose Lehrerin, bevor sie Arden vor den Altar geschleppt hat.« Sie seufzte. »Da du aber mein Sohn bist, werde ich nicht zulassen, daß du leidest, weil ... Ich schätze, ich muß bleiben und die Sache in die Hand nehmen, bevor du alles noch schlimmer machst.«

Mit dieser Ankündigung schritt sie aus dem Zimmer.

Francis sank in einen Sessel und stützte seinen Kopf in die Hände. Es quälten ihn Visionen, wie alles hätte kommen können. Er hätte Anne Peckworth geheiratet – eine anständige Hochzeit nach einer wenigstens ein- oder zweimonatigen Verlobungszeit. Die Gesellschaft hätte die Verbindung wohlwollend gebilligt. Im Ehebett hätte Anne sich scheu und schicklich verhalten, und mindestens neun Monate wären vergangen, bis das erste Kind geboren worden wäre.

Eine idyllische Vorstellung.

Francis erhob sich und zwang sich, solche Gedanken beiseite zu schieben. Die Sache war entschieden, und jetzt mußten sie nur so gelassen wie möglich damit umgehen. Kein Skandal währte ewig.

Er begab sich zu Serena, um sie von den Plänen für den Abend zu unterrichten.

»Ausgehen?« fragte Serena. »Aber ich habe noch kein passendes Kleid.«
Serena benutze dies als Vorwand. Das Verhalten von Francis' Mutter hatte sie erschreckt, und sie fürchtete sich vor den Reaktionen der besseren Gesellschaft. Als eine Allbright gehörte sie schon nicht zur besten Schicht; als eine Riverton war sie inakzeptabel. Sie war in ihrem Zimmer auf und ab gegangen und hatte gehofft, ihre einfache, ländliche Garderobe würde jeden gesellschaftlichen Auftritt unmöglich machen. Nun, da sie seine Mutter kennengelernt hatte, würden sie sicherlich sofort aufs Land zurückkehren.
»Das blaue Kleid genügt. Es wird kein formeller Abend werden.«
»In einer herzoglichen Villa!«
»Trotzdem sind es nur die Rogues.« Er hob eine feine Porzellanfigur auf und stellte sie ziemlich unsanft wieder an ihren Platz. »Vertrau mir, Serena. Es gibt keinen Grund, sich zu fürchten. Es tut mir leid wegen meiner Mutter …«
»Nicht doch! Sie hat das Recht, schockiert zu sein.«
»Ja, das hat sie wohl. Danke für dein Verständnis.« Er sah sie ernst an. »Und ich möchte über Anne sprechen.«
Serena machte eine Bewegung, um ihm das Wort abzuschneiden. Seine verlorene Liebe war das letzte, über was sie mit ihm diskutieren wollte. Er griff nach ihrer Hand. »Serena, ich liebe Anne Peckworth nicht, und ich habe sie nie geliebt. Das mußt du mir glauben.«
Sie sah ihm in die Augen und hatte das Gefühl, er sagte die Wahrheit. »Aber du wolltest sie heiraten.«
»Ja. Sie wäre eine passende Braut gewesen. Ich habe sie und ihre Familie sehr gern. Die Liebe hätte sich vielleicht später eingestellt.«
Serena hoffte, daß er ihr den Schmerz nicht ansah, den jeder

seiner Sätze hervorrief, da er sich offensichtlich bemühte, freundlich und aufrichtig zu sein. Vielleicht stellt sich die Liebe bei uns auch ein, dachte sie. Ihre Hoffnung war jedoch nicht groß. Sie war *keine* passende Braut, und er mußte ihre Familie verabscheuen. »Danke für deine Ehrlichkeit«, sagte sie.

»Ich werde immer ehrlich zu dir sein, Serena. Darf ich dasselbe auch von dir erwarten?«

»Ja, natürlich.«

Er berührte sanft ihre Wange. »Dann, glaube ich, werden wir uns gut verstehen.« Sie dachte, er würde sie küssen, und trotz ihrer Abneigung gegen das Küssen hätte sie nichts dagegen gehabt, aber er drehte sich weg. Er betrachtete den Welpen, der in seinem Korb schlief. »Und sie gefällt dir?«

»Sie ist wunderbar. Ich habe sie Brandysnap genannt oder kurz Brandy. Findest du das albern?«

»Überhaupt nicht. Außerdem scheint sie ihre Körperfunktionen unter Kontrolle zu haben, das wird das Ganze einfacher machen.«

»Nicht ganz«, bemerkte Serena mit einem Lächeln. »Sie hat dieses Kleid etwas beschmutzt. Ich muß mich gleich umkleiden. Aber sie hat sehr reuevoll ausgesehen.«

Er lächelte über diese Bemerkung. »Eine wohlerzogene junge Dame, überwältigt von all der Aufregung. Ich glaube, du wirst etwas Hilfe benötigen mit ihr. Hier gibt es einen Küchenjungen, der sich sicher gern um sie kümmert, wenn du keine Zeit hast – zumindest dem Gesichtsausdruck nach zu schließen, als er sie im Garten sah.«

Serena beugte sich über den Welpen, damit Francis ihr Gesicht nicht sehen konnte. Du bist ein wahrhaft guter Mann, dachte sie, du bist ehrlich, hast mich ohne Zögern gegen deine Mutter verteidigt, und du bemerkst die sehn-

süchtigen Blicke eines Küchenjungen. Du verdienst etwas Besseres als dieses Durcheinander, und ich möchte dir etwas Besseres geben. Wenn ich nur wüßte, wie.
»Das ist eine gute Idee«, sagte sie.
Sie faßte sich und wandte sich wieder zu ihm, ausnahmsweise dankbar dafür, daß sie so gut gelernt hatte, sich zu verstellen. »Wann gehen wir heute abend aus?«

Zwölftes Kapitel

Serena verbrachte die Zeit bis zu ihrem Aufbruch damit, sich den Kopf darüber zu zerbrechen, wie sie ihre Situation verbessern konnte, jedoch vergeblich. Sie hatte keine Ahnung vom gesellschaftlichen Leben.

Sie war von der Schule ins Gefängnis gegangen und wußte nichts von der Welt. Es war ihr jedoch klar, daß ihr Mann unglücklich wäre, wenn sie aus der Gesellschaft ausgestoßen würden. Wie aber konnte das verhindert werden, wenn erst bekannt wurde, daß sie Randy Rivertons Witwe war? Die Hochzeitsanzeige würde das ans Licht bringen, aber selbst wenn die umgangen werden konnte, bedurfte es lediglich eines zufälligen Treffens mit irgendeinem Mann, der Stokeley Manor besucht hatte, um einen Skandal auszulösen.

Als Matthews Frau war sie nie gezwungen worden, an der öffentlichen Zurschaustellung der erotischen Spielereien teilzunehmen, die seine Gäste so amüsiert hatten, aber sie mußte dabei zusehen. In den späteren Jahren ihrer Ehe schien es Matthew zu erregen, sie in unangenehme Situationen zu bringen.

Sie war gezwungen worden, verschiedene unanständige Posen einzunehmen, manchmal spärlich bekleidet. Diese Demütigungen hingen hauptsächlich davon ab, ob Matthew mit ihr zufrieden oder wütend auf sie war. Nachdem er

erfahren hatte, daß sie unfruchtbar war, war er meist wütend.
Heute erschien ihr ihre Vergangenheit wie ein schlechter Traum – ein Traum, der ihr Leben noch immer überschattete. Daher war sie auch nicht sehr zuversichtlich, daß ihr ein Treffen mit Beth Armitage helfen würde. Beth hatte die Sicherheit von Miss Mallorys Schule genossen, bis sie sie verließ, um zu heiraten. Sie konnte nichts über das Leben wissen, das Serena geführt hatte, und würde es sicherlich nicht verstehen.
Serena fühlte sich auch nicht wohl bei dem Gedanken, Francis' Freunde kennenzulernen. Sicher würden sie seine Partei ergreifen, seine unglückliche Situation erkennen und sie dafür verantwortlich machen.
Als die Kutsche sich einer von Londons besten Adressen näherte, fragte Serena sich, wieviel Francis seinen Freunden erzählt hatte. Sicherlich nicht alles. Aber wie sonst hatte er seine Handlungsweise erklärt?
Die Kutsche hielt vor der majestätischen Treppe eines Herrenhauses am Marlborough Square. Der Diener betätigte den Türklopfer, öffnete die Tür der Kutsche und ließ die Stufen herunter. Als Serena und Francis sich dem massiven Portal näherten, erwartete sie bereits eine kleine Armee von Dienstboten.
Sie wurden in eine prächtige Eingangshalle aus Marmor und Gold geleitet. Serena hatte noch nie im Leben eine so eindrucksvolle Halle gesehen. Der Eindruck verstärkte nur ihre Angst, und sie blieb dicht an Francis' Seite.
Sobald sie ihren Mantel abgegeben hatte, wurde sie jedoch herzlich und informell von einer hübschen Frau begrüßt, die sie sofort als Beth erkannte. »Serena! Wie wunderbar!« Sie hängte sich bei ihr ein. »Wir werden so viel Spaß haben und zusammen ganz schrecklich mütterlich werden! Apropos

schrecklich, leidest du unter Übelkeit? Nein? Ich auch nicht, aber manchmal ist mir ein wenig unwohl ...«
Serena wurde in einen gemütlichen Salon geführt und einem aufsehenerregend gutaussehenden blonden Mann vorgestellt. Ehe sie sich versah, wurde ihre Hand vom Erben eines Herzogtums geküßt ... ein sinnlicher Kuß sowohl auf ihre Finger als auch auf ihre Handfläche. »Ich verehre Schönheit«, sagte er mit einem entwaffnenden Zwinkern in seinen blauen Augen, »herzlich willkommen, Serena.«
Irgendwie konnte sie ihm nicht böse sein, aber sie errötete.
»Luce!«
Serena hörte den Ärger in der Stimme ihres Mannes und zog mit einem schlechten Gewissen ihre Hand zurück. Würde ihre verdammte Schönheit auch diese Freundschaft zerstören?
Die Marquise und ihr Ehemann drehten sich überrascht zu ihrem Mann um. »Die Huldigung der Schönheit gehört zu meinem Leben, Francis«, sagte Lord Arden leichthin. »Wenn ich damit aufhören soll, mußt du mich schon erschießen.«
»O nein«, rief Serena, »bitte! Es war sicher meine Schuld ...«
»Sei nicht albern, Serena«, sagte Beth fröhlich, ging zu Francis und küßte ihn warm und ausgiebig auf die Lippen. »So. Jetzt sind wir quitt.«
Die Spannung ließ etwas nach, aber Serena war erleichtert, als ein weiterer Mann durch die offene Tür hereinschlenderte. »Braut und Bräutigam schon da?«
Der verwegen aussehende Gast mit dunkelblondem Haar sprach mit einem leichten irischen Akzent. Er kam auf sie zu. »Willkommen im Palast der Rogues, meine Liebe. Ich bin derjenige, der das Pferd hatte, mit dem dein Schatz zurückerobert wurde. Darf ich mich mit einem Kuß belohnen?«
Er wartete nicht auf die Erlaubnis, sondern gab ihr einen

kräftigen Kuß. Serena warf ihrem Mann einen beunruhigten Blick zu, aber er schien sein Gleichgewicht wiedergefunden zu haben.

»Serena, darf ich dir Miles Cavanagh vorstellen, und«, Francis blickte zur Tür, »sein Mündel, Felicity Monahan.«

Die dunkelhaarige junge Frau, die bei der Tür gestanden hatte, betrat den Raum mit kühnen Schritten. »Sie sind alle Satansbraten«, sagte sie, »wenn es nicht schon zu spät wäre, würde ich dich vor ihnen warnen.«

Bald war Serena von fünf fremden Menschen umringt, wobei es sich bei dem letzten Neuzugang um den blonden, sarkastischen Stephen Ball handelte. Es war eine fröhliche, plaudernde Gruppe.

Die Unterhaltung drehte sich um Prinzessin Charlottes neuesten Verehrer, den aussichtsreichsten Bewerber um ihre Hand.

»Ein feiner Mann«, bemerkte Miles über Prinz Leopold, »auch wenn er wieder nur ein verarmter Deutscher ist, der auf Kosten der Krone leben will.«

»Der nächste Monarch kann niemanden heiraten, der ein zu starkes Interesse an seinem Heimatland hat«, wandte Beth ein. »Die Geschichte lehrt uns, welch verheerende Folgen das nach sich zieht ...«

»Der da hat überhaupt keine Interessen«, gab Miles grinsend zurück. »Schließlich gibt es bei ihm auch nichts zu holen.«

Alle lachten über diese Bemerkung.

Serena war inzwischen entspannt genug, um ihr Unwissen einzugestehen. »Ein Prinz ohne Vermögen?« fragte sie. »Ist er denn nicht reich?«

Stephen Ball war es, der antwortete. »Leopold ist der dritte Sohn eines recht unbedeutenden Fürstenhauses. Bei seinem letzten Besuch wohnte er über einem Lebensmittelhändler in der Marylebone High Street. Diesmal ist er im Pavillon in

Brighton untergebracht. Es scheint, als ob man ihn zurechtgewiesen hätte.«

»Das klingt fast, als ob er dir leid täte«, bemerkte Serena.

»Das kommt darauf an, ob das Hühnchen sein Abendessen oder sein Haustier ist«, antwortete Stephen grinsend.

Serena beschloß, das Thema aufzugreifen und ihnen von Brandy zu erzählen.

»Ein Welpe!« rief Beth. »Wie süß! Lucien, könnten wir nicht auch ...?«

»Was immer du möchtest, wie immer«, erwiderte der Marquis gedehnt. »Aber ein Schoßhündchen, Beth?«

Sie grinste. »Auch Wolfshunde müssen irgendwann einmal Welpen sein.«

Er grinste zurück. »Das wäre doch was.«

»Typisch für die reichen Müßiggänger«, erklärte Miles. »Ein Wolfshund in einem Land, wo es keine Wölfe gibt.«

»Lieber Miles«, seufzte Felicity, »ich wünschte, du würdest aufhören, diese Proletarierrolle zu spielen. Du bist steinreich und wirst eines Tages einen Titel tragen.«

»Ah, aber ich bin Ire, meine Liebe, und das hebt alles andere auf.«

»Keine Politik«, sagte Beth bestimmt. »Es ist angerichtet.«

Während des Essens entspannte sich Serena gänzlich. Es schien, als wären diese Menschen bereit, sie vorbehaltlos zu akzeptieren. Sie erinnerte sich, daß Francis gesagt hatte, als Frau eines Rogues sei auch sie eine Rogue. Anscheinend traf das zu.

Eine derart lockere Gruppe von Männern und Frauen war eine völlig neue Erfahrung für sie, an die sie sich aber mit der Zeit durchaus würde gewöhnen können.

Das einzige, was ihr ein Gefühl des Unbehagens vermittelte, war das ununterbrochene Flirten. Alle Männer flirteten wie selbstverständlich mit jeder der Frauen, und Beth und Felicity machten unbekümmert mit. Serena war der Meinung, daß Felicity dabei ab und zu die Grenzen der Schicklichkeit überschritt, aber niemand schien sich daran zu stoßen. Trotzdem lagen Serenas Nerven bloß. Sie hatte schreckliche Angst davor, etwas falsch zu machen, und ließ Francis nicht aus den Augen.

Sie konnte nur wenig essen und fühlte die ersten Anzeichen von Kopfschmerzen.

Beth Arden erhob sich abrupt. »Serena, wir sollten uns zum Tee zurückziehen, es sei denn, du ziehst Wein und Brandy vor.«

Serena war gerne bereit, diesem Plan zu folgen, aber als sie den Raum verließen, sah sie, wie sich die Tür hinter ihnen schloß und Felicity mit vier jungen Männern zurückblieb.

»Beth ..., Lady Arden ...«

»Bitte nenn mich Beth.« Beth ging ihr voraus die breite Treppe hinauf.

»Beth ... Findest du es in Ordnung, Miss Monahan ohne Anstandsdame bei den Männern zu lassen?«

»Felicity wird sich schon benehmen. Miles scheint sie gut unter Kontrolle zu haben, obwohl er ab und zu etwas grob zu sein scheint.«

Das waren nicht Serenas ursprüngliche Bedenken gewesen, obwohl sie sich vorstellen konnte, was Beth mit grob meinte. Sie schauderte. Dabei hatte Mr. Cavanagh auf sie den Eindruck eines so netten Gentleman gemacht. Dachte sich Beth nichts bei solchen Dingen?

Vielleicht war ihre Ehe doch nicht so ungewöhnlich gewesen. Vielleicht war sie es gewesen, die ungewöhnlich war, weil sie sie als schrecklich empfunden hatte ...

Beth plauderte über das Haus, während sie einen Korridor entlanggingen. Serena hörte ihr kaum zu, da sie innerlich mit sich kämpfte. Schließlich mußte sie etwas sagen.

»Beth, ich finde es einfach nicht richtig, Felicity dort mit den Männern allein zu lassen.«
Beth starrte sie verdutzt an. »Aber Miles ist dabei. Er ist ihr Vormund.«
»Aber ... aber da könnte doch *alles mögliche* passieren.«
Ein Schimmer von Verständnis erschien in Beths Augen. »Serena, diese Männer sind Rogues. Ich würde zwar nicht so weit gehen zu sagen, daß nicht einer von ihnen allein etwas Verruchtes tun würde, aber wenn sie zusammen sind ... da siegt das Noble in ihnen.«
Inzwischen hatten sie den kleinen Salon erreicht, und Serena setzte sich. »Ich verstehe das alles nicht.«
»Wohl ganz anders als deine bisherigen Erfahrungen, könnte ich mir vorstellen.«
»Völlig anders.«
»Mach dir um Felicity keine Sorgen. In Wirklichkeit ist sie nämlich ein unverbesserlicher Wildfang, der sich viel lieber dort unten über Pferde und die Jagd als hier ober über Ehemänner und Babys unterhält.«
Ein Diener und eine Zofe brachten den Tee.
»Dies ist ein prächtiges Haus«, bemerkte Serena. Obgleich sie die Wahrheit sagte, war sie froh, nicht in dem Palast leben zu müssen. Mit seinem Stuck und den Goldverzierungen war das Haus einfach zu überwältigend – sogar in diesem kleinen Raum.
»Lächerlich, nicht wahr?« sagte Beth trocken. »Das findet sogar Lucien manchmal, und er ist von klein auf daran gewöhnt. Und warte erst, bis du Belcraven Park siehst.«
»Wie könnt ihr euch hier zu Hause fühlen?«
»Wir verbringen nicht viel Zeit hier. Unser wirkliches Zuhause ist Hartwell, ein ziemlich einfacher Besitz in Surrey. Aber da wir kein Stadthaus unterhalten, wohnen wir im Palast, wenn wir in London sind. Eigentlich tun wir dem

Personal damit einen Gefallen. Der Herzog und die Herzogin kommen selten nach London, aber das Haus ist immer bereit, falls sie doch kommen. Dem Personal hier wird es mitunter ziemlich langweilig.«
»Diesen riesigen Haushalt instand zu halten muß Arbeit für eine ganze Armee sein.«
»Schon, aber wenn keiner das Haus benutzt, ist alles umsonst. Aber jetzt erzähl mal, wie fühlst du dich als verheiratete Frau?«
Serena war noch nicht soweit, daß sie mit Beth Vertraulichkeiten austauschen konnte, so daß sich die Unterhaltung auf Summer St. Martin, Kleider und den Haushalt beschränkte. Schließlich kamen sie jedoch auf Schwiegermütter zu sprechen.
Beth zog eine Grimasse. »Francis' Mutter ist ein ziemlicher Drachen, nicht wahr? Nein, das ist nicht gerecht. Sie ist eigentlich recht nett, nur etwas zu gluckenhaft, mit einem Hang zur Überheblichkeit. Ich nehme an, es war ein schwerer Schlag für sie alle, als Francis' Vater gestorben ist.«
»Und dann gibt es da ja auch noch seine Schwestern.«
»Ach, um die brauchst du dir keine Sorgen zu machen. Diana ist mit ihrem Mann, einem Diplomaten, in Paris, und Clara verläßt das Anwesen ihres Mannes in Schottland kaum. Amy, die jüngste, ist mit Peter Lavering verheiratet, und er ist Ehrenmitglied der Rogues. Du wirst sie mögen, aber seit der Geburt ihres ersten Kindes bleiben sie gerne auf dem Land.«
Serena beschloß, daß es nun an der Zeit war, Arabellas Rat zu folgen und in den sauren Apfel zu beißen. »Francis' Mutter war von unserer Hochzeit jedoch schockiert, und ich weiß, daß er um Lady Anne Peckworth anhalten wollte. Unsere Hochzeit wird unweigerlich Gerede hervorrufen, und wenn bekannt wird, daß ich ... daß ich schon vor der

Eheschließung schwanger war, wird es einen Skandal geben, oder?«
»Man wird sicherlich reden«, gab Beth zu, »aber ein Skandal? Plötzliche Hochzeiten kommen schon mal vor.«
»Aber was ist mit meiner Herkunft? Meine Familie ist nicht angesehen, und das aus gutem Grund. Sogar ich halte nicht viel von ihr. Und mein erster Mann war berüchtigt.«
Beth setzte ihre zerbrechliche Tasse ab. »Ich gebe zu, das könnte ein Problem werden. Es hängt davon ab, wie die Menschen dich aufnehmen. Die Gesellschaft ist unberechenbar.«
Serena sah Beth in die Augen. »Gibt es irgend etwas, das ich tun kann, um die Situation zu verbessern? Ich werde alles tun, was nötig ist. Ich schulde es Francis, daß er ein bequemes Leben führen kann.«
»Ich glaube nicht, daß du ihm *irgend etwas* schuldest«, sagte Beth ernsthaft. »Ihr werdet euch jedoch beide wohler fühlen, wenn die Gesellschaft euch hundertprozentig akzeptiert. Laß mich nachdenken ...«
Schließlich erklärte Beth: »Francis hat die Hochzeit noch nicht bekanntgegeben. Wenn er es tut, muß die Anzeige deinen früheren Namen erwähnen. Es wäre verlockend, den Namen Allbright anzugeben, aber ich bezweifle, daß Francis da mitmacht. Dafür ist er zu ehrlich. Außerdem würde irgend jemand es ja doch wissen.«
»Dann ist es hoffnungslos?«
»Ich glaube nicht. Wie heißt es so schön – Angriff ist die beste Verteidigung. Wir müssen mit Lucien sprechen. Er ist viel geschickter bei diesen gesellschaftlichen Manövern als ich, aber ich glaube, wenn dich genügend wichtige Leute akzeptieren, bevor die Neuigkeiten ans Tageslicht kommen, könnte es klappen. Es ist viel schwieriger, bereits bestehende Verbindungen zu lösen, als eine neue zu verweigern.«

»Aber wie kann ich von den wichtigen Leuten akzeptiert werden?« fragte Serena.
»Meine Liebe«, bemerkte Beth trocken, »du wirst bereits von uns akzeptiert.« Sie lachte. »Nun schau nicht so gedemütigt. Ich finde es auch absurd, aber Tatsache ist, daß Lucien und ich als Marquis und Marquise Arden und zukünftige Herzog und Herzogin Belcraven zur Crème de la crème der Gesellschaft zählen. Der Herzog und die Herzogin werden uns sicherlich unterstützen, wenn ich sie nur dazu überreden kann, in die Stadt zu kommen. Außerdem können die Rogues noch einige andere wichtige Mitglieder der Gesellschaft anheuern. Wenn du bereit bist, dich in die Höhle des Löwen zu wagen, sollten wir es versuchen.«
Dieses Bild kam Serenas Gefühlen empfindlich nahe. »Was ist, wenn ich jemanden treffe, der ... der mich als Matthews Frau kannte?«
»Ist das wahrscheinlich?«
»Ich habe nicht viele Leute kennengelernt, und nur wenige gehörten der oberen Gesellschaft an. Da gab es einen Lord mit Namen Deveril ...«
»Der zumindest ist tot«, stellte Beth zufrieden fest. »Wenn die anderen einem niedrigeren Stand angehörten als er, dann sind die Chancen gut, daß du ihnen nicht über den Weg läufst. Deveril war nicht anerkannt. Wenn du solche Leute triffst, ignoriere sie.«
Serena rang die Hände. »Himmel, es macht mir angst. Ich würde viel lieber auf dem Land leben.«
Beth sagte nichts und sah sie nur an.
Serena schüttelte den Kopf. »Das hast du in der Schule auch immer getan, du Biest. Ich weiß. Verstecken nützt nichts. Nun gut. Laß uns losziehen und die Gesellschaft erobern. Ich hoffe nur, daß dabei kein Blut fließt.«
Beth fing sofort an, Pläne zu schmieden. »Wenn wir dich

einführen wollen, muß das geschehen, bevor man uns die Schwangerschaft zu sehr ansieht. Zum Glück trägt man die Taillen noch hoch.«

»Taillen werden immer hoch getragen werden.«

»Das bezweifle ich. Sie rutscht bereits herunter. Ehrlich gesagt ist das Kleid, das du trägst, schon seit Jahren unmodern. Ist dir aufgefallen, daß die Korsetts auch immer enger werden? Ich fürchte, das ist das Ende des vernünftigen Kleides.«

»Zurück zu Mieder und Reifrock?« erkundigte sich Serena. »Frauen werden so etwas nicht noch einmal mitmachen.«

Beth verzog das Gesicht. »In der Mode ist nichts zu töricht. Eines Tages werde ich meiner Überzeugung gemäß handeln und anfangen, Hosen zu tragen.«

»Beth!«

»Warum nicht? Aber wir schweifen ab. Schließlich wollen wir dich nicht in Hosen in die Gesellschaft einführen; unser Ziel ist absolute Ehrbarkeit.« Sie nahm ein Blatt Papier und einen Stift zur Hand und begann, sich Notizen zu machen. »Ich frage mich, ob es fair wäre, Leander zu bitten, in die Stadt zu kommen. Ein Graf wäre hilfreich, aber er hat gerade geheiratet. Dann ist da noch Nicholas. Irgendwie ist es nicht richtig, ein Unternehmen der Rogues ohne ihn zu planen. Ich glaube«, grübelte sie, »ich könnte die Herzogin von Yeovil um ihre Unterstützung bitten. Ihr Sohn war ein Rogue. Er fiel bei Waterloo.«

Sie sah Serenas verständnislosen Blick und lachte. »Ich glaube, ich muß dir erklären, wer die Rogues eigentlich sind, dann wird alles klar.«

»Francis sagte, sie seien eine Gruppe enger Freunde.«

»Sie sind mehr als das. Es ist mehr wie eine Familie, aber eine Familie, wie sie nur wenige von uns haben. Es ist unvorstellbar, daß ein Rogues einem anderen nicht beisteht, außer

vielleicht in gesetzeswidrigen Angelegenheiten. Aber nur vielleicht«, fügte sie mit einem Grinsen hinzu, »letztes Jahr haben wir uns ein wenig mit Einbrüchen beschäftigt.«
»Francis auch?« Serena war sich nicht sicher, was sie davon halten sollte.
»Francis hatte nur einen harmlosen Beobachterposten. Soweit ich mich erinnere, war er etwas eingeschnappt, aber Nicholas gab ihm zu verstehen, daß er und Steve die einzigen anwesenden Parlamentsmitglieder waren, und falls etwas schiefgehen würde, könnte es sein, daß sie ihre Beziehungen würden spielen lassen müssen.«
»Das hört sich an wie eine Verschwörung. Und wer ist dieser Nicholas?«
»Hat Francis dir nichts über Nicholas Delaney erzählt?« fragte Beth überrascht.
»Er hat ihn erwähnt. Er ist verheiratet, oder? Und ich glaube ... Ist er derjenige, den Arabella als König der Rogues bezeichnet hat?«
»Wahrscheinlich. Aber was noch wichtiger ist«, sagte Beth sanft, »Nicholas ist der beste Freund von Francis und umgekehrt.«
»Oh.« Serena sah, daß Beth erstaunt war, daß sie mit Francis verheiratet sein konnte und das nicht wußte. Sie war tatsächlich gekränkt, denn es zeigte deutlich die Oberflächlichkeit ihrer Beziehung zu Francis.
»Sicher wirst du ihn bald kennenlernen«, sagte Beth etwas zu fröhlich, »und dann wirst du es verstehen. Nicholas ist schwer zu beschreiben. Auf jeden Fall sind die Familien der Rogues dankbar, daß er die Gruppe gegründet hat.«
»Wieso?«
»Sie erkennen, was für einen ausgleichenden Einfluß die Rogues haben. Lucien zum Beispiel wurde nur durch die Gruppe vor unerträglicher Arroganz bewahrt. Ohne sie

wäre er vermutlich nur von Speichelleckern umgeben gewesen und hoffnungslos verzogen worden.«
»Es ist ungewöhnlich«, bemerkte Serena, »aber ich sehe den Reiz einer solchen Gruppe.«
»Ja«, sagte Beth nachdenklich, »wenn ich so vorausschauend gewesen wäre wie Nicholas, hätte ich eine solche Gruppe bei Miss Mallory ins Leben gerufen. Wir hätten vielleicht deine Hochzeit mit Riverton nicht verhindern können, aber du wärst nie allein gelassen worden.«
Serena schüttelte den Kopf. »Ich durfte keine Briefe empfangen und keine Freunde haben.«
»Ach, ich bin sicher, wir hätten eine Möglichkeit gefunden. Aber das ist Vergangenheit. Jetzt bist du eine Rogue, und wir wollen alle nur, daß du glücklich bist.«
Serena starrte ins Feuer. »Beth, ich bin mir nicht sicher, ob ich weiß, was Glücklichsein bedeutet.«
Beth setzte ihre Tasse ab und ergriff Serenas Hand. »Ich weiß. Aber von allen Rogues ist Francis der gütigste und freundlichste. Er hat dich ganz offensichtlich gern, und ich weiß, daß er dich glücklich machen kann.«
Serena spürte, wie sich ihre Augen mit Tränen füllten. Sie wünschte, sie könnte Beth ihre schreckliche Sünde gestehen, aber es war unmöglich.
»Er wollte mich nicht heiraten«, sagte sie. »Er wollte Lady Anne Peckworth heiraten.«
Beth tat diese Information mit einer Handbewegung ab. »Was geschehen ist, ist geschehen, und ich bezweifle, daß Lady Anne eine gute Rogue geworden wäre.«
Damit war ihre Unterhaltung beendet, da die anderen Gäste sich zu ihnen gesellten. Beth verkündete sofort ihren Plan für den Frontalangriff auf die Gesellschaft. Serena sah, wie Francis ihr einen Blick zuwarf, aber er sagte nichts, sondern beteiligte sich an der Diskussion über Besuche des

Theaters, der Oper sowie einiger sorgfältig geplanter Anlässe.

Schließlich kam er jedoch zu ihr herüber und setzte sich neben sie. »Hat Beth dir das alles eingeredet?«

»Überhaupt nicht«, erwiderte Serena mit fester Stimme. »Es war genauso meine Idee wie die ihre.«

Er runzelte leicht die Stirn. »Ich möchte nicht, daß du dich überanstrengst.«

Serena gab sich begeistert. »Um Himmels willen, wenn ich mich ein wenig in der Stadt amüsiere, wird das eine angenehme Abwechslung zum ruhigen Landleben sein.«

»Ich verstehe. Aber momentan siehst du etwas müde aus.«

Serena gab zu, daß sie sich matt fühlte.

»Vielleicht sollten wir dann aufbrechen«, sagte er.

»Wenn es dir nichts ausmacht ...«

»Überhaupt nicht. Wir können morgen zurückkehren und weitere Pläne schmieden.«

Auf dem Heimweg in der Kutsche spürte Serena, daß etwas zwischen ihnen stand. »Ist irgend etwas, Francis? Findest du nicht, daß ich versuchen sollte, akzeptiert zu werden?«

»Nein, es ist eine gute Idee, und mit etwas Glück wird es wahrscheinlich auch klappen.«

Sie zermarterte sich den Kopf darüber, was das Problem sein konnte. »Das mit dem Flirten tut mir leid. Ich wußte einfach nicht, wie ich es vermeiden sollte.«

Er schüttelte nur den Kopf darüber. »Das ist mein Problem, Serena, nicht deines. Ich brauche nur ein wenig Zeit, mich daran zu gewöhnen, daß ich eine Frau habe. Auf jeden Fall vertraue ich den Rogues. Selbst wenn einer von ihnen mit dir das Bett teilen müßte, würde ich mir keine Sorgen machen.«

Als ihnen klar wurde, was er da gerade gesagt hatte, stieg ihnen die Röte ins Gesicht. Konnte *ihr* in einer solchen Situation getraut werden?

Er wandte sich ab und sah aus dem Fenster. »Wir haben noch keine Kleider für dich bestellt, und es wäre ohnehin nicht genug Zeit, sie fertigen zu lassen. Ich frage mich, ob Beth dir nicht ein paar borgen kann.«
»O nein, das könnte ich nicht!«
»Ich weiß, daß dir eigene lieber wären, aber wir haben keine Zeit.«
»Das meine ich nicht. Ich meine, ich kann Beths Kleider nicht tragen. Ich bin etwas kleiner als Beth und würde sie ruinieren.«
»Ich glaube nicht, daß ihr das etwas ausmachen wird. Sie und Luce sind keine Freunde großer Auftritte, aber ab und zu müssen sie gewissen Anlässen beiwohnen, und Beth hat die nötige Garderobe. Aber sie wird sie weder in dieser Saison noch in der nächsten tragen. Die zukünftige Herzogin von Belcraven kann sich nicht in zwei Jahre alten Kleidern sehen lassen.«
Für Serena war eine solche Welt kaum vorstellbar, aber angesichts der Pracht von Belcraven House war es wahrscheinlich die Wahrheit. »Wenn es ihr wirklich nichts ausmacht, wäre ich dankbar.«
»Und ich muß mich um Schmuck für dich kümmern. Die Erbstücke. Meine Mutter ...«
»Ich flehe dich an, bitte sie nicht, sie herzugeben!«
Er drehte sich um. »Sie gehören dir, Serena. Sie werden dir anvertraut ...«
In seinen Augen lag etwas Unergründliches. »Ich werde die Familienstücke bestimmt nicht verpfänden, Francis«, scherzte sie.
»Natürlich nicht.«
Aber er klang ernst. Dachte er wirklich, man könne ihr den Familienschmuck nicht anvertrauen?
Als sie in der Hertford Street ankamen, geleitete er sie

höflich zu ihrem Zimmer, fragte, ob sie noch etwas benötigte, und ließ sie dann allein. Es war nur zu deutlich, daß er nicht zu ihr kommen würde.
Serena ließ sich von der Zofe zu Bett helfen und lag dort, ohne einschlafen zu können. Wenn ihr Mann ihr nicht vertraute und er sie nicht begehrte, gab es dann noch Hoffnung für sie?

Francis begab sich in sein eigenes Zimmer, erfolgreich gegen seine Lust ankämpfend. Langsam wurde er wahrlich zu einem Monster. Serena hatte nicht nur keine Freude am Sex, sondern war überdies noch müde, und dennoch wollte er sie dazu benutzen, seine eigene Begierde zu stillen.
Um seine Willenskraft zu stärken, nahm er den Schmuck aus dem Beutel und breitete die Stücke nachdenklich vor sich aus. Bis er nicht sicher war, daß er Serena mit mehr Respekt behandeln würde, wollte er sie nicht mehr anrühren. Aber was sollte er bloß mit diesem Schmuck anfangen?
Es war eine Art Diebstahl, die Stücke ohne ihre Einwilligung wegzuschaffen, und doch hätte er gern genau das getan. Er wollte nicht mit ihr darüber sprechen. Am liebsten hätte er sie weggeworfen, so wie damals ihre Ringe, aber das wäre töricht.
Der Schmuck mußte verkauft werden, aber er wollte ihn nicht selbst zu einem Juwelier zu bringen. Er würde einen diskreten Mittelsmann dafür finden müssen.
Seufzend schob er die Schmuckstücke zurück in den Beutel und legte ihn in eine unverschlossene Schublade. Wenn der Schmuck gestohlen würde, wäre es in vieler Hinsicht eine Erleichterung.
Er wärmte sich am Feuer, und als er ein Stück Kohle mit dem Fuß näher an die Glut schob, blieb etwas Schmutz auf seinem glänzenden Schuh zurück. Er zog eine Grimasse.

Das Stadtleben sagte ihm nicht besonders zu – das gekünstelte Verhalten, die Täuschungen und die Tatsache, daß er solche albernen, glänzenden Schuhe tragen mußte.
Serena schien es jedoch zu gefallen. Das war wohl nicht verwunderlich, wenn man bedachte, daß sie ihr ganzes Leben lang auf dem Land gewohnt hatte. Er würde es ihr nachsehen. Der Plan, einen Frontalangriff auf die Gesellschaft zu starten, war eigentlich eine gute Idee. Er hatte sich schon damit abgefunden gehabt, den Skandal zu ertragen und ein oder zwei Jahre zu warten, bis sich die Gemüter beruhigt hatten. Dieser Plan, sofern er funktionierte, war viel besser.
War es paranoid, darin nur einen weiteren geschickten Schachzug seiner Frau zu vermuten?
Verdammt. Dabei wollte er doch nur seine Ruhe haben! Dann lachte er. Francis erinnerte sich daran, wie er in Lea Park über seinem Frühstück gebrütet und bedauert hatte, daß sein Leben so langweilig war. Es geschah ihm ganz recht.
Einen Moment lang überlegte er, welchen Weg er damals wohl eingeschlagen hätte, wenn man ihm eine Wahl gelassen hätte. Überraschenderweise mußte er sich eingestehen, daß er wohl den Weg gewählt hätte, der zu Serena führte.
Dieser Gedanke war jedoch unklug, denn plötzlich war ihm bewußt, wie nahe sie war, in ihrem Bett, seine Frau, von Rechts wegen die seine, mit ihren weichen Kurven, warm und duftend ...
Aber er konnte und würde nicht aufgeben. Mit der Zeit, mit viel Geduld, würde er sie dazu bringen, ihn ebenso zu begehren, wie er sie begehrte.
Er versuchte, seine Gedanken in andere Bahnen zu lenken. Dieser verdammte Ferncliff. Steve hatte erwähnt, er glaube, Ferncliff vergangene Woche gesehen zu haben, ohne jedoch

nahe genug gewesen zu sein, um den Mann zu erwischen. Ferncliff war der Grund für diesen ganzen Schlamassel, und falls er sich in London aufhielt, wollte Francis mit ihm sprechen. Sicherlich war es mit Hilfe der Rogues möglich, diesen Mann aus seinem Versteck aufzuscheuchen und die Sache zu bereinigen. Morgen früh würde er sich gleich als erstes darum kümmern.

Jetzt mußte er nur noch die Nacht hinter sich bringen. Mit einer großen Menge Brandy würde auch das gelingen.

Es war schon spät, als Francis am nächsten Morgen mit Kopfschmerzen erwachte. Er hatte keinen Appetit und wollte auch Serena nicht sehen, daher verließ er das Haus und ging zu Fuß zum Marlborough Square, um sich mit den Rogues über Ferncliff zu beraten. Er fand Beth und Lucien am Frühstückstisch vor, und ein weiterer Rogue leistete ihnen Gesellschaft – Hal Beaumont. Hal und Beth führten eine lebhafte Diskussion über Blanches Weigerung, Belcraven House zu betreten.

»Verdammt, Beth. Sie sagt, es schickt sich nicht, und weder ich noch Lucien können sie umstimmen. Versuche du es doch!«

»Es ist lächerlich. Hallo, Francis«, begrüßte ihn Beth. »Wärst du schockiert, wenn Blanche uns Gesellschaft leisten würde?«

Francis setzte sich und unterbrach die Unterhaltung rücksichtslos. »Ich brauche Hilfe.«

Sofort wandten ihm alle ihre Aufmerksamkeit zu. »Was ist los?«

Er erklärte sein Problem in wenigen Worten und sagte dann: »Ich will Charles Ferncliff finden, falls er in London ist. Wie sollen wir dabei vorgehen?«

Nach einer kurzen praktischen Diskussion wurden Bedienstete des Herzogs ausgesandt. Jeder von ihnen sollte zwei weitere vertrauenswürdige Personen verpflichten und dann mit Francis' Beschreibung von Ferncliff in der Hand die Stadt durchkämmen. Sie würde alle Pensionen, Gasthäuser und Clubs aufsuchen; dabei wollte man äußerst diskret vorgehen, aber dafür Sorge tragen, daß sich die Informationen überall gut verbreiteten. Das Versprechen einer Belohnung würde den Erfolg der Aktion sicher beschleunigen.

Selbst wenn Ferncliff eine Privatunterkunft hatte, so würde er doch höchstwahrscheinlich zum Essen ausgehen müssen.

Als die Kundschafter losgeschickt worden waren, sah Lucien Francis an. »Was machst du mit ihm, wenn du ihn erwischt? Einen Mord zu vertuschen würde sogar unsere Möglichkeiten ein klein wenig überschreiten.«

Francis errötete. Er wußte, daß sein Verhalten bei der Diskussion über Ferncliff Gewalttätigkeit erahnen ließ. Es war nicht sehr logisch, aber für ihn war der Mann schuld daran, daß sein Leben auf den Kopf gestellt worden war.

»Ich werde ihm ein paar Fragen stellen, sonst nichts.«

Lucien zog eine Augenbraue hoch, sagte aber nichts mehr. Die Unterhaltung wandte sich daraufhin dem geplanten Theaterbesuch an diesem Abend zu. Es sollte der erste Schritt des Angriffs auf die Gesellschaft werden. Francis schnitt die Frage der Roben an, und Beth war nur allzu gern bereit, Serena einige ihrer Kleider zu überlassen, da sie diese, wie Francis vermutet hatte, ohnedies kein zweites Mal tragen würde.

Schließlich trennte sich die Gruppe, und Francis wußte, daß er nach Hause zurückkehren mußte, aber es widerstrebte ihm. Er sehnte sich danach, bei Serena zu sein, und gleichzeitig fürchtete er sich davor. Als er auf seinen Mantel wartete, wurde ihm klar, daß er sich selbst nicht zutraute,

mit ihr zusammenzusein, ohne die Kontrolle zu verlieren. Er konnte sich nur zu gut vorstellen, über sie herzufallen.
Bevor er das Haus verlassen konnte, wurde er von Beth abgefangen und in die prächtige Bibliothek gezogen.
»Francis«, sagte Beth direkt, »Serena ist bedrückt. Sie scheint zu glauben, daß du lieber mit Anne Peckworth verheiratet wärst.«
Du lieber Himmel. Er wußte, Beth meinte es nur gut, aber im Moment war dies das letzte, was er hören wollte. »Vielleicht wäre ich das auch«, sagte er kurz angebunden.
Sie starrte ihn an. »Aber warum hast du dann ...?«
»Verdammt, Beth, sie ist schwanger.«
»Aber wieso?« fragte sie. »Wenn du lieber mit Anne Peckworth verheiratet wärst?«
»Eine gute Frage. Sag mir Bescheid, wenn du eine Antwort darauf findest.« Francis drehte sich auf dem Absatz um und stürmte aus dem Zimmer. Er riß dem wartenden Diener seinen Mantel aus der Hand und flüchtete auf die Straße.

Beth starrte verblüfft auf die Tür. Francis verlor nie die Beherrschung, und es war nahezu unmöglich, sich ihn bei gedankenlosem Sex vorzustellen, während er in eine andere Frau verliebt war. Aber was gab es sonst für eine Erklärung?
Sie wandte sich mit dieser Frage an Lucien, der in seinem Arbeitszimmer einige Korrespondenz erledigte.
»Ich weiß es nicht, Beth«, antwortete er, »und er sagt nichts. Aber in Melton konnte man deutlich erkennen, daß er Serena gern hat. Ich glaube nicht, daß er sich gedankenlos einer Affäre hingegeben hat. Francis war in solchen Sachen ohnehin immer sehr zurückhaltend. Er dachte wahrscheinlich wirklich, er wolle Lady Anne heiraten, bis er Serena kennenlernte.« Er lächelte ihr schelmisch zu. »Schließlich ist sie eine sehr beeindruckende Frau.«

Beth bohrte ihm einen Finger in die Brust. »Laßt Euch nur beeindrucken, Mylord, und Ihr werdet es bereuen. Nicht zuletzt deshalb, weil ein solches Verhalten Serena erschrecken würde.«
Er zog sie auf seinen Schoß. »Mmmmh. Und welche wundervolle Strafe hast du mir zugedacht, Königin meines Herzens?«
Beth schlang ihre Arme um ihn. »Ich würde dir die ganze Nacht aus Mary Bruntons Werken vorlesen.«
»Würdest du nicht.«
»Nein?«
Er berührte ihre Nasenspitze mit seiner Zunge. »Ich würde dich ablenken.«
Beth kicherte. »Das befürchte ich. Früher habe ich mich nicht so leicht ablenken lassen. Ihr habt mich verdorben, Sir.«
Als er Anstalten machte, sie noch mehr zu verderben, gab sie ihm einen leichten Stoß. »Warte, Lucien. Ich mache mir Sorgen um Francis und Serena. Ich wünschte, ich wäre sicher, daß ich mich irre. Glaubst du, er wäre wirklich lieber mit Anne Peckworth verheiratet?«
Lucien lehnte sich zurück. »Sicher wäre es ein angenehmes Leben gewesen. Andererseits hat Serena beachtliche Vorzüge ...«
»Lucien!« warnte ihn Beth.
»Dann laß mich dich ablenken.« Seine Hand wanderte von ihrer Hüfte aufwärts.
Sie hielt sie fest. »Nein. Da fällt mir ein, was ist eigentlich bei dieser Wette herausgekommen? Hat Francis das Geld je zurückbekommen?«
Luciens Hand unterbrach den Versuch, sich aus Beths Griff zu befreien. »Diese Sache sollten wir besser ruhen lassen, Liebling.«
»Willst du damit sagen, Allbright hat nicht bezahlt?« frag-

te sie. »Und ihr laßt ihn einfach so davonkommen? Ich werde ...«
»Nichts wirst du«, sagte Lucien bestimmt.
Beth sah, daß es ihm ernst war. »Wieso nicht?«
Er seufzte. »Beth, müssen wir alles bis ins letzte Detail ausdiskutieren?«
»Was ist denn so schlimm an einer Wettschuld? Entweder er hat bezahlt oder nicht.«
»Er hat mit Schmuck bezahlt.«
»Solange er überhaupt bezahlt hat ...« Dann wurden ihre Augen schmal. »Wenn Tom Allbright Schmuck besaß, nehme ich an, er gehörte Serena.«
»Ja.«
»Aber Lucien, das ist nicht fair! Er hat seine Schulden bei ihr mit ihrem eigenen Schmuck bezahlt! Weiß Serena überhaupt davon? Ich werde ...«
»Nein, wirst du nicht. Beth, ich glaube nicht, daß Serena den Schmuck je wiederhaben möchte.«
»Weshalb nicht? Wenn die Stücke häßlich sind, kann man sie ändern lassen.«
Zu ihrer Überraschung schob er sie von seinem Knie und ging zum Fenster.
»Lucien?«
Sie dachte, er würde nicht antworten, aber dann sagte er: »Sie sind häßlich. Und verderbt.«
»Verderbt?« wiederholte Beth verständnislos.
Er drehte sich um und antwortete beinahe ärgerlich: »Nun gut. Du willst alles wissen, oder? Gleich wird dir klarwerden, was du mit mir für ein Glück gehabt hast, verehrte Gattin.« Er zählte an seinen Fingern ab. »Erstens: juwelenbesetztes Halsband mit Kette. Zweitens: juwelenbesetzte Handschellen. Drittens: juwelenbesetzte Peitsche ...«
Beth lief zu ihm und griff nach seiner Hand. »Nicht! Lu-

cien, hör auf!« Sie blickte in sein verärgertes Gesicht. »Sie war doch erst *fünfzehn!*« Instinktiv schmiegte sie sich an ihn.

Lucien hielt Beth fest an sich gedrückt. »Ich weiß, Liebling. Ich weiß. Man mag gar nicht daran denken.«

Dreizehntes Kapitel

Serena entschloß sich, im Bett zu frühstücken, um ihrem Mann und seiner Mutter aus dem Weg zu gehen. Sie fragte sich, ob ihre Niedergeschlagenheit auf ihre Schwangerschaft oder ihre derzeitige Lage zurückzuführen war. Trotz ihrer mißlichen Lage ging es schließlich bergauf. Ihr Kind würde ehelich geboren werden, sie würden nicht hungern müssen, und ihr Gatte war ein freundlicher und großzügiger Mann. Trotz dieser Aussichten wurde sie immer verzweifelter. Der Grund dafür war Francis' Unzufriedenheit.

Sie konnte nicht einmal daran denken, glücklich zu sein, wenn er so offensichtlich unglücklich war. Vieles konnte sie nicht ändern – zum Beispiel konnte sie ihm nicht Lady Anne zur Frau geben –, aber einiges konnte sie doch tun. Sie war es ihm schuldig, das ihre zu tun, damit ihr gemeinsames Leben funktionierte.

Serena wusch sich und kleidete sich an. Dann klingelte sie nach dem Dienstmädchen, damit Brandy zu ihr in den Salon gebracht wurde. Als Geschenk ihres Mannes war der Hund besonders kostbar für Serena.

Der Küchenjunge trug den Korb mit stolzgeschwellter Brust. »Ich habe sie vorher im Garten laufen lassen, Mylady«, erzählte er. »Das war sicher eine gute Idee. Und ich habe ihr einen Ball gebastelt.« Er zeigte stolz das aus alten Lumpen gefertigte Spielzeug.

»Das ist sehr nett von dir.«
Der Junge machte keinerlei Anstalten zu gehen, und Serena hatte den Verdacht, daß er den Hund schon als sein Eigentum betrachtete. Sie schickte ihn bestimmt weg und kniete sich hin, um mit dem Welpen zu spielen.
Brandy schien erfreut zu sein, sie zu sehen, wollte aber nicht liebkost werden. Ihr Interesse galt vielmehr dem Ball, und sie jagte ihm quer durch das Zimmer und unter die Möbelstücke nach. Als der Ball unter einem Schrank steckenblieb, versuchte sie, ihn hervorzuholen, und nur ihr Hinterteil mit dem heftig wedelnden Schwänzchen war zu sehen.
Trotz ihrer Sorgen begann Serena zu lachen. Sie lachte noch, als Beths Besuch angekündigt und Beth hereingeführt wurde. Bei dem Anblick des Welpen brach Beth ebenfalls in Gelächter aus. Schließlich fanden sie sich beide mit dem Hund auf dem Boden wieder, wo sie versuchten, den Ball zu erreichen.
Francis' Mutter betrat den Salon. »Was in aller Welt?« Sie starrte die beiden Frauen an, drehte sich einfach um und verließ den Raum.
»O nein«, sagte Serena, wieder ganz mit ihren weltlichen Problemen konfrontiert.
Beth gluckste. »Sie hat wahrscheinlich geglaubt, wir wären Dienstmädchen.« Sie wandte sich wieder dem Ball zu.
Serena überlegte, ob sie Francis' Mutter nachlaufen und sie um Verzeihung bitten sollte. Dann verwarf sie diesen Gedanken wieder; es würde ja doch nichts nützen. Ihrer Meinung nach würde sie Francis' Mutter nie für sich gewinnen können, und es war ihr ein Rätsel, wie sie alle zusammen auf Thorpe Priory leben sollten.
Beth erwischte einen Fetzen des Balls und konnte ihn hervorziehen. Dann warf sie ihn quer durch den Raum, und der

Welpe sprang ihm erfreut nach. Beth saß mit zerzaustem Haar auf dem Teppich. »Der Hund ist entzückend. Ich muß einfach auch einen haben.«
»Einen Wolfshund?« erkundigte sich Serena.
»Warum nicht? Mir ist es egal, und Lucien hält nicht viel von Schoßhündchen.«
Serena warf Beth einen Blick von der Seite zu. »Dein Mann ist beeindruckend. Man könnte fast Angst vor ihm bekommen.«
»Er ist ein sehr feuriger Mann, aber er hat ein gutes Herz. Er ist wie sein Hengst Viking. Aus dem besten Stall, hervorragend ausgebildet, aber doch immer noch ein wilder Hengst.«
»Warum hast du ihn geheiratet?«
Beth erwiderte ihren Blick ruhig. »Warum bist du schwanger geworden?«
Serena war überrascht über diese schlagfertige Gegenfrage. Sie durfte nicht vergessen, daß Beth schon immer sehr geistreich gewesen war. Die offensichtliche Antwort auf beide Fragen war »aus Liebe«. Das traf in ihrem Fall nicht zu. Wie stand es bei Beth?
»Liebst du ihn?« wagte sie zu fragen.
»Ja«, antwortete Beth und fügte mit dramatischer Stimme hinzu, »bis zum Wahnsinn. Manchmal ist das verdammt lästig.« Sie erhob sich. »Nun, bist du bereit für den Theaterbesuch heute abend? Es ist eine Gelegenheit, dich in die Gesellschaft einzuführen.«
Serena versuchte, Begeisterung zu heucheln, aber es gelang ihr nicht. »Es ist ein notwendiges Übel.«
»Genau. Es nützt nichts, um den heißen Brei herumzureden, Serena. Damit unser Plan funktioniert, müssen die Leute dich kennenlernen und mögen, bevor das Gerede anfängt. Dann wird es viel schwieriger für sie, dich zu schneiden.

Aber Francis kann nur einige Tage warten, bevor er die Heirat offiziell bekanntgibt.«

»Was bedeutet, daß er meinen früheren Namen angeben muß.«

»Genau.«

Serena fing Brandy ein und drückte sie trostsuchend an sich. Der Welpe wurde langsam müde und hatte nun nichts mehr dagegen, gestreichelt zu werden. »Beth, wegen Matthews Freunden ...«

»Ich bin sicher, da mußt du dir keine Sorgen machen. Wir werden uns in den höchsten Kreisen bewegen ...«

»Du verstehst nicht«, unterbrach Serena sie. »Sie haben Dinge gesehen ... Matthew hat immer ...« Sie schien nicht fähig zu sein, die Worte zu formulieren.

»Es macht nichts«, sagte Beth munter, zu munter. Auf ihren Wangen zeichneten sich rote Flecken ab. »Solche Leute sind unwichtig. Also, ich habe hier einige Kleider für dich mitgebracht. Bis auf die Länge dürften sie dir passen.« Sie grinste. »Oben herum bist du viel besser ausgestattet als ich, obgleich ich anscheinend mit jedem Tag zulege. Laß uns doch in dein Ankleidezimmer gehen.«

Serena versuchte, ihre Zweifel über Matthews Freunde zu vergessen, und hoffte, daß Beth recht hatte und es kein Problem für sie darstellen würde.

Beth hatte ihre Zofe mitgebracht und mehrere Schachteln mit Kleidern. Nach kurzer Zeit war Serenas Zimmer über und über mit prachtvollen Gewändern bedeckt. Beth hob ein gelbes Kleid auf und hielt es ihr an. »Ich habe mir schon gedacht, daß dir diese Farbe stehen würde«, erklärte sie triumphierend, »und da der Rock sehr einfach geschnitten ist, wird es nicht schwer sein, ihn zu kürzen. Zieh es an, und Redcliff wird es abstecken.«

Die Zofe half Serena in das wunderschöne Kleid. Es bestand

aus einem Unterkleid aus schwerer, goldgelber Seide und zwei kürzeren Überkleidern in etwas helleren Farbtönen. Das erste bestand aus feinem Samt und das zweite aus zarter Spitze mit Goldfäden.

Serena starrte ihr Spiegelbild an, überwältigt von der Schönheit, die ihr entgegensah. Bei jeder Bewegung floß der Stoff des Kleides im Schimmer des Kerzenlichts um sie wie Wasser. »Es ist wunderschön.«

»Ich muß an der Taille einige Abnäher anbringen, Mylady«, sagte Redcliff, während sie das Kleid absteckte. »Wenn Sie Lady Middlethorpe Ihren bronzenen Seidenschal als Schärpe leihen, könnte man damit die Nähte verdecken.«

»Ausgezeichnet, Redcliff«, erwiderte Beth, die auf Knien den Saum anpaßte. »Der Unterrock muß etwa zehn Zentimeter gekürzt werden, aber ich glaube, die Überkleider können bleiben, wie sie sind, da wir so wenig Zeit haben. Kann das bis heute abend erledigt werden?«

»Natürlich, Mylady.«

Das Kleid wurde Serena wieder ausgezogen und beiseite gelegt. Ein weiteres, diesmal ein grünes, wurde hervorgeholt und kritisch betrachtet. Serena konnte nicht verstehen, wie Beth sich von so herrlichen Kleidern trennen konnte. »Damit sind diese Kleider für dich ruiniert«, wandte sie ein.

»Mach dir darüber keine Gedanken. Das Gelbe hat an mir nie auch nur halb so gut ausgesehen wie an dir, deswegen habe ich es auch nur einmal getragen.« Beth sah Serena verschmitzt an. »Wenn du jetzt ein schlechtes Gewissen hast, mußt du dir einmal meine Garderobe ansehen. Meine Schränke quellen über vor Kleidern, die ich nie öfter als ein- oder zweimal tragen werde. Es ist lächerlich, aber unser gesellschaftlicher Stand erfordert es nun mal. Wenigstens findet eine ganze Menge Leute durch die Herstellung der

Kleider Arbeit, und da ich sogar extra dafür bezahle, daß die Näherinnen gutes Licht haben, plagt mich mein Gewissen nicht zu sehr.«

Offensichtlich entsprach das der Wahrheit. Serena berührte einen Traum aus cremefarbenem und braunem Stoff. »Dann bleibt mir nur, dir herzlich zu danken. Ich habe noch nie so wunderbare Kleider besessen.« Serena dachte an ihr prachtvolles Hochzeitskleid, mit dem jedoch auch unerträgliche Erinnerungen verbunden waren.

Ein Knurren riß sie aus ihren Gedanken. Brandy gab drohende Laute von sich und stürzte sich auf Beths Haube, die auf den Boden gefallen war.

»Nein!« schrie Serena auf und griff danach, aber Brandy hielt die mit Federn geschmückte Kopfbedeckung fest zwischen ihren kleinen Zähnen. »Laß los, du ungezogenes Biest! Loslassen!« Sie zwang dem Hund das Maul auf und rettete die Haube.

Beth lachte. »Sie sieht so stolz aus! Mir scheint, du hast hier einen echten Jagdhund.«

»Beth, es tut mir so leid. Sie hat eine der Federn abgebrochen.«

Beth nahm die Haube und legte sie auf die Kommode, außer Reichweite des Welpen. »Das macht doch nichts. Ist es nicht seltsam, daß solche Instinkte angeboren sind?«

Serena klingelte nach dem Küchenjungen, damit er Brandy mit sich nahm, bevor sie noch mehr Schaden anrichten konnte, und wandte sich wieder den Anproben zu. Es fiel ihr jedoch schwer, in das ungezwungene Geplauder einzustimmen. Eine neue schwarze Wolke hatte sich über ihr Gemüt gelegt. Kein Wunder, daß Francis über seine Situation bestürzt war. Nicht nur, daß er die von ihm auserwählte Braut verloren hatte – und selbst wenn er Lady Anne nicht liebte, so stritt er doch nicht ab, daß sie all die Qualitäten besaß, die er schätzte – und nun mit einem Skandal rechnen mußte; in den Adern seiner Kinder würde auch noch das Blut der Allbrights fließen!

Serena selbst hatte sich den Allbrights nie verbunden gefühlt, da sie in ihrem Aussehen und Wesen mehr ihrer Mutter glich. Dennoch mußte sie die Tatsache akzeptieren, daß es möglich war, daß ihre Kinder nach Tom und Will schlugen.

Zweifellos trug Lady Anne Peckworth keine derart unerwünschten Gene in sich.

»Nun«, fragte Beth, »was ist mit Schmuck? Ich habe eine Menge verschiedener Stücke.«

Serena wandte ihre Aufmerksamkeit wieder Beth zu. »O nein. Francis hat mir gestern eine Topaskette und passende Ohrringe geschenkt, die werden sicher ausreichen.«

Zusammen mit Beth inspizierte sie die Schmuckschatulle und betrachtete ein filigranes Goldarmband. »Ich habe ein paar Schmuckstücke aus Elfenbein, die gut dazu passen würden«, bemerkte Beth und duldete keine Widerrede. »Ich werde sie herüberschicken lassen. Betrachte es als Rüstung, Serena. Die Leute werden dich so sehen, wie du vor sie trittst. Wenn du wohlhabend und selbstbewußt aussiehst, werden sie dich so akzeptieren.«

»Aber ich bin ganz und gar nicht selbstbewußt, im tiefsten Innern.«

»Gott behüte! Ich fühle mich auch nie wie eine Herzogin, aber ich habe gelernt, meine Rolle zu spielen.« Sie umarmte Serena. »Mach dir keine Sorgen. Du bist jetzt eine Rogue, Serena. Nichts und niemand kann dir etwas anhaben. Vertraue uns. Ja?«

Serena konnte nicht anders als nicken.

Beth verabschiedete sich, aber ihre Worte hingen im Raum wie ein Befehl.

Francis kehrte zurück, aber es war Serena unmöglich, seine Maske der Höflichkeit zu durchdringen und die Wahrheit herauszufinden. Sie sprachen über Kleider, die Rogues und über den Welpen. Er lachte über Brandys Jagdinstinkte und war überaus liebenswürdig, aber irgendwie schienen seine Gefühle nicht ehrlich zu sein. Serena konnte nur annehmen, daß er sein Elend und seine Enttäuschung vor ihr verbarg.

Würde es so ihr ganzes gemeinsames Leben lang sein?

Francis' Mutter leistete ihnen beim Lunch Gesellschaft und war von der gleichen Höflichkeit, nur noch um einiges eisiger. Mit einem aufopfernden Ausdruck auf ihrem Gesicht stimmte sie zu, sich an diesem Abend dem Theaterbesuch anzuschließen. Als ihre Schwiegermutter das Haus verließ, um Freunde zu besuchen, mußte Serena einfach fragen: »Francis, wird deine Mutter mit uns leben?«

»Dir gegenüber verhält sie sich wie ein Eisberg, nicht wahr?« fragte er sachlich. »Es ist wirklich ein Problem. In der Stadt könnten wir uns eine andere Unterkunft suchen, aber auf dem Land ist es schwierig, und meine Mutter hängt sehr an Priory. Sie und mein Vater haben das Haus gebaut.«

»Gebaut?«

»Von Grund auf. Mein Vater hatte ein Herrenhaus aus der Zeit der Tudors geerbt, das vorher ein Priorat gewesen war. Das alte Gebäude war ziemlich baufällig, und sie beschlossen, es neu aufzubauen. Die ersten fünf Jahre ihrer Ehe standen im Zeichen der Planung und Konstruktion des Hauses, und ein Teil von ihnen beiden steckt darin. Meine Mutter hat meinen Vater sehr geliebt.«

»Ich verstehe«, sagte Serena, aber trotzdem war ihr unbehaglich zumute.

»Ich habe immer gehofft, sie würde noch einmal heiraten – schließlich ist sie noch immer eine schöne Frau – aber ich

bezweifle, daß sie Thorpe Priory je verlassen oder einen Ersatz für meinen Vater finden wird.«
»Ich werde mein Bestes tun, um friedlich mit ihr zusammenzuleben«, versprach Serena. *»Ich würde alles für dich tun.«*
Plötzlich war sie sich bewußt, welch starke Gefühle sie für ihn hegte, wie sehr sie ihn berühren wollte ...
»Vielleicht wird alles besser, wenn das Kind erst da ist«, bemerkte er.
Würde es auch ihrer Beziehung helfen? Sie wünschte, sie wäre kühn genug, ihn zu berühren. Sie stand auf. »Ich glaube, ich sollte mich etwas ausruhen.« Es war ihr klar, daß sie die Müdigkeit vorschützte, um sich vor ihm zu verstecken; genauso gut könnte sie ihm ihre Schlafzimmertür vor der Nase zuschlagen.
»Eine gute Idee. Es wird spät werden heute abend.« Er erhob sich und geleitete sie zur Tür, wo er ihre Hand ergriff und sie küßte. Es war kein Höflichkeitskuß, sondern ein Kuß voller Leidenschaft. Seine andere Hand berührte ihre Taille, ihre Hüfte und zog sie an seinen Körper.
Serena blickte zu ihm auf und war zwischen Hoffnung und Besorgnis hin- und hergerissen. Er sah so ernst aus. Woran er wohl dachte?
»Ich finde, wir sollten das Küssen üben«, flüsterte er mit rauher Stimme, »vielleicht finden wir dann eine Art, die dir gefällt.« Er drückte sie an sich, und sie konnte seine Erregung fühlen.
»Küß mich«, wisperte er.
Was meinte er damit? Serena schlang die Arme um seinen Hals, zog seinen Kopf zu sich herab und küßte ihn sanft auf die Lippen. Er zog sie noch näher an sich heran.
»Weiter«, flüsterte er.
Sie öffnete ihre Lippen ein wenig und berührte ihn spielerisch mit der Zunge.

Seine Lippen verschmolzen mit den ihren, und er bewegte sich einige Schritte vorwärts, bis sie mit dem Rücken an die Wand stand. Seine Hand liebkoste ihre Brust, und er drückte sich an sie. Serena saugte an seiner Zunge und rieb ihre Hüften auffordernd an seinem Körper.
Plötzlich befreite er sich aus ihrer Umarmung. Mit einem wilden Blick in den Augen trat er einen Schritt zurück. »Es tut mir leid«, sagte er mit heiserer Stimme.
Sie bewegte sich auf ihn zu. »Wieso ...«
Er wandte ihr den Rücken zu. »Geh, Serena.«

Serena flüchtete, mit den Tränen kämpfend. Wie mußte er diese Ehe hassen, wenn er nicht einmal ihre Gegenwart ertragen konnte?
Francis barg sein Gesicht in den Händen. Was sollte er nur tun? Eine Minute länger und er hätte seine Frau dort im Stehen genommen, wie ein Straßenköter. Er schritt im Zimmer auf und ab und rang mit sich selbst.
Serenas Gesicht, als sie sich abgewandt hatte, um vor ihm zu fliehen, war in seinem Gehirn eingebrannt. Er hatte ihr Angst eingejagt. Was sie brauchte, war Zärtlichkeit, und alles, was er ihr anscheinend bieten konnte, war rasende Lust.
Er klingelte nach seinem Mantel und verließ das Haus. Er wußte, daß er in Belcraven House willkommen sein würde, oder er konnte in einen seiner Clubs gehen, aber ihm war weder nach dem einen noch nach dem anderen. Statt dessen begab er sich in die Scarborough Lane zu Blanche Hardcastle.
Ihr Dienstmädchen war etwas erstaunt über seinen Besuch, bestätigte aber, daß Blanche zu Hause war, und führte ihn in den Salon.
Blanche trat ein, wie immer in Weiß gekleidet. »Hallo, Francis. Was kann ich für dich tun?«

»Ich brauche einen Rat.«

Sie setzte sich und bedeutete ihm, Platz zu nehmen. »Geht es um deine Frau?«

»Ja. Ist es so offensichtlich?«

Sie lächelte milde. »Es ist wohl eine etwas komplizierte Situation.«

»Das ist noch eine Untertreibung. Glaubst du, Hal hat etwas dagegen, daß ich hier bin?«

»Wenn er ein Problem damit hat, kann er gleich seinen Hut nehmen. Ich bin nicht sein Eigentum.«

»Heiratest du ihn deshalb nicht?«

»Ich dachte, wir sprechen über deine Probleme und nicht über meine. Aber nein, das ist nicht der Grund. Liebe verbindet ohne Gesetze. Aber Liebe basiert auch auf Vertrauen.«

»Vertrauen«, seufzte er, »ich nehme an, Vertrauen braucht Zeit.«

»Es braucht Zeit, bis es Wurzeln schlägt. Ich glaube, es muß auf die Probe gestellt werden. Aber Vertrauen kann sich auch schnell entwickeln.«

»Und wenn das Vertrauen enttäuscht wird?«

»Dann braucht es Zeit, um zu heilen. Ist das das Problem?«

Francis wurde klar, daß er keinen Grund hatte, Serena zu mißtrauen. Sie hatte unbedacht gehandelt, aber er konnte sie verstehen. Es gab keinerlei Beweise, daß sie andere fragwürdige Handlungen begangen hatte. »Eigentlich nicht«, sagte er.

»Dann geht es wohl um Sex.«

Er fühlte, wie er errötete.

Ihre Augen blitzten humorvoll auf, und mit einem wissenden Blick fragte sie: »Weshalb würdest du sonst zu mir kommen statt zu einem der Rogues?«

»Ich wollte dich nicht beleidigen. Es tut mir leid.«

»Das ist keine Beleidigung. Es ist einfach eine Tatsache, daß ich schon mit vielen Männern das Bett geteilt und die Kunst des Liebens zu meinem Beruf gemacht habe. Ich wäre auch lieber als feine Dame geboren worden und hätte ein tugendhaftes Leben geführt, aber das war nun einmal nicht der Fall. Ich hatte die Wahl zwischen einem Leben in der Gosse oder dem Leben, das ich jetzt führe, und ich bereue nichts. Wie kann ich dir also helfen?«

Francis lehnte sich zurück, und die Worte kamen ihm leichter von den Lippen, als er gedacht hatte. »Als ich Serena kennenlernte, war ich noch völlig unerfahren.«

»Aha.« Sie lächelte. »Wie niedlich.«

»Niedlich!«

Sie zwinkerte ihm zu. »Sag es nicht weiter, aber ich habe den Verdacht, daß auch Lucien noch völlig unerfahren war, als ich seine Mätresse wurde.«

»Lucien!«

»Du siehst, all diese Schuljungengeschichten, die ihr euch gegenseitig erzählt habt, waren wohl zum größten Teil nicht mehr als das – Geschichten.« Ihre Augen schweiften in die Ferne, und sie lächelte. »Er war neunzehn und so wunderschön, *ich* hätte *ihn* bezahlt, falls ich mir ein solches Geschöpf hätte leisten können. Er bot mir an, seine Mätresse zu werden, und ich glaube, er war etwas erschrocken, als ich tatsächlich ja sagte. Wir hatten eine freundschaftliche und aufrichtige Beziehung, und ich fühlte mich für ihn verantwortlich. Ich glaube, ich habe ihn gut erzogen.« Sie wandte ihren Blick wieder Francis zu. »Weiß Serena davon?«

»Nein. Ich bezweifle auch, daß sie begeistert wäre.«

»Warum nicht?«

»Es gefällt ihr nicht. Mich zu lieben.«

»Sie weist dich zurück?«

»Nein … sie …«, Francis erhob sich unruhig. »Ich weiß es nicht. Vielleicht ist sie ganz normal. Woher sollte ich es auch

wissen? Es scheint ihr nicht zu gefallen. Sie scheint so angespannt ... Irgend etwas muß ich falsch machen.«
Blanche stand ebenfalls auf. »Möchtest du das Bett mit mir teilen, Francis? Bist du deshalb gekommen?«
Er drehte sich schnell um. »Um Himmels willen, nein!«
»Gut. Auf meine Art bin ich nämlich auch treu. Ich könnte allerdings eine andere Frau für dich finden. Eine gute.«
»Nein. Ist das die einzige Möglichkeit, um zu lernen?«
»Ich weiß es nicht. Ich bin sicher, daß Serenas Erfahrungen in ihrer ersten Ehe nicht angenehm waren ...«
»Das glaube ich auch.« Etwas zögernd erzählte er Blanche von den Schmuckstücken.
»Armes Mädchen. Aber wenn sie dich nicht abweist, so sagt das schon eine ganze Menge aus. Nimmst du dir die Zeit, ihr Lust zu bereiten?«
Wieder fühlte er die Röte in seinem Gesicht hochsteigen. In gewisser Weise nahm er Blanche ihre Fragen übel, aber um Serenas und seiner selbst willen mußte er sie über sich ergehen lassen. »Ich habe es versucht. Manches scheint ihr zu gefallen, aber sie läßt sich nie einfach gehen.«
»Vielleicht hat ihr erster Mann sie bestraft, wenn sie sich gehen ließ.«
Er sah sie ungläubig an. »Meinst du?«
»Es ist sogar ziemlich wahrscheinlich. Er war ein älterer Mann, und solche Männer haben oft Probleme beim Liebesakt. Er hat ihr wahrscheinlich beigebracht, ihm dabei zu helfen, und sie bestraft, wenn es ihr nicht gelungen ist.«
»Was kann ich also tun?«
»Liebe sie, und zeige ihr, daß du ihr nicht die Schuld gibst, wenn es nicht klappt.«
»Auch wenn sie nicht den Höhepunkt erreicht?«
»Natürlich. Das von ihr zu erwarten ist eine ziemliche Belastung, findest du nicht? Tu aber nichts, was ihr nicht gefällt.«

Er wand sich weiter in Verlegenheit. »Manchmal ist mein Verlangen einfach zu groß. Ich kann nicht so vorsichtig sein, wie ich es gerne möchte.«
»Francis, hältst du dich deshalb von ihr fern?«
Der freundliche Tadel in ihrer Stimme bewirkte, daß er sich wieder zu ihr umdrehte. »Ich denke dabei nur an sie!«
Blanche stützte ihre Hände in die Hüften. »Großer Gott. Diese Selbstlosigkeit wird euch noch beide umbringen. Es wird alles nur noch schlimmer machen. Lebe dein Verlangen wild aus, wenn du es mußt, aber dann bereite ihr danach Lust.«
»Ich habe es dir doch gesagt, ich kann nicht.«
»Ich spreche nicht von einem Orgasmus. Ich sagte Lust. Halte sie im Arm, streichle sie. Du könntest sie auch massieren.«
»Massieren?«
»Wie ich dich in Melton massiert habe.«
Francis war verwirrt. »Ich verstehe. Wenn du es für das Beste hältst.«
»Ich bin der Meinung, daß Enthaltsamkeit zu nichts führt. Wenn dich dein Verlangen zu sehr quält, gibt es immer Möglichkeiten, es zu stillen. Ich bin sicher, du weißt, wie.«
Er errötete schon wieder, verdammt. »Ich weiß nicht, ob ich dir nach alledem jemals wieder in die Augen schauen kann.«
Sie lachte freundlich. »Natürlich kannst du das. Serena ist deine Frau, Francis, und ich kann mir nicht vorstellen, daß sie dich abstoßend findet. Sie wird dir sicherlich gern im Bett zur Verfügung stehen, wenn es dir nur darum geht, aber die Nähe, die sich daraus entwickelt, wird sie sicher auch begrüßen. Mit der Zeit wird sich das alles noch weiter entwickeln – nur setze sie auf keinen Fall unter Druck. Ich glaube, davon hatte sie schon genug.«
»Da hast du wohl recht. Dein Rat paßt allerdings so gut zu meinem Verlangen, daß es mir fast verdächtig ist.«

»Dazu besteht kein Grund. Für mich kommt immer die Frau vor dem Mann.«
Francis verließ das Haus und wanderte durch die Straßen, wobei er über Blanches Rat nachgrübelte. Er mußte ihren Schlußfolgerungen jedoch zustimmen. Er wußte, daß Serena unglücklich war. Er fühlte es. Ihre gegenwärtige Situation war alles andere als ideal: Seine Mutter begegnete ihr wie eine Feindin, und dann war da ja noch die Anspannung, die die Einführung in die Gesellschaft mit sich brachte.
Am liebsten wäre er sofort nach Hause gestürmt und hätte seine Frau ins Schlafzimmer gezerrt, aber das ging nicht. Er würde sich bis zum Abend gedulden müssen.

Francis war noch nicht zurückgekehrt, als Serena begann, sich für den Abend fertig zu machen. Sie nahm ein Bad und ließ sich von der Zofe mit der Wäsche und ihrem Haar helfen, wofür diese eine große Begabung zeigte. Sie zauberte aus Serenas roter Haarpracht ein Meisterwerk von Locken und Strähnen, das mit einem Kopfschmuck aus cremefarbener Spitze und rotbraunen Federn gekrönt wurde.
Serena betrachtete ihre bezaubernde Erscheinung unbehaglich im Spiegel. In letzter Zeit war sie immer darauf bedacht gewesen, ihr Aussehen herunterzuspielen, aber diese Aufmachung bewirkte genau das Gegenteil. Sie betonte ihre Augen und ihren langen, schlanken Hals. Sah sie damit zu gewagt und wollüstig aus?
Sie wandte sich an die Zofe. »Bitte sieh nach, ob Lord Middlethorpe sich in seinen Räumen aufhält. Ich möchte ihn sprechen.«
Die überraschte Zofe wickelte ein Tuch um Serena und verließ den Raum. Francis war zu Hause. Er kam herein, und die Zofe entfernte sich diskret. Er trug kein Jackett, und sein Hemdkragen stand offen.

Er blieb an der Tür stehen, weit von ihr entfernt. »Du fühlst dich nicht wohl?«
»Nein«, sagte Serena nervös. Sie wurde sich bewußt, wie attraktiv Francis in seinem nachlässig gekleideten Zustand war.
»Du wolltest mit mir sprechen«, erinnerte er sie mit leicht gerunzelter Stirn.
Serena faßte sich. »Ich habe mich nur gefragt, ob mein Aussehen so in Ordnung ist. Beth leiht mir ein Kleid. Wenn ich mein Haar so trage ... sehe ich zu aufreizend aus?«
Er lächelte. »Meine Liebe, du siehst wunderschön aus. Und ich bezweifle, daß Beth auch nur ein einziges Kleid besitzt, in dem du unvorteilhaft aussehen würdest.«
Serena stellte fest, daß sie sich sehnlichst wünschte, er würde sie in den Arm nehmen, aber er befand sich am anderen Ende des Zimmers und machte keinerlei Anstalten, näher zu kommen. »Ich möchte alles richtig machen für dich«, sagte sie ernst, »ich weiß, daß dieser Abend wichtig ist.«
»Aber auch für dich, nicht wahr? Schließlich möchtest du von der Gesellschaft akzeptiert werden.«
Serena zog das Tuch enger um sich. »Ich habe mein ganzes Leben außerhalb der Gesellschaft verbracht, Francis. Ich könnte auch in einem Häuschen auf dem Land glücklich sein.«
»Eine reizende Vorstellung, meine Liebe, aber das bezweifle ich. Und mir würde das nicht zusagen. Ich mag die Annehmlichkeiten des gesellschaftlichen Lebens.«
»In Summer St. Martin war ich glücklich.«
»Dann tut es mir leid, daß ich dich von dort fortgeholt habe.«
So hatte sie es nicht gemeint. Sie machte einige Schritte auf ihn zu.
»Serena«, warnte er sie, »wenn du noch näher kommst, werde ich dich wahrscheinlich auf das Bett werfen und über

dich herfallen. Das würde sicher deine Frisur ruinieren, und wir kämen zu spät zum Diner.«

Sie starrte ihn an, verunsichert, was sie von einer derartigen Erklärung halten sollte. »Bitte«, sagte sie zustimmend.

Er schüttelte den Kopf und lächelte. »Das war nur ein Scherz. Du siehst wunderschön aus. Nun mach dich fertig, sonst kommen wir zu spät.« Damit war er verschwunden.

Serena wandte sich wieder ihrer Kommode zu und fragte sich, ob er wirklich nur gescherzt hatte. Wollte er tatsächlich über sie herfallen? Ihr fielen eine ganze Reihe von Möglichkeiten ein, wie er über sie hätte herfallen können, ohne ihre Frisur zu zerstören oder zu viel Zeit in Anspruch zu nehmen. Warum also hatte er es nicht getan?

Sie starrte ihr Ebenbild im Spiegel an. Sie war sich sicher, daß ihre Schönheit der Grund für ihre gescheiterte erste Ehe war sowie für alle anderen Probleme in ihrem Leben. Aber vielleicht konnte sie sie wenigstens dazu benutzen, die Gesellschaft im Sturm zu erobern. Und das Herz ihres Mannes. Sie hielt den Atem an. Sollte sie wirklich versuchen, nach den Sternen zu greifen?

Was blieb ihr anderes übrig, wenn sie ihn liebte? Im Geiste erforschte sie ihre Gefühle für ihn, und sie war sicher, daß es Liebe war; sie wollte für ihn sorgen, ihn glücklich machen – das war die Kraft der Liebe.

Es klopfte an der Tür, und die Zofe trat mit dem Kleid ein. »Der Saum ist etwas unregelmäßig, Mylady«, bemerkte sie, »versuchen Sie daher, das Kleid von allem fernzuhalten, worin es sich verfangen könnte.« Sie half Serena hinein und knöpfte das Kleid zu. »Aber die Länge paßt genau. Es sieht sehr hübsch an Ihnen aus.«

Serena blickte in den Spiegel und sah, daß die Zofe recht hatte. Das leuchtendgelbe Kleid ließ ihre Haut zarter und ihr Haar voller erscheinen. Der Ausschnitt war groß, aber im

Gegensatz zu den Kleidern, die Matthew ihr gekauft hatte, war es dennoch anständig.
Die Zofe schlang ihr eine bronzefarbene Schärpe um die Taille und knotete sie auf der Seite. Serena legte ihren Topasschmuck und die Elfenbeinstücke von Beth an. Schließlich brachte die Zofe noch einen passenden Umhang aus elfenbeinfarbenem Samt, der mit gelber Seide eingefaßt war.
Serena wußte, daß sie einfach umwerfend aussah, und zum ersten Mal in ihrem Leben war nichts Unanständiges an ihren schönen Kleidern.
Sie dankte der Zofe herzlich, entließ sie und benutzte etwas von dem Parfüm, das Francis ihr gekauft hatte. Dann nahm sie all ihren Mut zusammen und klopfte an die Tür zu seinen Gemächern.
Francis öffnete selbst die Tür. Er trug nun einen dunklen Abendanzug mit weißem Hemd und diskretem Schmuck. Sein Kammerdiener war nirgends zu sehen. Sie sah, wie er Luft holte. »Du bist wunderschön«, sagte er, und in seinen Augen las sie, daß er es auch so meinte. Trotzdem lag etwas beinahe Gequältes in seinem Blick.
»Ist es so in Ordnung?« fragte sie.
»Ja, natürlich. Du wirst der Mittelpunkt des Abends sein.« Er hob ihr Kinn an und küßte sie sanft auf den Mund. »Mach dir keine Sorgen. Mit den Rogues im Rücken bist du so unbesiegbar wie Wellington.«
Sie klammerte sich an seinen Arm, um den Kuß zu verlängern, doch er machte sich sanft los. »Du willst doch nicht, daß wir dein Kleid zerdrücken, nicht wahr?«
Als er das Zimmer verließ, wußte Serena, daß ihre wahre Herausforderung nicht darin bestand, die feine Gesellschaft, sondern das Herz ihres Mannes zu erobern.
Francis' Mutter erwartete sie in einem eleganten blauen

Gewand. Mit ihrer schlanken Gestalt und den feinen Gesichtszügen gab sie Serena das Gefühl, plump und unbeholfen zu sein, aber sie schien entschlossen, ihr freundlich zu begegnen. Sie machte Serena ein Kompliment und bestritt während des ganzen Weges nach Belcraven House die Konversation. Anscheinend hatte sie beschlossen, alles zu tun, was ihrem Sohn helfen würde.

Wenigstens darin stimmen wir überein, dachte Serena.

Am Sitz des Herzogs angekommen, erfuhr Serena, daß vier weitere Damen zu ihrer heutigen Abendgesellschaft gehörten. Sir Stephen Ball hatte seine Schwester Fanny mitgebracht, eine energische und angesehene Dame. Con Somerford, der Vicomte Amleigh, wurde von seiner Cousine Lady Rachel Ibbotson-French begleitet. Ihr Gatte war ein hochangesehener Diplomat, der sich zu diesem Zeitpunkt in Italien aufhielt, und Lady Rachel war zudem ein Mitglied der einflußreichen Greville-Familie. Zu Serenas Freude befand sich auch Arabella unter den Anwesenden, begleitet von ihrer Freundin Maud, der Gräfin von Cawle.

Sogar Serena hatte schon von der Gräfin von Cawle gehört. Von ihrem Haus in der Albemarle Street aus – sie weigerte sich, das Haus ihrem Sohn und dessen Frau zu überlassen – regierte sie die Londoner Gesellschaft bereits seit dreißig Jahren. Sie gab weder große Gesellschaften, noch nahm sie an Besuchen der Oper oder des Theaters teil; die Gräfin von Cawle nahm lediglich eine Beobachter- und Zuhörerrolle ein, und gelegentlich machte sie eine wertende Bemerkung. Angesichts dessen, was sie über die Gräfin wußte, hätte Serena eher eine alte, hagere Dame erwartet, doch Lady Cawle war eine attraktive Frau. Wenn sie in Arabellas Alter war, mußte sie Ende Fünfzig sein, aber ihre glatte Haut und ihre großen Augen ließen sie jünger wirken. Sie thronte alleine auf einem Sofa, ihre weiten Röcke um sich gebreitet.

Als Serena ihr vorgestellt wurde, nickte die Gräfin kaum merklich, aber ihren scheinbar schläfrigen Augen entging nichts. Serena zitterte und glaubte nicht einen Moment, daß diese Frau sie unterstützen würde.
Während der Mahlzeit ignorierte die Gräfin sie. Die ganze Aufmerksamkeit war auf den Marquis von Arden gerichtet, der schamlos mit ihr flirtete. Trotz des Altersunterschiedes war es nicht lächerlich, und Beth schien es zu amüsieren. Serena fragte sich, wie sie es fände, wenn Francis mit jeder Frau, die er kennenlernte, flirten würde. Vermutlich würde sie vor Wut kochen.
Dies schien ein weiteres Indiz dafür zu sein, daß sie eine Landpomeranze war. Serena war dankbar, daß sie zwischen Francis und Miles saß, obgleich hauptsächlich der Ire die Konversation gestaltete und Francis etwas angespannt schien.
Als sich die Damen nach dem Mahl zurückzogen, hegte Serena den Verdacht, daß damit ihre Schonzeit vorüber war. Wie sie befürchtet hatte, winkte Lady Cawle sie zu sich.
»Setz dich, Mädchen«, befahl Lady Cawle im gleichen Tonfall wie Arabella. »Soso, du bist also Rivertons gut dressierte Frau.«
Serena wurde rot und sprang von dem Stuhl auf, auf den sie sich gerade gesetzt hatte.
Lady Cawle zuckte mit keiner Wimper. »Wenn du jetzt wegläufst, werde ich nichts mehr mit dir zu tun haben.«
Einen langen Moment hing diese Drohung in der Luft, dann holte Serena tief Luft und setzte sich wieder. »Gut«, sagte die Gräfin, scheinbar ungerührt. »Ein Jammer, daß du so schön bist. Die Leute werden das Schlimmste annehmen. Bei schönen Frauen wird immer nach irgendeinem Fehler gesucht.«
»Vielleicht sollte man das auch«, sagte Serena und schluckte.
»Ja?«

Serena blickte diese Frau an, die die Wärme einer Marmorstatue verbreitete. »Was meinen Sie?«
»Haben Sie etwas getan, dessen Sie sich schämen müßten, Lady Middlethorpe?«
Serena wußte, daß sie lügen sollte, aber die Nacht auf der Farm der Posts erschien vor ihrem inneren Auge. Sie senkte den Kopf. »Ja.«
Erstaunlicherweise kicherte die Gräfin. »Das hoffe ich doch. Ich hätte es niemals geglaubt, wenn du nein gesagt hättest. Aber schämst du dich deines Lebens? Ich spreche nicht davon, was dir zugestoßen ist, sondern davon, was du getan hast.«
Serena runzelte die Stirn und dachte über diese Frage nach. »Nein«, sagte sie schließlich. »Jetzt, da ich älter und klüger bin, würde ich viele Dinge anders machen, aber zu der Zeit habe ich mein Bestes getan.«
»Gut. Ich habe eine Schwäche für den jungen Middlethorpe. Hätte ich Gelegenheit dazu gehabt, so hätte ich diese Heirat natürlich verhindert, aber nun, da sie nun einmal stattgefunden hat, werde ich euch unterstützen. Und du wirst deinen Beitrag leisten, indem du *daran glaubst,* daß du so gut bist wie alle anderen. Sobald du dich duckst, habe ich nichts mehr mit dir zu tun. Verstanden?«
Serena fühlte sich überrannt. »Ja. Aber ...?«
»Kein Wenn und Aber. Weiche ihnen nicht aus. Zucke nicht mit der Wimper. Mach dir nichts vor, dies ist ein Krieg.«
»Im Krieg sterben Menschen«, wandte Serena ein.
»Allerdings.« In der Stimme der Gräfin lag keine Spur von Mitleid oder Zögern.
»Sie hätten einen bemerkenswerten General abgegeben«, sagte Serena und meinte das nicht unbedingt als Kompliment.
»Ich glaube auch. Ich bin unbarmherzig genug. Du wärst ein

furchtbarer General. Soweit ich das beurteilen kann, wirst du jedoch eine gute Ehefrau und Mutter sein. Gut, daß deine Garderobe nicht zu gewagt ist, denn es sind die Frauen, die wir für uns gewinnen müssen. Alle Männer werden Middlethorpe beneiden, aber dadurch wird es schwieriger, ihre Frauen auf unsere Seite zu ziehen. Jeder Mann will eine Frau wie dich – *eine anständige Frau, die auch die Hure spielen kann.*«

»Ich bin keine ...«

»Was bist du nicht?«

Serena biß sich ärgerlich auf die Zunge.

Die Gräfin fixierte sie mit einem Blick, der alles andere als verschlafen war. »Bist du bereit, der Gesellschaft gegenüberzutreten, ohne mit der Wimper zu zucken, junge Frau?«

Am liebsten hätte Serena dieser Hexe gesagt, sie solle zur Hölle fahren, doch sie bejahte die Frage.

»Lady Arden«, rief die Gräfin quer durch den Raum. »Ich werde Sie in das Theater begleiten.«

Serena hatte nicht gewußt, daß diesbezüglich Zweifel bestanden hatten. Damit war sie entlassen, und sie flüchtete und setzte sich zu Lady Rachel, die die Fähigkeit besaß, stundenlang über Belanglosigkeiten zu plaudern. Während Serena die Unterhaltung über sich ergehen ließ, machte sie sich Gedanken über Lady Cawles Worte. Eine anständige Frau, die auch die Hure spielen kann. Eine perfekte Beschreibung, aber was war dann mit Francis? Sie war sich nicht sicher, ob er sie für eine anständige Frau hielt, aber er schien auch nicht zu wollen, daß sie die Hure spielte.

Kurze Zeit später zog Arabella sie auf die Seite. »Wie geht es dir, meine Liebe? Du siehst sehr eindrucksvoll aus. Ich nehme an, du hast Maud standgehalten. Gut gemacht. Es amüsiert sie, den Leuten Angst und Schrecken einzujagen.«

»Man sollte meinen, sie könnte etwas Besseres mit ihrem Leben anfangen.«

»Schsch. Zeig nicht gleich deine Krallen. Maud arbeitet sehr hart daran, die Wächterin der Gesellschaft zu sein. Mit den meisten gibt sie sich gar nicht ab, aber sie beobachtet die Geschehnisse am Rande. Und man beobachtet sie. Viele achtbare Persönlichkeiten haben durch sie Eingang in die Gesellschaft gefunden, und viele Halunken wurden verjagt. Sie kann Arglist und Betrug aufspüren wie ein Bluthund auf der Fährte.«

Serena warf der Gräfin, die sie ja im großen und ganzen akzeptiert zu haben schien, einen verwirrten Blick zu. »Sie ist eine außergewöhnliche Frau«, bemerkte sie, »ich muß gestehen, daß ich überrascht bin, daß sie Ihre Freundin ist.«

»Ach ja? Jede Frau wählt ihren eigenen Weg, um das Leben zu meistern. Ich habe mich entschlossen, es ohne Männer zu tun. Maud zog vor, sie zu benutzen. Aber im tiefsten Innern sind wir uns sehr ähnlich. Natürlich war sie eine Schönheit und ich nicht; wahrscheinlich hat dies unsere Entscheidung beeinflußt.«

Serena warf Arabella einen neugierigen Blick zu. Hätte Arabella gerne geheiratet? Nichts im Leben war je das, was es zu sein schien.

Bald darauf gesellten sich die Männer zu ihnen, und die ganze Gesellschaft begab sich zur Drury Lane. Alle fuhren mit der Kutsche bis auf die Gräfin, die ihre eigene Sänfte mit zwei Trägern und einer Begleitperson hatte.

Im Theater saßen sie zu acht in der prächtigen Herzogsloge, während Miles, Felicity, Fanny und Stephen Ball fröhlich plaudernd auf der Galerie Platz nahmen, fest dazu entschlossen, soviel Klatsch wie möglich zu verbreiten.

Die Loge zog viele Blicke auf sich, denn obwohl viele die Stadt verlassen hatten, war das Theater gut besucht. Als sich herumgesprochen hatte, daß der Herzog und die Herzogin selbst anwesend waren, richteten sich noch mehr Augen auf

die Loge. Auch die Gegenwart der Gräfin von Cawle erregte Aufsehen und Geflüster.
Serena bemerkte, daß eine wachsende Anzahl von Blicken auch ihr – der Unbekannten – galt. Francis saß neben ihr und widmete ihr all seine Aufmerksamkeit, so daß ihre Beziehung offensichtlich sein mußte. Serena lächelte ihm und allen anderen zu, die mit ihr sprachen. Sie lächelte den ganzen Abend, bis ihr das Gesicht weh tat.
Es gab drei Pausen, und während jeder Pause begaben sich Serena, Beth, Francis und Lucien hinaus, um sich unter die Leute zu mischen. Serena hängte sich bei Beth ein, wie bei einer alten Freundin. Ständig wurde sie mit neuen Menschen bekannt gemacht, aber sie gingen immer weiter, bevor diese Zeit hatten, Fragen zu stellen.
Die Blicke waren neugierig, manchmal bewundernd, ab und zu eifersüchtig, aber nie mißtrauisch. Es war nicht annähernd so schwierig, wie Serena es sich vorgestellt hatte, aber dennoch war sie am Ende der Vorstellung erschöpft.
Nach dem Theater nahmen sie ein exquisites Mahl bei Emiles's ein, wo ganz andere Menschen an ihren Tisch kamen, um die Herzogin zu begrüßen und der unbekannten Schönheit vorgestellt zu werden. Es stellte sich heraus, daß die Auswahl der Tischdamen hervorragend durchdacht war: Die Intellektuellen kamen, um Fanny zu begrüßen, Mitglieder der Regierung oder des diplomatischen Dienstes, um einige Worte mit Lady Rachel zu wechseln, und die feinen Damen der Gesellschaft, um der Gräfin und der Herzogin ihre Aufwartung zu machen.
Serena lächelte ununterbrochen, so daß sie schon das Gefühl hatte, das Lächeln sei auf ihrem Gesicht festgefroren und gleiche mehr einer Grimasse als einem Ausdruck der Fröhlichkeit. Sie bemerkte jedoch, daß es trotz der bewundernden Blicke in ihre Richtung und einiger neugieriger Blicke

auf Francis niemandem klar zu sein schien, daß sie Randy Riverton's Witwe war.
Noch nicht.
Sie hielt ständig Ausschau nach einem bekannten Gesicht, aber Beth hatte wohl recht gehabt: Rivertons Freunde verkehrten einfach nicht in diesen Kreisen. Aber irgendwann würde Francis die Heiratsanzeige in die Zeitungen setzen müssen, und all diese lächelnden Menschen würden wissen, wer sie war.
Sie war so besorgt, daß sie sich der Gräfin anvertraute, als sie aufbrachen.
»Nein, meine Liebe«, sagte Lady Cawle freundlich, »es wird Gerede geben, aber solange du dich so wie heute abend benimmst, wird keiner es wagen, Ärger zu machen. Sie haben dich bereits akzeptiert und können nicht zugeben, einen Fehler gemacht zu haben. Und jeder, der Ärger macht, riskiert es, einige sehr wichtige Leute zu brüskieren, mich eingeschlossen.«
Impulsiv küßte Serena die Gräfin auf die gepuderte Wange. Die Gräfin war verblüfft, dann lachte sie. »Ich verstehe, warum Arabella dich so gern hat. Sei gut zu Middlethorpe.« Mit diesem Befehl bestieg sie ihre Sänfte und wurde fortgetragen.
Wie gerne wäre Serena gut zu Middlethorpe gewesen, wenn er ihr nur die Gelegenheit dazu gegeben hätte.
Alle schienen wie berauscht vom Erfolg dieses Abends, aber Serena war nur froh, daß sie alles gut überstanden hatte. Diesmal. Am nächsten Tag fing das ganze Spiel von vorne an.
Als sie um drei Uhr morgens nach Hause kamen, begleitete Francis Serena zu ihrem Zimmer. »Ich glaube, es ist alles gutgegangen«, sagte er.
»Das hoffe ich.« Sie gähnte. Sie war es nicht gewohnt, so lange aufzubleiben.

»Du bist müde. Beth will dich sicher morgen durch die ganze Stadt schleppen und so vielen Leuten wie nur möglich vorstellen. Mach nicht länger mit, als du möchtest.«
»Es macht mir nichts aus.« Obwohl er gelassen erschien, war eine Spannung zwischen ihnen. Ihr Herz und ihr Verstand wollten, daß er zu ihr kam und sie liebte, aber ihr Körper verlangte nur nach Schlaf.

Er betrat den Raum mit ihr und nahm ihre Hände in die seinen. Sie hatte das Gefühl, als wolle er etwas sagen, etwas Wichtiges, aber er hob nur ihre Hände an seine Lippen und küßte sie. »Schlaf gut, meine Liebe.«
Dann war er verschwunden.
Serena blickte auf ihr großes Bett, in dem sie offensichtlich wieder alleine würde schlafen müssen. Sie war erschöpft und nicht in der Stimmung für Sex, aber es wäre schön gewesen, einfach nur das Bett mit ihm zu teilen.
Francis begab sich in sein Zimmer und betrank sich ebenso wie in den Nächten zuvor. Sicherlich war Blanches Rat gut, aber er konnte sich nicht dazu bringen, seine müde Frau zu bedrängen. Morgen. Vielleicht würde er sie am nächsten Morgen besuchen. Ja, dachte er, und goß sich Brandy nach, am Morgen. Serena im Sonnenlicht, ihr wallendes Haar …
Als er aufwachte, war es jedoch bereits Nachmittag, und er fühlte sich noch schlechter als am Tag zuvor. Er zermarterte sich den Kopf und kam zu dem Schluß, daß ihn sein Kammerdiener zu Bett gebracht haben mußte. Er stöhnte, und in seinem Kopf hämmerte es. Wenn er so weitermachte, würde er bald ein Wrack sein. Um so besser, daß Serena bereits aus dem Haus war, offensichtlich in Beths Begleitung.

Vierzehntes Kapitel

Serena stellte fest, daß Francis' Vorhersage zutreffend war; Der Angriff auf die Gesellschaft würde weitergehen, aber jetzt mit den Waffen der Frauen.

Sie war erst um elf Uhr aufgewacht und hatte dekadent im Bett gefrühstückt. Auf ihrem Tablett befand sich auch die Nachricht, daß Beth sie um zwölf Uhr abholen würde.

Zuerst waren sie nach Belcraven House gefahren, um Beths Garderobe zu inspizieren, und hatten aus der Vielzahl der Kleider noch einige weitere für Serena ausgewählt.

Nach einem kurzen Imbiß statteten Beth und Serena der Gräfin einen Besuch ab, wo sie einige weitere Damen der Gesellschaft antrafen, die Serena sofort akzeptierten. Allerdings gelang es Lady Cawle, Arabella und Beth auch, alle Versuche der Damen, Serenas Herkunft in Erfahrung zu bringen, im Keim zu ersticken.

Danach begaben sie sich zu Hookham's und stöberten in den Bücherregalen. Beinahe zufällig stießen sie dabei auf eine ganze Reihe von Personen, die erfreut waren, die Bekanntschaft der neuen Lady Middlethorpe zu machen.

Serena erkannte, daß Beths Gönnerschaft eine Eintrittskarte in die feine Gesellschaft war. Niemand würde es riskieren, die zukünftige Herzogin von Belcraven zu brüskieren. Auf ihrem Weg zu Gunter's machte sie eine diesbezügliche Bemerkung zu Beth.

»Das stimmt«, antwortete Beth. »Und obwohl ich es nach wie vor lächerlich finde, daß allein der gesellschaftliche Rang das Ansehen bestimmt, so habe ich doch erkannt, daß diese Einstellung sinnlos ist. Statt dessen versuche ich nun, diese Macht für gute Zwecke einzusetzen.«

Sie hatten sich mit Lady Rachel im Teehaus verabredet, und diese war in Begleitung ihres Bruders, Sir Jeffrey Greville. Der geistreiche Gentleman war offensichtlich in halb London bekannt, so unterbrachen viele weitere Begegnungen ihre Teepause.

Als sie wieder auf dem Gehweg standen, schüttelte Serena den Kopf. »Ich komme mir vor, als wäre ich der ganzen Stadt vorgestellt worden.«

»Nicht ganz, aber fast«, gab Beth zu und blickte über die belebte Straße. »Dem wichtigen Teil. Sieh nur, wie viele Leute heute unterwegs sind! Unsere Kutsche kommt gar nicht bis zu uns durch. Wir müssen von unseren Beinen Gebrauch machen, Gott behüte!« Sie lächelten sich an und bewegten sich auf die steckengebliebene Kutsche zu. Beths Diener kam ihnen bereits entgegen, um sie zu begleiten.

»Als ob wir keine paar Meter allein einen überfüllten Gehweg entlanglaufen könnten«, murmelte Beth.

Sie kamen jedoch nur langsam voran, da das gute Wetter viele Menschen aus dem Haus gelockt hatte, die sich nun angeregt vor den verschiedenen Geschäften und Teehäusern unterhielten. Obendrein bahnten sich Dienstboten ihren Weg durch die Menge, die man losgeschickt hatte, Besorgungen zu erledigen.

Zwei Damen traten aus einem Stoffgeschäft auf die Straße, und Beth und Serena hielten inne, um sie an sich vorüber zu ihrer Kutsche zu lassen. Die ältere der beiden Frauen bemerkte sie und blieb mit einem freundlichen Lächeln stehen. »Lady Arden! Viel Betrieb heute, nicht wahr?«

»In der Tat, Herzogin. Ein früher Frühlingstag weckt uns alle aus dem Winterschlaf ...« Beths Stimme klang etwas seltsam, und Serena warf ihr einen Blick zu. »Beth?« fragte sie.
Die Herzogin sah von einer zur anderen. Ihre Begleiterin war eine junge, schöne Frau, die aufgrund ihrer Ruhe und Gelassenheit würdevoll wirkte.
Die Herzogin unterbrach das peinliche Schweigen. »Ich glaube, Sie kennen meine jüngere Tochter noch nicht, Lady Arden. Anne, mach einen Knicks vor der Marquise. Die arme Anne war etwas unpäßlich. Wir werden einige Wochen in Bath verbringen.«
»Wie schön, Lady Anne«, sagte Beth, noch immer in einem seltsamen Tonfall. Serena hörte, wie Beth seufzte, bevor sie fortfuhr. »Darf ich Ihnen meine Begleiterin, Lady Middlethorpe, vorstellen?«
Lady Anne wurde kreidebleich, und schließlich begriff Serena, wer da vor ihr stand. Diese hübsche, würdevolle junge Frau war Francis' Lady Anne. Mit ihrer zierlichen Gestalt und dem aschblonden Haar schien sie sehr zerbrechlich, was durch die Blässe des Schocks noch betont wurde. Diese wich nun einer verlegenen Röte.
Serena fühlte, wie auch sie errötete.
Auch das Gesicht der Herzogin hatte sich verfärbt, allerdings aus Ärger. Jeden Moment konnte die Situation eskalieren, und Serena fragte sich verzweifelt, was sie dagegen tun konnte. Weitergehen? Sich entschuldigen? *Lady Anne, es tut mir leid, daß ich Ihnen den Mann weggeschnappt habe ...*
Dann streckte Lady Anne ihre Hand aus. »Lady Middlethorpe, ich freue mich, Sie kennenzulernen.« Es klang etwas hölzern, aber die Worte waren gesagt.
Voller Dankbarkeit ergriff Serena die ihr gebotene Hand. »Die Freude ist ganz meinerseits, Lady Anne. Ich hoffe, Sie genießen Ihren Aufenthalt in Bath.«

Lady Anne gelang ein kleines Lächeln. »Ich weiß nicht, ob mir die Kuren so zusagen werden.« Sie sah sich um. »Ich fürchte, wir blockieren den Gehweg.«
Die Herzogin fing sich wieder und nickte kurz. »Lady Middlethorpe. Lady Arden.« Damit scheuchte sie ihre Tochter in die Kutsche, die davonrollte.
»Es tut mir leid«, sagten Beth und Serena gleichzeitig und schwiegen dann.
Schließlich setzten sie ihren Weg fort. Serena kämpfte mit den Tränen. Sie hatte das Gefühl, die ganze Straße sei Zeuge dieser Szene gewesen, obwohl anscheinend niemand etwas bemerkt hatte.
»Was für eine unangenehme Situation«, murmelte Beth. »Aber was hätten wir denn machen sollen?« Sie bestiegen ihre Kutsche.
Serena schluckte. »Lady Anne scheint sehr nett zu sein.«
»Sie hat sich jedenfalls tadellos benommen«, stimmte Beth zu.
Serena unterdrückte ihre Tränen. »Ich kann verstehen, warum ... warum Francis ... ihr den Hof gemacht hat.«
Beth nahm Serenas Hände. »Serena, hör auf damit! Wenn Francis Anne wirklich hätte heiraten wollen, hätte er nie mit dir geschlafen.«
Serena verbarg ihr Gesicht in den Händen und weinte.
Beth wies die Kutsche an, direkt zur Hertford Street zu fahren. Kaum hatten sie das Haus betreten, kam Francis auf sie zu. »Was ist passiert?«
Beth hatte ihren Arm um Serena gelegt. »Wir haben die Herzogin von Arran und Lady Anne getroffen.«
Er erbleichte. »Hier in der Stadt?«
»Wir sind nicht nach Wiltshire gefahren, wenn du das meinst!«
»Sei nicht gleich eingeschnappt.« Er nahm Serena in die Arme und drückte sie an sich. »Was ist geschehen?«

»Nichts«, sagte Serena und versuchte, sich aus seiner Umarmung zu befreien, einer Umarmung, die sie nicht verdiente. Einer Umarmung, die sie einer besseren Frau *gestohlen* hatte ...
Ohne weiter auf Beth zu achten, hob Francis Serena auf und trug sie in ihr Zimmer, wo er sie aufs Bett legte und vorsichtig ihren Hut abnahm. »Was ist geschehen?« fragte er noch einmal. »Du bist ja völlig außer dir.«
Serena setzte sich müde auf und putzte sich die Nase. »Wirklich, nichts ist geschehen. Wir haben uns alle äußerst zivilisiert verhalten. Lady Anne tat ihr möglichstes, um die peinliche Situation zu entschärfen.«
»Ja, so ist sie.«
Serena schnaubte erneut in ihr Taschentuch. Lady Anne war offensichtlich genau die Art von Frau, die Francis wollte und verdiente, und sie selbst war das unglücklichste Geschöpf der Welt.
Francis nahm ihr das durchnäßte Taschentuch aus der Hand und tupfte ihr mit seinem trockenen die Tränen ab. »Wenigstens habt ihr euch nun kennengelernt und es höflich hinter euch gebracht – damit ist das Schlimmste vorbei. Es wird schon werden ...«
Sie konnte sich nicht zurückhalten. »Aber du wolltest *sie* heiraten!«
Er stritt es nicht ab. »Das war einmal. Nun, wenn du dich gut genug fühlst, wir haben für heute abend einen Ausflug zum Royal Circus geplant und danach eine Musikdarbietung bei Lady Cowper. Das sollte deine Stimmung wieder heben. Morgen geben Beth und Lucien ihre Soiree. Mit ein bißchen Glück haben wir's dann geschafft.«
Bei der Aussicht auf diesen gesellschaftlichen Marathon fühlte sich Serena bis auf die Knochen erschöpft. Aus seinem Ton entnahm sie auch, daß er das alles genauso schrecklich fand wie sie.

Dennoch machte sie keine Einwände gegen diese Pläne, sondern glitt von ihrem Bett, um ihren Umhang abzulegen. Als sie sich Francis zuwandte, sah sie den Ausdruck in seinen Augen.
Als ihr jedoch klar wurde, daß Francis keinerlei Anstalten unternahm, sich ihr zu nähern, war sie völlig verwirrt. Wußte er denn nicht, daß sie bereit war, ihm zu Gefallen zu sein? Wie konnte sie ihn nur ermuntern, ohne zu kühn zu wirken?
Sie standen einander wortlos gegenüber, und schließlich ergriff Serena seine Hand und führte sie langsam an ihre Brust. Dort ruhte sie einen Augenblick und begann dann, sich zu bewegen. Francis knetete ihre Brust sanft und kam näher.
Plötzlich machte er sich jedoch los.
»Willst du mich nicht?« Sie konnte sehen, daß das nicht stimmte.
»Was ich will«, sagte er heiser, »ist dich massieren.«
»*Massieren?*«
»Ja.« Er war leicht errötet und wich ihrem Blick aus. Serena wußte nicht, was sie davon halten sollte. Aber sie würde beinahe alles über sich ergehen lassen, ohne sich zu beklagen.
»Wenn es das ist, was du willst – was soll ich tun?«
»Zieh dich aus.« Er näherte sich ihr. »Laß dir helfen.«
Etwas unbeholfen schälte er sie aus den zahlreichen Stofflagen, bis sie nur noch in ihrer Wäsche vor ihm stand.
Serena schämte sich ihrer Nacktheit nicht, doch sie war sich ihrer Verletzlichkeit bewußt und beobachtete ihn argwöhnisch. Er ließ seinen Blick über sie wandern. »Was für einen perfekten Körper du hast«, sagte er sanft, aber er trat nicht näher.
»Wenn er dir gefällt, bin ich zufrieden. *Was soll ich tun, um dir*

Lust zu bereiten? Sag mir, wie du mich haben willst! Soll ich mich ganz ausziehen?« fragte sie schließlich.

»Nein. Noch nicht.« Sanft nahm er die Nadeln aus ihrem Haar und fuhr mit den Fingern durch ihre Frisur. Die Berührung ihrer Kopfhaut ließ sie wohlig erschauern, und sie schloß die Augen. Zärtlich breitete er ihr Haar über ihren Rücken aus und dann über ihren Hals und ihre Brüste.

Voll ungläubigen Staunens blickte sie ihn an. Er nahm eine Handvoll ihres Haares und hob es an seine Lippen.

Das brachte sie näher zu ihm, und ihre nackten Brüste berührten seine rauhe Wolljacke. Ihr stockte der Atem. Schließlich fanden sich ihre Lippen, und sie verschmolzen in einem leidenschaftlichen Kuß.

Doch dann machte er sich los. »Genug«, sagte er mit gezwungener Leichtigkeit. »Leg dich auf das Bett. Ich möchte dir deine restlichen Kleidungsstücke ausziehen.«

Serena war enttäuscht, aber noch hatte sie Hoffnung. Gehorsam legte sie sich auf den Rücken.

Geschickt entfernte er Spitzenwäsche und Strümpfe. Er berührte sie in keiner Weise unanständig; eigentlich berührte er sie überhaupt nicht, wenn es sich vermeiden ließ. Was um alles in der Welt sollte das werden?

Seine Blicke wanderten über ihren Körper, und sein Verlangen war beinahe mehr, als sie ertragen konnte. Doch er wandte sich ab und holte ein großes Leinentuch. »Bitte leg dich hier drauf, Serena. Wir wollen die Brokatdecke nicht beschmutzen. Dreh dich auf den Bauch. Ich bin gleich wieder da.«

Damit verließ er das Zimmer.

Serena starrte ihm nach. Dann gehorchte sie und drehte sich auf den Bauch, weiterhin völlig verunsichert. Ihrer Erfahrung nach waren Annäherungen von hinten meistens unangenehm. Was mochte er wohl holen? Sie legte den

Kopf auf die Arme und versuchte, nicht an Peitschen zu denken.
Sie hörte ihn zurückkommen und versteifte sich, während sie versuchte, anhand der Geräusche, die er machte, herauszufinden, was geschehen würde. Außer seinen Schritten waren keine Geräusche zu hören. Dann ein Klirren, als habe er ein Glas oder eine Flasche abgestellt. Was konnte das sein?
Er berührte sie, und sie zuckte instinktiv zusammen, aber sofort wurde ihr klar, daß es eine zärtliche Berührung war, eine warme, ölige Berührung. Sie wollte sich umdrehen, um ihn anzusehen, aber er drückte sie auf das Bett, schob ihr Haar zur Seite und begann, ihr mit seinen eingeölten Händen den Rücken zu massieren.
Eine Massage. Nicht mehr und nicht weniger. Hatte sie sich jemals so wohl gefühlt?
Seine Hände waren stark und etwas rauh, aber wunderbar beruhigend, als sie so über ihren Rücken glitten, abwechselnd drückend und streichelnd.
»Ist das angenehm?« fragte er.
»Es ist himmlisch«, seufzte sie.
Serena verlor jegliches Zeitgefühl, während sich Francis von ihrem Rücken zu ihren Beinen und schließlich zu ihren Füßen vorarbeitete.
Sie spürte, wie er sich auf das Bett setzte und ihren Fuß anhob. Dann begann er, ihn zu massieren, jeden winzigen Knochen, jeden Millimeter ihrer Haut.
Sie schien in einem warmen Gefühl der absoluten Zufriedenheit zu zerfließen und seufzte glückselig.
Er lachte. Es war das erste Mal, daß sie ihn auf diese Weise lachen hörte, und sie lachte mit ihm.
Schließlich hörte er auf, sie zu massieren, und Serena lag völlig entspannt vor ihm, unfähig, sich zu bewegen. Er ging

kurz hinaus und kehrte dann mit einem weichen Tuch zurück, mit dem er das Öl von ihrem Rücken und ihren Beinen rieb. Dann schlug er die Laken zurück und rollte sie unter die Decke. »Ruh dich jetzt aus für den heutigen Abend.«

Serena war furchtbar schläfrig, aber sie sah besorgt zu ihm auf. Sie hatte erwartet, die Massage würde mit Sex enden. »Aber ...«

Er brachte sie mit einem flüchtigen Kuß zum Schweigen. »Schlaf nun.« Dann war er verschwunden.

Serena konnte sich nicht dagegen wehren. Sie schlief ein.

Francis wusch sich die Hände und fühlte sich wie der edelste aller Märtyrer. Dennoch bereute er seine Zurückhaltung nicht. Es wäre falsch gewesen, mit Serena zu schlafen, nachdem sie gerade ein derart aufwühlendes Erlebnis gehabt hatte – ein Erlebnis, das er hätte verhindern müssen.

Zugegebenermaßen hatte er gehofft, die Massage würde dazu führen, daß sie sich liebten, aber es war offensichtlich gewesen, daß Serena müde war und nicht erregt. Er durfte nicht vergessen, daß sie ein Kind erwartete und zudem nicht an ein derart anstrengendes gesellschaftliches Leben gewöhnt war.

Andererseits hatte ihn die Massage sehr wohl erregt. Er seufzte. Vielleicht wäre es besser, Massagen in Zukunft zu vermeiden. Zumindest, bis ihre Ehe in normalen Bahnen verlief.

Er kippte ein Glas Brandy hinunter, in der Hoffnung, so sein Verlangen zu stillen. Sein Blick fiel auf das leere Glas. Wenn er so weitermachte, würde er bald zum Säufer werden. Er klingelte nach Grisholme, seinem Kammerdiener, und wies ihn an, den Brandy zu entfernen. Offensichtlich erleichtert kam Grisholme der Anweisung nach.

Ruhelos schritt Francis im Zimmer auf und ab. Zu dumm, daß Serena Anne über den Weg laufen mußte. Er wünschte, er hätte Serena gar nicht von Anne erzählen müssen. Offensichtlich hatte es ihr weh getan. Dennoch war ihm keine Wahl geblieben. Schließlich hatte er sie auf ein Treffen dieser Art vorbereiten müssen.

Er fragte sich, wie gekränkt Anne war und ob es Sinn machte, mit ihr zu sprechen. Es würde nicht einfach werden, einer vornehmen jungen Dame sein Verhalten zu erklären, doch womöglich machte sein Schweigen die Situation noch schlimmer.

Francis zerbrach sich den Kopf, wie er die Sache angehen sollte. Während er Anne den Hof gemacht hatte, hatte er ihr nie geschrieben. Das hatte sich nicht geschickt; jetzt war wohl kaum der richtige Zeitpunkt, um eine Brieffreundschaft zu beginnen. Jedoch waren die Umstände alles andere als normal, und sowohl Serena als auch Beth hatten bestätigt, daß sich Anne tadellos verhalten hatte.

Schließlich schrieb er Anne einen Brief, in dem er ihr für ihre Güte dankte und sich für sein Verhalten entschuldigte. Er legte den Brief unversiegelt einem kurzen Anschreiben an die Herzogin bei.

Er hatte den Brief gerade wegschicken lassen, als ihm Luciens Besuch angekündigt wurde.

Lucien erhob sich, als Francis eintrat. »Es gibt Neuigkeiten von der Jagd.«

»Der Jagd?«

»Ferncliff. Du erinnerst dich?«

»Ah, endlich!« Francis war der Meinung, daß ihn eine handgreifliche Auseinandersetzung von einem Großteil seiner Frustrationen befreien könnte. Lucien hatte den Diener mitgebracht, der Ferncliff gefunden hatte, und der Mann wurde herbeigeholt.

»Er wohnt bei einem gelehrten Herrn in der Little George Street in Chelsea, Mylords«, sagte der Diener. »Zumindest paßt die Beschreibung auf ihn.«
»Ist er jetzt dort?« fragte Francis.
»Ich sah ihn hineingehen und eilte dann schnell zum Marlborough Square zurück, um zu berichten, Mylord. Ist noch keine Stunde her.«
Eine Droschke wurde gerufen, und Lucien und Francis stiegen ein. Der Diener setzte sich nach vorne zum Kutscher und gab ihm die Wegbeschreibung.
Francis hatte seinen Pistolenkoffer mitgebracht und lud eine der Waffen in der Kutsche.
»Meinst du«, erkundigte sich Lucien beiläufig, »ich werde dich davon abhalten müssen, einen Mord zu begehen?«
»Ich bezweifle es.« Francis ging nicht auf den scherzenden Tonfall ein. »Ich will nur die Wahrheit wissen und das Ganze beenden. Mein Leben ist schon kompliziert genug, auch ohne diese Geschichte.«
»Das ist wohl wahr.« Lucien streckte seine langen Beine aus. »Weißt du, es gab keine Möglichkeit für Beth, diesen Zwischenfall heute zu verhindern.«
Francis wandte sich ihm zu. »Natürlich nicht. Gibt sie sich die Schuld daran? Sag ihr, das muß sie nicht. Es ist nur gut, daß Anne Peckworth so vernünftig und gütig ist.«
»Ja«, sagte Lucien, warf Francis jedoch einen sonderbaren Blick zu.
»Luce«, erwiderte Francis ungehalten, »ich hätte nie in Betracht gezogen, Anne zu heiraten, wenn sie nicht ein feines Mädchen wäre. Ich habe nicht vor, jetzt so zu tun, als wäre sie eine Hexe, nur weil es mir gerade in den Kram paßt.«
Lucien machte eine abwehrende Handbewegung. »Schon gut. Und, wie du gesagt hast, war es gut, daß sie keine Szene gemacht hat. Das hätte keinem von uns geholfen.«

Die Droschke kam zum Stehen.
Ferncliffs Schlupfwinkel stellte sich als großes Gebäude mit Gastzimmern heraus. Francis' Pistolenkoffer wurde dem Diener übergeben – eine Pistole fehlte –, und dieser wurde hinter das Haus geschickt, um dort Wache zu halten. Francis und Lucien erklommen die steinernen Stufen und klopften an die Tür. Sie wurde von einem großen, dürren Mann geöffnet. »Ja, meine Herren?« fragte er mit dem gewählten Akzent eines höheren Bediensteten.
Francis wurde klar, daß sie nicht wußten, mit wem Ferncliff zusammenwohnte. »Wir möchten Mr. Charles Ferncliff sprechen.«
»Hier wohnt kein Herr mit diesem Namen, meine Herren.« Der Mann machte Anstalten, die Tür zu schließen.
»Wir wissen, daß er hier wohnt«, sagte Francis, »und es ist wichtig. Ein großer, rotgesichtiger Mann, ungefähr fünfunddreißig oder vierzig Jahre alt.«
Der Mann zögerte.
Lucien mischte sich ein. »Sagen Sie ihm doch bitte, daß ihn Lord Middlethorpe und der Marquis von Arden sprechen wollen.« Er legte soviel Arroganz wie möglich in seine Stimme.
Der Mann bekam große Augen. »Ja, Mylord. Kommen Sie doch herein, Mylords. Ich werde mich sofort erkundigen, Mylords.«
Francis und Lucien betraten den engen Flur. Der Wirt verschwand die Treppe hinauf, und sie sahen, wie er an die erste Tür im Gang klopfte.
»Du kannst das so gut«, bemerkte Francis amüsiert.
»Irgendwann muß der verdammte Rang ja auch einmal Vorteile haben. Jedenfalls hat er die Beschreibung erkannt.«
Nach kurzer Zeit kehrte der dünne Mann mit einem nervösen Gesichtsausdruck zurück. »Tut mir leid, aber hier gibt es keinen Mr. Ferncliff, Mylords.«

»Wer wohnt dann hier, auf den seine Beschreibung paßt?« erkundigte sich Francis.
»Äh, niemand, Mylords. Wirklich, Sie müssen sich irren.«
»Das glaube ich nicht.« Francis drängte sich an ihm vorbei und lief die Treppe hinauf, seine Pistole in der Hand. Lucien folgte ihm schnell.
»Mylords! Mylords!«
Die Proteste des Wirts folgten ihnen. Als sie die Tür erreichten, klopfte Francis an. Überraschenderweise wurde sie sofort geöffnet, und ein dicker, älterer Diener bat sie mit einem verängstigten Blick auf Francis' Waffe herein. »Kommen Sie herein, Mylords.«
Francis warf Lucien einen verwirrten Blick zu. Dann bellte eine Stimme: »Herein mit euch, ihr Taugenichtse!«
»Simmons«, murmelten beide erstaunt und fühlten sich sofort in ihre Schulzeit zurückversetzt. Dr. Mortimer Simmons war einer der grausamsten Lehrer in Harrow gewesen.
Langsam betraten sie den Salon. Francis schob seine Pistole in die Tasche.
Es war beinahe acht Jahre her, seit sie Dr. Simmons zum letzten Mal gesehen hatten. Er war immer ein großer und kräftiger Mann gewesen. Nun machte er keinerlei Anstalten, sich aus seinem gewaltigen Sessel zu erheben, sondern saß einfach da und starrte sie wie eine rotgesichtige, bösartige Kröte an.
»Arden und Middlethorpe«, knurrte er. »Ich hätte es wissen sollen. Und wo ist der verdammte Delaney? Hat er schon sein böses Ende gefunden? Wie kommt ihr dazu, einen Mann in seinem Heim zu stören? Ich zieh' euch das Fell über die Ohren, jawohl!«
Francis erwartete fast, daß er die Birkenrute zücken und sie züchtigen würde. Dann faßte er sich wieder. »Wir suchen Mr. Charles Ferncliff.«

»Und?« fragte Simmons. »Und? Gibt euch das das Recht, in eine Privatwohnung einzudringen? Auch als Adelssprößlinge dürft ihr euch nicht alles erlauben, meine Herren, wie ich euch schon oft bewiesen habe!«
»Ich glaube, daß er hier ist«, beharrte Francis.
»Und selbst wenn, Middlethorpe? Selbst wenn? Was macht ihr dann? Meine Räume durchsuchen? Nur über meine Leiche! Ihr wart schon als Jungen Gauner, und das hat sich nicht geändert. Was ihr braucht, ist eine Tracht Prügel!« Simmons steigerte sich immer weiter hinein. »Glaubt ihr, weil ihr einen Titel habt, könnt ihr euch alles erlauben? Das wird noch böse mit euch enden.« Er starrte sie an. »Ich weiß auch, wer das Abführmittel in meine Medizin getan hat, meine Herren!«
Angesichts dieser wahrheitsgemäßen Anschuldigung fühlte Francis, wie sich Schuldgefühle mit hysterischem Vergnügen mischten.
»Macht, daß ihr rauskommt!« schrie Dr. Simmons und deutete zur Tür. »Raus, ihr Abschaum, bevor ich mich nicht mehr beherrschen kann!«
Francis und Lucien sahen sich an und zogen sich hastig zurück, da sie fürchteten, der Mann würde sonst einen Schlaganfall bekommen.
Auf der Straße brachen sie in wildes Gelächter aus. »Der alte Simmons jagt mir immer noch Angst ein!« erklärte Lucien. »Ausgerechnet Simmons, wer hätte das gedacht!«
»Und das Abführmittel!« Ein neuer Lachanfall schüttelte sie. Nach einer Weile ebbte ihr Gelächter ab, und Francis lehnte sich erschöpft an das Treppengeländer. »Das tut gut.«
»Lachen?« fragte Lucien verständnisvoll. »Ja, aber was ist mit Ferncliff?«
»Am liebsten würde ich alles abblasen, aber das geht wohl nicht. Wir müssen dieses Haus im Auge behalten. Er kann

sich nicht ewig da drin verstecken. Ich bleibe hier, und du gehst nach Hause und leitest alles in die Wege.«
»Gut.« Lucien zögerte einen Moment. »Ich weiß, ich bin nicht Nicholas, aber wenn du über irgend etwas sprechen möchtest, bin ich für dich da.«
Francis lächelte. »Danke. Es tut mir auch leid, daß ich dich am Dienstag so angefahren habe.«
»Schon vergessen. Du könntest zu Blanche gehen.«
»Sie hat mir bereits geholfen.« Francis richtete sich auf. »Du mußt mir nicht antworten, wenn du nicht willst, aber, du und Beth massiert ihr euch gegenseitig?«
Lucien zog die Augenbrauen hoch, aber er antwortete »Ja. Warum?«
»Führt es gewöhnlich dazu, daß ihr euch liebt?«
»Meistens.«
Francis hätte ihn gerne gefragt, ob eine Massage eine Frau erregte oder sie schläfrig machte, aber er hatte das Gefühl, als habe er bereits zuviel gefragt.
Lucien zuckte die Schultern und ging. Er arrangierte eine dauernde Überwachung des Hauses durch seine Bediensteten, und nach einer halben Stunde konnte Francis seinen Beobachterposten verlassen und nach Hause zurückkehren. Er klopfte an Serenas Tür, um zu sehen, ob sie noch schlief und ob er ihr vielleicht im Bett Gesellschaft leisten konnte, aber Serena kleidete sich bereits für den Abend an, und ihr Haar war zu einer komplizierten Frisur aufgetürmt. Francis seufzte und begab sich in seine Räume, um sich ebenfalls für den erneuten Angriff auf die Gesellschaft vorzubereiten.
Serena hatte Francis' Blick aufgefangen und richtig gedeutet. Sie ärgerte sich darüber, daß sie nach der Massage eingeschlafen war, und war entschlossen, diesen seltsamen Zustand zu beenden. Sie war nicht daran gewöhnt, daß ein Mann die Gefühle einer Frau vor die seinen stellte, aber es

gefiel ihr sehr gut. Andererseits würde zuviel Rücksichtnahme nur dazu führen, daß sie den Rest ihres Lebens wie Bruder und Schwester zusammenlebten. Nun, da sie sich sicher war, daß Francis sie begehrte, würde sie dafür sorgen, daß ihm klar wurde, daß er ihr willkommen war.
Sie warf einen Blick auf die Uhr. Aber nicht jetzt. Sie mußten sich auf den Weg nach Belcraven House machen.

Fünfzehntes Kapitel

Der Abend verlief im wesentlichen wie der vorherige, obwohl der Zirkus eine etwas informellere Art der Unterhaltung bot. Serena hatte befürchtet, daß das buntgemischte Publikum eine Katastrophe bergen könnte, aber bald wurde ihr klar, daß diese harmlose Unterhaltung für Matthews Kumpanen nicht von Interesse war. So entspannte sie sich und genoß die Jongleure, Seiltänzer und Kunstreiter.

Während des Abendessens hatten die Rogues mit der Erzählung über die Invasion beim alten Simmons für Vergnügen gesorgt und schienen sich alle wieder in Schuljungen zu verwandeln. Der Zirkus verstärkte diese Albernheit nur noch. Beth sprach ein ernstes Wort mit ihnen, bevor die Gesellschaft zu Lady Cowpers Soiree aufbrach.

Lucien salutierte: »Jawohl, Madam!« und küßte sie mitten auf der Straße.

Serena und Francis wechselten einen Blick, dann nahm Serena all ihren Mut zusammen und küßte ihn. Er drückte sie an sich, und einen Moment lang wurde ihr Kuß intensiver, doch dann beherrschte er sich und machte sich von ihr los. Serena war etwas enttäuscht. Es hätte ihr nichts ausgemacht, Lady Cowpers Soiree zu verpassen.

Diese Veranstaltung war um einiges formeller als der Zirkus, und von den Rogues nahmen nur die Ardens, Middle-

thorpes, Sir Stephen und Fanny daran teil. Die hübsche Lady Cowper begrüßte sie herzlich.
»Ach, Lady Middlethorpe, ganz London spricht schon von Ihrer Schönheit. Sie gehören zur Familie Allbright aus Sussex, wie mir zu Ohren gekommen ist.« Lady Cowper hatte offensichtlich keine hohe Meinung von den Allbrights aus Sussex, aber sie machte das Serena nicht zum Vorwurf. Serena fragte sich, was geschehen würde, wenn der Name ihres ersten Ehemannes die Runde machte.
Die angesehensten Vertreter der Gesellschaft waren zugegen, von denen Serena bereits einige kannte. Sie wußte, daß es töricht gewesen wäre, mit Francis nach Hause und ins Bett zu fliehen. Wenn der heutige Abend gut verlief, konnte nur noch ein Skandal ihre Aufnahme in die Gesellschaft vereiteln.
Dann erblickte sie die Herzogin von Arran auf der anderen Seite des Raumes gemeinsam mit Lady Anne und zwei Männern, einem älteren und einem jungen. Wahrscheinlich der Herzog und einer von Lady Annes Brüdern.
Lag da bereits ein Skandal in der Luft? Der jüngere Mann sah eindeutig grimmig zu ihnen herüber.
Serena stieß Francis leicht an.
»Ja, ich weiß«, sagte er ruhig, »es liegt bei ihnen.«
Sie sah, daß er nicht so ruhig war, wie er vorgab. Sie suchte verstohlen in seinem Gesicht nach Anzeichen für ein gebrochenes Herz, konnte aber nichts erkennen. Sowohl er als auch Anne schienen fähig zu sein, ihre Gefühle perfekt zu verbergen. Sie wären ein so schönes Paar gewesen ...
Sie nahmen Platz und lauschten einem Harfenkonzert. Es war ein trauriges Lied, das Serenas eigene Gefühle wiedergab.
»Ach, mein Geliebter liebt nicht mich,
in tiefste Trübsal falle ich ...«

Am Ende des Liedes warf sich die Hauptfigur in einen Wasserfall.

Serena begleitete Francis in einen anderen Raum, wo Erfrischungen bereitstanden. Der Tod im Wasserfall schien ihr eine gute Lösung zu sein. Ihre Trübsal hätte ein Ende, und Francis könnte Anne heiraten. Leider würde auch ihr armes, ungeborenes Kind umkommen, aber selbst da könnte man geltend machen, das Leid der Welt sei ihm erspart geblieben.

Als sie den Salon betraten, standen plötzlich die Peckworths vor ihnen.

»Guten Abend«, sagte die Herzogin mit etwas gezwungener Freundlichkeit. »Eine wundervolle Darbietung, nicht wahr?«

»In der Tat, Herzogin«, antwortete Francis, »Madame Ducharme ist sehr talentiert.«

»Recht gute Gesellschaft für diese Jahreszeit«, bemerkte der Herzog, ein rundlicher Mann mit freundlichem Gesicht, obgleich die Freundlichkeit in diesem Moment nur aufgesetzt war.

»Ja, wirklich«, sagte Francis. »Herzog, ich glaube, Sie kennen meine Frau noch nicht.« Das gegenseitige Vorstellen verlief reibungslos, und die Peckworths entfernten sich.

»Das ging doch ganz gut«, sagte Francis leise, und Serena sah, daß er aufrichtig erleichtert war.

Später, als sich Serena in das Boudoir begab, traf sie auf Lady Anne. Lady Anne starrte sie an und sagte dann schließlich, »Lady Middlethorpe, kann ich Sie bitte kurz sprechen?«

Serena hätte gerne abgelehnt, aber sie hatte das Gefühl, Lady Anne etwas schuldig zu sein. Anne führte sie in ein kleines Vorzimmer, wo sie sich Serena entschlossen zuwandte. »Lady Middlethorpe, ich wollte nur sagen, daß es zwischen uns keine Unstimmigkeiten geben muß.«

»Ach nein?« fragte Serena unverblümt.
»Nein. Sicherlich wissen Sie, daß Francis … daß Lord Middlethorpe …« Lady Annes Wangen brannten. »Ach je, wie soll ich mich nur ausdrücken?«
Serena nahm Annes Hände. »Daß er Ihnen den Hof gemacht hat«, beendete sie Annes Satz.
»Nun, ja.« Anne drückte dankbar Serenas Hand. »Aber es war noch nichts vereinbart. Uffham – mein Bruder – scheint zu glauben, daß Francis mir den Laufpaß gegeben hat, aber das ist *nicht wahr*. Ich wollte nur, daß Sie das wissen.«
»Auch wenn noch nichts gesagt worden war«, sagte Serena sanft, »so war doch vielleicht die eine oder andere Hoffnung geweckt worden.«
Anne zog ihre Hände zurück. »Ein wenig, ja.« Doch dann hob sie entschlossen das Kinn. »Trotzdem, ich leide nicht an gebrochenem Herzen, wirklich nicht. Ich wäre nicht gerne eine Vernunftehe eingegangen, und nichts anderes wäre eine solche Heirat gewesen.«
»Aber nein …« Serena biß sich auf die Zunge.
»O doch. Ich habe eine ansehnliche Mitgift, und unsere Familien kennen sich schon seit vielen Jahren. Ich verstehe, wieso er sich zu Ihnen hingezogen fühlt. Sie sind so wunderschön.« In ihren Worten klang Wehmut.
Serena wußte, daß Lady Annes Worte aufrichtig und liebenswürdig gemeint waren, aber wenn sie nach einer Möglichkeit gesucht hätte, glühende Kohlen auf Serenas Haupt zu häufen, hätte sie es nicht besser tun können. »Gute Männer heiraten nicht nur wegen der Schönheit, Lady Anne.«
Serena hätte Anne gerne die Wahrheit gesagt, aber das hätte nichts geändert. Vielmehr hatte sie das Gefühl, daß die Vorstellung, Francis habe aus Liebe geheiratet, Anne Trost gab.

»Es ist sehr klug von Ihnen, Lady Anne, nicht ohne Liebe heiraten zu wollen. Sicherlich werden auch Sie bald Ihr Glück finden.«
Anne lächelte vage. »Ich hoffe es. Ich hoffe, das zu erleben, was Sie und Francis verbindet.«
Serena versuchte, glückselig zu lächeln. »Ich wünsche Ihnen den Ehemann, den Sie verdienen, Lady Anne.«
Als Anne das Zimmer verlassen hatte, ließ Serena sich auf ein Sofa fallen. Wie viele solcher qualvollen Gespräche würde sie noch ertragen müssen? Würde sie jemals einen Tag erleben, an dem sie nicht auf mögliche Fallen vorbereitet sein müßte?
Sie mußte jedoch zugeben, daß sie das Gespräch mit Lady Anne etwas beruhigt hatte. Wenn Anne nicht die größte Schauspielerin aller Zeiten war, dann hatte sie Francis nicht wirklich geliebt, nicht so, wie Serena ihn liebte. Serena saß eine Weile in Gedanken versunken da. Sie liebte Francis und wünschte sich nichts mehr, als daß er sie genauso liebte. Wenn sie seine Liebe doch nur verdienen würde.
Sie kämpfte mit den Tränen. Auf keinen Fall durfte sie mit verweinten Augen zur Gesellschaft zurückkehren.
Francis betrat das Zimmer. »Hier bist du. Ist dir nicht gut?«
»Nein. Nein, mir geht es gut.«
Er setzte sich neben sie auf das Sofa. »Was machst du dann hier? Gefällt dir die Musik nicht?«
Was waren seine Gefühle für sie? Liebte er Anne? Sie war wirklich liebenswert.
»Ich habe mich mit Lady Anne unterhalten«, gestand Serena.
Sein Lächeln verblaßte. »Und worüber?«
»Über dich natürlich.«
»Und?«
»Nichts und«, seufzte sie. »Sie wollte mir nur versichern, daß du sie nicht sitzengelassen hast.«

»Das ist sehr großzügig von ihr. Ich war kurz davor, um ihre Hand anzuhalten. Komm jetzt. Die Kutsche wartet. Es ist Zeit zu gehen.«
Als sie zu Hause ankamen, war es noch nicht so spät wie am Abend zuvor, und nach ihrem Nachmittagsschläfchen war Serena auch nicht besonders müde. Auf dem Weg in ihr Schlafzimmer wünschte Serena sich, Francis würde zu ihr kommen und sie begehren, damit sie ihm wenigstens ein wenig von dem zurückgeben konnte, was sie ihm schuldete. Er folgte ihr in ihr Zimmer und erkundigte sich: »Bist du heute sehr müde?«
»Nicht besonders.« Ihr Herz begann zu rasen.
»Dann komme ich gleich zurück, wenn es dir nichts ausmacht.«
»Nein«, hauchte sie, »es macht mir überhaupt nichts aus.«
Francis begab sich in sein eigenes Zimmer. Er versuchte, sein Verlangen zu zügeln. Diesmal würde es nicht so werden wie das letzte Mal. Es würde es langsam angehen und ihr so viel Lust bereiten, wie er nur konnte.
Sie war so begehrenswert, daß er sich kaum beherrschen konnte. Heute abend hatte er bemerkt, wie andere Männer sie verlangend angesehen hatten. In einigen der Glückwünsche zu seiner Heirat hatte Neid mitgeklungen. Der junge Farnham hatte sie als Sensation bezeichnet.
Francis wollte seine Frau auf dem Land verstecken, um sie ganz für sich allein zu haben. Dann fiel ihm ein, daß ihr erster Mann genau das getan hatte.
Grisholme half ihm in seiner gewohnt ruhigen und gründlichen Art beim Auskleiden, und Francis verbiß es sich, ihn zur Eile zu treiben. Es hätte ohnehin keinen Sinn, denn es würde eine Weile dauern, bis die Kammerzofe Serena für das Bett vorbereitet hatte, und er wollte nicht zum Geschwätz der Dienstboten werden.

Als Francis schließlich in seinem Pyjama dastand und in mehr als nur einem Sinn bereit war, befand sich Grisholme noch immer im Zimmer und räumte auf. Obwohl Grisholme sich nicht anders verhielt als sonst, erschien es Francis wie reine Bosheit. Francis ließ sich in einen Sessel beim Feuer fallen, erhob sich jedoch wieder, als er merkte, daß er sich auf etwas gesetzt hatte. Er hob zwei Damentaschen auf, die an einem Band angebracht waren, daß man um die Taille band. Francis ließ die Taschen an seinem Finger baumeln und zog scherzend eine Augenbraue in Richtung seines stets korrekten Dieners hoch.
Grisholme war etwas aus der Fassung. »Ich bitte um Verzeihung, Mylord. Mein Fehler. Eines der Mädchen brachte sie vom Wäscheraum für Mylady. Sie wurden aus Versehen mit einem Kleid hinuntergeschickt. Ich habe vergessen, sie der Zofe Ihrer Ladyschaft zu übergeben.« Er kam näher und griff nach den Taschen, aber Francis wehrte ab. »Macht nichts. Ich werde sie Lady Middlethorpe selbst bringen.« Im nächsten Moment waren ihm diese Worte peinlich, da sie in seinen Ohren plötzlich wie eine Ankündigung klangen, daß er sich zu der genannten Lady Middlethorpe begeben und mit ihr eine wilde Nacht verbringen würde. Er warf die Taschen scheinbar achtlos zurück auf den Sessel.
»Gute Nacht, Mylord.« Endlich verließ Grisholme unter Verbeugungen das Zimmer.
Francis holte tief Luft und zwang sich, noch einige Augenblicke zu warten. Er wünschte, er würde Serena nicht so sehr begehren – das würde es schwierig machen, vorsichtig zu sein. Aber er mußte einfach vorsichtig sein. Auf keinen Fall durfte er Erinnerungen an ihre erste Ehe wachrufen. Francis bemerkte, daß seine Hände zitterten. Am heutigen Abend war ihm klargeworden, daß er keine Frau außer Serena begehrte. Er hatte Anne angesehen, und es war ihm völlig

unmöglich gewesen, sich vorzustellen, mit ihr verheiratet zu sein. Ein kurzer Blick auf Serena hingegen hatte genügt, sein Verlangen wild auflodern zu lassen.

Er erhob sich entschlossen, warf einen prüfenden Blick auf das Feuer und griff nach den Taschen. Er hielt sie jedoch verkehrt herum, und ein paar Münzen und eine Visitenkarte fielen auf den Boden. Ungeduldig hob er die Sachen auf, als sein Blick auf den Namen auf der Karte fiel.

Charles Ferncliff!

Er starrte die kleine weiße Karte ungläubig an. Was zum Teufel tat Serena mit einer Karte von Charles Ferncliff?

Er untersuchte die Karte genauer, in der Hoffnung, einen Hinweis darauf zu finden. Aber es gab nur eine offensichtliche Erklärung. Zum Teufel. Es war einfach nicht möglich. Serena und Ferncliff?

Er war hinter Ferncliff hergewesen, als er Serena kennengelernt hatte, aber niemand hätte dieses Treffen planen können. Er war nur auf Serena gestoßen, weil er eine Abkürzung genommen hatte.

Aber eine wohlbekannte Abkürzung.

Vielleicht war der Brief gar nicht dazu bestimmt gewesen, ihn dazu zu bringen, die Ehre seiner Mutter zu schützen, sondern ihn auf den Weg nach Weymouth zu schicken.

Francis sank in den Sessel zurück und starrte auf die Visitenkarte. Konnte dies alles ein abgekartetes Spiel von Ferncliff und Serena gewesen sein? Konnten sie geplant haben, daß er Serena treffen würde, von ihr verführt werden und sie dann heiraten würde?

Das schien sehr unwahrscheinlich. Aber was sollte er nur glauben?

Er sollte Serena aufsuchen und sie nach dieser Karte fragen. Wenn es jedoch eine harmlose Erklärung gab, gab es keinen Grund zu fragen.

Wenn es keine harmlose Erklärung gab, würde sie sicherlich lügen.
Und wenn es keine harmlose Erklärung gab, wußte er nicht, ob er die Wahrheit hören wollte.
Alles, was er wollte, war, ihren üppigen Körper zu genießen …
Schließlich warf Francis die Karte ins Feuer und sah zu, wie sie verbrannte.
Dann erinnerte er sich plötzlich an den Mann, der ihm einige Tage zuvor in der Nähe seines Hauses begegnet war. Groß, mit rotem Gesicht, dunklen Haare. Charles Ferncliff. Er war sich völlig sicher. Er war seiner Beute schon so nahe gewesen! War Ferncliff zu einem Treffen mit seiner Komplizin gekommen?
Seiner Geliebten?
Nein, das sicher nicht.
Francis wollte Antworten. Er machte Anstalten zu klingeln, hielt dann aber inne. Er wollte ohnehin nicht mit Grisholme sprechen. Er ging die Treppe hinunter, und wie erwartet traf er auf seinen Butler, der die letzte Runde durch das Haus machte, bevor er zu Bett ging.
»Brauchen Sie etwas, Mylord?« Dibberts Stimme war deutlich anzuhören, wie unangebracht es seiner Meinung nach war, daß Francis in seinem Nachtkleid durch das Haus wanderte.
»Waren am Dienstag irgendwelche Besucher im Haus?«
Der Butler überlegte. »Nein, Mylord. Lady Middlethorpe, Ihre Mutter, meine ich, traf mit ihren Dienstboten ein.«
»Aber es kamen keine Besucher. Niemand hinterließ eine Karte.«
»Nein, Mylord. Es war damals noch nicht bekannt, daß Sie in der Stadt sind. Gestern und heute haben natürlich eine Reihe von Besuchern ihre Karte hinterlassen.«

Francis hätte den Mann gerne nach Serenas Tagesablauf am Dienstag gefragt, aber das wäre zu auffällig gewesen. »Danke, Dibbert. Gute Nacht.«
»Gute Nacht, Mylord.« Der Butler nahm seinen Rundgang wieder auf, und Francis begab sich zurück in sein Zimmer.
Brandy hatte Serenas Handschuhe im Garten gefunden. Ferncliff war aus dem Garten gekommen. Er und Serena hatten sich offensichtlich heimlich getroffen. Was zur Hölle ging hier vor?
Er versuchte, sich an den Tag zu erinnern. War Serena unruhig oder schuldbewußt gewesen? Er konnte es nicht sagen. Francis selbst hatte sich so schuldig gefühlt, weil er ihren Körper mißbraucht hatte. Bei ihrem Treffen war er nur darauf bedacht gewesen, ihr den Welpen zu schenken.
Ihre Freude über den Welpen war echt gewesen.
Er konnte – wollte – nicht glauben, daß sie Ferncliffs Geliebte war, aber was sonst hatten sie miteinander zu schaffen?
Francis sprang auf. Er wollte nicht das Schlimmste annehmen, aber jetzt mehr denn je wollte er mit Charles Ferncliff sprechen. Ferncliff war der Mittelpunkt dieses verteufelten Schlamassels. Francis hatte gute Lust, sofort zu Simmons zu gehen, mitten in der Nacht, und die Wahrheit aus dem Halunken herauszuschütteln. Und es war ihm völlig egal, ob Simmons dabei einen Schaden nahm oder nicht.
Jemand klopfte vorsichtig an die Tür, und Serena betrat zögernd das Zimmer. »Ich … ich dachte, vielleicht wolltest du, daß ich hierher komme.«
Sie trug ein neues Nachthemd, ein tief ausgeschnittenes und spitzenbesetztes Seidenhemd, das nur wenig von ihren Formen verbarg. Ihr Haar hüllte sie wie ein rote Wolke ein.
»Warum nicht?« sagte er. Egal, was sie sonst noch alles war, sie war seine Frau, und er hatte das Recht, sie zu genießen. So wie sie vor ihm stand, fühlte er, wie seine Kontrolle zu

schwinden begann. Trotzdem mußte er sich wie ein Gentleman benehmen.
Sie stand noch immer bei der Tür, als ob sie wieder fliehen wollte. Er ging auf sie zu, nahm sie in die Arme und trug sie zum Bett. Als er sie vorsichtig auf die blütenweißen Laken legte, suchte er in ihrem Gesicht nach Zeichen von Widerstreben oder Falschheit, aber er fand keine.
Vielleicht las sie jedoch etwas in seinem Gesicht, denn sie streckte ihm die Arme entgegen und sagte: »Francis, ich möchte, daß du zu mir kommst. Jetzt.«
Er schaffte es kaum noch, sie zu entkleiden, obwohl es ihm gelang, das reizende Nachthemd nicht zu zerreißen. Das Oberteil glitt bis zu ihrer Taille hinunter, und ihre herrlichen Brüste lagen vor ihm. Der Rock ließ sich hinauf schieben. Sie mußte ihm sein Nachtkleid ausgezogen haben, denn er selbst hatte es nicht getan und doch war er nackt.
Er versuchte, sich zurückzuhalten, aber es war wie beim ersten Mal. Sie nahm ihn in sich auf, und sein Verlangen fand seinen Höhepunkt, bis er erschöpft und befriedigt bei ihr lag, ohne sich an die Einzelheiten zu erinnern.
Seine Befriedigung wurde jedoch bald von Ärger überschattet. Wieder war es ihm nicht gelungen, ihr Lust zu bereiten, wie er es so sorgfältig geplant hatte. Er machte Anstalten, sich zu entschuldigen, aber sie strahlte ihn zufrieden an.
Sie küßte ihn sanft auf die Lippen. »Du darfst niemals glauben, daß du mir nicht willkommen bist, Francis. Meinen Körper mit dir zu teilen ist das größte Glück, das mir je widerfahren ist.«
Er mußte ihr glauben.
Er nahm sie in die Arme und sandte ein Stoßgebet gen Himmel. Bitte, Gott, laß nichts zwischen mich und diese Frau kommen. Er verbannte den Gedanken an Charles Ferncliffs Karte aus seinem Kopf.

Serena und Francis schliefen tief, aber mitten in der Nacht wachte sie von der Berührung seiner Hände auf. Es war genau das Gegenteil von ihrer ersten Nacht, mit dem Unterschied, daß sie sich bewußt war, was geschah, und es genoß. Wie damals bewegte sie sich auf ihn und bereitete ihm Lust, nur diesmal mit seiner Zustimmung.

Fast wollte sie Matthew Riverton dafür danken, daß er sie diese Geschicklichkeit gelehrt hatte. Jedesmal, wenn Francis seinen Höhepunkt erreichte, fühlte sie eine Welle des Triumphs.

Danach schliefen sie wieder ein, aber sie erwachte erneut von seinen Berührungen, diesmal bei Tageslicht. Seine Finger zogen die Linien ihrer Brüste nach. »Zeit für etwas Abwechslung, meine bezaubernde Frau ...«

Serena hörte, wie es zehn Uhr schlug und hielt seine Hand fest. »Um Himmels willen, Francis, ich habe Beth versprochen, ihr zu helfen.«

Er drehte sich um und ergriff ihre Hände. »Beth hat mehr Bedienstete, als sie beschäftigen kann, aber ich habe nur eine Frau ...«

Sie wehrte sich spielerisch. »Hör auf, Francis! Das ist nicht dasselbe. Sie hält diesen Empfang für uns, und ich sollte ihr dabei helfen.«

Er seufzte und ließ sie los. »Vielleicht hast du recht. Nun gut. Ich lasse dich entkommen ... dieses Mal.«

Serena flüchtete in ihr eigenes Zimmer und klingelte nach ihrer Zofe. Sie wünschte, diese wundervolle Nacht hätte nicht in einer Unstimmigkeit geendet. Er hatte recht mit seiner unausgesprochenen Vermutung. Sie liebte sein Verlangen, und es bereitete ihr Freude, dieses Verlangen zu stillen, aber sie fürchtete seine Zuwendung. Sie war sich sicher, daß sie ihm nicht das geben konnte, was er wollte.

Sechzehntes Kapitel

Serena ging zu Fuß nach Belcraven House, jedoch nicht ohne Begleitung. Dibbert hatte darauf bestanden, daß sie einen Diener mitnahm, und Serena hatte unbedingt den Welpen mitnehmen wollen. Dies wiederum bedeutete, daß auch der Küchenjunge mitgekommen war. Sie fühlte sich ziemlich erhaben.

Sie überdachte die vergangene Nacht und entschied, daß sie gut verlaufen war. Das Eis war gebrochen, und ihrem Glück stand nun nichts mehr im Wege. Allerdings würden Francis und sie noch sehr viel dafür tun müssen; Serenas endgültige gesellschaftliche Anerkennung spielte dabei keine unbedeutende Rolle.

Sobald sie im Palast angekommen war, stürzte sie sich in die Vorbereitungen für den großen Abend, die sie als aufregend und lehrreich zugleich empfand. Noch nie hatte sie an solchen Vorbereitungen teilgenommen, denn schließlich war ihr Leben in Stokeley Manor nicht von Veranstaltungen dieser Art geprägt gewesen. Am Souper nahmen zwanzig Gäste teil, aber für den Rest des Abends waren noch viel mehr geladen. Man traf die notwendigen Vorbereitungen für Tanz und Kartenspiel, zudem war ein musikalisches Intermezzo geplant.

Wie Beth es vorhergesagt hatte, waren die Bediensteten froh, daß sie Gelegenheit hatten, ihren Arbeitseifer zu zeigen. Die Herren hingegen glänzten durch Abwesenheit.

»Wahrscheinlich verstecken sie sich wieder in ihren Clubs, aber sie hätten sowieso nur im Weg gestanden.«
»Was ist eigentlich mit Felicity?«
»Da sie keinen Club hat, versteckt sie sich in ihrem Zimmer. Ich glaube, ich werde sie zwingen, herauszukommen. Sie muß die Aufgaben des weiblichen Geschlechts erlernen.«
Am Nachmittag kam es zu großem Aufsehen in der Eingangshalle. Beth und Serena kümmerten sich gerade um die Blumenarrangements; dabei half ihnen Felicity widerwillig.
»Ich frage mich ...«, sagte Beth und eilte hinaus. »Maman! Wie wundervoll.«
Serena folgte ihr und sah, wie Beth eine elegante blonde Lady umarmte, die große Ähnlichkeit mit dem Marquis hatte. Serena wurde der Herzogin und ihrem schweigsamen Mann vorgestellt.
Der Herzog musterte Serena mit unverblümtem Interesse. »Ich bin stets gespannt, was die Freunde meines Sohnes als nächstes aushecken«, bemerkte er mit trockenem Humor. »Sie sind wirklich ein vielversprechendes neues Mitglied der Rogues.«
Serena bemerkte, daß der Marquis auch seinem Vater ähnelte, jedoch nicht, was sein Aussehen, sondern was sein Benehmen betraf.
Kurz darauf saßen alle beim Tee im Salon der Herzogin. Sowohl der Herzog als auch die Herzogin verfügten über eine Reihe von Privaträumen im Palast, die jederzeit für sie bereitstanden.
»Sie sind also so etwas wie ein Skandal, nicht wahr?« Die Herzogin hatte noch immer einen leichten französischen Akzent.
Serena behielt die Nerven.
»Bis jetzt bin ich nur eine Neuheit, Euer Gnaden.«
»Dann habe ich mich also nur wegen einer Neuheit zu dieser

Jahreszeit in die Stadt bemüht?« erkundigte sich die Dame mit einem Augenzwinkern.

»Deine Unterstützung wäre sehr hilfreich, Maman«, erklärte Beth. »Jetzt müßte nur noch der Prinz Serena in die Wange kneifen, und keiner könnte ihr mehr etwas anhaben.«

»Das ließe sich schon einrichten«, sagte der Herzog, »allerdings weilt er momentan in Brighton, um Prinz Leopold in die Mangel zu nehmen. Sind Sie sicher, daß Sie das Tanzbein mit dem Prinzregenten schwingen wollen? Er ist nämlich ein ziemlicher Langweiler.«

Serena wußte nicht, wie sie auf so eine unerhörte Bemerkung reagieren sollte.

Beth lächelte amüsiert. »Vielleicht werden wir auf die Gesellschaft des königlichen Taugenichts verzichten. Drei Herzöge und Herzoginnen – Anwesende eingeschlossen – sind für heute abend genügend Prestige.« Auf die Frage der Herzogin hin, um wen es sich dabei handele, erwiderte sie: »Die Arrans und die Yeovils.«

»Die Arrans?« sagte die Herzogin. »Gut gemacht, meine Liebe.«

»Lady Anne hat regelrecht darauf bestanden. Sie verhält sich großartig.«

Serena biß sich auf die Lippe. Lady Anne verhielt sich in der Tat großartig, und es war nicht nett von ihr, daß sie sich darüber ärgerte.

»Und die Yeovils«, sagte die Herzogin nachdenklich. »Ich muß mich unbedingt mit ihnen unterhalten. Dares Tod ist ein furchtbares Unglück. Und es war ihnen nicht einmal vergönnt, ihn zu Grabe zu tragen. Dieses Schlachtfeld muß ein einziger Friedhof gewesen sein. Wenigstens ist der Krieg nun endgültig zu Ende. Wer wird noch erwartet?«

»Die Gräfin von Cawle«, antwortete Beth abfällig.

»Meine Liebe«, sagte der Herzog und prostete ihr mit seiner Teetasse zu. »Auf jeden Fall besser als der Prinz!«
»Schon, aber das haben wir nicht mir zu verdanken. Sie ist eine Busenfreundin von Francis' Tante Arabella.«
Der Herzog lachte laut. »Vielleicht sollten wir die Führung des Landes einfach den Rogues überlassen, und schon wären wir aus dem Schneider.«
»Aber nicht doch!« kreischte Beth mit gespielter Bestürzung. »Stephen ist der einzige, der sich zumindest ein wenig für Politik interessiert. Die anderen würden das Land in einen Rummelplatz verwandeln. Aber wenn du vielleicht die Ehefrauen und Mätressen der Rogues anwerben möchtest...«
Nach dem Tee entschuldigte sich Serena und floh zurück in die Hertford Street. Tief in ihrem Herzen hoffte sie, daß Francis zu Hause sein würde und sie ihn dazu verleiten könnte, seinen ehelichen Pflichten nachzukommen. Sogar dieser verhaßte Ausdruck machte ihr nichts mehr aus, wobei sie inzwischen allerdings die Bezeichnung eheliches Vergnügen vorzog.
Leider hatte er das Haus kurz nach ihr verlassen und war seither nicht zurückgekehrt.

Francis befand sich mit Miles und Lucien im Red House Club bei einem Pistolenwettbewerb. Er hatte Charles Ferncliffs Visitenkarte verdrängt, und obwohl sein Leben nicht vollkommen war, sah er die Welt heute schon mit ganz anderen Augen. Seine sichere Hand verfehlte ihr Ziel nie.
»Verdammt«, sagte Miles, als er wieder zwanzig Guineen verloren hatte. »Schießt du eigentlich nie daneben?«
»Heute nicht, wie es scheint«, sagte Francis und lud seine Pistole nach. Eigentlich waren dafür Diener da, aber Francis zog es vor, es selbst zu tun. »Na, willst du es mit mir aufnehmen, Luce?«

Lucien trank seinen Punsch aus. »Danke, aber du hast mir heute schon genug Geld abgenommen. Ich trete lieber gegen Miles an.«

Francis grinste, setzte sich neben die Schale mit Punsch und sah zu. Als er neue Gäste hereinkommen hörte, blickte er auf und sah, wie Uffham in Begleitung einiger Freunde den Club betrat. Da eine Begegnung zwischen ihnen unumgänglich war, hoffte er nur, daß sich die Besonnenheit der Arrans auch auf Annes Bruder übertragen hatte.

Als Uffham ihn erblickte, erstarrte er. »Schießen Sie nicht?« fragte er mißbilligend.

»Nein, im Moment nicht. Möchten Sie vielleicht ein Glas Punsch?«

»Nein danke, aber Sie können gerne eine Portion Prügel haben«, knurrte Uffham leise, aber unüberhörbar.

Francis tat, als hätte er es nicht gehört. Er konnte Uffhams Verärgerung absolut nachvollziehen. Hätte jemand eine seiner Schwestern so schlecht behandelt, hätte er genau dasselbe empfunden.

Uffham verzog das Gesicht und ging mit seinen Freunden zum Schießstand. Als Francis sich gerade wieder etwas beruhigt hatte, kam Annes Bruder wieder zurück.

»Offensichtlich will niemand, daß wir uns ernsthaft duellieren. Aber warum finden wir nicht heraus, wen es von uns beiden getroffen hätte. Einfach aus Neugier.«

»Was für eine makabere Art der Neugier.«

Uffham verzog das Gesicht. »Haben Sie etwa Angst, dem Schicksal ins Auge zu sehen?«

Francis sah, daß der Mann kurz davor war, die Beherrschung zu verlieren. »Also gut, Uffham, dann stellen wir unser Können eben auf die Probe. Wir haben vorhin zwanzig Guineen gesetzt ...«

»Kein Einsatz. Wir spielen auf Leben und Tod.«

»Also entweder ruhe in Frieden oder verlasse das Land, meinen Sie. Was wäre Ihnen lieber?«
Uffham starrte ihn nur verächtlich an.
»Zehn Schüsse?« fragte Francis möglichst sachlich.
»Jeder nur einen Schuß, und zwar auf das Herz As. Wer das Herz am genauesten trifft, gewinnt.« Was für eine makabere Symbolik, dachte Francis. Warum geriet er in letzter Zeit nur ständig in solch melodramatische Situationen?
Francis war einverstanden, und die beiden Männer bereiteten sich vor. Einige Zuschauer versammelten sich bereits. Obwohl niemand die Vorgeschichte kannte, hatte Francis das Gefühl, daß der Grund dieses Wettkampfes offensichtlich war.
Er überprüfte seine Pistole. »Sollen wir gleichzeitig schießen?« fragte er. »So, als ob es ein richtiges Duell wäre?«
Er sah mit Erleichterung, daß Uffham sich wieder gefaßt hatte, und kam sich allmählich albern vor.
»Warum losen wir es nicht aus?« fragte Uffham.
Sie warfen eine Münze, und Uffham gewann. Mit ruhiger Hand setzte er zum Schuß an, und seine Kugel durchbohrte das Herz. Ein Diener rannte los und holte die Karte. »Da«, sagte Uffham zufrieden. »Mitten ins Herz.«
»Nicht ganz« bemerkte Francis. »Es ist eher auf der Seite.«
»Aber trotzdem tödlich.«
»Gewiß.«
»Dann machen Sie es doch besser.«
»Wollen Sie wirklich, daß man uns als Leichen von diesem Schlachtfeld wegträgt?« fragte Francis. Dann drehte er sich um und setzte zum Schuß an.
Er überlegte genau. Uffham zu besiegen wäre zwar eine enorme Genugtuung, würde letztendlich aber nichts bringen. Er zielte auf das Herz und drückte ab.
»Volltreffer« rief jemand, und der Diener holte die Karte.

Uffham prüfte sie. »Zum Teufel, genau wie meine!«
Die Männer drängten sich um ihn und staunten über solch einen Zufall. Die beiden Löcher paßten fast genau übereinander.
Francis blickte zu Uffham. »Vielleicht sollten wir das als Zeichen verstehen, daß der Wettkampf beendet ist.«
Uffham knirschte mit den Zähnen. Dann aber griff er nach Francis' Hand und schüttelte sie. »Also gut, Middlethorpe. Ich habe zwar nie richtig begriffen, was eigentlich passiert ist, aber ich kann mich nicht ewig mit Ihnen streiten. Sie sind ein ganz anständiger Mensch.«
»Danke«, sagte Francis und war wirklich überwältigt. Er zog Uffham auf die Seite. »Wissen Sie, für Anne ist es so das beste. Mir ist klargeworden, daß unsere Zuneigung nicht tief genug war. Ich hätte sie gut behandelt, aber sie verdient mehr als nur Freundlichkeit.«
Uffham seufzte und sagte: »Sie haben zweifellos recht. Dann lieben Sie also Ihre Frau?«
Francis vermied es, auf diese Frage zu antworten. »Würde ich das alles sonst auf mich nehmen?«
Uffham lachte. »Das ist einleuchtend!« Er klopfte Francis auf die Schulter und ging zu seinen Freunden zurück.
Lucien kam mit den beiden durchlöcherten Karten. »Das waren die besten Schüsse, die ich je gesehen habe.«
»Manchmal muß man auch für nutzlose Fähigkeiten dankbar sein.«
»Wenn er dich zum Duell herausgefordert hätte, wären sie wohl kaum nutzlos gewesen.«
»Doch. Wenn er mich herausgefordert hätte, hätte ich ihn mich erschießen lassen müssen. Wie könnte ich ihn erschießen, wo ich doch im Unrecht bin.«
Lucien schüttelte nur den Kopf.

Da Francis nicht zu Hause war, kümmerte sich Serena um die Organisation des Haushaltes und spielte danach mit Brandy.
Der Welpe war gerade von einem längeren Schläfchen aufgewacht und äußerst lebhaft. Vom Fenster aus sah Serena, daß die Nachmittagssonne noch schien. Sie nahm Brandy mit in den Garten. Der Hund erkundete die aufregende Welt aus Gras, Erde und Büschen. Es gab sogar Vögel, die allerdings schlau genug waren, dem eifrigen kleinen Jäger aus dem Weg zu gehen.
Auch Serena genoß den milden Wintertag. Nach dem Trubel in Belcraven House und dem Zwang, gesellschaftlichen Umgang zu pflegen, war der einsame Garten eine wahre Oase des Friedens. Die immergrünen Büsche und Hecken schufen eine intime Atmosphäre, und Serena stellte sich vor, daß sie weit weg von der Stadt und den damit verbundenen Sorgen war. Nur noch ein paar Tage und sie würden hoffentlich wieder aufs Land zurückkehren können.
Als Brandy müde war, trug Serena sie bis in die Küche und überließ sie der Obhut des Küchenjungen. Serena hatte jedoch keine Lust, schon wieder ins Haus zu gehen. Obwohl Francis' Mutter ihre Herrschaft scheinbar ohne Einwände aufgegeben hatte, gab es dort wenig zu tun. Das Personal arbeitete tadellos, und der Haushalt funktionierte von selbst. Sie ging zurück in den Garten.
An einer geschützten, von den letzten Sonnenstrahlen gewärmten Stelle stand eine steinerne Sitzbank. Serena setzte sich, wobei sie ihr dicker, luxuriöser Mantel vor der Kälte der Steinbank schützte. Das Parfüm hatte sich endgültig daraus verflüchtigt, so wie auch der Schrecken ihrer ersten Ehe aus ihrem Gedächtnis verschwunden war. Noch immer war sie berauscht von den sinnlichen Freuden der vergangenen

Nacht, und sie glaubte nun, Francis mit der Zeit die Hingabe geben zu können, die er wollte.
Wenn Francis sie nur lieben würde, wie glücklich könnte sie dann sein.
Aber warum sollte er sie lieben? Sie hatte ihm bisher nur geschadet. Ihre Schönheit und ihre Liebeskünste würden nicht genügen, um seine Liebe zu erobern. Wenn es solche Dinge waren, mit denen man die Herzen der Männer gewann, würden sie nicht zu einer Hure gehen und diese danach unbekümmert wieder verlassen. Sie konnte nur darauf hoffen, daß er nun, da sich die Wogen etwas geglättet hatten, auch ihre anderen Qualitäten zu schätzen lernen würde.
Sie wußte, daß sie diese besaß. Sie hatte eine natürliche Freundlichkeit, sie war ehrlich und gläubig. Wenn sie nicht so gläubig wäre, hätte sie vielleicht eher den Mut gefunden, Matthew zu verlassen. Sie hatte sich an ihr eheliches Versprechen gebunden gefühlt. Sie war keine Gelehrte, aber dumm war sie auch nicht. Sie konnte einen Haushalt führen, und sie glaubte, daß sie eine gute Mutter sein würde.
Waren das genug Tugenden, um seine Liebe zu erlangen?
Woher kam die Liebe überhaupt?
Warum liebte sie Francis?
Als sie über diese Frage nachdachte, mußte sie verzückt lächeln. Sie liebte ihn vielleicht vor allem für seine Sanftmütigkeit. Das war keine Schwäche, das wußte sie, sondern ein Zeichen von Güte – ein edler Charakterzug. Er hatte noch so viele edle Charakterzüge. Er war intelligent, gebildet und vertrauenswürdig. Für Serena war Vertrauen am wichtigsten. Sie wußte, daß sie Francis ihr eigenes Leben und das ihrer Kinder anvertrauen konnte.
Aber all dies führte zu Freundschaft und Respekt. Wie aber wurde aus Freundschaft Liebe?

War es sein Körper? Er war sehr schlank, aber von großen, bulligen Männern hatte sie für den Rest ihres Lebens genug. Sie fand seinen Körper schön. Seine Züge waren ohne Zweifel attraktiv, was durch seine Persönlichkeit, die sie formte, noch unterstrichen wurde. Aber man liebte nicht nur einen Körper.
Seine Seele? Sie glaubte nicht, daß sie seine Seele schon kannte.
Sie schüttelte den Kopf. Vielleicht konnte man die Liebe nicht erklären. Aber sie war ein Schatz, den sie behalten wollte.
Sie blieb noch eine Weile sitzen und bat Gott um Beistand und Geduld. Dann wollte sie ins Haus zurückgehen. Als sie die Laube verließ, wurde ihr der Weg versperrt. Es waren zwei Männer – ihre Brüder.
Sie erschrak zutiefst, doch dann wurde ihr klar, daß sie nichts zu befürchten hatte. Sie war jetzt verheiratet, und sie hatten keine Macht mehr über sie. Sie wich nicht weiter zurück und erhob ihr Kinn. »Guten Tag, Will und Tom. Ihr wißt, daß das Hausfriedensbruch ist?«
»So, so, wir dürfen also den Garten unserer lieben Schwester nicht betreten?« spottete Tom. »So weit hast du es also alleine gebracht, Serry. Lady Middlethorpe. Warum hast du deiner lieben Familie denn nichts von diesem freudigen Ereignis erzählt?«
»Wenn ich eine liebe Familie hätte, hätte ich es ihr bestimmt erzählt. Was wollt ihr?«
»Zehntausend Pfund.«
Serena starrte ihn verblüfft an. »Was?«
Toms Augen funkelten vor Bosheit. »Dein Mann schuldet uns zehntausend Pfund, Serry, egal, wer er auch sein mag.«
Sie lachte. »Dann schlage ich vor, daß ihr euch an meinen Mann wendet.«

Sie wußte, daß er ihr weh tun wollte, es aber nicht wagte. Dieses Wissen war sehr angenehm. Sie ging weiter. »Wenn ihr mich jetzt entschuldigen würdet, ich muß zurück ins Haus.«
Sie hatte sich getäuscht. Mit Gewalt packte er ihren Arm und zerrte sie zurück in die Laube. »Du mußt dich wohl für den großen Abend im Palast zurechtmachen, wie man hört. Willst wohl in die feine Gesellschaft aufsteigen, du kleine Schlampe. Aber was werden der Herzog und die Herzogin von Belcraven wohl denken, wenn sie erfahren, daß du Rivertons Frau warst?«
Sie zwang sich dazu, sich seinem Griff nicht zu widersetzen, obwohl ihr vor Angst fast der Atem stockte. »Das wissen sie bereits.«
Er schien erstaunt zu sein, sammelte sich aber wieder. »Stimmt das etwa? Aber ich wette, die anderen wissen es nicht. Middlethorpe hat die Heirat noch nicht publik gemacht, oder? Ich habe euch beide beobachtet, seit mir klargeworden ist, wie ich hintergangen wurde. Du glaubst vielleicht, daß du mit einem einzigen raffinierten Schachzug die ganze Gesellschaft erobern kannst, aber was passiert, wenn sich herumspricht, wer du bist und was du getan hast ...?«
Sie versuchte, sich nichts anmerken zu lassen. »Das würde nichts ausmachen. Ich wurde bereits anerkannt.«
»Wenn du das glaubst, bist du noch naiver, als ich dachte. Wir werden ja sehen, wie weit es her ist mit deiner gesellschaftlichen Anerkennung, wenn das Gerede erst mal angefangen hat. Und dann sind da ja auch noch die Bilder ...«
»Bilder?« fragte Serena entsetzt.
»Bilder von dir in unanständigen Posen.« Das ließ Serena aufhorchen. Tom ließ sie los und zog ein zerknittertes Blatt Papier aus der Tasche. Er glättete es mit seinen dicken

Fingern. »Die kannst du doch nicht vergessen haben, Serry.« Er gab es ihr.
Serena starrte entsetzt auf die zerknitterte Tuschezeichnung, auf der zu sehen war, wie sie auf einer Chaiselongue lag, während ein gesichtsloser Diener ihre nackten Brüste streichelte. Und das war noch das harmloseste der Bilder. »Wo habt ihr das her?« fragte sie leise.
»Aus Rivertons Stadtwohnung. Ich wußte, wo er sie aufbewahrte. Er hat sie mir mal gezeigt. Er dachte wohl, ich würde mich darüber aufregen.« Er lachte höhnisch. »Aber sie haben mich höchstens erregt. Als er gestorben war, ging ich hin, um zu sehen, ob noch was zu holen war – für dich, liebes Schwesterchen, versteht sich. Leider waren die Gläubiger schon dagewesen. Ich konnte die Bilder nur rausschmuggeln, indem ich sie unter ein paar andere Unterlagen mischte. Wir haben sehr viel Spaß damit gehabt, nicht wahr, Will?«
Will nickte. »Ich habe zu Tom gesagt, wir sollten dich noch mal so posieren lassen, für uns.«
Serena starrte die beiden voll Abscheu an. »Ich habe *niemals* für diese Bilder posiert!« Sie zerriß das Bild, das sie in der Hand hatte. »Dieser Maler hat mein Gesicht nur benutzt!«
Tom lachte nur. »Ja, aber wer weiß das schon? Ich könnte damit eine Menge Geld verdienen, Serry, vor allem weil du ja jetzt zur feinen Gesellschaft gehörst. Weißt du überhaupt, daß ein paar Bilder von dir schon im Schaufenster des Druckwarenladens hängen? Du bist die neue Attraktion der besseren Gesellschaft.«
Serena packte das blanke Entsetzen, und sie war kurz davor, ohnmächtig zu werden. »Diese Bilder sind nicht echt! Für so eine Fälschung könnte man jeden mißbrauchen! Ein Maler könnte sogar den Kopf der Königin auf den Körper einer Hure setzen ...«
»Die Leute würden so etwas von der Königin aber nicht

glauben. Von Randy Rivertons Witwe allerdings schon. Alles, was man über dich weiß, bestätigt, daß diese Bilder die Wahrheit zeigen, egal, wie sie gemacht wurden.«
»Nein, sie zeigen natürlich nicht die Wahrheit. Matthew war eifersüchtig. Er hätte nie zugelassen, daß ein anderer Mann mich anrührt!«
Tom wirkte ein bißchen enttäuscht, sagte aber: »Wie auch immer, die Welt wird das Schlimmste denken.« Serena ließ sich zurück auf die Bank fallen und vergrub ihr Gesicht in den Händen. »Also, was wollt ihr?« Es war ein Eingeständnis ihrer Niederlage.
»Das sagte ich bereits. Zehntausend Pfund.«
Sie blickte auf. »Du bist verrückt! Soviel Geld habe ich nicht! Du mußt dich an meinen Mann wenden.« Sie sah, wie Tom die Augenbrauen hochzog. »Aber das wirst du nicht, oder?«
»Das werde ich schon, wenn du mich dazu zwingst«, zischte Tom. »Er wird zahlen, um das Gerede zu vermeiden.«
»Er wird dich eher zum Duell herausfordern.«
Tom fletschte die Zähne. »Soll er doch. Ich wette, ich bin ein besserer Schütze als dieser Schwächling.«
Tom war ein guter Schütze. O Gott, würde sie am Ende noch Francis' *Tod* verschulden?
»Er ist ein todsicherer Schütze«, erwiderte sie mit Bestimmtheit, obwohl sie keine Ahnung hatte, ob dies der Wahrheit entsprach.
Es hatte jedoch seine Wirkung. Toms Augen wurden schmal vor Unbehagen. »So, ist er das ...? Trotzdem, mich zu erschießen wird die Veröffentlichung der Bilder nicht verhindern. Will wird sich schon darum kümmern, nicht wahr?«
»Natürlich«, sagte Will freudestrahlend.
»Mein Gott, wie ich euch beide hasse«, sagte Serena.
Tom grinste selbstgefällig. »Aber, aber, das ist nun wirklich unangebracht, Serry. Du kannst das Geld also nicht sofort

beschaffen. Aber darüber können wir doch reden. Sagen wir, du zahlst hier und da mal hundert. Middlethorpe ist ein gütiger Mann. Er wird nichts dagegen haben, wenn du deine Familie unterstützt.«
»Er wird glauben, daß ich verrückt geworden bin!« begehrte Serena auf. »Er weiß, daß ich euch verachte. Und ich kann auch keine paar hundert beschaffen, ihr Idioten.«
»Paß auf, was du sagst, Serry«, knurrte Tom. »Entweder du besorgst genug Geld und die ganze Sache hat ein Ende, oder die hübschen Bilder im Schaufenster des Druckwarenhändlers werden durch die anderen ersetzt. Denk doch mal vernünftig nach. Du bekommst Taschen- und Haushaltsgeld. Dein dich liebender Mann hat dir doch sicher Schmuck geschenkt, den du verloren haben könntest ...«
»Nein!« schrie Serena angeekelt.
»Apropos Schmuck«, Tom war unerbittlich, »deinen Schmuck will ich auch zurück.«
Dieser weitere Schlag brachte Serena noch mehr aus dem Gleichgewicht. »Was?«
»Das hübsche Spielzeug, das Riverton dir geschenkt hat. Es wurde mir abgeluchst, und ich will es wiederhaben. Außerdem glaube ich, daß du sowieso nicht sehr daran hängst.«
Der bloße Gedanke an die Schmuckstücke ließ Serena erschaudern. »Ich habe sie nicht. Wovon sprichst du überhaupt?«
Tom blickte sie forschend an, dann zog ein Grinsen über sein Gesicht. »Hat Middlethorpe sie dir etwa gar nicht gegeben? Soso, dann hat er also doch mehr in der Hose, als es scheint. Wahrscheinlich will er sie als kleine Überraschung aufheben für den Tag, wenn der Reiz des Neuen nachgelassen hat ...«
Serena wollte das alles nicht glauben, aber Bluffen war nicht gerade die Stärke ihrer Brüder. »Warum sollte mein Mann den Schmuck haben? Er ist bei euch.«

»Er hat ihn mir bei einem Pferderennen abgeluchst.«
»Du täuschst mich nicht. Er hat meine dreitausend Pfund zurückgewonnen.«
»Und ich habe ihn mit dem Schmuck bezahlt ... dann«, fragte Tom plötzlich ganz interessiert, »hat er dir also die dreitausend Pfund gegeben?«
Serena sagte nichts.
Tom ließ sich nicht täuschen. »Das wäre doch nicht schlecht für den Anfang, oder, Will? Dreitausend in bar. Also, zusammen mit dem Schmuck könnten wir die Sache dann sogar als erledigt betrachten, oder? Du weißt schon, lieber den Spatz in der Hand ... Und unsere kleine Schwester könnte weiterhin in Frieden die unbescholtene Ehefrau spielen.«
Serena starrte ihre Brüder voll Abscheu an. »Ich werde euch *gar nichts* geben. Keinen Penny.«
Tom grinste noch immer. »Doch das wirst du, weil ich sonst dich und deine Ehe ruinieren werde, und das weißt du auch. Glaubst du, dein feiner Ehemann will dich noch, wenn dein Name in aller Munde ist?« Er trat auf die am Boden verstreuten Papierfetzen. »Behalte dieses Bild und überlege es dir. Ich werde morgen zur selben Zeit herkommen, um die dreitausend Pfund abzuholen.« Mit diesen Worten drehte er sich um und ging.
Will grinste und folgte Tom in Richtung des kleinen Tores, das zu den Stallungen führte.
Serena seufzte und schlang die Arme um ihre Schultern. Was nun? Lieber Gott, was nun? Sie würde Francis so gern von all dem erzählen, aber was, wenn er Tom zum Duell forderte und Tom ihn tötete? Sie hatte schon das Leben ihres Mannes ruiniert, würde sie jetzt auch noch seinen Tod verschulden?
Sie schluchzte vor Verzweiflung. Sie liebte ihn so sehr und wollte sein Leben vollkommen machen, aber scheinbar war

sie nur dazu fähig, ihn immer noch tiefer ins Unglück zu stürzen. Der heutige Abend, an dem sie endgültig in die Gesellschaft aufgenommen werden würde, hätte eigentlich ein Triumph werden sollen. Aber durch dieses drohende Unheil würde es ein sehr zweifelhafter Sieg werden. Je höher ihre gesellschaftliche Stellung, desto schlimmer der Skandal, den diese Bilder auslösen würden.

Sie blickte auf die zerrissene Zeichnung, die Tom zurückgelassen hatte, und erschauerte.

Sie hatte die Bilder aus ihrem Gedächtnis verbannt in der Hoffnung, daß sie verlorengingen oder jemand sie zerstört hatte. Matthew hatte sie immer in London aufbewahrt, weil sie ihn angeblich während der Zeit seiner Abwesenheit an seine kleine süße Frau erinnerten. Sie hatte gehofft, daß er sie für sich behalten hatte, aber anscheinend hatte er sie Tom gezeigt. Wahrscheinlich hatte er sie bei seinen verdorbenen Freunden herumgereicht oder sogar aufgehängt!

Und jetzt waren sie in Toms Händen.

Beim Gedanken, daß sich ihre Brüder daran ergötzten, wurde ihr übel.

Serena war gerade fünfzehn, als Matthew den Maler nach Stokeley Manor gebracht hatte. Kevin Beehan sollte Skizzen für ein Porträt machen. Bereits zu jener Zeit hatte Serena keine Illusionen mehr über ihren Mann, der sie ängstigte und anekelte, aber seine wahre Natur hatte sie bis dahin noch nicht entdeckt. Sie bemerkte nicht, daß es eine Falle war.

Aber auch wenn sie es gewußt hätte, gestand sie sich ein, hätte sie sich nicht weigern können. Matthew bestrafte jegliche Gehorsamsverweigerung augenblicklich und auf gemeine Art und Weise.

Die Sitzungen schienen ihr nicht im geringsten verdächtig zu sein. Der Maler skizzierte sie in verschiedenen Posen – im

Sitzen, im Stehen, und im Liegen; im Haus, im Garten, sogar in den Stallungen. Sie hatte alle Skizzen gesehen. Er war begabt, und die Bilder zeigten eine bezaubernde, elegante Anmut, die nichts von den Schrecken ihrer Ehe vermuten ließ. Sie fragte, ob sie eines haben könnte, und erhielt es. Sie verbrannte es jedoch, als sie das Endergebnis sah.

Sie wußte nicht, ob Beehan Huren als Modelle für ihren Körper gebraucht hatte oder ob die Darstellungen seiner Phantasie entsprangen. Er hatte die ursprünglichen Zeichnungen verwendet, die meisten ihrer Kleider entfernt, die Körperhaltung entsprechend angepaßt und verschiedene Männer hinzugefügt. Auf allen Bildern, gleichgültig, was für abstoßende Dinge sie zeigten, lächelte ihr jugendliches Gesicht verträumt.

Die Täuschung war so raffiniert, daß man sie für eine exakte Widerspiegelung der Realität halten würden. Sie hob die Papierfetzen vom Boden auf und setzte sie wieder zusammen. Die Leute würden glauben, daß sie tatsächlich halbnackt auf der Chaiselongue gelegen hatte, während dieser bullige Diener sie liebkoste.

Sie stand auf und zerriß das Papier in noch kleinere Fetzen. Das war so ungerecht! Was hatte sie nur getan, um dieses Schicksal zu verdienen? Was hatte sie getan, daß sie ständig die Kontrolle über ihr Leben verlor und es immer weiter ruiniert wurde?

Serena spielte mit Gedanken, den Kampf einfach aufzugeben, wegzulaufen und sich zu verstecken. Aber etwas ließ sie aufschrecken. Nein, das konnte sie nicht tun. Sie trug ein Kind unter ihrem Herzen, das ein Zuhause und einen Vater verdiente. Sie hatte einen guten Ehemann, der eine ehrbare Ehefrau verdiente. Irgendwie mußte sie weiterkämpfen.

Als erstes mußte sie Francis von dieser neuen Bedrohung erzählen. Der Gedanke daran schmerzte sie, und sie schloß

ihre Augen. Sie wollte es nicht. Sie wollte ihm nichts von den Bildern erzählen.
Er hatte zwar eine schlechte Meinung von Riverton, aber keine genaue Vorstellung davon, wie ihre Ehe gewesen war. Die Bilder würden zuviel davon bloßlegen. Sie hatte nicht für die Bilder posiert, aber sie enthüllten, welcher Art ihre Ehe gewesen war. Was würde er von ihr denken?
Sie hatte jedoch keine Wahl. Wenn sie erst anfing, Geheimnisse zu haben, würde sie innerlich zerbrechen. Bezahlte sie ihre Brüder, würden die sie für den Rest ihres Lebens verfolgen, da jede Zahlung hinter dem Rücken ihres Mannes einen weiteren Erpressungsgrund liefern würde. Sie wischte sich die Tränen aus dem Gesicht und versuchte, sich zusammenzureißen. Sie mußte es Francis erzählen – und zwar sofort.
Serena eilte zum Haus zurück und rief einen Dienstboten. »Ist Lord Middlethorpe schon zurückgekehrt?«

Siebzehntes Kapitel

Der Dienstbote schien überrascht zu sein, daß Serenas Frage so dringlich klang. »Ich glaube nicht, Mylady. Soll ich nachsehen?«

Bitte mach, daß er da ist, dachte sie und sagte: »Ja, bitte. Ich bin in meinem Zimmer.«

Francis war jedoch nicht zu Hause, was sie an ihrer Entscheidung zweifeln ließ und sie sehr nervös machte. Serena ging in ihrem Zimmer auf und ab und überdachte ihre Entscheidung wieder und wieder. Zweimal war sie kurz davor, die Papierfetzen ins Feuer zu werfen, konnte sich aber gerade noch zurückhalten.

Dann fiel ihr der Schmuck wieder ein, der ihr keine Ruhe ließ. Tom mußte gelogen haben. Andererseits log er in solchen Angelegenheiten nie. Dafür fehlte ihm die Phantasie.

Wenn Francis tatsächlich den Schmuck bei diesem Pferderennen gewonnen hatte, mußte er ihn auch gesehen haben. Warum hatte er dann nie davon gesprochen? Wollte er ihn wirklich dazu benutzen, seine Lust anzuregen, wenn sein Verlangen zu erlahmen begann, wie Matthew es getan hatte? Erregte der Schmuck ihn etwa?

Nein, natürlich würde er kein Wort über den Schmuck verlieren. Ein Gentleman wie Francis würde solche Dinge niemals mit seiner Frau besprechen, auch wenn sie für sie

kein Geheimnis wären. Die wahrscheinlichste Erklärung war, daß er ihn verkauft und ihr das Geld gegeben hatte.
So mußte es wohl gewesen sein.
Doch sie mußte es genau wissen.
Serena klopfte an die Schlafzimmertür ihres Mannes. Da keine Antwort kam, schlich sie sich hinein und durchsuchte es nach kurzem Zögern.
Sie hoffte, nichts zu finden, aber sie entdeckte den Schmuck ohne große Mühe. Ihre Hände zitterten, als sie den ihr wohlbekannten Beutel öffnete. Alle Schmuckstücke waren aus ihren Futteralen herausgenommen worden und durcheinander geraten. Konnte es sein, daß er sie durch seine Finger gleiten ließ und dabei sexuelle Phantasien hatte?
Bitte nicht.
Fürchterliche Erinnerungen kamen ihr wieder in den Sinn. Sie fühlte sich nach Stokeley Manor zurückversetzt und spürte die Bedrohung, als ob Matthew gerade hereinkäme, um sie zu peinigen.
Serena nahm die juwelenbesetzten Handschellen. Die schweren, perlen- und rubinbesetzten Silberketten hatten Schlaufen, damit sie an den Bettpfosten befestigt werden konnten. Die Handschellen waren auf der Innenseite mit Samt überzogen. Matthew hatte gesagt, er wollte ihre zarte Haut nicht versehentlich verletzen. Mit voller Absicht hatte er sie jedoch ein- oder zweimal so brutal ausgepeitscht, daß ihr Rücken von Striemen überzogen war.
Sie schloß eine der Handschellen um ihr Handgelenk, wo sie auf den ersten Blick wie ein edler Armreif aussah. Sie war nicht zu eng, jedoch eng genug, damit Serenas Hand nicht hindurchpaßte. Sie öffnete sie wieder. Man konnte sie leicht öffnen, wenn man die andere Hand frei hatte. Serena warf sie auf den glitzernden Haufen zurück. Das Gefühl, gefesselt und hilflos zu sein, hatte sie am meisten gehaßt. Sie war die

ganze Zeit hilflos gewesen, aber wenn sie ans Bett oder an einen Stuhl gefesselt gewesen war, war es auf brutale Weise sichtbar geworden.

Wenn Francis den Schmuck für sie gewonnen und ihr dann den Gegenwert in Geld gegeben hatte, könnte man sagen, daß er ihn für sich selbst gekauft hatte. Plötzlich packte sie die Wut. Niemals würde sie sich wieder so mißbrauchen lassen, auch nicht von dem Mann, den sie liebte.

Dieser Schmuck war ihr rechtmäßiger Besitz. Sie hatte ihn mit Blut und Tränen bezahlt. Serena nahm den Beutel und ging in ihr Zimmer zurück. Sie hätte ihn am liebsten in die nächste Kloake geworfen, aber er konnte ihre Rettung sein. Wenn es sein mußte, würde sie ihn ihren Brüdern überlassen ...

Dann klopfte jemand an die Tür. Sie verstaute den Beutel schnell in einer Schublade und sagte: »Herein!«

Es war Francis. »Du wolltest mich sprechen? Ich bin soeben erst nach Hause gekommen.«

Serena blickte ihn an und war einen Moment lang sprachlos. Hatte dieser freundlich lächelnde Gentleman mit seiner eleganten Statur und den dunklen einfühlsamen Augen wirklich dieselben Absichten wie der grobschlächtige und brutale Matthew Riverton?

Er kam näher. »Serena? Ist etwas nicht in Ordnung?«

»Nein, ich meine, ja ...« Sie versuchte zu schweigen, da er sie so liebevoll anblickte und ihre Enthüllungen alles zerstören könnten. Dann zwang sie sich jedoch zu den Worten: »Ich war mit Brandy im Garten und bin dort auf meine Brüder gestoßen. Sie versuchten, mich um Geld zu erpressen.«

Er zog die Augenbrauen hoch, reagierte aber nüchtern. »Ich hoffe, du hast dich geweigert, ihnen etwas zu geben?«

Seine Reaktion beruhigte sie. »Ja, natürlich. Aber sie haben mir gedroht ... sie haben gedroht, der Öffentlichkeit von meiner ersten Ehe zu erzählen, wenn ich nicht zahle.«

Er grinste. »Nach dem heutigen Abend wird dies eine leere Drohung sein.«
Es kostete sie zwar sehr viel Überwindung, aber schließlich erzählte sie auch noch den Rest der Geschichte.
»Und sie haben Bilder!«
»Bilder?«
Mit hochrotem Gesicht nahm sie die zerknüllten Papierfetzen und gab sie ihm. Er glättete sie auf dem Tisch und setzte die Stücke zusammen, sagte aber nichts. Das Schweigen wurde nur von dem Sekundenzeiger der Wanduhr unterbrochen. Sekunden, die wie eine Ewigkeit schienen.
»Ich habe nicht dafür posiert, Francis. Matthew hat einen Maler engagiert, der Skizzen für ein Porträt von mir machen sollte. Ich posierte ein paar Tage für ihn, und die Skizzen waren wunderschön. Aber anstatt eines Porträts malte er das! Er ... er ließ meine Kleider weg und auf einigen ...«
Plötzlich wandte er sich ihr zu und ergriff ihre zitternden Hände. »Nicht doch, Liebling. Du brauchst dich nicht aufzuregen. Wir bringen das schon wieder in Ordnung.«
»Wie denn?« schluchzte sie. »Das hier ist noch gar nichts gegen die anderen. Einige davon sind einfach widerlich!«
Er nahm sie in die Arme. »So etwas könnte jedem passieren.«
»Aber von Randy Rivertons Witwe werden die Leute so etwas auch glauben!«
Er ließ sie los, um ihr in die Augen zu sehen. »Von Lord Middlethorpes Frau werden sie es nicht glauben, das versichere ich dir, Serena. Dafür werde ich schon sorgen.«
Sie zitterte. »Ich wußte es. Du wirst dich am Ende noch duellieren und alles nur wegen mir.«
Seine Hand streichelte ihr Haar. »Ich werde alles tun, um das zu vermeiden, das verspreche ich. Sie haben dich aus der Fassung gebracht, Liebling. Das darfst du nicht zulassen. Es

ist nur eine leere Drohung, aber ich bin trotzdem froh, daß du es mir erzählt hast.«
»Eine leere Drohung?« Sein gelassener Optimismus beruhigte sie, aber sie konnte nicht glauben, daß das Problem gar nicht existierte. »Es ist keine leere Drohung, Francis. Wenn du Tom erschießt, kann immer noch Will die Bilder veröffentlichen. Was sollen wir nur tun?«
»Wir könnten bezahlen. Wieviel wollen sie denn? Laß mich raten«, sagte er leise, »dreitausend Pfund?«
Diese Zahl ließ Serena zusammenzucken, da sie sie an den Schmuck erinnerte. »Zehntausend«, sagte sie.
»Zehntausend?« Diese Summe ließ ihn aufschrecken. »Ziemlich gierig. Wie kommen sie denn auf diesen Betrag?«
Dann sah sie, wie sein Blick plötzlich nachdenklich wurde.
»Das war die Summe, die Samuel Seale für mich geboten hatte, bevor ich weglief.«
»Ich verstehe.« Er sah sie prüfend an. »Und wenn deine Brüder direkt mit mir hätten verhandeln wollen, dann hätten sie das wohl auch getan, nehme ich an. Dann bist du also die Vermittlerin?« Eine Mauer schien sich zwischen ihnen aufzubauen.
»Das nehme ich an«, sagte sie leise und wußte nicht, was sie von der plötzlichen Änderung in seinem Verhalten halten sollte.
»Sie wollten also nicht, daß du mir etwas davon erzählst? Wie solltest du dann aber an so eine Summe herankommen?«
Serena kam sich vor, als würde sie verhört. »Sie ... sie wollten die dreitausend Pfund, die du mir gegeben hast, sofort und dann immer wieder ein paar hundert. Von meinem Taschengeld, vom Haushaltsgeld und so weiter. Aber ich wäre zu so etwas niemals fähig«, versicherte sie verzweifelt.

Der Gedanke, daß sie nichts von dem Schmuck erzählt hatte, ließ ihr keine Ruhe. Aber jetzt, da Francis ihr wie ein unnahbarer Fremder erschien, konnte sie nicht darüber sprechen.
»Natürlich nicht. Ihre Forderungen würden niemals ein Ende finden.« Äußerlich wirkte er zwar entspannt, aber sein Blick war hart und kalt.
»Ich glaube nicht, daß wir ihnen überhaupt etwas geben sollten«, sagte sie. »Aber da sind diese Bilder ...«
»Ja, in der Tat.« Er stand auf und hielt die beiden Papierfetzen hoch. »Du sollst dir darüber nicht mehr den Kopf zerbrechen.«
»Wie soll ich das tun?« begehrte sie auf. »Francis, du mußt mir sagen, was du vorhast!«
Er zog die Augenbrauen hoch. »Ich muß? Ich glaube, so etwas gehört zu den Dingen, die ein Mann für seine Frau regeln muß. Besonders wenn seine Frau ein Kind erwartet. Denk nicht mehr darüber nach, Serena.« Er schien wieder so nett wie gewohnt zu sein. Er lächelte sogar. Trotzdem war eine eisige Mauer zwischen ihnen. »Ich glaube, wir müssen uns jetzt für heute abend umziehen.«
Dann ging er.
Serena schloß verzweifelt die Augen. Es war eindeutig, daß Francis sie für diese neuerliche Katastrophe verantwortlich machte, und das zu Recht. Es war ihr Ruf, der gefährdet war, und ihre Brüder, die sie erpressen wollten.
Zehntausend Pfund waren eine Menge Geld. Womöglich konnte nicht einmal Francis so eine Summe auftreiben.
Was konnte sie nur tun, um diese Bedrohung ihres Rufes und ihres Glückes abzuwenden?
Serena stand entschlossen auf. Sie mußte diesen Abend nutzen, damit ihr Platz in der Gesellschaft nicht mehr angreifbar wäre. Sie würde es schaffen.

Serena war bereit zu kämpfen, als sie den großen Saal von Belcraven House betrat. Sie war bereit, alles zu tun, um die gesellschaftliche Anerkennung zu sichern und die Drohungen ihrer Brüder gegenstandslos zu machen.

Sie trug wieder eines von Beths Kleidern, dieses Mal eine creme- und schokoladenfarbene Kreation mit weitem Rock und üppig besetztem Saum. Das Kleid fühlte sich etwas steif und schwer an, was jedoch genau Serenas kampfbereiter Stimmung entsprach. Ihr aufwendiger, perlenbesetzter Kopfschmuck aus Seide ließ sie größer erscheinen, was ihr mehr Selbstvertrauen verlieh.

Leider gab es nichts und niemanden zu bekämpfen. Die schillernde Gesellschaft schien sie ausnahmslos zu akzeptieren. Die Tatsache, daß man nun über ihre erste Ehe Bescheid wußte, verunsicherte sie jedoch.

Mrs. Stine-Lowerstoft, eine etwas korpulentere Dame, meinte: »Sie waren also mit Riverton verheiratet, Lady Middlethorpe. Er soll ein recht unangenehmer Mensch gewesen sein. Sie waren sicher sehr froh, daß sie die meiste Zeit auf dem Land verbringen konnten.«

Serena stimmte zu und flüchtete sich zu Francis. »Sie wissen es!« flüsterte sie.

Er zog sie auf die Seite. »Ja, aber mach dir keine Sorgen. Das war beabsichtigt. So haben wir die Kontrolle darüber, was an die Öffentlichkeit gelangt, und können deinen Brüdern wenigstens teilweise einen Strich durch die Rechnung machen.«

»Aber Mrs. Stine-Lowerstoft scheint zu glauben, daß ich auf dem Land ein tugendhaftes Leben geführt habe.«

»Du hast doch auf dem Land gelebt«, erwiderte er und führte sie zu einer anderen Gruppe von Gästen, um Konversation zu betreiben. Mit Schrecken erkannte sie, daß trotz seiner Höflichkeit immer noch eine eisige Atmosphäre zwi-

schen ihnen herrschte. Serena wolle dieses Eis zum Schmelzen bringen und setzte ihr ganzes Talent ein, um die Anerkennung der Gäste zu gewinnen.
Es erwies sich als nicht sehr schwierig. Die meisten, die am Souper teilnahmen, waren schon in der Absicht gekommen, sie zu akzeptieren. Es war klar, daß die Rogues die ganze Geschichte kannten und ihre Verbündeten waren. Die wenigen anderen waren ihr ebenfalls sehr wohlgesonnen.
Serena unterhielt sich mit der Herzogin von Yeovil, die immer noch um ihren jüngsten Sohn trauerte, der in der Schlacht von Waterloo gefallen war. Serena sprach ihr Beileid aus.
»Es war sehr schwer«, sagte die Herzogin, ohne jedoch ihre Erschütterung zu zeigen. »Man rechnet nie damit, daß die Kinder als erster sterben, und Dare war ein so wunderbarer Mensch.«
»Er gehörte auch zu den Rogues, nicht wahr?«
»Ja, das stimmt«, erwiderte die Herzogin mit einem Lächeln. »Eine verrückte Bande, aber durchaus liebenswürdig. Er hat sie sehr geschätzt, und ich muß zugeben, daß ich manchmal das Gefühl hatte, nicht nur zwei, sondern ein Dutzend Söhne zu haben.« Dann erzählte sie von Lord Darius' Jagdgesellschaften auf ihrem Anwesen in Somerset.
Serena war tief gerührt von den Worten der Herzogin und hörte ihren Erzählungen gerne zu. Als Francis jedoch später zu ihr sagte: »Gut gemacht. Die Unterstützung der Yeovils ist dir sicher«, klang das, als habe sie aus reiner Berechnung gehandelt.
Serena seufzte und strengte sich noch mehr an, alle Herzen zu gewinnen, da dies der einzige Weg zu sein schien, auch das seine zu erobern.
Besondere Mühe gab sie sich bei Francis' Mutter. Obwohl diese oberflächlich sehr freundlich war, gelang es Serena

nicht, das Eis zu brechen. Als Serena sah, daß Francis' Mutter sich aufmerksam um Lady Anne bemühte, biß sie die Zähne zusammen und versuchte, die in ihr aufkeimenden Haßgefühle für ihre selbstlose Rivalin und deren Familie zu unterdrücken.

In einem Moment der Bitterkeit jedoch flüsterte sie Arabella zu, daß sie es als fast unerträglich empfinde, die Nutznießerin solch edler Wohltätigkeit zu sein.

»Ich könnte mir vorstellen, daß die Armen ebenso fühlen«, erwiderte Arabella wenig mitleidig, »aber du hast nur die Wahl zwischen dem hier und dem Verhungern.«

Serena bemerkte erst jetzt, daß Lady Cawle nicht anwesend war. »Wo ist die Comtesse?« fragte sie beunruhigt. »Will sie mir nun doch ihre Anerkennung verweigern?«

»Aber nein. Du hast einen hervorragenden Eindruck auf sie gemacht. Sie kommt nach dem Souper. Sie hat einen Plan, der jedoch eine Überraschung sein soll.«

Serena erschauderte. Sie haßte Überraschungen.

Nach dem Souper trafen noch viele weitere Gäste ein. Zu dieser Jahreszeit gab es kaum öffentliche Anlässe in der Stadt, so daß alle Personen von Stand, die sich in London aufhielten, zugesagt hatten. Lord und Lady Liverpool sowie Lord und Lady Castlereagh wurden erwartet. Selbst Mr. Sheridan erschien, obwohl er nicht sehr gut aussah und offensichtlich betrunken war.

Als die Comtesse von Cawle in einem Traum aus grauem Satin an der Seite des skandalösen Lord Byron erschien, gab es ein ziemliches Aufsehen. In der Stadt ging bereits das Gerücht um, Byrons Frau habe mit ihrem Kind das Haus verlassen und sei zu ihrer Familie zurückgekehrt. Außerdem stellte man bereits Mutmaßungen über seine finanzielle Situation und seinen unmoralischen Lebenswandel an.

In einem ruhigen Moment sagte die Comtesse zu Serena:

»Sein Name wird mehr in den Schmutz gezogen, als er es verdient, der Arme, aber was ich eigentlich damit sagen will, ist, daß seine Geschichte die deine leicht in den Schatten stellt.«

Und so war es dann auch. Diejenigen, die auf Skandale aus waren, fanden die Geschichte des Dichters, in der es auch Anspielungen auf Gewalttätigkeit und Inzest gab, bei weitem aufregender als Serenas pikante Vergangenheit. Allerdings war sie nicht sicher, ob dies auch so bleiben würde, wenn erst die Bilder ins Spiel kämen.

Ein Trio plazierte sich im Vorraum, und diejenigen, die tanzen wollten, begaben sich in den großen Saal, der zu diesem Zweck ausgeräumt worden war. Francis kam zu Serena und führte sie wortlos zur Tanzfläche. Sie wehrte sich nicht – der Gedanke, mit ihm zu tanzen, war reizvoll –, aber seine kühle Zurückhaltung ließ sie frösteln.

»Ich bin keine allzu gute Tänzerin«, flüsterte sie ihm zu. »Mir fehlt die Übung.«

»Die Kontertänze werden dir nicht schwerfallen.«

Es stimmte. Serena hatte ein natürliches Talent zum Tanzen, das wußte sie, da sie dies in ihrer Schulzeit oft bewiesen hatte. Die einfacheren Schritte kamen ihr sofort ins Gedächtnis zurück. Schließlich konnte sie sich entspannen und fing gerade an, sich zu amüsieren, als ein Stimmengewirr an der Eingangstür sie plötzlich aufschrecken ließ.

Eine Katastrophe! Das war ihr erster Gedanke. Was hatten die lauten Stimmen und Ausrufe zu bedeuten?

Wer war es?

Etwa einer von Matthews Freunden, der sie bloßstellen wollte?

Oder ihre Brüder mit den anstößigen Bildern in der Hand?

Plötzlich wurde ihr bewußt, daß ihre Reaktion den Tanz unterbrochen haben mußte, und sie drehte sich um, um sich zu entschuldigen. Sie stellte jedoch fest, daß der Tanz ohne sie weiterging. Als sie um sich blickte, sah sie, daß viele der Gäste von dem, was auch immer passiert war, völlig unberührt blieben.

Sie ergriff Francis' Arm. »Was ist los?«

»Nicholas«, sagte er eher zu sich selbst und bewegte sich geradewegs auf die Eingangstür zu. Der Grund für dieses Aufsehen war ganz offensichtlich ein gutaussehendes Paar inmitten einer Gruppe von Rogues. Serena wußte, daß dies Nicholas Delaney sein mußte, den Arabella den König der Rogues genannt hatte.

Vor Erleichterung wurden ihr die Knie weich, und sie klammerte sich noch fester an Francis' Arm. Er schien sie kaum wahrzunehmen, so sehr war er mit den Delaneys beschäftigt. Nach allem, was sie gehört hatte, nahm sie an, er würde erfreut sein, seinen Freund zu sehen, und doch machte er nicht den Eindruck.

»Nicholas«, sagte er. »Was zum Teufel machst du denn hier?«

Der blonde Mann stutzte zuerst, nahm es ihm aber nicht übel. »Ich habe gehört, daß hier ein Fest stattfindet.«

»In Somerset?«

»Nein, als wir in der Lauritson Street ankamen.« Nicholas lächelte Serena an und löste ihren Klammergriff um Francis' Arm. Er nahm ihre Hand und küßte sie. »Ich hoffe, Sie sind Francis' Braut. Sie sind uns als neues Mitglied der Rogues sehr willkommen.«

»Serena, darf ich dir Mr. Nicholas Delaney vorstellen, der seine Nase mal wieder in die Angelegenheiten anderer Leute zu stecken scheint.«

Nicholas grinste nur. »Mein bester Freund hat geheiratet. Ich wollte seine Frau kennenlernen. Apropos, darf ich Sie mit meiner Gattin bekannt machen?« Serena wurde Eleanor

Delaney vorgestellt, einer attraktiven dunkelhaarigen Frau, die bemerkenswert gelassen schien. Konnte dieses Paar nichts erschüttern? Wie schön mußte es sein, dachte sie in einem Anflug von Bitterkeit, wenn das Leben immer in geraden Bahnen verläuft.

Nicholas Delaneys Worte rissen sie aus ihren Gedanken. »Der Tanz geht weiter, Serena. Darf ich bitten?«

Nachdem sie unsicher von einem Mann zum anderen geblickt hatte, ließ sich Serena schließlich auf die Tanzfläche zurück geleiten.

»Schauen Sie doch nicht so besorgt«, sagte Nicholas. »Francis ist nicht ärgerlich auf Sie oder mich.«

»Sind Sie sicher?«

»O ja. Aber jemand muß mir genau erzählen, was los ist. Werden Sie das tun?«

»Nein.« Serena fragte sich, ob er ihr eine so schroffe Abfuhr übelnehmen würde.

Er antwortete jedoch nur: »In Ordnung.«

Sie tanzten eine Weile, ohne sich zu unterhalten. Er war ein guter Tänzer, wenn auch nicht ein so eleganter wie Francis. Serena versuchte, die wenigen Dinge, die Nicholas Delaney gesagt hatte, zu deuten, und stand vor einem Rätsel.

Als sie nebeneinander zu stehen kamen, fragte sie: »Warum in Ordnung?«

Er setzte die Unterhaltung ohne Schwierigkeiten fort. »Die meisten Angelegenheiten zwischen Eheleuten sollten am besten vertraulich bleiben. Wenn Sie sich jedoch aussprechen wollen, können Sie sich jederzeit an mich oder Eleanor wenden. Wir haben vielleicht keine Antworten, können aber gut zuhören. Francis kann das normalerweise auch.«

Der Tanz ging weiter, und sie vollendeten ihre Drehung.

Als sie wieder zum Stehen kamen, verteidigte Serena Francis. »Um ein guter Zuhörer zu sein, muß man etwas Abstand haben, glaube ich.«

»Aber würde man Herzensangelegenheiten mit jemandem besprechen, mit dem man sich nicht verbunden fühlt? Lieben Sie ihn?«

Die Frage traf sie wie ein Schlag. Serena wandte sich ab und antwortete nicht, aber sie befürchtete, daß er die Antwort in ihren Augen lesen konnte.

Sie beendeten den Tanz, ohne ein weiteres Wort zu wechseln.

Danach sagte er freundlich: »Vielen Dank. Ich glaube, ich habe noch nie mit so einer schönen Frau getanzt, und ich habe schon viele schöne Frauen kennengelernt. Eine schöne Frau, die versucht, sich zu verstecken«, fügte er hinzu, »ist wie ein hochgewachsener Mensch, der gebeugt geht.«

»Ich versuche nicht, meine Schönheit zu verstecken, Mr. Delaney. Ich habe mich sogar sehr bemüht, für heute abend das Beste daraus zu machen.«

»Ein eingezäunter Garten kann nicht richtig bewundert werden, egal, wie gepflegt er auch ist«, gab Nicholas zu bedenken.

Er geleitete sie zu Francis zurück, der sich gerade mit den Ardens und Eleanor Delaney unterhielt.

Serena hätte Francis' besten Freund am liebsten geohrfeigt, ohne genau zu wissen, weshalb. Wenn Francis durch Nicholas Delaneys Anwesenheit irritiert war, fühlte er genau dasselbe wie sie.

Den nächsten Tanz schenkte Serena dem Marquis. Ihr fiel auf, daß er sich, obwohl er mit allen anderen Frauen – die älteren eingeschlossen – flirtete, bei ihr sehr zurückhaltend verhielt. War sie vielleicht doch von einem Zaun umgeben?

Als sie voreinander standen, fragte sie: »Warum flirten Sie mit allen Ladys außer mir, Lord Arden?«

Er zog die Augenbrauen hoch. »Weil ich dachte, daß Sie es nicht mögen. Aber wenn Sie wollen, werde ich es gerne tun. Allerdings nur«, fügte er hinzu, »wenn sie Francis damit nicht eifersüchtig machen wollen.«

Serena war verlegen, als sie bemerkte, daß er ihre uneingestandene Absicht genau durchschaut hatte. Allmählich hatte sie genug von all diesen scharfsinnigen Beobachtungen.

Obwohl der Abend ein großer strategischer Erfolg zu sein schien, drehten sich ihre Gedanken immer mehr im Kreise.

Als der Ball schließlich zu Ende war und alle Gäste sich bereits auf dem Heimweg befanden, versammelten sich die Rogues in der Bibliothek, um die Angelegenheit zu besprechen. Neben den Ardens und den Middlethorpes waren die Delaneys, Stephen Ball, Miles Cavanagh, Felicity, Con Somerford und Hal Beaumont anwesend.

»Das perfekte Ende einer perfekten Kampagne«, sagte Hal und blickte lächelnd zu Serena. »Die Crème de la crème der Gesellschaft hat Sie jetzt anerkannt. Um dies wieder rückgängig zu machen, müßten Sie die Leute schon sehr vor den Kopf stoßen.«

Serena warf Francis einen unsicheren Blick zu, aber er schien nicht zu beabsichtigen, die Existenz der Bilder und die Drohungen ihrer Brüder zu enthüllen.

»Ziemlich clever«, meinte Nicholas, »Serena auf diese Weise in die Gesellschaft einzuführen. Wessen Plan war das überhaupt?«

Nach kurzem Zögern sagte Serena: »Meiner. Beth hat mir dabei geholfen.«

»Gratuliere. Dann nehme ich an, daß morgen die Hochzeitsanzeige in den Zeitungen erscheinen wird?«

»Ja«, erwiderte Francis. »Die Gratulanten werden das Haus stürmen, aber in ein paar Tagen werden wir hoffentlich aufs

Land flüchten können. Ich spiele mit dem Gedanken, nach Somerset zu fahren.«
»Ausgezeichnet. Wir könnten gemeinsam reisen. Wir haben unsere kleine Arabel zu Hause gelassen und werden deshalb nicht allzu lange in London bleiben.« Nicholas half Eleanor auf. »Da wir heute sehr lange unterwegs waren, glaube ich, daß wir uns unseren Schlaf verdient haben.«
Nachdem die Delaneys gegangen waren, verabschiedeten sich auch diejenigen, die nicht in Belcraven House nächtigten.
Auf der Heimfahrt in der Kutsche entging Serena die Anspannung ihres Mannes nicht. Sie schien sich jedoch von der kühlen Zurückhaltung zu unterscheiden, die er zuvor an den Tag gelegt hatte. Serena versuchte, den Grund herauszufinden. »Ich hatte den Eindruck, daß du über Mr. Delaneys Kommen verärgert warst, aber er ist doch ein ganz angenehmer Mensch?«
»Das stimmt auch. Ich war nicht verärgert, ihn zu sehen.«
»Bist du dann ärgerlich auf mich?«
»Nein.«
Dies schien unwahrscheinlich. »Das mit meinen Brüdern tut mir leid ...«
»Ihre Verfehlungen haben nichts mit dir zu tun.«
Wieder wurde Serena bewußt, wie sehr sie befürchtete, ihre Kinder könnten etwas vom Charakter der Allbrights erben.
»Werden wir wirklich mit zu den Delaneys fahren?«
»Nicht, wenn du es nicht möchtest. Wir können auch direkt nach Thorpe Priory fahren, wenn dir das lieber ist.«
Serena wäre es lieber gewesen, wenn er nicht mehr böse gewesen wäre. Als die Kutsche um die Ecke bog und dabei auf eine Seite schwankte, hätte sie sich leicht an ihn lehnen können, aber sie vermied es. »Ich glaube, der Abend ist gut verlaufen«, sagte sie.

»Ja, ausgezeichnet.«
Sie schwiegen, und ihr fiel auch nichts ein, was noch zu sagen gewesen wäre.
Zu Hause brachte Francis Serena zu ihrem Zimmer, und es war klar, daß er in dieser Nacht das Bett nicht mit ihr teilen würde. Es war auch klar, daß er seine Gedanken nicht mit ihr teilen würde. Als er sich umdrehte, um in sein Zimmer zu gehen, hielt Serena ihn mit ihrer Hand auf seinem Arm zurück. »Francis, wir können nicht so tun, als ob die Drohung meiner Brüder nicht existieren würde. Heute abend ging alles gut, aber wenn diese Bilder an die Öffentlichkeit gelangen, könnte das alles zunichte machen.«
»Es gibt keinen Grund zur Beunruhigung, Serena. Ich werde mich schon darum kümmern.«
»Tom sagte, er würde morgen nachmittag zurückkommen. Was soll ich tun?«
»Nichts«, sagte er grimmig. »Du wirst diese Verabredung auf keinen Fall einhalten. Denk doch nach, Serena. Deine Brüder werden die Bilder nur als letzte Möglichkeit einsetzen, weil sie ihnen nur Rache, aber kein Geld bringen können.« Er küßte sie kurz und förmlich auf die Wange. »Vergiß die ganze Angelegenheit. Gute Nacht.«
Serena sah zu, wie er die Tür hinter sich schloß, und schimpfte verärgert vor sich hin. Eine Katastrophe braute sich zusammen, und er sagte, sie solle das Ganze einfach vergessen! Männer, auch wenn sie gute Männer waren, konnten einen wirklich wütend machen! Sie klingelte energisch nach ihrer Zofe.
Als die Zofe sie zum Zubettgehen vorbereitete, konnte Serena ihre Brüder keineswegs vergessen. Sie würde ihnen durchaus zutrauen, daß sie die Bilder aus reiner Bosheit veröffentlichten.
Ihr wurde plötzlich klar, daß nichts sie davon würde abhal-

ten können, eines oder zwei der harmloseren Bilder zu veröffentlichen und dann Geld zu verlangen, damit sie den Rest nicht auch noch publik machten. Francis würde zahlen müssen, und ihr Ruf wäre trotzdem beschädigt, wenn nicht sogar ihre ganze Existenz ruiniert.

Ein anständiger Mensch würde nicht auf solch eine Idee kommen, aber sie war eine Allbright, weshalb ihr die Sache sofort einleuchtete. Sie mußte es Francis erklären und ihm klarmachen, wie die Allbrights dachten. Als die Zofe gegangen war, ging sie zur Nebentür und klopfte. Es kam keine Antwort. Sie öffnete vorsichtig die Tür und blickte hinein. Francis' Bett war hergerichtet, und er hatte sich offensichtlich für die Nacht vorbereitet. Aber wo war er?

Nach einem kurzen Moment ging sie in ihr Zimmer zurück. Sie nahm an, daß er vielleicht noch etwas zu erledigen hatte, auch wenn es schon zwei Uhr morgens war, aber sie konnte ja schlecht das ganze Haus nach ihm durchsuchen.

Sie mußte sich bis zum nächsten Morgen gedulden.

Da er befürchtete, Serena könnte zu ihm kommen und er wäre nicht in der Lage, ihr zu widerstehen, hatte sich Francis in die Bibliothek geflüchtet. Es war nicht richtig, mit einer Frau zu schlafen, die er der Erpressung verdächtigte.

Seine Liebe zu ihr war so stark, daß sie ihn blind machte und ihn vergessen ließ, daß sie die Karte eines Mannes bei sich trug, der versucht hatte, ihn um zehntausend Pfund zu erpressen. Die Tatsache aber, daß sie einen anderen Grund anführte – dieses Mal in Verbindung mit ihren Brüdern –, um dieselbe Summe von ihm zu verlangen, strapazierte sogar sein Vertrauen bis aufs äußerste.

Sein Gefühl sagte ihm, daß er Serena vertrauen konnte, aber es war nun einmal eine Tatsache, daß Männer sich von schönen Frauen Sand in die Augen streuen ließen. Das konnte er sich nicht erlauben. Die Ehre seiner Familie stand auf dem Spiel.

Er mußte es als Möglichkeit akzeptieren, daß Serenas Kind nicht von ihm, sondern von Ferncliff war. Es war auch möglich, daß das Bild, das sie ihm gezeigt hatte, erst gestern gemalt worden war. Es gab vielleicht gar keine anderen Bilder.

Was er jedoch wegen all dem unternehmen sollte, war eine völlig andere Frage.

Er würde sich nicht wieder dem Alkohol hingeben. Statt dessen nahm er einen Band Platos aus dem Regal und versuchte, sich mit griechischer Philosophie auf andere Gedanken zu bringen.

Achtzehntes Kapitel

Als Serena am nächsten Morgen aufstand, bemerkte sie, daß Francis bereits das Haus verlassen hatte, wohl um seinen Freund Nicholas Delaney zu besuchen. Es war noch genügend Zeit bis zu der Verabredung mit ihren Brüdern, und doch fröstelte sie bei dem Gedanken, Francis könnte bis nachmittags nicht zurück sein. Wenn er glaubte, Tom einfach ignorieren zu können, irrte er sich gewaltig.

Serena war zwar etwas gekränkt, daß Francis sie nicht mit zu den Delaneys genommen hatte, aber es überraschte sie nicht. Zur Zeit war sie in seinen Augen hauptsächlich eine Allbright. Inzwischen wünschte sie sich sogar, ihre Mutter hätte Ehebruch begangen!

Dann wurde sie durch einen eher belanglosen Streit unter dem Personal auf andere Gedanken gebracht. Ein Pfund Oolong-Tee war aus der Teetruhe verschwunden. Dibbert hatte das Problem anscheinend Francis' Mutter vorgetragen, die ihn jedoch an Serena verwiesen hatte. Wahrscheinlich hoffte sie insgeheim, sie würde nicht mit dem Problem fertig werden.

Serena war froh über die Ablenkung und begab sich hinunter in die Küche, um den angeblichen Diebstahl zu untersuchen.

Die gesamten Teevorräte wurden in einer verriegelten Truhe in der Speisekammer aufbewahrt, aber laut Mrs. Andover, der Haushälterin, konnte die Truhe leicht mit einem Messer geöffnet werden. Mrs. Andover beschuldigte zwar niemanden direkt, hatte aber eindeutig Mrs. Scott, die Köchin, im Verdacht.

Serena vermutete, daß hinter der ganzen Sache eine Fehde steckte. Mrs. Scott schien die Schuld auf das schüchterne Küchenmädchen schieben zu wollen, das erst im vorigen Monat eingestellt worden war. Durch ihr Geheul wurde der junge Gärtner alarmiert, der sofort herbeieilte und die kleine Katie beharrlich verteidigte. Dies wiederum schien der jüngeren Kammerzofe gar nicht zu passen.

Serena wurde klar, daß es sich hier um eine unheilvolle Dreiecksgeschichte handelte. Die Herzensangelegenheiten hier unten waren also fast genauso kompliziert wie die oben! Mrs. Scott stand eindeutig auf der Seite der Kammerzofe und war außer sich, als der Gärtner mit seinen schmutzigen Stiefeln ihre saubere Küche betrat. Innerhalb kürzester Zeit befand sich der ganze Haushalt in Aufruhr.

Serena brachte zunächst alle zum Schweigen und begann dann mit den Nachforschungen. Da das Personal Schwarztee vorzog, war das Fehlen des Tees erst heute morgen bemerkt worden, als er gebraucht wurde.

»Dieser Tee«, sagte Serena, »hätte jederzeit während der letzten paar Monate verschwinden können.«

»Jemand hätte aber bemerken müssen, daß er fehlt, Madam«, sagte die Köchin.

»Wer holt normalerweise den Tee aus der Truhe, Mrs. Scott?«

»Katie«, antwortete Mrs. Scott verächtlich. »Ich schicke sie immer zu Mrs. Andover wegen des Schlüssels.«

»Ich war es nicht!« schrie Katie verzweifelt.

»Sie war es nicht!« brüllte der Gärtner.

Serena wartete, bis wieder Ruhe herrschte.

»Ich habe entschieden, daß es nach so langer Zeit unmöglich ist, den Schuldigen zu finden. Es wird eine neue Teetruhe mit einem sichereren Schloß bestellt und Sie, Mrs. Andover, überprüfen den Inhalt jeden Abend. So wird es weniger Anlaß für unbegründete Verdächtigungen geben.«

»Von wegen unbegründete Verdächtigungen«, murmelte die Köchin.

Der Gärtner fuhr sie an. »Na warte, du alte ...«

»Ruhe!« Serena blickte sie scharf an. »Das reicht jetzt. Die Angelegenheit ist hiermit beendet. Es wird nie wieder davon gesprochen. Katie, wenn du mit deiner Stellung hier nicht zufrieden bist, werde ich sehen, ob ich in einem anderen Haushalt etwas für dich finden kann.«

Das Mädchen blickte ängstlich zwischen der Köchin und dem Gärtner hin und her. Dann murmelte sie, daß es schon in Ordnung wäre. Der Gärtner warf Serena einen bösen Blick zu, was sie befürchten ließ, daß sie in Zukunft Ärger mit ihm haben würde, obwohl sie es ja nur gut gemeint hatte.

Sie war sich nicht sicher, ob sie die Angelegenheit gemeistert hatte.

Serena floh zurück in ihre vornehme Welt und überlegte, welche Tragödien sich wohl in den Dienstbotenräumen abspielen würden, bevor sie das nächste Mal zum Schlichten gerufen wurde.

Sie seufzte und schüttelte den Kopf. Wie wichtig diese Probleme für die Beteiligten auch sein mochten, sie waren nichts im Vergleich zu denen, die ihr bevorstanden.

In den Morgenzeitungen war die Vermählung von Vicomte Middlethorpe und Lady Serena Riverton offiziell bekanntgegeben worden. Es war zu erwarten, daß am Nachmittag eine Menge Gratulanten Serena und Francis ihre Aufwartung machen würden. Serena konnte nur hoffen, daß Francis zu deren Begrüßung anwesend sein würde.

Um vier Uhr würden ihre Brüder wieder in den Garten kommen, um den Schmuck und die dreitausend Pfund einzufordern. Serena mochte gar nicht daran denken, was passieren könnte, wenn sie nicht erschien. Vielleicht hatte Francis ja alles im Griff, aber solange er ihr nicht sagte, was er vorhatte, war dies keine Erleichterung für sie.
Bis zum Mittag war Francis immer noch nicht zurückgekehrt. Serena wurde äußerst nervös bei dem Gedanken, daß er sowohl die Gratulanten als auch ihre Brüder vergessen haben könnte.
Erst sehr spät wurde ihr bewußt, daß sie in einer Zwangslage war. Wenn sie und Francis den ganzen Nachmittag mit den Gästen beschäftigt sein würden, wie konnten sie dann Tom in Schach halten? Vielleicht sollte sie ihrem Bruder eine Nachricht schicken, aber sie wußte, daß Francis genau das nicht wollte.
Zum Teufel mit ihm! Wo steckte er bloß?
Um sich etwas zu zerstreuen, nahm sie den Welpen mit in den Garten. Es war noch viel zu früh für ihre Brüder, es sei denn, sie beobachteten das Haus.
Andererseits mußte sie sich eingestehen, daß sie erleichtert wäre, wenn sie auftauchen würden. Sie könnte ihnen das Problem erklären und sie auf den nächsten Tag vertrösten.
Als sie in die Sonne hinaustrat und Brandy zum Spielen laufen ließ, war sie überrascht, Francis' Mutter auf sich zukommen zu sehen. Lady Middlethorpe kam ihr nicht wie die Art Frau vor, die in winterlichen Gärten spazierenging.
Lady Middlethorpe blieb zuerst stehen, als wäre sie überrascht worden, ging dann aber weiter. »Ein wunderschöner Februartag, nicht wahr, Serena?«
»Ja, Lady Middlethorpe.«
»Wenn wir uns weiterhin gegenseitig mit Lady Middlethorpe ansprechen, wird das Leben unerträglich für uns

sein. Du nennst Arabella doch auch bei ihrem Vornamen. Nenne mich einfach Cordelia.«
Serena blickte ihr in die Augen. »Einverstanden, Cordelia.« Es ging ihr jedoch nicht leicht über die Lippen.
Der Blick der älteren Lady Middlethorpe schweifte in die Ferne. »Es gibt nur noch wenige Menschen, die mich Cordelia nennen.« Ihr Blick konzentrierte sich jetzt wieder musternd auf Serena. »Dein Haar löst sich«, bemerkte sie und ging ins Haus zurück.
Serena zupfte hastig ihr Haar zurecht. Warum wirkte Lady Middlethorpe – Cordelia – nur immer so gefühllos und kalt? Serena blickte ihrer Schwiegermutter hinterher und erinnerte sich wieder an den Mann, den sie im Garten getroffen hatte und der mit Cordelia sprechen wollte. Ihn hatte sie in der ganzen Aufregung völlig vergessen. Traf sich Cordelia etwa hier im Garten mit fremden Männern?
Sie versuchte vergeblich, sich das vorzustellen. Dann sah sie Brandy, die sich unter der Hecke im Schmutz wälzte.
»Nicht, Brandy! Komm zurück!«
Brandy schien dieses Spielchen großen Spaß zu machen und Serena ebenfalls. Eine ganze Weile spielten sie Fangen. Serena war es vollkommen egal, daß sie sich nicht wie eine Vicomtesse verhielt und daß sich ihr Haar löste. Sie lachte, als sie hinter einem Busch plötzlich mit einem Mann zusammenstieß, der aus derselben Laube kam, in der sie tags zuvor gesessen hatte.
Einen kurzen, schrecklichen Moment lang dachte sie, es sei Tom, aber dann bemerkte sie, daß sie sich täuschte. Es war jener unbekannte Herr. »Was machen Sie denn hier?« Während sie diese Worte aussprach, konnte sie sich die Antwort schon denken. Francis' Mutter hatte tatsächlich ein Rendezvous gehabt!
Der Mann schien genauso entgeistert zu sein wie sie. »Lady

Middlethorpe ...«, dann schienen ihm die Worte zu fehlen. Schließlich stammelte er: »Verdammt«, und fuhr mit klarer Stimme fort: »Ich kam, um mich mit Lady ... mit der älteren Lady Middlethorpe zu treffen. Wie ich sehe, sind Sie schokkiert.«

»Ja, ein wenig schon ...«

»Ist es denn so schockierend«, fragte er energisch, »wenn zwei Menschen sich lieben?«

»Äh ... nein.«

»Jedoch schon, wenn sie etwas älter sind, meinen Sie wohl. Ich, junge Lady, bin aber erst achtunddreißig.«

»Aber ...«

»Und Cordelia ist erst sechsundvierzig. Wir sind noch nicht altersschwach!«

»Mr ... o Gott, ich habe Ihren Namen vergessen.«

»Ferncliff. Ich gab Ihnen meine Karte.«

»Ich habe keine Ahnung, wo sie ist. Mr. Ferncliff, ich bin keineswegs schockiert wegen Ihres Alters. Ich bin schokkiert, daß sich eine Lady und ein Gentleman heimlich im Garten treffen. Es gehört sich einfach nicht.«

Seine Aufregung legte sich, und er schien etwas erleichtert zu sein. »Das weiß ich, Lady Middlethorpe. Dieses Versteckspiel lag nicht in meiner Absicht. Es treibt mich sogar bald in den Wahnsinn, wenn ich nicht vorher daran zugrunde gehe.«

Serena blickte ihn zweifelnd an. »Ich glaube nicht an Geschichten über Leute, die an gebrochenem Herzen gestorben sind, Sir.«

»Wirklich nicht?« fragte er leicht amüsiert. »Aber eine Patrone würde reichen.«

»Eine Patrone? Wer sollte Sie denn erschießen wollen?«

»Vielleicht dieser junge Hitzkopf, den Sie Ihren Ehemann nennen.«

»Francis?«
»Ja. Er verfolgt mich schon seit Monaten durch das ganze Land.«
Serena setzte sich auf die Steinbank. »Mr. Ferncliff, Sie müssen sich irren. Mein Ehemann ist ein höflicher, verständnisvoller Mensch.«
»Sein Verständnis scheint sich nicht auf Männer zu erstrecken, die um die Hand seiner Mutter anhalten möchten, insbesondere wenn diese Männer nicht vermögend sind. Ich glaube, Sie erliegen einem Irrtum, Lady. Er mag sich Ihnen gegenüber vielleicht wie ein Gentleman verhalten, aber ich weiß aus sicherer Quelle, daß Lord Middlethorpe schon in jungen Jahren ein Filou war. Er gehört zu einer Bande ruchloser Halunken.«
»Sie meinen die Rogues?«
»Ganz genau. Cordelia ist gar nicht glücklich über seine Beziehung zu diesen Leuten, und ich habe auch schon anderweitig von ihnen gehört.«
»Aber ...«, Serena verstummte und konnte nicht glauben, was sie da gerade gehört hatte. Aber was, fragte sie sich, war nun die Wahrheit?
»Mr. Ferncliff, ich bin mit einigen Mitgliedern der Rogues bekannt, und sie scheinen alle äußerst liebenswerte Menschen zu sein.«
»Ich nehme an, es sind alles schneidige Herren aus gutem Hause.«
»Wenn Sie damit ausdrücken wollen, ich sei ein naives Mädchen, das sich leicht beeinflussen läßt, Sir, dann sind Sie auf dem Holzweg. Genug davon. Sind Sie sicher, daß mein Mann etwas gegen Ihr Verhältnis mit seiner Mutter hat?«
Er lachte. »Absolut sicher.«
»Aber er wünscht sich doch, daß sie wieder heiratet.«
»Sicher, aber einen Mann, der mehr zu bieten hat als ich.

Wissen Sie, Lady Middlethorpe, ich bin Wissenschaftler. Ich genieße zwar eine gewisse finanzielle Unabhängigkeit – in sehr bescheidenem Rahmen –, werde meine Situation aber wahrscheinlich niemals wesentlich verbessern können. Ich interessiere mich nicht für solche Dinge.«

»Ich verstehe, daß mein Mann seine Mutter nicht mittellos sehen möchte.«

»Das steht außer Frage. Cordelia hat ein beträchtliches Vermögen.« Er preßte die Lippen zusammen. »Sehen Sie, Sie glauben sofort, daß ich nur hinter ihrem Geld her bin. Und er glaubt das auch. Es stimmt aber nicht. Ich bin vollkommen zufrieden mit meinem bescheidenen Leben. Es ist mir nur bewußt, daß sie das nicht wäre. Wenn wir ein entsprechendes Haus und Personal haben wollen, wenn wir reisen und am gesellschaftlichen Leben teilnehmen möchten, müssen wir das von ihrem Geld bezahlen.«

»Ich verstehe allerdings schon, daß mein Mann nicht damit einverstanden ist, Mr. Ferncliff. Als pflichtbewußter Sohn kann er gar nicht damit einverstanden sein.«

»Er hat natürlich vollkommen recht, aber trotzdem würde jeder vernünftige Mensch den fraglichen Verehrer zuerst treffen und die Angelegenheit mit ihm besprechen wollen. Aber Middlethorpe verfolgt mich einfach mit der Pistole im Anschlag. Diese absurde Situation dauert jetzt schon lange genug. Cordelia meint, ihr Sohn würde die Verbindung niemals tolerieren und sie könnte mich deshalb nicht heiraten. Ich will auf jeden Fall wenigstens ein Mal mit ihm sprechen, um zu sehen, ob wenigstes ein Funke Verstand in ihm steckt.«

»Das wäre bestimmt klug«, sagte Serena. Mr. Ferncliffs Bild von Francis war so anders als ihres. Ein Treffen der beiden würde bestimmt zur Klärung der ganzen Angelegenheit beitragen.

»Aber wie soll ich es anstellen?« fragte er. »Cordelia regt sich auf, sobald ich nur davon spreche, und sie weigert sich, ein Treffen zu arrangieren.«
»Für zwei Gentlemen muß es doch Möglichkeiten geben, einander zu begegnen.«
»Sicher, aber wenn mich ein Mann schon zweimal mit der Pistole in der Hand verfolgt hat, neige ich dazu, etwas vorsichtig zu werden. Würden Sie sich vielleicht bereit erklären, die Vermittlerin zu sein, Lady Middlethorpe?«
Serena starrte ihn an. »Zwischen Ihnen und Francis?«
»Ja.«
Serena war nicht wohl bei der Sache. Die Beziehung zwischen ihrem Mann und ihr war noch nicht so gefestigt, daß sie weitere Spannungen aushielt, und wenn sie nun auch noch als Botin von jemandem auftrat, den er als Feind betrachtete ... »Ich weiß nicht, ob ich das kann, Sir.«
»Es ist bestimmt nicht sehr schwierig.«
Serena blieb stehen. »Ich weiß nicht. Sagen Sie mir, wo man Sie erreichen kann, dann werde ich mich mit Ihnen in Verbindung setzen und Ihnen mitteilen, ob ich ein Treffen arrangieren kann.«
»Ich habe ein Quartier im Scepter Inn, nicht weit von hier, allerdings unter dem Namen Lowden.« Er zog eine etwas zerzauste graue Perücke aus der Tasche und setzte sie auf. Darauf plazierte er auch noch einen Dreispitz. »Sehen Sie, zu welch extremen Maßnahmen ich mich schon gezwungen sehe? Middlethorpe scheint ganz London auf mich angesetzt zu haben!«
»O Gott«, sagte Serena. Sie hatte keine Ahnung, wie sie sich verhalten sollte.
»Ich werde sehen, was ich tun kann, Mr. Ferncliff.«
Als Ferncliff gegangen war, fiel ihr ein, daß sie Brandy vergessen hatte, und rief nach ihr. Nachdem sie das Tier

völlig verschmutzt unter einem Busch gefunden hatte, eilte sie zurück zum Haus und schimpfte den ganzen Weg mit dem Welpen.

»Serena!« Francis kam auf sie zu.

»Wo warst du denn nur?«

»Brandy hat den Garten erforscht. Ich dachte schon, sie hätte sich verlaufen.«

Sein Gesichtsausdruck verriet ihr, daß etwas mit ihrem Aussehen nicht stimmte. Ihr Haar mußte wohl völlig zerzaust sein und Brandy hatte ihr Kleid beschmutzt.

Er schaute tatsächlich etwas mißbilligend, als er ihr vorsichtig den Welpen aus den Händen nahm. »Sie hat dein Kleid völlig ruiniert, und wir haben Gäste.«

»Schon?« rief sie bestürzt.

»Nur Nicholas und Eleanor.« Serena beruhigte sich wieder.

»Wenn du Brandy in die Küche bringen würdest, könnte ich mich schnell umziehen.«

»In Ordnung.«

Serena eilte ins Haus und fühlte sich, als läge ein Stein in ihrem Magen. Sie wußte nicht, warum der Gedanke an ein erneutes Treffen mit Nicholas Delaney sie nervös machte, aber es war so. Er war genau die Art Mensch, der ihr sofort ansehen würde, daß sie gerade den Feind ihres Mannes im Garten getroffen hatte und ihm vorerst nichts davon erzählen wollte.

Serena zog sich schnell ein neues Kleid über und ließ sich die Haare richten. Als sie sich kritisch im Spiegel betrachtete, wurde ihr klar, daß sie niemals so elegant wie Cordelia sein würde, wieviel Mühe sie sich auch gab. Ihre Figur hatte zu viele Rundungen, und ihr Haar war einfach zu widerspenstig. Cordelias Frisur saß immer perfekt.

Aber in den Armen eines Liebhabers konnte selbst Cordelia nicht mehr so adrett aussehen. Waren Ferncliff und Cordelia

ein Liebespaar? Serena konnte sich Francis' Mutter nur schwerlich in einer leidenschaftlichen Situation vorstellen.
Serena entließ ihre Zofe und nahm sich einen Moment Zeit, um über ihr Dilemma nachzudenken. Ferncliff konnte auch ein gemeiner Lügner sein. Aber Cordelia *war* aus irgendeinem Grund im Garten gewesen.
Es lag nahe, mit Cordelia selbst zu sprechen, aber der bloße Gedanke daran ließ Serena frösteln. *Cordelia, ich würde gerne mit Ihnen über Ihren Liebhaber sprechen ...*
Ebensowenig konnte sie sich vorstellen, Francis darauf anzusprechen. *Francis, ich würde gerne mit dir über den Liebhaber deiner Mutter sprechen ...*
Und dann war da noch die Sache mit ihren Brüdern, die äußerst verärgert darüber sein würden, sie nicht mit der Beute im Garten vorzufinden.
Mach Dir keine Sorgen, hatte er gesagt.
Hah!
Serena ging hinunter in den Salon, wo Francis bereits mit den Gästen wartete. Nicholas und Eleanor Delaney waren genauso sympathisch wie am Abend zuvor, trotzdem machte Nicholas Serena immer noch sehr nervös. Es war etwas in seinen Augen – ein durchdringender Blick, der ihr das Gefühl gab, als wäre sie durchsichtig. Es gab viele Dinge, die er besser nicht wissen sollte.
Die Konversation beschränkte sich auf Allgemeines: Politik, die Ernte, die Gesellschaft und das Wetter.
»Meine Güte«, sagte Francis, »laßt uns doch lieber von erfreulicheren Dingen sprechen. Wie geht es Arabel?«
»Also wirklich, Francis«, fiel Eleanor ein, »du bezeichnest unseren ganzen Stolz als ›Ding‹?«
»Mein Gott! Sagt schon, wie geht es ihr?« Francis wandte sich Serena zu. »Arabel ist Nicholas' und Eleanors Tochter.«
Darauf erwiderte Nicholas mit nicht zu überhörendem Stolz

in der Stimme: »Sie ist sehr verärgert. Arabel ist davon überzeugt, daß alle nach ihrer Pfeife tanzen müssen, aber sie muß auch ihre Grenzen kennenlernen, und deshalb haben wir sie zu Hause gelassen.«
»War sie sehr wütend?« fragte Francis.
»Natürlich nicht. Sie ist gerne mit Leanders Kindern zusammen und hat verkündet, daß sie auch gerne Geschwister hätte. Wir haben sie darauf aufmerksam gemacht, daß diese dann jünger wären als sie, aber das hat sie nicht beeindruckt.«
Serena hatte amüsiert zugehört.
»Wie alt ist Ihre Tochter, Mr. Delaney?«
»Vierzehn Monate.«
»Und sie spricht schon?«
Eleanor lachte. »Lassen Sie sich nicht veralbern, Serena. Nicholas behauptet, daß er jeden Laut versteht, aber ich glaube, er hört nur das, was er gerne hören würde. *Er* möchte viele Kinder.«
Ihr Mann lächelte ihr zu. »Stimmt.«
Dann zogen Nicholas und Francis sich zurück, um über Geschäftliches zu reden. Als die beiden Frauen alleine waren, sagte Eleanor: »Sie haben ganz recht. Wir wurden absichtlich alleine gelassen, falls Sie unter vier Augen mit mir sprechen wollen. Seien Sie deshalb nicht beunruhigt. Nicholas weiß, was er tut.«
Serena blickte Eleanor Delaney prüfend an. »Worüber genau sollte ich mit Ihnen sprechen wollen?«
»Ich habe keine Ahnung. Francis und Nicholas haben den ganzen Morgen hinter verschlossenen Türen diskutiert. Sie sind sehr eng befreundet, und selbst längere Trennungen können ihrer Freundschaft nichts anhaben.«
»Das habe ich schon gehört. Aber Francis hat Mr. Delaney fast nie erwähnt.«

»Früher hat Nicholas auch nicht sehr viel von Francis gesprochen. Aber Francis hat ihm sehr geholfen – er war in schlechten Zeiten sein Rettungsanker. Wir würden euch auch gerne helfen, wenn wir können.«
»Warum sollten wir Hilfe brauchen?«
»Ist dem etwa nicht so?«
Serena zuckte nur mit den Achseln.
Eleanor sagte: »Ich war wahrscheinlich schon schwanger, als wir heirateten.«
Serena starrte sie an. Eleanors Offenheit verblüffte sie und weckte ihre Neugier. »Wahrscheinlich?«
»Wir warteten nicht, bis es sicher war. So eine Angelegenheit hängt man nicht an die große Glocke, und wenn es nur um ein paar Wochen geht, wird nicht nachgerechnet.«
»Aber wenn es ein paar Monate sind, dann schon.«
»Allerdings. Ich wollte Ihnen damit nur sagen, daß ich verstehe, wie unangenehm so eine Situation sein kann.«
»Vor der Heirat schwanger zu werden ist nicht annähernd so unangenehm, wie Matthew Rivertons Witwe zu sein, das versichere ich Ihnen.«
»Aber Matthew Rivertons Witwe zu sein ist sicherlich besser, als Matthew Rivertons Frau zu sein, nicht wahr?« bemerkte Eleanor mit einem Zwinkern.
Serena mußte schließlich doch lachen.
»Ich kann mich erinnern«, sagte Eleanor nachdenklich, »daß ich mich einmal fragte, was denn wohl der Sünde Lohn sei, wenn ich durch meine Verfehlung so viel gewonnen habe.«
Das war in der Tat eine geschickte Taktik, um etwas aus ihr herauszubekommen. »Glauben Sie etwa, daß ich gar nicht glücklich sein *will?*«
»Ich weiß nicht. Manchmal glauben wir, nicht zu verdienen, was uns das Schicksal bringt, und wehren uns dagegen. Das Schicksal hat es gewollt, daß Sie einen der besten Ehemän-

ner bekommen, den ich mir vorstellen kann. Durch ihn haben sie eine achtbare Stellung in der Gesellschaft und genießen ein angenehmes Maß an Wohlstand ohne den ganzen Apparat, den die arme Beth ertragen muß. Und Sie erwarten ein Kind.«

»Ich bin mir meines Glückes durchaus bewußt«, unterbrach Serena. »Ich habe nur Angst, daß es zerstört wird.« Schließlich gab sie auf und erzählte Eleanor von den Bildern. »Ich kann mir zwar nicht vorstellen, daß Francis auch nur daran denkt, ihnen die zehntausend Pfund zu geben, aber ich bin mir nicht sicher.«

»Wenn Sie dadurch Ihren Seelenfrieden wiederfinden würden, wäre es das Geld vielleicht wert.«

»Ich würde meinen Seelenfrieden nie wiederfinden«, sagte Serena. »Das Geld würde meine Brüder erst recht anstacheln.«

»Das stimmt. Ich werde mit Nicholas sprechen, falls Francis es noch nicht getan hat. Ich habe selbst einen unangenehmen Bruder, aber die Rogues werden mit solchen Leuten ziemlich gut fertig.«

Serena erinnerte sich, was Mr. Ferncliff über die Rogues gesagt hatte. »Was geschah denn mit Ihrem Bruder?«

»Ich habe keine Ahnung. Er ging ins Ausland.«

Serena fand dies nicht sehr beruhigend. »Würden Sie die Rogues als gefährlich bezeichnen?«

»Absolut, wenn sie von ihrer Sache überzeugt sind.«

Damit war die Unterredung jedoch beendet, da Nicholas und Francis mit den ersten Gratulanten, Arabella und der Comtesse von Cawle, zurückkamen. Die Delaneys verabschiedeten sich kurze Zeit später. Die Gästeliste war lang und eindrucksvoll: Lord und Lady Cowper, der Herzog und die Herzogin von Yeovil, der Graf und die Gräfin von Liverpool, der Herzog und die Herzogin von Belcraven ...

Serena sah auf die Uhr und stellte fest, daß es vier Uhr war. Sie blickte sich um und hoffte, daß Francis sich fortgeschlichen hatte, aber er unterhielt sich in aller Ruhe mit dem Herzog von Belcraven. Hatte er denn vor, *gar nichts* zu unternehmen?

Oder hatte er die Angelegenheit bereits beendet, indem er ihre Brüder umbringen hatte lassen?

Beth kam zu ihr und meinte: »Schau doch nicht so ängstlich. Es läuft doch wunderbar, und du verhältst dich großartig.«

Serena konnte ihr nicht sagen, woran sie dachte. »Ich fühle mich wie eine Maschine. Ich lächle, ich nicke, ich lächle.«

»Schrecklich, nicht wahr? Aber es wird bald vorbei sein.«

»Beth«, sagte Serena eindringlich, »sind die Rogues brutal? Ich meine, würden sie jemanden umbringen, wenn sie es für nötig hielten?«

»Sie sind keine militärische Einheit. Aber schließlich waren Con, Hal und Leander Soldaten, und ich nehme an, daß sich auch Nicholas schon in gefährlichen Situationen befunden hat. Mach dir keine Sorgen«, versicherte sie. »Sie werden nicht zögern, wenn Gewalt notwendig ist. Ich muß jetzt gehen.« Sie küßte Serena auf die Wange. »Wir unterhalten uns besser morgen weiter. Schau nicht so besorgt.«

Serena hätte am liebsten geschrien, aber sie mußte sich umdrehen und lächeln. Sie fragte sich, ob die Rogues ihre Brüder tatsächlich umgebracht haben konnten. Kein großer Verlust zwar, aber trotzdem fühlte sie sich bei dem Gedanken unwohl. Was sie wirklich beunruhigte, war der Gedanke, daß Francis womöglich auch Charles Ferncliff umbringen würde, wenn er ihn erwischte.

Eine Stunde später waren alle Gäste gegangen, und Francis, Serena und Cordelia befanden sich allein im Salon.

Serena ließ sich in einen Sessel fallen. »Ich bin völlig ausgelaugt.«

Francis schob ihr einen Schemel unter die Füße. »Du warst sehr gut. Das Schlimmste müßte nun vorbei sein. Du gehörst nun endgültig zur feinen Gesellschaft.«
Cordelia schien völlig unberührt zu sein, obwohl sie sich in den vergangenen Stunden genauso angestrengt hatte wie Serena. »Ja, Francis, ich glaube, wir können es als eine Tatsache betrachten, daß Serena trotz ihrer unrühmlichen Vergangenheit nun akzeptiert ist. Deshalb werde ich morgen nach Thorpe zurückkehren. Habe ich dir schon gesagt, daß ich heute mit Arabella und der Comtesse dinieren werde?« Dann verließ sie den Salon.
Serena blickte ihr skeptisch hinterher. »Francis, würde es dir etwas ausmachen, wenn sie wieder heiraten würde?«
Er grinste. »Willst du sie verkuppeln? Für dich wäre es natürlich viel einfacher, wenn meine Mutter unter der Haube wäre. Wenn du es schaffst, von mir aus.«
Er hatte sie falsch verstanden, aber es war ein Anfang. »Ich nehme an, du hättest hohe Ansprüche an den Bräutigam.«
Er setzte sich in den Sessel ihr gegenüber. »Ich? Nein. Mit mir hat das nichts zu tun.«
»Aber wenn sie denn Stalljungen heiraten wollte, hättest du schon etwas dagegen.«
Er lachte laut. »Die bloße Vorstellung ist einfach absurd.«
»Aber was würdest du tun?« fragte Serena beharrlich.
»Meine Güte, Serena. Ist das eine Art Spiel? Natürlich würde ich dem ein Ende setzen.«
Und wo ist die Grenze, fragte sich Serena.
»Gibt es einen Typ Mann, den du nicht als ihren Ehemann akzeptieren könntest?«
Er blickte sie mißtrauisch an. »Du meinst das wirklich ernst, oder? Laß mich nachdenken. Natürlich würde ich nicht wollen, daß sie irgendeinen Halunken heiratet, der sie

schlecht behandeln oder ihr Geld verspielen würde. Allerdings bin ich mir nicht sicher, wie ich sie davon abhalten könnte.«

»Vielleicht würde deine Mißbilligung genügen.«

»Hoffentlich würde ihr Verstand sie davon abhalten. Jetzt aber genug davon, Serena. Ich fürchte, meine Mutter wird überhaupt nicht mehr heiraten. Sie liebte meinen Vater aufrichtig.«

»Das bezweifle ich ja gar nicht, aber mit der Zeit ändern sich die Dinge ...«

Serena wollte beim Thema bleiben.

»Und was wäre mit seiner gesellschaftlichen Stellung? Hättest du etwas dagegen, wenn sie einen Bürgerlichen heiratet?«

»Nicht, solange es nicht der Stalljunge wäre.«

»Du nimmst die Sache nicht ernst!«

»Nein, das tue ich nicht, und du solltest es auch nicht. Meine Mutter wird heiraten, wenn sie das möchte, und wir haben nichts damit zu tun.«

Jetzt war Serena vollkommen verwirrt. Dann kam sie auf das Thema zu sprechen, das ihr am meisten Sorgen bereitete. »Was ist mit meinen Brüdern? Wenn du sie im Garten hast warten lassen, sind sie verärgert. Sie sind zu allem fähig.«

Erst als sie diese Worte bereits ausgesprochen hatte, wurde ihr bewußt, daß für einen kurzen Moment so etwas wie Freundschaft zwischen ihnen bestanden hatte. Jetzt hatte Francis sich wieder hinter die eisige Mauer zurückgezogen. »Ich hatte dich gebeten, die Sache mir zu überlassen.«

»Wie kann ich das? Hast du irgend etwas unternommen?«

»Ich wünsche, daß du die Sache vergißt und mir vertraust.«

Serena hörte seine Worte, doch ihre Angst blieb. »Es hängt

wie ein Damoklesschwert über mir, Francis! Ich glaube, du verstehst Tom nicht richtig. Er ist gerissen, und wenn er wütend wird, kann er auch rachsüchtig und unvernünftig sein. Womöglich veröffentlicht er die Bilder aus reiner Bosheit.«

»Dazu ist er fähig?«

»Was noch schlimmer ist, ich an seiner Stelle würde zuerst ein paar der harmloseren Bilder publik machen. Sie würden genügen, um Gerede zu verursachen, ohne mich jedoch ganz zu ruinieren. Dann wärst du gezwungen zu handeln.«

»Das also würdest du tun?«

»Das ist das, was Tom tun könnte. Was würdest du dann machen?«

»Ich würde ihn umbringen.«

Serena sprang aus ihrem Sessel. »Du würdest ihn kaltblütig erschießen?«

»Mit Vergnügen, aber ich fürchte, ich müßte ihn schon zum Duell herausfordern.«

»Nein, das *darfst* du nicht!«

»Warum nicht?« In seiner Stimme war deutliches Mißtrauen zu hören.

»Ich könnte es nicht ertragen, wenn du wegen mir verletzt würdest.«

Er blickte sie einen Moment lang an, dann stand er auf. »Komm mit.«

Serena folgte ihm verblüfft. Er schien in einer sehr merkwürdigen Verfassung zu sein. In seinem Arbeitszimmer nahm er eine Schatulle aus einer abgeschlossenen Schublade, in der sich eine silberne Pistole befand. Er lud sie, als ob es für ihn Routine wäre. »Komm mit.«

»Wohin gehen wir?« fragte sie, als er sie in den Garten führte.

»Ich möchte dich wenigstens in einer Hinsicht beruhigen.«
Als sie sich im Freien befanden, blickte er sich um. »Verdammt, in keine Richtung hat man eine gute Sicht.«
»Ich finde den Garten wunderschön. Was hast du vor?«
»Es ist in der Tat ein schöner Garten.« Er ging an der ersten Hecke vorbei. »Ah. Siehst du die Narzisse unter dem Baum dort?«
»Ja.« Sie war gute zwanzig Meter entfernt, und man konnte sie nur zwischen den kahlen Zweigen eines Busches hindurch erkennen. Außerdem ging die Sonne bereits unter, und das Licht war schlecht.
Er hob seinen Arm, zielte und feuerte. Die gelbe Blume knickte um.
»Wie schrecklich. Wie konntest du nur?«
Er brach in Gelächter aus. »Eigentlich solltest du überwältigt vor Bewunderung für mein Geschick sein und dir keine Sorgen mehr um mich machen!«
Serena blickte noch einmal auf die umgeknickte Blume. »Ich vermute, das war sehr geschickt, trotzdem ist es eine Verschwendung.«
»In ein paar Wochen wird der ganze Garten voller Blumen sein.«
»Könntest du einen Menschen auch so leicht töten?«
»Natürlich nicht.«
»Könntest du überhaupt jemanden umbringen?«
Er runzelte die Stirn. »Wenn ich es müßte, schon. Es wäre meine Pflicht. Aber ich habe es noch nie getan, Serena. Machst du dir Sorgen wegen deiner Brüder?«
»Geht es ihnen gut?«
»Ich habe ihnen bestimmt nichts getan. Allerdings hätte ich nicht erwartet, daß du besorgt um sie bist.«
»Das bin ich auch nicht«, sagte sie, doch dann wurde ihr bewußt, wie schrecklich das klang. »O Gott, ich will nur

nicht, daß du sie umbringst. So etwas würde auch einen schrecklichen Skandal verursachen.«

»Ich werde sie nicht umbringen, das verspreche ich. Hoffen wir, daß ihnen mein Ruf als Schütze bekannt ist und sie keinen Ärger machen werden.«

Sie wurden von dem jungen Gärtner unterbrochen, der aus dem hinteren Teil des Gartens herbeieilte. »Wer hat hier geschossen?« Er blieb stehen. »O Mylord. Entschuldigen Sie, Mylord.«

»Tut mir leid, Cather. Ich habe Lady Middlethorpe nur etwas demonstriert. Dort hinten ist eine umgeknickte Narzisse. Ich glaube, meine Frau hätte sie gerne.«

Der junge Mann verdrehte die Augen und holte die Blume.

Serena sagte erleichtert: »Ich bin froh, daß es nicht zu einer gewaltsamen Auseinandersetzung kommen wird. Ich verabscheue Gewalt.«

»Da sind wir uns einig.«

Sie blickte ihm in die Augen. »Aber du wirst meinen Brüdern das Geld nicht geben, nicht wahr?«

»Soll ich das etwa nicht?« fragte er neugierig.

»Nein.«

»Bist du sicher?«

Er schaute kurz auf seine Pistole, dann blickte er Serena an. »Und wenn ich dir das Geld geben würde, damit du es ihnen übergibst?«

Sie starrte ihn an. »Das würde nichts ändern.«

»Wirklich nicht?«

Serena glaubte, daß sie diese eigenartige Unterhaltung bald wahnsinnig machen würde, doch dann kam der Gärtner mit der Blume zurück. Er überreichte sie Serena. Ganz offensichtlich war es ihm äußerst unangenehm, ihr eine so zerfetzte Blume zu geben.

»Danke«, sagte Serena und wandte sich wieder Francis zu.

»Ich glaube, ich sollte sie besser ins Wasser stellen, außerdem wird mir langsam kalt hier draußen ohne Mantel.«
Francis lächelte. »Es tut mir leid. Daran habe ich nicht gedacht. Geh ins Haus und wärme dich auf.«
Serena hatte den Eindruck, als ob sie in verschiedenen Sprachen miteinander redeten, doch sie konnte nichts daran ändern.
Francis beobachtete, wie seine Frau ins Haus zurückging, und fragte sich, was zum Teufel eigentlich vor sich ging.
Dann bemerkte er, daß der Gärtner immer noch da war und etwas unruhig zu sein schien.
»Ja, Cather?«
»Ähm ... entschuldigen Sie, Mylord, aber denken Sie, es wäre möglich, daß Mylady in Zukunft das Tor schließt, wenn sie es benützt? Sonst könnten Hunde hereinkommen, wissen Sie.«
»Natürlich. Ich wußte nicht, daß sie überhaupt auf die Wiesen hinausgeht.«
»Heute morgen ging sie hinaus, als sie ihren Welpen suchte, Mylord.«
»Oh, natürlich.« Francis widmete dem Gespräch mit dem Gärtner keine große Aufmerksamkeit. Er dachte immer noch über seine Unterhaltung mit Serena nach. Er konnte sich einfach nicht vorstellen, daß seine Frau eine so gute Schauspielerin war, daß sie ein derartiges Desinteresse an dem Geld vorspielen konnte. Ohne Zweifel stimmte es, was sie sagte, und ihre Brüder versuchten tatsächlich, Geld von ihr zu erpressen.
Er betete, daß es so war.
Dann sagte der Gärtner plötzlich: »Und vielleicht könnte man auch die anderen Leuten darum bitten, Mylord. In der vergangenen Woche scheint es einiges Kommen und Gehen gegeben zu haben.«

Serenas Brüder. »Es wäre vielleicht besser, ein schweres Schloß anzubringen, Cather. Den paar Dienstboten, die es benutzen, können wir einen Schlüssel geben.«
»In Ordnung, ich kümmere mich darum, Mylord.«
»Ja, tu das.« Francis wandte sich ab, aber dann fielen ihm Cathers Worte wieder ein, und er drehte sich wieder um. »Wer kam denn in letzter Zeit durch dieses Tor?«
»Also, Mylord, soweit ich es gesehen habe, war es Ihre Ladyschaft heute morgen. Dann war da noch dieser andere Mann, der herkommt, um mit Lady Middlethorpe zu sprechen.«
»Der andere Mann?« Francis spürte kalten Schweiß im Nakken.
»Jawohl, Mylord. Ein stämmiger Kerl. Er war schon dreioder viermal hier.«
Francis wollte weiterfragen, aber er wagte es nicht. »Danke.«
Francis ging ins Haus zurück und fühlte sich, als hätte er einen Schlag ins Gesicht bekommen. Er war sicher, daß Cather, aus welchen Gründen auch immer, ihm diese Information absichtlich hatte zukommen lassen. Vielleicht mochte er das ständige Kommen und Gehen in seinem Garten nicht, oder aber es gefiel ihm nicht, wenn seinem Herrn Hörner aufgesetzt wurden.
Aber wenn es stimmte, was Cather sagte, und es war sehr unwahrscheinlich, daß er log, dann hatte Serena tatsächlich Charles Ferncliff hier im Garten getroffen – und zwar mehrmals. Es war schwer, dafür eine harmlose Erklärung zu finden.

Neunzehntes Kapitel

Sosehr er sich auch bemühte, Francis konnte keine Erklärung für das Verhalten seiner Frau finden.
Er war versucht, sie einfach zur Rede zu stellen, doch er hatte Angst, er würde zu weit gehen. Er hätte sie erwürgen können, dieses verlogene Biest.
Er wünschte, er könnte die ganze Geschichte Nicholas erzählen. Aber da er bisher nichts von seinem Verdacht erwähnt hatte, wollte er jetzt auch nicht mehr damit anfangen.
Nichts von alledem änderte jedoch etwas an der Tatsache, daß er und Serena verheiratet waren.
Francis ging in sein Arbeitszimmer und ließ sich auf einen Stuhl fallen. Er könnte sie bewachen lassen, um sicherzustellen, daß sie sich in Zukunft benahm. Er würde alles ertragen, wenn er nur sicher sein könnte, daß siesein Kind unter dem Herzen trug.
Es gab Momente, da war er sich dessen ganz sicher gewesen. Wenn er mit Serena zusammen war, könnte er schwören, daß sie unfähig war, ihn derart zu hintergehen. War dies die Wahrheit, oder besaß sie tatsächlich die Macht einer Sirene und konnte einem Mann die Sinne vernebeln?
Er erinnerte sich an ihre Beschreibung dessen, was ein Allbright mit den Bildern tun würde – eine Vorgehensweise, die ihm niemals in den Sinn gekommen wäre.
Sie war eine Allbright.

Das Leben konnte so nicht weitergehen. Er mußte die Wahrheit herausfinden und Serena damit konfrontieren. Vielleicht gab es dann doch noch eine Möglichkeit für ein gemeinsames Leben.
Zuerst mußte er jedoch Ferncliff finden und seinem hinterhältigen Treiben ein Ende setzen. Wenn er gleichzeitig etwas über den wahren Vater von Serenas Kind erfahren würde, um so besser.
Als nächstes würde er gegen die Allbrights vorgehen. Er würde ihnen eine kurze Nachricht zukommen lassen, daß sie heute gar nicht erst in den Garten zu kommen bräuchten und daß er sich morgen mit ihnen in Verbindung setzen würde.
Wenn sie tatsächlich hinter den zehntausend Pfund her waren, würden sie bald merken, daß nichts zu holen war. Und wenn sie mit ihren Erpressungen nicht aufhörten, würde er sie erledigen. Sie bewegten sich bereits am Rande der Gesellschaft. Wenn Francis und die anderen Rogues erst gegen sie vorgingen, würden sie sich in achtbaren Kreisen nicht mehr blicken lassen können.
Und wenn Tom Allbright kein Einsehen hatte, würde Francis ihn zum Duell herausfordern und ihn zum Krüppel machen. Das würde ihm sogar enormes Vergnügen bereiten.
Was aber, wenn die Allbrights die Erpressung abstritten? Dann würde er sich wieder mit dem Gedanken auseinandersetzen müssen, daß Serena womöglich versuchte, das Geld für ihren Liebhaber zu bekommen. Für den Mann, der ihr Liebhaber sein könnte ...
Oder Ferncliff erpreßte wiederum auch Serena, dachte er in einem Anflug von Hoffnung. Das wäre schließlich auch eine Möglichkeit.
Aber was könnte sie zu verbergen haben, das zehntausend Pfund wert war?

Francis verbarg den Kopf in den Händen und stöhnte. Er würde noch den Verstand verlieren.
Dann klopfte seine Mutter an die Tür. »Stimmt etwas nicht, mein Sohn?«
Francis sprang auf. »Nein, es ist nichts. Wolltest du etwas Bestimmtes?«
»Ich wollte dir nur sagen, daß ich auf jeden Fall morgen vormittag nach Thorpe zurückfahren werde. Soll ich dort irgend etwas für dich erledigen?«
»Nein, ich glaube nicht. Serena und ich werden sicher in ein paar Wochen nachkommen und bleiben, bis das Kind auf der Welt ist.«
»Natürlich. Es könnte der Erbe sein, und der Erbe sollte in Thorpe Priory geboren werden.«
»Auf jeden Fall.«
Lady Middlethorpe runzelte die Stirn. »Francis, es ist mir nicht entgangen, daß es zwischen dir und Serena Probleme gibt. Ich möchte dich darauf hinweisen, daß Ehrlichkeit immer noch am längsten währt und Lügen den Kummer nur noch schlimmer machen.«
Francis hätte laut loslachen können. »Das sagst du immer, Mutter.«
Sie seufzte. »Außerdem möchte ich dir sagen, daß ich weiß, wie schwer es ist, immer den ehrlichen Weg zu wählen.«
Francis war erstaunt, daß seine Mutter bereit war, ihre Prinzipien zumindest ein wenig zu beugen. »Nein, es ist keineswegs leicht, und ich bin mir nicht einmal sicher, ob es immer klug ist. Gibt es nicht bestimmte Wahrheiten, die einfach zu schmerzhaft sind, um ihnen ins Auge zu sehen?«
»Glaubst du wirklich?«
»Ich bin mir sicher.«
»Aber was wird aus diesen Lügen? Sie machen alles nur

noch schlimmer und können verheerende Folgen nach sich ziehen.«
»Ich weiß nicht«, seufzte Francis. »Ich weiß es einfach nicht.«
Seine Mutter kam zu ihm und legte ihre Hand auf seinen Arm. »Francis, ich mag deine Frau. Sie ist zwar nicht die, die ich mir für dich gewünscht hatte, aber sie hat ein gutes Herz und ist recht couragiert. Laß es nicht zu, daß Unvernunft und Stolz zwischen euch stehen.« Sie küßte ihn auf die Wange und ging.
Unvernunft und Stolz. Das spielte bei einem derartigen Vertrauensbruch wohl kaum eine Rolle, aber er war froh, daß seine Mutter etwas aufgetaut war.
Und sie hatte recht. Wenn er noch irgend etwas von seiner Ehe retten wollte, mußte er die Karten offen auf den Tisch legen.
Er hinterließ eine Nachricht, daß er um sieben zum Abendessen zurück sein würde, und verließ dann das Haus, um sich wieder seiner Jagd auf Ferncliff zu widmen.
Als er sich Belcraven House näherte, begegnete er Lucien, der auf dem Weg zu Nicholas war, und begleitete ihn. Hal und Steve sowie Blanche waren ebenfalls da. »Warum hast du deine Frau nicht mitgebracht?« fragte Blanche. »Ich hätte sie gerne kennengelernt.«
»Dann mußt du uns eben einmal einen Besuch abstatten.«
»Francis, ich bitte dich. Wenn du die Vergangenheit des armen Mädchens vertuschen willst, ist jemand mit so einem schlechten Ruf wie ich das letzte, was du gebrauchen kannst.«
»Du hättest nicht so einen schlechten Ruf«, sagte Hal, »wenn du mich heiraten würdest.«
»Unsinn«, entgegnete Blanche.
»*Und* du könntest bei unseren ehrenwerten Freunden verkehren.«

»Das bezweifle ich. Francis' Mutter würde mich zum Beispiel bestimmt nicht willkommen heißen.«
»Sie taut langsam etwas auf«, sagte Francis. »Ich glaube auch, daß du Hal heiraten solltest.«
»Das glauben wir alle«, sagte Nicholas, »aber die arme Blanche hat nicht den Mut, sich fest an jemanden zu binden.«
Blanche warf ihm einen ärgerlichen Blick zu, aber Francis war amüsiert.
Nicholas wandte nun seine ganze Aufmerksamkeit Francis zu. »Warum hast du mir nicht erzählt, daß Serenas Brüder Geld von dir erpressen wollen?«
»Von ihr«, korrigierte Francis ihn. »Woher weißt du das?«
»Sie hat es Eleanor erzählt.«
Francis warf Eleanor einen kurzen Blick zu. »Ich frage mich, warum sie das getan hat.«
Es war Eleanor, die darauf antwortete. »Ich glaube, um zu erklären, warum sie nicht außer sich vor Glück ist. Ich fürchte, ich habe ihr vorgeworfen, undankbar zu sein.«
»Und sie konnte sich keinen einzigen Grund vorstellen, dankbar zu sein?«
»Nein«, sagte Eleanor leise. »Sie weiß schon, daß es eigentlich viele Gründe gibt, aber sie macht sich eben große Sorgen wegen der ganzen Probleme. Es wäre schön, wenn sie beseitigt würden.«
»Genau das hatte ich vor«, sagte Francis aufbrausend. »Ich bin fest entschlossen, Ferncliff zu finden und den Allbrights die Hölle heiß zu machen.« Er beschloß jedoch, seinen Verdacht gegen Serena nicht zu erwähnen.
»Großartig«, sagte Nicholas. »Ferncliff wohnt übrigens nicht mehr bei Simmons.«
Francis setzte sich. »Wie hast du das denn herausgefunden?«

»Ich habe Steve hinübergeschickt. Er hat einen guten Draht zu Simmons und konnte in Erfahrung bringen, daß Ferncliff an dem Tag, als du sein Quartier durchsucht hast, ausgezogen ist und dadurch natürlich gewarnt war. Übrigens haben sowohl Simmons als auch Ferncliff den Eindruck, daß du Ferncliff ernsthaft schaden willst.«

»Vielleicht will ich das. Kann er denn etwas anderes erwarten, wenn er ständig meine Frau und meine Mutter belästigt?«

Jetzt mischte sich Stephen Ball ein. »Simmons glaubt jedenfalls, daß Ferncliff unschuldig ist. Ferncliff war mit ihm in Baliol. Simmons wußte zwar nicht genau, um was es ging, aber auf jeden Fall war es eine persönliche Angelegenheit zwischen dir und Ferncliff, und die ganze Schuld lag bei dir. Jetzt fühlt er sich in seiner Meinung bestätigt, daß die Rogues Halunken sind.«

»Eine persönliche Angelegenheit? Ich habe den Mann noch nie gesehen!«

Nicholas meinte: »Wenn Ferncliff tatsächlich ein Erpresser wäre, würde er wohl kaum seinem alten Freund davon erzählen. Wie auch immer, jetzt suchen wir jedenfalls wieder die berühmte Stecknadel im Londoner Heuhaufen.«

Dies wäre der Moment gewesen, seinen Freunden mitzuteilen, daß Ferncliff sich in seinem eigenen Garten herumzutreiben schien, doch er tat es nicht. Die Rogues hatten Serena bereits ins Herz geschlossen; er würde ihre Falschheit erst enthüllen, wenn es nicht mehr anders ging.

»Also«, sagte Nicholas zu Francis, »was hast du mit den Allbrights vor?«

»In meinen Träumen schmoren sie in der tiefsten Hölle. Aber ich fürchte, ich kann meinen Gefühlen nicht freien Lauf lassen, schließlich handelt es sich um die Brüder meiner Frau. Wahrscheinlich reicht mein gesellschaftlicher Einfluß,

um sie einzuschüchtern. Ich habe vor, ihnen gehörige Angst einzujagen, und zwar so bald wie möglich.«
»Warum nimmst du die Sache nicht gemeinsam mit Lucien in die Hand? Ihr habt den meisten Einfluß. Sie wohnen übrigens im Scepter Inn. Da sie unter ihrem richtigen Namen abgestiegen sind, war das leicht herauszubekommen.«

Francis' Mutter bereitete sich für das Diner mit ihrer Schwester und der Comtesse von Cawle vor. Sie wußte, daß es an der Zeit war, das Lügengebäude, das sie aufgebaut hatte, einstürzen zu lassen, und sie hoffte inständig, daß die beiden ihr helfen würden. Zwar graute es ihr bei dem Gedanken, daß sie ihrer Schwester und ihrer Freundin gleich offenbaren mußte, wie dumm sie gewesen war, aber ihre Feigheit mußte ein Ende haben.
Cordelia hoffte, einen guten Rat und vielleicht etwas Unterstützung von den beiden Frauen zu erhalten, aber am meisten hoffte sie, daß ihre Beichte eine Art Generalprobe für ihren fürchterlichen Auftritt sein würde, wenn sie ihre Dummheit – oder besser gesagt ihre Hinterhältigkeit – ihrem Sohn und ihrem Liebhaber würde gestehen müssen.
Sie hatte keinen großen Appetit, als sie sich zum Diner begab.

Serena war allein in ihrem Schlafzimmer in der Hertford Street und stellte die Narzisse in eine Vase. Es hatte ihr nicht gefallen, wie Francis die Blume zerstört hatte, und doch hatte der Anblick seiner zielsicheren Hand und seiner kühlen Augen sie irgendwie erregt. Diese Erregung war noch immer spürbar: Ihre Haut prickelte, ihr Herz pochte, und sie lauschte auf jegliches Geräusch, das Francis' Rückkehr ankündigte. Sie wünschte, sie wüßte, was Francis wirklich für sie empfand. Als sie in diese Heirat einwilligte, hatte sie nichts weiter als Respekt und Höflichkeit erhofft. Jetzt sehnte sie sich nach mehr.

Das Problem bei einem wohlerzogenen Mann aus gutem Hause war jedoch, daß man nur schwer erkennen konnte, was reine Höflichkeit und was wirkliche Gefühle waren. Er war immer höflich, aber wenn er sich hinter seine eisige Maske zurückzog, fragte sich Serena, ob er sie überhaupt mochte, geschweige denn liebte.

Wenn ihr Leben nur nicht so turbulent geworden wäre. Es war notwendig, um einen Skandal zu vermeiden, aber es bedeutete auch, daß die Zeit, die sie mit Francis alleine verbringen konnte, sehr beschränkt war. Sie dachte dabei nicht nur an die Nächte, sondern auch an jene Zeit, in der man einfach miteinander plauderte. Kein Wunder, daß Flitterwochen so beliebt waren. Zeit zu haben, um miteinander vertraut zu werden, war eine wundervolle Vorstellung.

Aber heute abend konnten sie endlich alleine dinieren. Vielleicht würde dieser Abend eine Gelegenheit bieten, sich etwas näherzukommen.

Sie überlegte gerade, was sie zum Diner anziehen könnte – ob ein förmlicheres oder eher ein legeres Kleid angebracht wäre, um die von ihr beabsichtigte Stimmung zu erzeugen –, als ein Paket für sie abgegeben wurde.

Serena erkannte die ungeschickte Handschrift ihres Bruders sofort und war versucht, das kleine Päckchen ungeöffnet ins Feuer zu werfen. Sie tat es jedoch nicht. Es fühlte sich wie eine Schachtel an. Was sollte sie nur tun?

Sie brach das Siegel. Das Päckchen enthielt eine silberne Schnupftabaksdose und einen Brief. Die Dose hatte ihrem ersten Mann gehört, aber Serena konnte sich nicht vorstellen, warum Tom sie ihr geschickt hatte. Sie war bestimmt ein paar Guineen wert.

Da sie eine unerfreuliche Überraschung vermutete, öffnete

sie vorsichtig den Deckel. Die Dose war leer. Serena fragte sich, was sie davon halten sollte, dann entdeckte sie etwas auf der Innenseite des Deckels, das sie zu Tode erschrecken ließ.

Dort befand sich eine Miniatur eines der skandalöseren Bilder. Ihr wurde übel bei dem Gedanken, daß Matthew diese abstoßende Zeichnung angestiert hatte, während er ihr im Salon lächelnd gegenübergesessen und eine Prise Schnupftabak genommen hatte.

Wenn es irgendeine Gerechtigkeit gab, dann schmorte er jetzt in der tiefsten Hölle.

Sie erinnerte sich an die ursprüngliche Pose für das Bild. Beehan hatte sie veranlaßt, auf dem Bauch auf einer Chaiselongue zu liegen und das Kinn auf den Händen abzustützen. Sie hatte das Bild in fertigem Zustand gesehen und es ganz bezaubernd gefunden. Es zeigte ein junges Mädchen, das in einen Tagtraum versunken war.

Auf dem endgültigen Ergebnis war sie jedoch bis auf einige ihrer Schmuckstücke völlig nackt. Die Chaiselongue war kürzer, so daß sich ihre Knie auf dem Boden befanden und ein Mann sie von hinten mißbrauchte. Er hielt eine Peitsche in der Hand, und die Striemen auf ihrem Rücken deuteten an, daß er auch von ihr Gebrauch gemacht hatte. Sie – nein, die Frau auf dem Bild – lächelte den Betrachter mit größter Zufriedenheit an.

Serena kratzte das Papier mit den Fingernägeln aus der Dose und schleuderte es ins Feuer. Es ging sofort in Flammen auf, aber das Entsetzen blieb. Was würde passieren, wenn die Welt so ein Bild von ihr sah? Sie überflog hastig den Brief.

Serry, hast Du vergessen, was auf dem Spiel steht? Hier ist etwas, um Dein Gedächtnis aufzufrischen. Du kannst es zerstören, wenn Du willst, es gibt noch viel mehr davon. Obwohl es schade darum wäre. Deinem Mann würde so ein kleines Geschenk sicher gefallen. Ich mußte mir zwei Huren vornehmen, nachdem ich mir all diese hübschen Bilder angesehen hatte.

Warum bist Du nicht einfach vernünftig? Wir fangen mit dem Schmuck an. Bringe ihn mir ins Scepter Inn am Crown Square, und ich gebe Dir die Hälfte der Bilder auf der Stelle. Wenn Du nicht bis halb sieben heute abend gezahlt hast, übergebe ich die ersten Bilder einem Drucker, den ich kenne. Er kann es kaum erwarten, sie zu vervielfältigen.

Serena warf auch den Brief ins Feuer, aber das drohende Unheil war damit nicht aus der Welt geschafft. O Gott, es war bereits fast fünf Uhr!

Sie brauchte Francis. Wo war er nur?

Warum zum Teufel hatte er mit keiner Silbe erwähnt, wo er hingehen wollte?

Und warum zum Teufel hatte er sich völlig darüber ausgeschwiegen, wie er mit ihren Brüdern fertig werden wollte? Er hatte sie einfach ignoriert, und das hatte sie nun davon!

Sie klingelte nach einem Dienstboten und schrieb Francis eine Nachricht, in der sie ihn bat, umgehend nach Hause zu kommen. Sie ließ die Nachricht nach Belcraven House schikken, wo sie ihn am ehesten vermutete.

Ruhelos ging Serena im Zimmer auf und ab und betete, daß er dort sein möge.

Nach einer Viertelstunde kam der Dienstbote zurück und meldete, daß er den Vicomte nicht gefunden hätte. Er bot an, die Clubs nach ihm zu durchsuchen, aber Serena entließ ihn. Das würde zu lange dauern, und ihr blieb nur noch eine gute Stunde.

Während der Dienstbote unterwegs war, wurde Serena bewußt, warum ihr der Name Scepter Inn so bekannt vorgekommen war. Mr. Ferncliff wohnte dort unter dem Decknamen Lowden.

Plötzlich kam ihr eine Idee, und sie wußte, es galt zu handeln.

Sie würde versuchen, die Bilder zu stehlen, aber sie würde vorsichtshalber den Schmuck mitnehmen, falls etwas schiefgehen sollte.

Sie rannte auf ihr Zimmer, riß den Beutel aus der Schublade und warf sich ihren Mantel über. Wie um Gottes willen sollte sie aber zum Scepter Inn gelangen? Draußen war es bereits dunkel.

Sie ging hinunter und befahl Dibbert, eine Pferdedroschke bereitmachen zu lassen. »Aber gewiß doch, Mylady. Ich nehme an, Sie werden einen Dienstboten zu ihrer Begleitung benötigen, Mylady?« Obwohl es als Frage formuliert war, klang es eher wie ein Befehl.

»Ja, bitte«, sagte Serena. Ein Begleiter schien eine gute Idee zu sein. Francis hatte zwei Kammerdiener, und sie war froh, als der größere und stärkere von den beiden mit dieser Aufgabe betraut wurde. Sie wünschte, sie könnte ihm befehlen, eine Waffe mitzunehmen, wenn er eine hätte, aber das würde wahrscheinlich zuviel Aufsehen erregen.

Die Dunkelheit war schon fortgeschritten, und Serena war froh, daß dieser Teil der Stadt mit Gaslaternen beleuchtet wurde. In so gut beleuchteten Straßen konnte sicherlich nichts allzu Schreckliches passieren. Serena war erleichtert, als sich herausstellte, daß das Scepter Inn nicht weit entfernt war und in einer angesehenen Gegend lag. Ihre Anspannung legte sich etwas. Sie betrat das gut besuchte Lokal in Begleitung des Kammerdieners und fragte nach Mr. Lowden.

Ein Zimmermädchen antwortete, daß der Herr Zimmer

Nummer acht im ersten Stock bewohne. Serena wies den Dienstboten an, unten auf sie zu warten, und ging zur Treppe. Als sie eine vertraute Stimme vernahm, blieb sie jedoch stehen.
Will.
War er etwa in der Schankstube?
Serena schlich zurück und blickte kurz in den Raum mit der niedrigen Decke. Die alkoholgeschwängerte Luft war von Rauchschwaden durchzogen, aber sie konnte Will an der Bar sitzen sehen. Er hatte einen Krug Bier vor sich und war ins Gespräch vertieft. War Tom auch hier? Das würde sehr gut in ihren Plan passen ... aber sie konnte ihn nirgendwo entdecken.
Wahrscheinlich befand er sich in seinem Zimmer und wartete auf sie.
Da es hier scheinbar nicht üblich war, Gäste mit aufs Zimmer zu nehmen, hielt sie ein Zimmermädchen an und fragte nach den Zimmern von Sir Thomas Allbright und seinem Bruder.
»Nummer elf und zwölf, Madam.«
Serena ging die Treppe hinauf und überlegte, ob die Tatsache, daß sich Will in der Schankstube aufhielt, ihrem Vorhaben dienlich war oder es eher behinderte. Obwohl Will im Vergleich zu Tom harmlos war, wollte sie es nicht auch noch mit ihm zu tun haben.
Sie klopfte an die Tür von Zimmer Nummer acht.
Mr. Ferncliff öffnete vorsichtig die Tür. Als er Serena erblickte, riß er entsetzt die Augen auf. Serena schlüpfte schnell ins Zimmer, um nicht gesehen zu werden.
»Lady Middlethorpe, was um Himmels willen machen Sie denn hier?«
Serena sah sich erschrocken um. Normalerweise mietete man in einer Pension ein Schlafzimmer und einen Salon, der

auch als Speisezimmer diente. Ferncliff hatte jedoch, vielleicht aus Sparsamkeit, nur ein Zimmer.

Sie stand mitten in seinem Schlafzimmer.

Sie versuchte, diese Tatsache zu ignorieren. »Ich bin gekommen, um Sie um Hilfe zu bitten, Mr. Ferncliff. Wenn Sie mir behilflich sind, werde ich alles in meiner Macht Stehende tun, um die Schwierigkeiten, die Sie durch Ihre Beziehung zu Francis' Mutter haben, zu beseitigen.«

»Das hört sich sehr verlockend an«, erwiderte er. Seine Stimme klang jedoch äußerst skeptisch. »Was soll ich dafür tun?«

Serenas Anspannung stieg: Sie hatte Angst und war von ihrer eigenen Courage überwältigt. »Meine Brüder sind in dieser Pension abgestiegen. Sie besitzen Bilder von mir, die zerstört werden müssen. Ich muß sie irgendwie an mich bringen, und zwar vor halb sieben.«

Mr. Ferncliff sah sie verständlicherweise verwirrt an. Er zog seine Taschenuhr heraus. »Es ist bereits nach halb sechs, Lady Middlethorpe. Außerdem sollte sich besser Ihr Mann um diese Sache kümmern.«

Serena hatte nicht erwartet, daß er sich so anstellen würde. »Das kann schon sein, Mr. Ferncliff, aber er ist nicht zu Hause, und ich konnte ihn nicht finden. Werden Sie mir helfen?«

Ferncliff wehrte ab. »Lady Middlethorpe, ich bin bereit zu helfen, aber ich bin kein Abenteurer. Wie sollen wir diesen gewagten Diebstahl überhaupt bewerkstelligen?«

Offensichtlich hatte sie sich in ihm getäuscht. Sie mußte sich selbst einen Plan ausdenken.

»Meine Brüder haben Zimmer elf und zwölf. Wissen Sie vielleicht, ob es sich dabei um zwei Schlafzimmer handelt oder um ein Schlafzimmer und einen Salon?«

»Letzteres, da bin ich mir fast sicher. Warum sollten sie zwei

Schlafzimmer brauchen? Das wäre ziemlich ungewöhnlich.«

Wenigstens wußte er überhaupt etwas. »Sehr gut. Mein Bruder Will ist gerade unten in der Schankstube. Tom wartet wahrscheinlich im Salon auf mich. Wir müssen ihn also irgendwie herauslocken, so daß ich mich schnell ins Zimmer schleichen kann, um die Bilder zu holen.«

»Um Gottes willen. Wir werden beide im Gefängnis landen!«

»Beten wir, daß es nicht so weit kommt«, antwortete Serena bissig. »Ich möchte eigentlich einen Skandal vermeiden und keinen verursachen.«

Ferncliff schüttelte den Kopf. »Haben Sie eine Idee, wie man Ihren Bruder aus seinem Zimmer locken könnte?«

»Nein«, mußte Serena zugeben.

»Und was wird Ihrer Meinung nach passieren, wenn wir bis halb sieben nichts erreicht haben?«

»Dann werde ich noch einen Tag Gnadenfrist erkaufen müssen. Ich habe das Geld dabei, aber ich möchte den beiden eigentlich keinen Penny davon überlassen. Vielleicht schreien wir einfach ›Feuer‹ ...«

»Nein«, sagte Ferncliff energisch. »Es könnte eine Panik ausbrechen und jemand verletzt werden.«

Serena ging aufgeregt im Zimmer auf und ab. »Ich muß es aber *irgendwie* versuchen!«

»Wie könnten wir Ihren Bruder veranlassen, den Treffpunkt zu verlassen?«

Serena überlegte. »Tom hängt sehr an Will und hat ständig ein Auge auf ihn. Wenn also Will irgendwie in Schwierigkeiten geraten würde ...«

»Eine Schlägerei? Junge Lady, ich werde mich keinesfalls prügeln, auch nicht für Sie.«

Serena sah ihn prüfend an. »Nicht einmal für Cordelia?«

Er stöhnte. »Nein, nicht einmal für sie. Ich bin kein gewalttätiger Mensch, Lady Middlethorpe, sonst hätte ich mich Ihrem Mann schon vor Wochen gestellt und ihm einen Denkzettel verpaßt!«
»Das hätten Sie sicher nicht getan, weil er es nicht zugelassen hätte«, erwiderte Serena.
Er öffnete entrüstet den Mund, sagte dann aber: »Lassen wir diese kindischen Streitereien.«
Serena betrachtete ihren widerwilligen Komplizen. »Ich glaube nicht, daß Sie Cordelia *verdienen*. Sie sind ein Feigling.«
»Ein Mann, der Gewalt vermeiden will, ist kein Feigling.«
Serena seufzte und überlegte, wie sie ihr Ziel ohne Blutvergießen erreichen könnte. »Eigentlich muß es gar nicht zu einer Schlägerei kommen. Wenn Tom nur davon hören würde, daß Will betrunken ist und in eine gefährliche Schlägerei verwickelt wurde, müßte er doch auf jeden Fall etwas unternehmen, oder nicht?«
»Ich nehme an, ich muß die Nachricht überbringen. Unter welchem Vorwand?«
»Sie sagen einfach, Sie wüßten es von jemandem, der es gut meint.«
»Den kenne ich nicht.«
»Seien Sie doch nicht so kompliziert! Tom kann das doch unmöglich wissen. Die Frage ist, was wird er mit den Bildern machen, wenn er hinuntergeht.«
»Wahrscheinlich wird er sie mitnehmen, und ihr Plan wäre völlig sinnlos.«
»Nein, das kann er gar nicht. Die Mappe mit den Bildern ist ungefähr zwei mal zwei Fuß groß. Er muß sie entweder dort lassen oder sie verstecken. Das Problem ist, daß ich nur ein paar Sekunden Zeit haben werde ...«
»Ich bezweifle stark, daß dieser Plan funktioniert«, erklärte Ferncliff.

»Doch, das wird er«, sagte Serena wütend. »Ich werde dafür sorgen, daß er funktioniert. Ich könnte mich doch schon im Schlafzimmer verstecken, während Sie Tom die Nachricht überbringen. Dann könnte ich durch den Türschlitz beobachten, wo er die Bilder versteckt.«
»Mein Gott! Und wenn die Tür zu ist?«
»Dann werde ich sie eben öffnen!«
»Und wenn sie knarrt?«
»Und wenn das Haus einstürzt? Mr. Ferncliff, ich bin verzweifelt! Dies ist der Preis, den ich dafür verlange, daß ich Ihre Verbindung mit Cordelia unterstütze. Seien Sie doch nicht so umständlich.«
Ferncliff sah sie zweifelnd an. »Und was werden Sie tun, wenn er die Mappe im Schlafzimmer verstecken will?«
»Dann verstecke ich mich hinter dem Vorhang!« sagte Serena gereizt. »Ich weiß nicht, was ich tun werde, aber das ist unsere einzige Chance.« Es wurde ihr klar, daß diese Diskussion zwecklos war. »Sir«, sagte sie so mitleiderregend wie möglich, »wenn dieser Plan scheitert, könnten die Folgen verheerend sein, das versichere ich Ihnen.«
Er seufzte. »Also gut, Lady Middlethorpe. Aber ich habe das ungute Gefühl, daß ich das alles bereuen werde. Wie gehen wir also vor?«
Sie öffnete die Tür und spähte hinaus. Der schmale Korridor, von dem zu beiden Seiten mehrere Türen abgingen, war leer. Dennoch war es sehr laut – ein Wirrwarr von Stimmen, die aus den Zimmern drangen, lautes Gerede und Gelächter aus der Schankstube und Geräusche aus der Küche.
Die Zimmer Nummer elf und zwölf lagen am Ende der Korridors. Doch welches war das Schlafzimmer?
Serena schloß vorsichtig die Tür. »Halten Sie es für möglich, daß die geraden Zimmernummern Schlafzimmer sind?«
»Möglicherweise. Es gibt Gäste, die nur einen Salon brau-

chen, weil sie nicht übernachten, und solche, die nur ein Schlafzimmer brauchen.«

»Ausgezeichnet«, sagte Serena. »Sie werden bei Nummer elf anklopfen. Sie sind groß genug, um mich zu verdecken. Sobald Tom die Tür öffnet, schleiche ich ins Schlafzimmer.«

»Und wenn er die Tür öffnet, vor der Sie stehen?«

Serena zuckte mit den Achseln. »Er erwartet mich doch sowieso. Dann gebe ich ihm das Geld, und die Katastrophe ist zumindest hinausgeschoben. Sie können dann einfach wieder in Ihr Zimmer zurückgehen und das Ganze vergessen.«

Er lächelte schuldbewußt. »Ich fühle mich wirklich wie ein Feigling. Also gut, hoffen wir, der Plan funktioniert.«

Serena erwiderte sein Lächeln. »Ich danke Ihnen.«

Er schüttelte den Kopf. »Sie sind eine gefährliche junge Frau.«

»Gefährlich?«

»Ich meine natürlich intelligent, tapfer, entschlossen, und viel zu hübsch. Ihr Mann war bemerkenswert mutig, sich für Sie zu entscheiden.«

Serena seufzte. »Vielleicht war es einfach nur Schicksal. Sind Sie bereit?«

»Nur eins noch. Ich will mich nicht einmischen, aber wenn Sie diese Bilder haben, was machen Sie dann mit ihnen? Ich fürchte, es wird nicht lange dauern, bis Ihr Bruder merkt, daß er reingelegt wurde, und dann wird er mich verfolgen.«

Serena wollte endlich zur Tat schreiten und nicht mehr länger zögern. Sie hörte, wie die Uhr Viertel vor sechs schlug. »Ich werde sie verbrennen«, erklärte sie, »und dann kann Tom machen, was er will.«

»Aber nicht hier«, sagte Ferncliff und deutete auf den kleinen Kamin. »Sie würden sicher das ganze Haus in Brand stecken. Am besten, Sie verlassen sofort mit der Beute die Pension, aber nicht durch die Vordertür.«

»Gibt es noch einen anderen Ausgang?«
»Eine Seitentreppe am anderen Ende des Korridors, die zum Hinterhof führt.«
»Gut. Aber mein Dienstbote wartet in der Eingangshalle ...«
»Wenn die Sache erledigt ist, gehe ich hinunter und sage ihm, daß Sie im Hof auf ihn warten.« Dann grinste er plötzlich. »Das hätte außerdem den Vorteil, daß ich an einem sehr öffentlichen Ort wäre, falls Ihr wutentbrannter Bruder mich verfolgen sollte.«
Serena lächelte und küßte ihn auf die Wange. »Ausgezeichnet. Und ich werde alles in meiner Macht Stehende tun, um Ihr Glück mit Cordelia zu sichern. Fertig?«
»Ja.«
Gerade als sie den Korridor betraten, kam ein Dienstbote mit einem Tablett die Treppe herauf und ging in die andere Richtung des Korridors. »Sollen wir warten?« fragte Ferncliff ruhig.
»Nein.« Serena hielt es nicht mehr länger aus.
Sie gingen zu Zimmer elf. Serena wartete vor Zimmer zwölf. Ferncliff klopfte, und Serena lauschte. Sie hörte, wie sich jemand der Tür von Zimmer elf näherte. Sie nahm ihren ganzen Mut zusammen und öffnete die Tür vor sich. Sie sprang ohne Knarren auf, und Serena schlüpfte hinein.
Das Zimmer was leer.
Sie seufzte. Trotz Ferncliffs Worten fühlte sie sich nicht besonders tapfer, denn was sie zu alledem bewegte, war lediglich der Mut der Verzweiflung. Das Kaminfeuer war die einzige Lichtquelle im Raum, weshalb sie sehr vorsichtig zur Verbindungstür schlich und ihr Ohr an die Tür preßte.
Sie hörte, wie Tom sagte, »Ja, bitte?«
Dann vernahm sie, wie Ferncliff mit recht lauter Stimme fragte: »Sind Sie Sir Thomas Allbright?«
»Ja, warum?«

»Ich fürchte, Ihr Bruder ist in Schwierigkeiten, Sir.« Währenddessen drehte Serena am Türknauf. Das Schloß klickte, aber die Tür quietschte nicht. Ihr Herz schlug wie wild, und einen Moment lang war sie sich sicher, daß ihr Bruder das Geräusch gehört haben mußte. Sie konnte die Männer durch den schmalen Schlitz nicht sehen, aber ihre Stimmen wurden jetzt lauter.

»Schwierigkeiten? Was meinen Sie damit, Sir?«

»Um es ganz direkt zu sagen, er ist betrunken und sehr streitlustig. Er fängt gerade eine Auseinandersetzung mit einem Matrosen an. Ich dachte, es interessiert Sie vielleicht.«

Serena hielt den Atem an und öffnete die Tür noch ein Stück weiter. Sie mußte mehr von dem Zimmer sehen. Als sie die rote Mappe auf einem Stuhl liegen sah, wäre ihr fast ein Laut entwischt.

»Zum Teufel mit dem jungen Narren«, murmelte Tom, sagte dann aber: »Danke, Sir, ich werde mich darum kümmern.«

Serena hörte, wie die Tür ins Schloß fiel. Sie starrte auf die Mappe.

Dann kam Tom in ihr Blickfeld und nahm die Mappe. Er sah sich im Zimmer um und fluchte vor sich hin. Serena stockte der Atem, als sein Blick die Tür streifte, aber er schien nichts zu bemerken. Mit einem Grummeln warf er die Mappe auf die Fensterbank hinter dem Vorhang. Dann verließ er das Zimmer.

Serena schlüpfte blitzartig hinein. Sie griff nach der Mappe, hielt dann aber inne, als sie sich fragte, ob Tom hier noch andere Bilder versteckt hatte. Doch die Zeit war knapp, sie mußte die Bilder so schnell wie möglich vernichten. Sie spähte auf den Korridor hinaus und prüfte die Lage.

Außer Ferncliff war niemand zu sehen.

»Haben Sie sie?« fragte er und blickte sich unsicher um.

»Ja!«

Nun grinste er wie ein kleiner Junge. Serena verbarg die Mappe unter ihrem Mantel und eilte in Richtung der Treppe auf der anderen Seite. Ein Aufschrei ließ sie kurz vor der ersten Stufe abrupt stehenbleiben.
Tom!
Er hatte es zu früh bemerkt.
Sie drehte sich um und flüchtete mit Ferncliff in dessen Zimmer.
Ferncliff stöhnte: »Ich wußte, daß ich das bereuen würde. Er wird jeden Moment hier sein.«
»Haben Sie eine Pistole?«
»Nein, natürlich nicht.«
»Das *sollten* Sie aber.«
Serena preßte ihr Ohr gegen die Tür. Ferncliff stand hinter ihr, und sie lauschten beide, wie Toms Schritte an der Tür vorbeigingen und wie er die Tür zu seinem Zimmer zuschleuderte.
»Jetzt!« rief Serena und riß die Tür auf.
Dann stand sie direkt vor Francis.
Er schien Tom gefolgt zu sein, aber jetzt stand er fassungslos vor Serena.
Einen Augenblick lang stand die Zeit still. Dann zog Francis eine Pistole aus der Hosentasche und richtete sie auf Ferncliffs Kopf.

Zwanzigstes Kapitel

Ferncliff und Serena wichen in das Zimmer zurück. Erst als die Tür zugefallen war, bemerkte Serena, daß sich noch jemand bei ihnen befand.

Es war Lucien.

Die Stille war so vollkommen, daß sie Toms wütendes Schnauben im angrenzenden Zimmer hörte, als er bemerkte, daß die Bilder weg waren. Sie wollte etwas sagen, aber ihre Kehle war wie zugeschnürt.

Es war Ferncliff, der das Wort ergriff. »Lord Middlethorpe, wenn Sie mich erschießen wollen, dann tun Sie es schnell, ich bin dieses Spiel endgültig leid.«

Francis entsicherte die Pistole mit einem hörbaren Klicken, ließ die Sicherung dann aber wieder einrasten. »Sie sind es nicht wert, daß ich wegen Ihnen hänge, Ferncliff.«

Der Knoten in Serenas Kehle löste sich: »Francis, wir …«

»Kein Wort mehr.« Er blickte sie nicht einmal an, und doch hatte der Befehl Wirkung. Sie sah sich hilfesuchend nach Lucien um, aber sein Gesichtsausdruck war fast genauso kalt wie der von Francis. Warum haßten sie Ferncliff so sehr, daß jegliche Verbindung mit ihm eine Provokation darstellte?

»Mylord«, sagte Ferncliff beschwichtigend, »ich habe die ganze Zeit auf eine Gelegenheit gewartet, mit Ihnen zu sprechen. Da Sie Ihren Plan, mich zu erschießen, nun offensichtlich aufgegeben haben, können wir ja vielleicht eine vernünftige Diskussion über mich und Lady Middlethorpe führen.«

»Das bezweifle ich«, erwiderte Francis ruhig.

Jetzt stieg sogar dem sanftmütigen Ferncliff die Zornesröte ins Gesicht. »Sie werden also weiterhin grundlos unserem Glück im Wege stehen?«

»*Grundlos?* Sie haben eine sehr merkwürdige Vorstellung von Grundlosigkeit!«

»Und Sie, Sir, haben von gar nichts eine Vorstellung!«

»Francis«, sagte Serena, »du mußt ihm zuhören!«

Er blickte sie an, und die Wut in seinen Augen ließ sie fast das Bewußtsein verlieren. »Wenn du ihn nicht tot sehen willst, dann schweig!«

Ihre Knie wurden weich, und sie mußte sich auf einen Stuhl setzen. Sie blickte noch einmal zu Lucien hinüber, aber er stand mit verschränkten Armen gegen die Wand gelehnt, als wäre dies alles ein ganz normaler Vorfall.

Blutrünstige Halunken, das waren sie.

Francis wendete sich wieder Ferncliff zu. »Wenn ich der Meinung wäre, ich könnte Ihnen auch nur ein einziges Wort glauben, dann würde ich eine Erklärung von Ihnen fordern. Ich habe nur eine Frage: Was habe ich getan, um das zu verdienen?«

»Sie reden wie ein verwöhntes Kind.«

»Verwöhntes Kind! Soll ich etwa einfach beide Augen zudrücken und ein Kuckucksei im Nest akzeptieren? Und wenn es Ihnen nur um die zehntausend Pfund ging, warum dann der ganze Zirkus mit der Heirat?«

Bevor jemand antworten konnte, wurde die Tür aufgerissen, und Tom stürmte herein, das Gesicht rot vor Zorn. Der Zorn ging in blinde Wut über, als er Serena erblickte, die die Mappe noch immer fest umklammert hielt. »Ich wußte es! Gib sie mir zurück, *sofort!*«

Lucien drückte sich von der Wand weg, zückte eine Pistole und entsicherte sie mit einer geschickten Bewegung. Das gefährliche Klicken ließ Tom gewahr werden, daß noch andere Personen im Raum waren, und er blickte sich mit wachsender Verunsicherung um.

Francis drehte sich um und durchbohrte ihn mit seinem Blick. Tom wurde bleich, was Serena nicht überraschte. Die bedrohliche Wut, die Francis ausstrahlte, hätte jeden in Angst und Schrecken versetzt.

»Sie«, sagte Francis mit eisiger Stimme, »sind Abschaum. Ihre ganze Familie ist Abschaum, aber ich fürchte, ich werde mich noch weiter mit Ihrer Schwester abgeben müssen. Wenn Sie sich in Zukunft auch nur in die Nähe von mir oder meiner Familie wagen sollten, dann werde ich Sie zugrunde richten. Sie werden es nie wieder wagen, sich in anständiger Gesellschaft blicken zu lassen.«

Tom wollte ihm widersprechen, aber es schienen ihm die Worte zu fehlen.

»Gehen Sie mir aus den Augen.«

Lucien packte Tom am Arm und stieß ihn auf den Korridor hinaus.

Hätte Francis nicht so abfällig über sie gesprochen, wäre Serena in Jubel ausgebrochen.

War das sein Hauptproblem? Daß sie die Schwester von Tom und Will war und das Blut der Allbrights in ihren Adern floß?

Und jetzt war sie auch noch in der Gesellschaft eines Mannes überrascht worden, den Francis als seinen Todfeind betrachtete, obwohl sie immer noch nicht begreifen konnte, weshalb. Für ihn war sie sicherlich eine Verräterin.

Francis war so zornig, daß sie keine Möglichkeit sah, ihn zur Vernunft zu bringen, und sie war sich nicht sicher, ob sie das überhaupt noch wollte. Wenn das seine Vorstellung von

vernünftigem und korrektem Verhalten war, dann konnte sie ohnehin nicht mit ihm leben.
Ferncliff runzelte die Stirn. »Was meinen Sie mit zehntausend Pfund, Mylord? Ist das Lady Middlethorpes Anteil?«
Francis schien nun äußerlich ruhig zu sein. »Wenn sie sich dafür entscheidet, mit Ihnen zu gehen, dann geht sie mit dem, was sie auf dem Leib hat.«
»Aber Sir! Das können Sie nicht tun. Das ist nicht nur herzlos, sondern auch illegal!«
Francis zuckte gleichgültig mit den Achseln. »Vielleicht stimmt das. Sie können die dreitausend Pfund und den Schmuck haben.«
Angesichts dieser Summe stutzte Serena. Cordelias Anteil war sicherlich weit höher als dreitausend Pfund. Sie holte den Beutel mit dem Schmuck heraus. »Diesen Schmuck?«
»Du hast ihn also schon bei dir?« fragte Francis mit einer Höflichkeit, die fast noch verletzender war als sein Zorn. »Ich nehme an, wenn es dir nicht gelungen wäre, das ganze Geld zu bekommen, wolltest du wenigstens damit in die Nacht entfliehen. Oder gefällt es dir einfach, mit dem Schmuck zu spielen?«
Serena stand nur da und preßte die Bildermappe und den Beutel mit dem Schmuck an sich. »Ich habe nicht die geringste Ahnung, wovon du sprichst, außer daß du dem armen Mr. Ferncliff großes Unrecht tust. Er ist ein ehrenwerter Mann!«
»Willst du vielleicht auch noch behaupten, du seist eine ehrenwerte Frau?«
Sie hob das Kinn. »Ja!« Auf seinen abfälligen Blick hin antwortete sie: »In Gottes Namen, wessen beschuldigst du mich eigentlich, Francis? Nur weil ich hier ...«
»Ehebruch.«
Dieses Wort ließ sie erstarren. »Was? Mit wem?«

»Ich bitte dich, Serena. Und ich glaubte, du könntest dich nicht verstellen!«
»Wir können uns alle verstellen, wie es scheint. Du hast wochenlang den korrekten Gentleman gespielt, und jetzt zeigt sich, daß Mr. Ferncliff recht hatte. Du und die Rogues, ihr seid alle eigensinnige, verrückte und bösartige Halunken.«
Er zischte sie an. »Wenn ich ein eigensinniger, verrückter und bösartiger Halunke wäre, du wertlose Schlampe, dann würde ich dich jetzt verprügeln, das heißt, wenn ich dir nicht vorher den Hals umgedreht hätte!«
Serena schlug ihm ins Gesicht.
Er schlug zurück.
Serena keuchte vor Zorn und schlug ihm die Mappe auf den Kopf. Er taumelte.
Sie blickte sich wutentbrannt nach den anderen Männern um, die mit offenem Mund dastanden. Dann rannte sie aus dem Zimmer. In der Eingangshalle der Pension fand sie den geduldig wartenden Kammerdiener vor. Er stand auf. »Ist etwas nicht in Ordnung, Mylady?«
»Nein. Ich möchte sofort in die Hertford Street zurück.«
Ehebruch! Wie konnte er es wagen? Wie konnte er nur?
»Ja, Mylady. Sofort, Mylady.«
Francis ließ sich in einen Sessel fallen und hielt sich den Kopf. »Allmächtiger«, murmelte er. Der Schlag hatte seinen Zorn ausgelöscht, und er fühlte sich nur noch leer, elend und hintergangen.
Eigentlich hatte er ja nicht viel verloren, versuchte er sich einzureden. Nur eine verlogene, untreue Ehefrau. Der Schmerz und das Schwindelgefühl legten sich. Lucien sah nachdenklich aus, und Ferncliff – zum Teufel mit ihm – saß in einem Stuhl und starrte vor sich hin.
Es war Ferncliff, der als erster das Wort ergriff. »Kann es sein,

daß Sie dem Irrtum erliegen, Ihre Frau könnte mit mir Ehebruch begangen haben, Mylord?«
»Ja«, zischte Francis. »Dieser Gedanke könnte mir gekommen sein, als ich sie aus ihrem Schlafzimmer kriechen sah, Sir. Ich weiß, daß Sie sich mit Ihr in meinem Garten getroffen haben und daß sie mindestens einmal zerzaust und schmutzig von dem Stelldichein zurückgekommen ist. Ganz zu schweigen von der Tatsache, daß Sie es eben selbst zugegeben haben.«
»Wie könnte ich so ein Lüge zugeben?«
»Ich bitte Sie!«
»Ihre Mutter ist meine Geliebte.«
Francis starrte ihn ungläubig an. »Halten Sie mich für einen kompletten Schwachkopf?«
»Ja.«
Francis konnte sich gerade noch zurückhalten, Ferncliff an die Gurgel zu gehen. »Jetzt noch einmal ganz langsam. Sie behaupten also, Sie liebten meine Mutter, Cordelia Lady Middlethorpe? Und sie liebt Sie natürlich auch, nehme ich an.«
»Ganz genau. Sehen Sie«, sagte Ferncliff sarkastisch, »sogar ein schwacher Verstand kann etwas begreifen, wenn man ihm Zeit läßt.«
»Das kann ich mit Sicherheit«, sagte Francis mit demselben Sarkasmus in der Stimme. »Es ist völlig glaubwürdig, daß Sie und meine Mutter eine leidenschaftliche Affäre im kalten und matschigen Garten meines Hauses in der Hertford Street hatten.«
»Von Ihrer Frau glauben Sie so etwas, Mylord.«
»Aber sie ...«, Francis konnte die Worte nicht aussprechen, die ihm in den Sinn kamen.
Ferncliff tat es für ihn. »Sie ist eine wertlose Schlampe, wollten Sie wohl sagen.«

Francis sprang instinktiv auf.
»Das waren Ihre Worte«, sagte Ferncliff, »nicht meine.«
O Gott, hatte er das wirklich zu ihr gesagt?
»Was Ihre Mutter und mich angeht, Sir, ja, wir hatten eine Affäre, auch im Februar in Ihrem matschigen Garten; aber zur Zeit gibt es Unstimmigkeiten.«
Francis riß sich zusammen. »Zweifellos deshalb, weil Sie versuchen, zehntausend Pfund von ihr zu erpressen, um sich mit meiner Frau aus dem Staub zu machen.«
»Zum Teufel mit Ihnen!« schrie Ferncliff. »Als ich vorhin von Lady Middlethorpe sprach, Sie Idiot, meinte ich nicht dieses Kind, sondern Ihre Mutter!«
»Ich ein Idiot? Zumindest bin ich kein verlogener Dieb.«
Ferncliff richtete sich mit geballten Fäusten auf. »Ich bin kein Dieb, Sir!«
»Nicht schon wieder«, seufzte Lucien und kam näher, um einen Kampf abzuwenden.
Dann öffnete sich die Tür. »Warum wird hier geschrien?« fragte Cordelia streng. »Man kann euch in der ganzen Pension hören.« Als sie ihren Sohn erblickte, erschrak sie und riß die Augen auf, aber dann betrat sie entschlossen das Zimmer, gefolgt von Arabella. »Es sieht mir ganz danach aus, als ob sich hier mal wieder ein paar Männer zu kompletten Narren machen würden.«
»Cordelia!« rief Ferncliff.
»Mutter!« rief Francis.
Cordelia ging zu Charles Ferncliff und sagte: »Halte mich fest, Charles, bitte. Ich habe solche Angst.«
Er umarmte sie, ohne zu zögern. »Mach dir keine Sorgen, Liebling. Niemand wird dir etwas anhaben.«
Francis' Wut legte sich, und langsam wurden ihm die Zusammenhänge klar. »Serena . . .«, murmelte er.
Er eilte zur Tür, aber Lucien packte ihn am Arm. »Ich weiß.

Aber du solltest zuerst herausfinden, was hier vor sich geht. Du willst doch sicher nicht noch weitere Fehler begehen. Gib ihr lieber noch etwas Zeit, um sich zu beruhigen. Ich kümmere mich um sie.«

Francis war entsetzt über das, was er angerichtet hatte. Er wollte zu ihr eilen und versuchen, alles wiedergutzumachen, aber er wußte, daß Lucien recht hatte.

Als Lucien den Raum verlassen hatte, wendete Francis sich wieder Ferncliff und seiner Mutter zu. Er konnte es kaum ertragen zu sehen, wie Ferncliff seiner Mutter über das Haar strich und sie mit Küssen tröstete.

»Verdammt! Hört auf damit!« Als sich seine Mutter zu ihm umdrehte und erstaunlich jugendlich und verschreckt wirkte, wurde die Situation noch klarer. Francis holte tief Luft. »Warum erklärst du mir nicht erst einmal das mit den zehntausend Pfund, Mutter?«

»Quälen Sie sie doch nicht so«, sagte Ferncliff und führte Cordelia zu einem Sofa, wo er sich neben sie setzte und ihre Hand streichelte. »Also Cordelia, wenn du wirklich einen Fehler gemacht hast, dann ist es besser, wenn du jetzt einfach die Wahrheit sagst. Ehrlich währt am längsten.«

Es erstaunte und verärgerte Francis zugleich, wie seine Mutter wie ein junges, ungezogenes Mädchen behandelt wurde. Seine Welt war komplett durcheinandergeraten, und irgendwo war Serena und weinte …

»Zehntausend Pfund«, wiederholte er scharf und sah, wie seine Mutter errötete.

»Ich muß ganz von vorne beginnen, also dränge mich nicht. Es fing alles damit an, daß du Lady Anne den Hof machtest. Da wurde mir bewußt, daß sich mit deiner Heirat mein Leben völlig verändern würde. Oh, ich wußte, daß ich in eurem gemeinsamen Haus willkommen sein würde, aber es wäre nicht mehr dasselbe gewesen. Durch dieses Wissen veränderte sich etwas in mir, und als ich Charles begegnete, war ich so aufgeschlossen wie seit meiner Jugend nicht mehr.«

Aufgeschlossen! Was zum Teufel hatte das zu bedeuten, fragte sich Francis, konnte sich aber zurückhalten.

»Zuerst unterhielten wir uns über seine Forschungsarbeit, die sehr interessant ist, und über meine Sorgen. Er half mir dabei, über meine Zukunft nachzudenken, und ich unterstützte ihn bei seinen Forschungsarbeiten. Wir haben einige sehr nützliche Aufzeichnungen in Thorpe Priory ...« Sie blickte nervös zu Francis und brach dann ihre Erzählung ab. »Nein, ich darf nicht vom eigentlichen Thema ablenken.« Sie begann zu flüstern. »Die intimere Seite der ganzen Geschichte ..., die für mich auch völlig unerwartet kam ...«

Trotz allem, was er gehört hatte, konnte Francis es kaum glauben. »Du meinst, Ihr habt ...«

Sie nickte schuldbewußt und wurde hochrot. »Auf der Chaiselongue in meinem Boudoir!« Sie blickte verzweifelt zu ihrem Liebhaber, der ihr Knie streichelte, obwohl auch er sich zusehends unbehaglicher fühlte.

Francis starrte Arabella mit offenem Mund an, während sie eher amüsiert zu sein schien. »Ich habe das alles bereits vor einer Stunde gehört, mein Junge. Ich kann dazu nur sagen: Alter schützt vor Torheit nicht.«

Francis sah wieder zu dem Paar hinüber. »Wenn das stimmt, warum zum Teufel habt ihr dann nicht geheiratet?«

Seine Mutter seufzte. »Mir fehlte plötzlich der Mut. Was wir getan hatten, war so furchtbar. Ich hatte immer geglaubt, eine zweite Ehe sei ein Verrat gegenüber deinem Vater, aber daß ich mich hinreißen ließ ... Es war Verrat, weil das, was ich bei Charles empfand, anders war als alles, was ich jemals bei deinem Vater empfunden habe, auch wenn ich ihn noch

so geliebt habe.« Sie warf ihrem Liebhaber einen schmachtenden Blick zu.
Francis war äußerst verlegen, sagte aber: »Um so mehr ein Grund zum Heiraten, würde ich meinen.«
»O nein. Ich wollte es nicht wahrhaben, ich wollte leugnen, daß es jemals geschehen war. Außerdem war ich davon überzeugt, daß mich eine Ehe mit einem jüngeren Bürgerlichen zum Gespött der Leute machen würde. Das wird es auch, aber inzwischen macht es mir nicht mehr so viel aus.«
Francis wurde nun einiges klar, aber die meisten Vorkommnisse, die sein Leben völlig durcheinandergebracht hatten, waren ihm immer noch ein Rätsel. »Aber wenn dem so war, Mutter, warum versuchte Ferncliff dann, zehntausend Pfund von dir zu erpressen?«
»Was?« fragte Ferncliff erstaunt.
Der Blick seiner Mutter wanderte zwischen den beiden hin und her. »Das hat er nicht.«
»Das waren also alles Lügen? Um Himmels willen, Mutter, warum dann das Ganze?«
»Ja, Cordelia«, sagte Ferncliff ernst, »das würde ich auch gerne wissen?«
Sie hielt noch immer Ferncliffs Hand, wandte sich aber Francis zu, als sie sprach. »Es tut mir wirklich schrecklich leid. In meiner ersten Panik wünschte ich, Charles wäre nicht mehr da, so daß mich nichts mehr an meine Charakterschwäche erinnerte und ich nicht mehr in Versuchung käme. Ich bat die Shipleys, ihn zu entlassen. Aber er schrieb mir immer wieder. Er gab einfach nicht auf. Es trieb mich fast in den Wahnsinn! Als er sich schließlich an dich wandte, mußte ich mir etwas ausdenken. Zu jener Zeit war dies leider das einzige, das mir einfiel.«
»Warum zum Teufel konntest du mir nicht die Wahrheit sagen?«

»Ich dachte, du würdest mich dafür verachten.«

»Mutter ...«

Sie blickte ihn mit einem sehr viel vertrauteren Gesichtsausdruck an. »Was hättest du denn gedacht?«

Er seufzte. »Ich wäre schockiert gewesen«, gab er zu.

»Als du eine Erklärung wolltest, konnte ich keinen klaren Gedanken fassen. Ich habe mir einfach diese lächerliche Geschichte ausgedacht, und dann wurde alles noch schlimmer. Als du sagtest, du wolltest Charles treffen, geriet ich in Panik. Ich konnte es nicht zulassen, daß ihr euch traft.«

Ferncliff wurde etwas lauter. »Dann hast du mir also geschrieben, um mich zu warnen, Cordelia. Was du getan hast, war nicht in Ordnung, aber was ich getan habe, auch nicht. Ich habe diesen Brief geschrieben, um dich zu zwingen, die Wahrheit zu sagen. Ich hoffte, daß du deinem Sohn alles beichten würdest. Ich dachte, daß dann das ganze Problem gelöst wäre.« Er blickte zu Francis. »Wäre es das denn gewesen, Mylord?«

»Natürlich. Ich hätte Sie zwar überprüfen lassen, aber wenn Sie tatsächlich der arme, aber durchaus vertrauenswürdige Kerl sind, der Sie zu sein scheinen, hätte ich bestimmt nichts dagegen gehabt.«

»Hör auf!« schrie Cordelia. »Jetzt komme ich mir noch mehr wie eine hinterhältige Närrin vor. Von jenem Moment an wurde alles nur noch schlimmer. Du hast Charles verfolgt, Charles schickte mir wütende Briefe, und dann wurde mir bewußt, daß dich die ganze Sache davon abhielt, Lady Anne weiterhin den Hof zu machen ...«

Sie seufzte tief. »Dann kamst du mit einer anderen Braut, mit einer Frau, mit der ich nicht so leicht einverstanden sein konnte. Als mir klar wurde, daß ich und meine Dummheit in gewisser Weise dafür verantwortlich waren, wäre ich am liebsten *gestorben.* Alles begann zusammenzubrechen, und es war ganz allein meine Schuld. Ich hatte nicht den Mut, Charles von den gemeinen Lügen zu erzählen, die ich über ihn verbreitet hatte. Bei dem Gedanken, dir, Francis, von meinem unziemlichen Verhalten und all den Lügen zu erzählen, wurde mir übel. Jeder Tag machte es nur noch *schlimmer!*« Sie blickte zu Francis. »Ich bin endlich wieder zur Vernunft gekommen. Ich hoffe, es ist noch nicht zu spät, um einige Dinge wiedergutzumachen.«

»Das hoffe ich auch«, sagte Francis und stand auf. »Ich muß zugeben, daß dein Verhalten in dieser Angelegenheit alles andere als korrekt war, aber es ist nicht meine Sache, dich zurechtzuweisen. Das überlasse ich deinem zukünftigen Ehemann.« Er schüttelte den Kopf. »Aber wenn ich ihn so ansehe, fürchte ich fast, du wirst ohne Strafe davonkommen. Ich bezweifle, daß meine Ehefrau ebenso reagieren wird.«

»O Gott. Habe ich dich in eine sehr unangenehme Lage gebracht, mein lieber Francis?«

Francis wurde nachdenklich. »Oh, das meiste haben wir uns selbst zuzuschreiben, aber Mr. Ferncliff hat auch seinen Teil dazu beigetragen, vor allem, indem er dich und Serena Lady Middlethorpe nannte.«

»Du kannst doch nicht etwa gedacht haben ...!«

»O doch!«

»Das tut mir furchtbar leid ...«

»Es sei dir verziehen. Schließlich muß ich zugeben, daß ich Serena niemals begegnet wäre, wenn dies alles nicht passiert wäre. Und das wäre schrecklich.«

Er blickte Arabella forschend an. »Warum bist du eigentlich hier, liebe Tante? Wolltest du sehen, wie der Gerechtigkeit Genüge getan wird, oder dich nur an so viel menschlicher Torheit ergötzen?«

»Hör auf, mich zu verspotten. Ich bin schließlich die einzige

Unschuldige hier! Ich bin nur mitgekommen, um sicherzustellen, daß sie nicht im letzten Moment einen Rückzieher macht. Was für ein Lehrstück über die Dummheit! Wenn du dich mit Serena überworfen hast, dann solltest du besser gehen und es wieder in Ordnung bringen. Sie verdient etwas Besseres als dich, aber sie wird zweifellos mit dir vorliebnehmen. So sind wir Frauen eben.«

»Das hoffe ich.«

»Und ich warne dich, ich werde Serena klarmachen, daß sie bei mir immer ein Zuhause hat, also komm nicht auf die Idee, du könntest ihr mit Armut drohen. Und wenn du glaubst, du kannst ihr das Kind wegnehmen ...«

Francis hob die Hand. »An so etwas würde ich niemals denken. Alles, was ich will, ist, sie zu lieben und sie glücklich zu machen.«

»Das hoffe ich. Übrigens ...«, fügte sie hinzu, als er bereits an der Tür war, »Maud erzählte beim Dinner eine interessante Anekdote. Anscheinend kannte sie Serenas Mutter. Sie lebten in Sussex. Hester hatte dieselben schrägen Augen und war so schön wie Serena. Allerdings hatte sie kein Geld, weshalb sie schließlich den alten Allbright heiraten mußte.«

»Ja und? Ich habe es eilig.«

»Hester war in einen anderen Mann verliebt. Einen Arztsohn, glaube ich. Als sie Serena zum ersten Mal sah, erkannte sie sofort die Haarfarbe und einige der Gesichtszüge dieses Mannes. Sie ist sich vollkommen sicher, daß Serena keine Allbright sein kann. Angesichts ihrer Brüder dachte ich, daß das eine gute Nachricht sein würde.«

Francis lachte. »Angesichts ihrer Brüder muß sie sich ihrer Herkunft sicher nicht schämen.« Er blickte noch einmal zurück zu seiner Mutter und Ferncliff, die sich umarmten und einander ins Ohr flüsterten. Er schüttelte den Kopf. »Meine Familie hat ohnehin schon genügend merkwürdiges

Blut in den Adern. Willst du bleiben und die Anstandsdame spielen?«

Arabella sprang auf. »Um Gottes willen! Diesen Anblick kann ich nicht ertragen. Und ich glaube auch nicht, daß ihr Wert darauf legt, oder? Maud hat uns in ihren zwei albernen Sänften herbringen lassen, aber wenigstens komme ich so bequem nach Hause.«

Francis half seiner Tante in die lackierte Sänfte und sah, wie sie von den beiden Trägern weggetragen wurde. Ein aussterbender Beruf. Er blickte zu den anderen Männern, die bei der Kutsche standen. »Es könnte noch eine Weile dauern.« Er warf ihnen eine Krone zu. »Holt euch etwas Warmes, und wenn Lady Middlethorpe in einer Stunde nicht wieder da ist, könnt ihr nach Hause gehen.«

Dann ging er zu Fuß in die Hertford Street zurück und fragte sich, was er tun mußte, um seine Ehe zu retten.

Einundzwanzigstes Kapitel

Zu Hause angekommen war Serena sofort in ihr Zimmer gerannt, um zu weinen. Doch dann konnte sie es nicht. Sie zog ihren Mantel aus, riß sich die Haube vom Kopf, und ging im Zimmer auf und ab. Als ihre Zofe kam, um ihr zu helfen, fuhr Serena sie an und schickte sie weg.

Langsam wurde ihr klar, daß sie vor lauter Wut nicht weinen konnte.

Wie konnte er es wagen!

Hatte sie Francis jemals Anlaß gegeben, an ihrer Treue zu zweifeln? Eine gewisse Nacht bei den Posts kam ihr wieder ins Bewußtsein, die sie jedoch sofort wieder verdrängte. Außerdem war sie zu jener Zeit nicht verheiratet gewesen.

Seit ihrer Hochzeit hatte sie keinen anderen Mann mehr angesehen. Es waren die Rogues, die mit jeder Frau flirten mußten, die ihnen über den Weg lief.

Dann nahm sie eine Porzellanfigur wahr, die eine Schäferin darstellte. Sie nahm sie und zerschmetterte sie. Wie gerne hätte sie dasselbe mit Francis' Dickkopf getan!

Seit ihrem Hochzeitstag war sie nett, höflich und nachsichtig gewesen und hatte sich bemüht, etwas aus ihrer Ehe zu machen. Wann hätte sie seiner Meinung nach überhaupt die *Zeit* finden sollen, ihn zu betrügen?

Jetzt war der Schafhirte an der Reihe.

Plötzlich fiel ihr Blick auf die Mappe. Sie riß den Verschluß auf und ließ die Bilder auf den Boden gleiten. Sie waren abscheulich. Aus jeder Zeichnung blickte ihr mädchenhaftes Gesicht den Betrachter arglos an, und obwohl sie manipuliert worden waren, zeigten sie doch die Wahrheit. Sie hatte sich untergeordnet. Sie hatte verdammt noch mal alles getan, was man von ihr verlangt hatte.

Warum zum Teufel hatte sie Matthew Riverton nicht umgebracht? Es hätte bestimmt irgendeine Möglichkeit gegeben.

Warum war sie nicht einfach davongelaufen, um bei Harriet Wilson wenigstens eine ehrliche Hure zu werden?

Aber nein, sie hatte geweint und gejammert, und doch hatte sie die ganzen Lügen über Pflicht und Gehorsam gegenüber dem Ehemann geglaubt und sich brav unterworfen ...

Sie nahm eines der Bilder in die Hand, auf dem sie gleich von zwei Männern befingert wurde, und zerriß es in kleine Fetzen.

Von wegen Ehebruch! Sie hatte ja nicht einmal Gefallen an dem, was Männer mit Frauen taten.

Dann klopfte es an die Tür, und Dibbert trat ein. Er sah sich völlig entgeistert um. »Verschwinden Sie!« schrie Serena und warf eine Handvoll Papierfetzen nach ihm.

Dibbert trottete verstört die Treppe hinunter und fragte sich, wo Lord Middlethorpe oder seine Mutter sein konnten. War die arme Hausherrin nun vollkommen verrückt geworden?

Dann hörte man Geräusche von draußen, und Dibbert eilte zur Tür. Er erkannte sofort, daß es der Marquis von Arden war, ein Freund von Lord Middlethorpe. »Ich bedauere, aber es ist niemand zu Hause, Mylord.«

»Lady Middlethorpe auch nicht?« fragte der Marquis besorgt. Etwas in Dibberts Gesichtsausdruck mußte ihm die Wahrheit verraten haben, und er trat ein.

Einem Marquis, der zudem noch ein Freund der Familie war, den Weg zu versperren, war undenkbar. Deshalb schloß Dibbert die Tür und hoffte, Lord Arden würde ihm wenigstens eine Hilfe sein.
»Ich nehme an, sie möchte niemanden sehen«, sagte der Marquis, »aber Lord Middlethorpe bat mich, herzukommen und mich um sie zu kümmern.«
»Ich fürchte, sie hat sich etwas echauffiert, Mylord.«
»Ist sie melancholisch?«
»Nicht direkt.«
»Sie weint also nur?«
Dibbert räusperte sich. »Ich hörte mehrmals, wie Gegenstände zerschmettert wurden, Mylord. Als ich hinaufging, um nachzusehen, schien Ihre Ladyschaft gerade Papier zu zerreißen. Sie schrie mich an.«
Der Marquis mußte lachen. »Soso.«
Dibbert konnte an der ganzen Situation nichts Amüsantes finden. »Ich hoffe nur, daß sie sich bald erholt, Mylord.«
»Oh, davon bin ich überzeugt. Hoffen wir, daß Lord Middlethorpe bald nach Hause kommt.«
»Ja, in der Tat.« Dann hörte man Glas zerbrechen. Dibbert wurde nervös. »Glauben Sie, er wird noch lange wegbleiben, Mylord?«
»Wenn Sie mich fragen, dauert es nicht mehr lange.« Mit demselben amüsierten Gesichtsausdruck bemerkte Lord Arden schließlich: »Ich glaube nicht, daß ich hier etwas ausrichten kann. Ich rate Ihnen, Lady Middlethorpe einfach in Ruhe zu lassen, es sei denn, sie klingelt nach Ihnen.«
Dibbert gefiel es gar nicht, daß Lord Arden einfach ging und sich nicht weiter um die Angelegenheit kümmerte. Wenn Ihre Ladyschaft sich nun etwas antun sollte?
Lucien ging zu Fuß nach Hause und überraschte seine Frau, wie sie in ihrem Salon von einem Tablett aß, die Gabel in der

einen und ein Buch in der anderen Hand. Angesichts dieses reizenden Anblickes mußte er lächeln.

Sie blickte auf und lächelte ebenfalls. »Hallo. Na sag schon, was war es dieses Mal für ein Abenteuer?«

»Wie hast du das erraten?« Er nahm sich etwas von dem Tablett.

Beth legte ihre Gabel und das Buch beiseite. »Erstens«, sagte sie, »bist du zu Nicholas gegangen. Zweitens hast du eine Nachricht geschickt, daß du dich um irgendeine Angelegenheit kümmern mußt, was in der Stadt selten etwas Geschäftliches bedeutet. Und drittens hast du so ein Glitzern in den Augen.«

»Wirklich? Ich denke gerade über das Wütendsein nach.«

»Was ist daran so erheiternd?«

Er sah sie an. »Beth, wir hatten unsere Streitigkeiten, aber du warst nie richtig wütend auf mich, obwohl du allen Grund dazu gehabt hättest. Wolltest du nie wütend sein?«

»Ich weiß nicht. Ich glaube nicht. Es ist so unproduktiv.«

»Aber die ungezügelte Leidenschaft, der wir uns gleich hingeben werden, ist auch unproduktiv, weil du ja schon schwanger bist. Aber werden wir es deshalb weniger genießen?«

Beths Wangen röteten sich. »Nein, aber das ist etwas anderes.«

»Warum?«

»Es ist schön, ob es produktiv ist oder nicht. Aber ein Wutanfall ist es nicht.«

»Wirklich nicht?« Er zog sie näher zu sich heran.

»Lucien, bist du etwa wütend?«

»Nicht im geringsten.« Er streifte ihr das Kleid von der Schulter und saugte an ihrer Haut.

Beth kicherte. »Warum beißt du mich dann?«

»Vielleicht bin ich hungrig. Und du schmeckst besser als kalter Braten. Wutanfälle erregen mich. Ich hoffe, Francis und Serena auch.«

Beth packte ihn an den Ohren, um ihn zurückzuhalten. »Was war los? Wer ist wütend und warum?«
Er ließ sie los und setzte sich auf den Stuhl neben dem Tablett. Er nahm ihre Gabel und aß etwas von ihrem Kuchen. »Zieh dich aus, dann erzähle ich es dir. Für jedes Kleidungsstück ein Stück der Geschichte.«
Beth starrte ihn an. »Lucien! Du benimmst dich äußerst merkwürdig.«
Er grinste nur und zog die Augenbrauen hoch.
Beth kicherte, zog einen Pantoffel aus und ließ ihn vor seinem Gesicht baumeln.
»Die Allbright-Brüder hatten ein paar ganz spezielle Bilder von Serena und wollten sie ihr für zehntausend Pfund verkaufen.«
»*Was?* Was habt ihr getan?«
Er grinste nur. »Francis und ich gingen in den Scepter Inn, um sie zu stellen …«

Francis betrat das Haus und versuchte, die Lage zu erkunden. Was würde ihn wohl erwarten?
Dibbert erschien so schnell, daß er bereits auf ihn gewartet haben mußte. »Willkommen zu Hause, Mylord«, begrüßte er ihn sichtlich erleichtert.
Francis übergab ihm seinen Mantel. »Ist Lady Middlethorpe zu Hause?«
»Ja, Mylord, sie ist in ihrem Zimmer.«
»Ausgezeichnet.« Francis eilte zur Treppe.
»Mylord!«
Er drehte sich ungeduldig um. »Ja?«
»Das Abendessen steht schon eine Weile bereit …«
»Mach damit, was du willst.« Francis nahm zwei Stufen auf einmal.
An Serenas Tür holte er zuerst einmal tief Luft. Es war nichts

zu hören. War das ein gutes oder ein schlechtes Zeichen? Vielleicht hatte sie sich in den Schlaf geweint …

Er öffnete die Tür und trat ein. Serena kniete auf dem Boden und kritzelte etwas auf ein Blatt Papier. Ihr Schmuck war überall auf dem Boden verstreut, der zudem von Papierfetzen und Scherben übersät war. Er schloß vorsichtig die Tür.

Sie blickte auf, und ihre Augen blitzten. »Hah!« Sie ergriff den erstbesten Gegenstand und hielt ihn drohend in die Luft. »Verschwinde!«

Eine silberne Handschelle verfehlte seinen Kopf nur knapp, hinterließ jedoch einen Kratzer auf der Mahagonitür. Er drehte sich gerade rechtzeitig wieder um, um dem nächsten Angriff auszuweichen. Sie rappelte sich auf, um besser zielen zu können.

Francis warf sich auf sie und riß sie zu Boden, aber er konnte ihren vor Wut bebenden Körper kaum bändigen. »Hör auf, Serena! Was zum Teufel ist los mit dir?«

Sie warf ihm einen eisigen Blick zu. »Was mit mir los ist? Du hast mich eine wertlose Schlampe und eine Ehebrecherin genannt!«

»Es tut mir leid …«

»*Leid?* Es wird dir allerdings gleich leid tun!« Sie schlug nun so wild um sich, daß er Angst hatte, sie zu verletzen. Er ließ sie los und wich ein Stück zurück.

»Serena, laß uns vernünftig darüber reden.«

Sie rappelte sich auf. Ihr Haar war völlig zerzaust, und in ihren Augen brannte eine Leidenschaft, wie er sie noch nie zuvor gesehen hatte. »*Vernünftig?* Das war ich schon mein ganzes Leben lang. Aus Vernunft war ich unterwürfig und gehorsam. Aber damit ist jetzt Schluß.«

»Gut.«

Sie zuckte vor Überraschung kurz zusammen, dann aber verengten sich ihre Augen. »O nein, auf diese Art wirst du mich nicht besänftigen. Ich bin sehr wütend auf dich!« Sie ergriff einen Kerzenhalter und schleuderte ihn in seine Richtung. Er duckte sich, und der Kerzenhalter traf ein Bild an der Wand.

»Verdammt noch mal, Serena, hör auf damit! Ich habe einen Fehler gemacht, aber was hätte ich denn sonst denken sollen, als ich dich in Ferncliffs Schlafzimmer vorfand?«

»Und deswegen wolltest du ihn gleich umbringen? Warum bist du hinter mir eigentlich nicht auch mit einer Pistole her, du blutrünstiges Monster? Das war doch der Zweck dieser kleinen Schießübung. Nicht etwa, um mich zu beruhigen, sondern um zu zeigen, daß du zum Töten imstande bist!« Sie griff nach der Vase mit der Narzisse und warf sie nach ihm. Die Vase verfehlte ihr Ziel, das Wasser nicht.

»Ferncliff erfreut sich bester Gesundheit«, knurrte Francis und wischte sich das Wasser aus dem Gesicht, »was bei dir gleich nicht mehr der Fall sein wird, wenn du nicht aufhörst, dich so beschämend zu verhalten!«

»Willst du mich vielleicht auspeitschen?« Sie griff nach der diamantbesetzten Peitsche. »Hier.« Auch die Peitsche flog in seine Richtung.

Er fing sie mit einer Hand auf. »Die Versuchung ist ziemlich groß.«

Serena stützte ihre Fäuste auf die Hüften. »Warum nicht? Nichts anderes erwarte ich von einem Mann. Aber ich warne dich, es wird nur das Fleisch für eine Weile röten. Wenn du mich wirklich verletzen willst, brauchst du schon mehr Geduld.«

Francis warf die Peitsche beiseite. »Serena, hör auf damit. Ich habe mich getäuscht. Aber alles sprach gegen dich.«

»So, was denn?«

»Zuerst einmal sah ich dich aus dem Schlafzimmer eines anderen Mannes kommen!«

»Und du konntest keine andere Erklärung dafür finden, als daß ich eine Affäre mit ihm hatte? Nur zu deiner Information: Charles Ferncliff ist ein ziemlicher Langweiler!«
»Auch langweilige Männer haben ab und zu Affären. Dafür habe ich Beweise. Ich hätte mir vielleicht gar keine Gedanken gemacht, wenn ich nicht seine Karte in deiner Tasche gefunden hätte und du dich nicht mit ihm im Garten getroffen hättest.«
»Mit ihm getroffen? Mit ihm zusammengestoßen, meinst du wohl. Ich finde wirklich, du solltest etwas wegen des Gartentors unternehmen. Man ist hier nicht sicher!«
»Das Tor ist jetzt immer geschlossen.«
»Und warum«, fragte Serena atemlos, »hast du in meinen Taschen herumgestöbert? Und wer hat hinter mir herspioniert? Davon hatte ich bei Matthew schon mehr als genug. Das mache ich nicht mehr mit.«
»Ich habe niemanden auf dich angesetzt!«
»Aha, eine Karte, zwei zufällige Begegnungen, und dann war ich auch noch in Ferncliffs Schlafzimmer ...«
Serena hielt inne und dachte kurz nach. Obwohl sie ihre Wut, die sich wundervoll anfühlte, gerne ausgekostet hätte, kam schließlich ihr Sinn für Gerechtigkeit wieder zurück. Sie fuhr trotzdem fort. »Du hättest keinen Gedanken an so etwas verschwendet, wenn du mich nicht für ein leichtes Mädchen halten würdest.«
»Natürlich denke ich das nicht von dir.«
Sein Haar war naß und seine Kleidung zerknittert, aber es war seine Ausstrahlung, die ihr den Atem stocken ließ. Sie verzehrte sich nach ihm.
»Was denkst du dann?« Sie nahm eines der Bilder und warf es ihm zu. Es war eines der harmloseren Exemplare. Ursprünglich war sie gezeichnet worden, wie sie auf einer Balustrade stand und mit einer Hand eine Säule umfaßte.

Jetzt war die Säule ein monströser Phallus. »Was denkst du dann *darüber?*«

Er sah es kurz an und begann zu lachen. Sie holte mit der Hand aus, aber er packte ihren Arm und zog sie zu sich heran. »Tut mir leid, Liebling, aber das Bild ist einfach zu dumm. Hast du dich deshalb so aufgeregt? Wegen dieser Bilder?«

Sie gab nicht auf und sträubte sich mit aller Kraft. »Nein, ich rege mich über Männer auf. Meine Brüder, Matthew, seine Freunde, deine Freunde und *du.* Ich könnte schreien vor Wut.«

Er ließ sie los. Er nahm das Bild, auf dem sie herumgekritzelt hatte, als er hereingekommen war. Er hob eines nach dem anderen vom Boden auf. Sie hatte die Bilder so verändert, daß die nackten Opfer Männer und die bekleideten Peiniger Frauen waren. Die Tatsache, daß er sie dabei erwischt hatte, ließ sie erröten. »Ich habe ein Recht, wütend zu sein«, sagte sie. »Mir gefällt es, wütend zu sein. Ich genieße meine Wut!«

Dann fühlte sie jedoch, wie sie langsam kapitulierte, denn die ehrliche Besorgnis, die in seinen Augen zu lesen war, ließ ihren Zorn verrauchen.

Ohne ein Wort zu sagen, begann er, sich auszuziehen.

»Was machst du da? Ich werde jetzt bestimmt nicht meinen ehelichen Pflichten nachkommen.«

Er hielt inne und stand nur noch in der Unterwäsche vor ihr. »Eheliche Pflichten? So denkst du darüber?«

Er fühlte sich verletzt. »Nein, Matthew hat es so genannt.«

Er zog sich weiter aus. »Du hast es eben auch so genannt.«

Serena wußte nicht, was sie sagen sollte. Als er nackt vor ihr stand, sah sie, daß er erregt war. »Ich nehme an, die Bilder gefallen dir«, sagte sie vorwurfsvoll. »Tom sagte, er mußte es mit zwei Huren treiben, nachdem er sie angesehen hatte.«

»Dein Bruder ist völlig indiskutabel und repräsentiert nicht die Männer im allgemeinen.«

»Nein? Ich habe da andere Erfahrungen gemacht.«

»Wirklich?«

Sie wich seinem Blick aus und hielt die Arme verschränkt. »Ich nehme an, daß meine Brüder noch ein Grund sind, weshalb du das Schlimmste von mir denkst. Du glaubst wohl, ich bin aus demselben Holz geschnitzt.«

»Nein, niemals. Übrigens ist Lady Cawle davon überzeugt, daß du und deine Brüder unterschiedliche Väter habt.«

Serena war empört. »Was? Oh, das ist ja wohl der Gipfel! Jetzt bin ich nicht nur eine Ehebrecherin, sondern auch noch ein *Bastard!*«

»Serena, ich verliere langsam die Geduld. Zum letzten Mal, ich glaube nicht, daß du eine Ehebrecherin bist. Allerdings wäre ich froh, wenn du ein uneheliches Kind wärst. Je weniger du mit deinen Brüdern zu tun hast, um so besser, aber im Grunde genommen ist es mir gleich. Wenn ich vollkommen ehrlich sein soll, ich kann es kaum noch aushalten vor Begierde.«

Serena sah, daß es stimmte. »Dann leide.«

»Das werde ich, bis du dasselbe empfindest.«

Sie starrte ihn an. »Aber ich kann nicht ...«

»Du kannst nicht? Vielleicht, wenn du deine ganze Wut darauf konzentrierst, meinen nackten Körper zu mißbrauchen ...«

»Francis!« schrie sie entrüstet. Aber irgend etwas entfesselte ein wildes Tier in ihrem Körper – war es Wut, Lust ... beides?

Francis nahm die Handschellen vom Boden. Er prüfte sie kurz, dann legte er sie sich um die Handgelenke, auch wenn sie schmerzhaft eng für ihn waren.

»Hör auf«, hauchte sie. Aber sie konnte nicht leugnen, daß

ihn das Silber und die Juwelen um seine Handgelenke wie ein wunderschönes Traumwesen aussehen ließen.
»Willst du mich an die Bettpfosten fesseln?« fragte er. »Willst du mich auspeitschen?«
»Nein! Hör auf.« Ohne darüber nachzudenken, ging sie zu ihm und legte ihre Hände auf seinen Brustkorb. »Ich fühle mich sehr eigenartig.«
In seinen Augen flammte etwas auf. »Das hoffe ich.« Er griff nach ihrem Haar und küßte sie, wobei das kalte Metall an seinen Handgelenken ihren Nacken berührte. Er zog sie mit sich aufs Bett.
Doch Serena befreite sich. »Nein, ich möchte mich auch ausziehen!« Er zögerte, ließ sie dann aber los, und sie kletterte aus dem Bett. Er wandte keinen Blick von ihr, und in seinen dunklen Augen brannte ein Verlangen, das sich in seiner Erektion, seinem Gesichtsausdruck und seinem unregelmäßigen Atmen spiegelte. Trotzdem hielt er sich zurück. Diese Mischung aus Schönheit, Lust und Kontrolle machte Serena so nervös, daß sie Mühe hatte, die Verschlüsse ihres Kleides zu öffnen. Wilde Lust ergriff von ihr Besitz – ein Gefühl, das sie zutiefst faszinierte, aber auch ängstigte, denn sie spürte, daß dieses Verlangen die Macht hatte, eine willenlose Sklavin aus ihr zu machen ...
Als sie schließlich nackt war, blickte sie Francis an und fragte: »Bin ich jetzt deine Sklavin?«
Er streckte ihr die Hände entgegen. »Ich bin hier der Gefesselte.«
Serena hob das barbarische Sklavenhalsband vom Boden auf und dachte kurz nach. Dann legte sie es sich um den Hals und schloß es mit einem Klicken. Die schwere goldene Kette fühlte sich kalt zwischen ihren Brüsten an und streifte ihre Schenkel, als sie zum Bett ging.
Sie dachte, er würde womöglich zögern, aber es war nichts

Zögerliches in seinem Verhalten, als er das lose Ende der Kette packte, es um eines seiner gefesselten Handgelenke wand und sie langsam zu sich hinunterzog.

Sie verspürte sowohl Angst als auch Verlangen. »Jetzt ist jeder der Gefangene des anderen«, hauchte sie und ließ ihre Lippen über seinen Körper gleiten, tiefer und tiefer, dem Ziel entgegen …

Plötzlich ließ sie dieser Gedanke jedoch schaudern, und sie beendete ihre zärtliche Erkundung seines Körpers. Sie hatte dies immer für nichts anderes als eine verhaßte Pflicht gehalten. Wenn ihr solche Dinge nun plötzlich gefielen, was war dann los mit ihr? Sie sah zu ihm auf. »Francis, was ist, wenn ich viele Männer begehre? Was, wenn ich die Seele einer Hure habe? Sieh meine Mutter an.«

Er zog sie zu sich herauf, um ihr in die Augen zu sehen. »Serena, zwischen uns gibt es kein falsch und richtig. Außerdem«, fügte er mit einem liebevollen Kuß hinzu, »wenn Lady Cawle recht hat, wollte deine Mutter immer nur einen einzigen Mann, er war nur nicht dein rechtmäßiger Vater.«

Serena dachte an ihre stille, unglückliche Mutter. »Oh, ich hoffe, daß das stimmt, obwohl es mich sehr traurig macht.«

»Aber zumindest waren ihr einige wenige Momente des Glücks vergönnt. Verdienen wir das nicht auch?«

»Du verdienst es mit Sicherheit.«

Er schüttelte den Kopf und fragte: »Gefällt es dir inzwischen, geküßt zu werden?«

Sie ließ ihre Hände durch sein Haar gleiten. »Ich glaube schon.« Sie versuchten es und fanden heraus, daß es ihr sogar sehr gefiel.

Seine Hand glitt sanft über ihre Brust. »Und das?«

»Ja, es ist schön …«

Seine Lippen und Zähne lösten seine Finger ab, und Serena

stöhnte vor Lust. Wie kam es nur, daß Berührungen, die sie früher kaltgelassen hatten, nun ein Feuer in ihr entfachten? Sie hörte ihn murmeln: »Vielleicht stimmt es doch, was in den Büchern steht«, dann verlor sich sein Verstand im Pochen ihres heißen Blutes.

Seine Hände und sein Mund besaßen Zauberkräfte, und er flüsterte: »Laß es geschehen, Serena! Laß es einfach geschehen.«

Sie wollte es, für sich und für ihn, aber es war, als ob ein Teil von ihr verriegelt wäre, gefesselt vor Angst, unfähig, vertrauen zu können ...

Schließlich konnte sie vor Verlangen nur noch stöhnen und den Kopf hin und her werfen. Das Unmögliche war wie ein quälender Schmerz. Sie schrie ihre Verzweiflung heraus und flehte ihn an aufzuhören.

Als er tatsächlich aufhörte, rollte sie sich auf die Seite und ihre Scham und ihre Frustration schmerzten sie. Warum konnte er nicht einfach nehmen? Warum hatte er dieses schreckliche Verlangen zu geben?

Er drehte sich zu ihr um. Sie erwartete, Wut in seinem Gesicht zu sehen, aber sie sah nur Liebe.

»Es tut mir leid«, flüsterte sie unter Tränen.

Er küßte sie und sagte: »Bei allem, was mir heilig ist, Serena, dies ist kein Test, ich will dich von deiner Angst befreien.« Er griff nach einem der Bilder auf dem Boden. Er hielt es ihr vors Gesicht. »Sieh es an und hasse es. Laß dich davon nicht überwältigen. Laß dich nicht von Riverton aus der Hölle, in der er hoffentlich schmort, beherrschen!« Er griff nach ihrem Haar und zog ihren Kopf zu sich heran. »Ich bin nicht dieser Mann. Ich bin nicht Riverton. Ich bin Francis. Du kannst mir vertrauen.«

Er küßte sie innig und fordernd. »Nimm alle deine Wut zusammen und befreie dich von deiner Angst. Komm her.«

Seine Worte, die aus tiefstem Herzen kamen, verzauberten sie.
»Vertraue mir, Serena. Sei einfach frei. Du bist in Sicherheit...«
Ja, das war Francis. Sie würde es nicht zulassen, daß Riverton sie von der Hölle aus beherrschte!
Sie nahm alle ihre Wut zusammen und verwandelte sie in leidenschaftliche Begierde. Endlich hatte sie das Vertrauen, sich den Flammen vollkommen zu ergeben. Sie hörte sich selbst schreien, als das Feuer sie verzehrte, und es machte ihr nichts aus.
Sie liebte und bekämpfte ihn, und als er in sie eindrang, vergaß sie ihre hart erarbeiteten Liebeskünste oder die Frage, ob es ihm gefiel oder nicht. Sie warf die Ketten, die sie gefangengehalten hatten, ab und ließ sich durch das Feuer der Leidenschaft befreien.

Danach war sie vollkommen ruhig und unfähig, sich zu bewegen, zu denken oder wütend zu sein.
»Bin ich tot?« fragte sie.
Er stöhnte. »Ich glaube, du hast mich umgebracht.« Er brachte sie beide in eine bequemere Position und nahm ihr das Halsband ab. Er küßte ihren Nacken. »Deine zarte Haut wurde verletzt. Wir müssen diesen Schmuck loswerden.«
Sie ergriff seine Handgelenke und hielt sie hoch. »Also mir gefällt er inzwischen eigentlich ganz gut.«
»Wenn ich ihn trage, meinst du wohl.«
Sie saugte an seinem Arm. »Ich weiß nicht. An der Vorstellung, von dir ans Bett gefesselt zu werden, könnte ich durchaus Gefallen finden.«
Sie wußte, daß das Wesentliche war, daß sie ihm vertraute, und das gefiel ihm offensichtlich.
Seine sanften Augen lächelten sie an, als er meinte: »Sag das noch mal, wenn ich nicht so erschöpft bin wie jetzt.«

Sie ließ ihre Finger über seinen schönen, schweißgebadeten Körper wandern. »Hast du das schon einmal gemacht? Jemanden gefesselt, meine ich?«

»Nein.«

Sie hob das Halsband auf, schlang die Kette um seine Hüften und genoß den Anblick der goldenen Kette auf seiner schimmernden Haut. Sie bemerkte das Beben, das durch seinen ganzen Körper ging. Merkwürdig, daß dieses schreckliche Instrument nun ein vergnügliches Spielzeug war. »Ich habe mich nur gefragt, wie üblich so etwas ist.«

»Nicht sehr, fürchte ich.« Er ergriff ihre Hand und blickte ihr in die Augen. »Aber das mußt du jemanden anderen fragen.«

»Warum?«

Er lächelte ein bißchen verlegen. »Zeit zum Beichten. Mir fehlt auf diesem Gebiet leider die Erfahrung, Liebling. Du bist die erste und einzige Frau, mit der ich jemals meinen Körper geteilt habe.«

Sie starrte ihn ungläubig an und konnte nicht fassen, was er da gerade gesagt hatte. »Willst du damit etwa sagen, daß es bei den Posts ...?«

Er nickte. »Enttäuscht?«

»Entsetzt!« Sie fühlte, wie ihr die Tränen in die Augen stiegen. »So etwas überhaupt zu tun, war schon schlimm genug, aber ...«

Er nahm sie in die Arme. »Sei still, nicht weinen. Es war ein unvergeßliches erstes Mal. Rückblickend war es ein Segen für mich.«

Serena runzelte die Stirn. »Ich weiß nicht, ob ich dir das glaube. Du bist ein so *guter* Liebhaber.«

Ein verschmitztes Lächeln ging über sein Gesicht. »Das schmeichelt mir natürlich, aber wie willst du das als tugendhafte Ehefrau überhaupt wissen?«

Das traf sie. »Das stimmt! Verglichen mit Matthew, dem meine Bedürfnisse vollkommen egal waren, wäre jeder Mann...« Mitten im Satz schrie sie auf, weil er sie kitzelte. Und dann mußte sie ihn natürlich ebenfalls kitzeln.

Sie sanken wieder aufs Bett, die Hände ineinander verschlungen. »Aber wie hast du deine Liebeskünste erlernt?« fragte Serena.

»Ich habe sehr viele Bücher darüber gelesen. Aber lieber ist es mir natürlich, wenn du es mir beibringst.«

Er ließ einen Finger auf der Innenseite ihres Schenkels entlanggleiten. »Ist das so erregend, wie es überall heißt?«

»Hmmm. Aber mit einer Feder wäre es noch besser.«

»Was?« Er lachte. Sie lächelte ihn neckisch an. »Ich habe auch das eine oder andere Buch gelesen. Ich mußte das tun, aber inzwischen lerne ich gerne.«

Francis stöhnte. »Ich habe schon immer vermutet, daß Frauen und Bildung nicht zusammenpassen.«

»Du meinst wohl, das würde unser armes kleines Gehirn überhitzen?«

»Bestimmt wird da etwas erhitzt; an dein Gehirn habe ich dabei allerdings nicht gedacht. Mir ist selbst ganz heiß. Aber«, fügte er ernsthaft hinzu, »es gehört mehr dazu als Wissen und Technik.« Er ließ seine Hand über ihren Bauch gleiten. »Ich genieße es, dich einfach nur zu berühren, meine Geliebte, meine Ehefrau.«

Serena holte tief Luft. »Warum ist in den Büchern nie von der Schönheit der Worte die Rede? Deine Worte streicheln meine Seele. Deine Worte haben mich befreit.« Sie hob den Kopf, um ihm direkt in die Augen zu blicken. »Habe ich dir schon gesagt, daß ich dich liebe, mein Ehemann?«

Seine Hand verharrte auf ihrem Bauch. »Ich bin mir nicht sicher, ob ich das jetzt schon verdiene.«

»Natürlich verdienst du es. Kein anderer Mann hätte so einfühlsam sein können wie du.«
»Vielleicht ist es mein Glück, daß du nur Riverton zum Vergleich hast.«
Sie legte einen Finger auf seine Lippen, um ihn zum Schweigen zu bringen. »Dieses Wissen tragen wir in unserem Herzen. Trotz meiner Brüder und trotz meines Vaters ahnte ich sofort, daß Riverton ein Monster war. Aber richtig bewußt wurde es mir erst, als ich dich traf.«
Sie küßte ihn zärtlich. »Riverton hat mich gut dressiert.«
»Sei still ...«
Sie brachte ihn mit einem Kuß zum Schweigen. »In dieser Ehe war vieles verboten – Liebe, Zärtlichkeit, Respekt, Anstand. Schließlich wurde aus mir eine Frau, die ihren Körper einsetzte, um einen fremden Mann in die Falle zu locken.«
»Sei still ...«, wiederholte er. »Ich verstehe, warum du das getan hast.«
»Das macht dich so wunderbar. Und das ist der Grund, weshalb du mich so viele andere Dinge lehren konntest – Liebe, Zärtlichkeit, Respekt und Anstand.«
»Du brauchtest keine Belehrungen, Serena.«
Sie küßte ihn. »Dann nenne es eben Erinnern. Durch dich wurden mir diese Dinge wieder in Erinnerung gerufen, sie wurden wiederbelebt, du hast mich befreit. Auch wenn ich dich nicht lieben würde, wäre ich dir dadurch immer sehr verbunden.«
Sie bemerkte, daß ihre Worte ihn etwas verunsicherten, und schlug deshalb einen etwas weniger schwermütigen Ton an. »Ich bin jetzt frei, und das ist einzig und allein Ihre Schuld, Mylord!« Er lächelte.
»Zunge, Zähne, Eis oder vielleicht Federn ...«, hauchte sie lasziv. Sie nahm die Peitsche und kitzelte ihn damit. »In

der Liebe, mein Lieber, ist nichts verboten und alles erlaubt.«
Nachdem er zuerst etwas verblüfft über ihre Worte war, brach er schließlich in Gelächter aus; auch Serena lachte befreit. Nackt rollten sie über die längst vergessenen und bedeutungslos gewordenen Ketten hinweg.